鬼医桃夭,善恶如谜。金铃过处,片甲不留。

——《百妖谱》

目录

壹	拈花	007
贰	非非	033
叁	云阳	059
肆	虚耗	085
伍	龙雀	109
陆	傒囊	133
柒	暗刀	159
捌	百知	183
玖	风果	205
拾	孰湖	231

楔子

如果可以，还是不要遇到这只妖怪吧。

○ 1 ○

"一会儿我让你跑时你一定要跑，跑得远远的，不要想念我，不要牵挂这红尘。"磨牙背靠着斑驳的灰墙，紧紧搂着露出个狐狸脑袋的竹篓，面容悲戚，"听到了没有，滚滚，你一定会有更好的生活。桃夭的手气一贯很臭，输光是肯定的，拿你我偿赌债也是一定的。"说着，他扭头看了看不远处那座店招飞扬的"喜乐居"叹气，"生活好艰难啊。"

空气里飘来柳公子幽灵般的附和："是啊，秋风跟遗言更配哦。小和尚你快把自己洗干净，一会儿桃夭肯定把你论斤卖给她的债主。"

"呵呵呵，把柳公子你卖作蛇羹也是难说之事，这世上还有她桃夭干不出来的坏事？"

"不不，我们早就商讨过此事，卖我做蛇羹太不现实，毕竟没有那么大的锅。"

"你们真的讨论过如此奇怪的话题么……"

初秋的帝都，人潮如织，物事丰饶，纵然是这花谢叶落的季节，也不见半分萧瑟。

过往的男女老少纵非大富之家，也衣着整洁、端正大方。四周只见市井繁华，商铺摊档无不客似云来，时令蔬果鲜花、鱼虾鳖蟹唾手可得。来之前便听说大宋江山的核心之地，人口百万，富甲天下，原来真不是瞎吹牛呢。

可是，还来不及好好欣赏这帝都之美，不争气的桃夭便钻进了街头那间"喜乐居"，前厅卖杂货，后堂开赌档，生意做得风生水起。早听闻帝都之内严禁赌博，然而总还是有人仗恃着各自的背景与不怕死的精神，遮遮掩掩干这营生。至于初来乍到的桃夭是怎么知道那里有她最大的"爱好"，这就无法解释了。大概跟酒鬼老远就能闻到酒香一个道理吧，她大约是听见骰子的声音，便一头栽进去了，进去之前还把磨牙推到墙根儿下等着，说带着光头进去一定输钱。

磨牙心头呵呵呵，说得好像不带他进去她就不输钱了一样。离开天水镇后，他们三人一狐狸穿山过水，停停走走，从盛夏走到初秋，终是平安无事抵达了大宋的心脏——帝都汴梁。天晓得桃夭身上还剩下了多少盘缠，反正他能确定的是照海给她的宝珠还在。据说一珠可抵万金，看起来他们三个今后终于可以不用过讨饭的日子了。但是，眼看着桃夭消失在喜乐居的背影，磨牙却强烈地不安起来，这个败家子，十之八九是留不住钱了。

一想到她输个精光出来然后嬉皮笑脸让他去化缘的场面，磨牙就觉得好绝望。可看着眼前这盛世，顿觉世界之大，生命精彩，又情不自禁想好好活下去。而滚滚也对这座城市充满了前所未有的好奇与欣喜，一路上连打盹儿的时间都比在别处时少，总是兴致勃勃地趴在竹篓上，伸着脑袋四下张望，永远看不够似的。即便它已经不记得在服下桃夭的药之前，说的最后一句话是，"我还是想活着，想看看这盛世"，但这愿望也一直在被实现着吧。

时近傍晚，桃夭还没出来。街头的人潮依然没有稀疏下去，来往的男女在走过的空气里留下各式各样的气味，胭脂水粉、药草香料，氤氲在暮色里惹人遐想。一排灯火在身后的街道上逐渐亮起，璀璨如星河。没有了宵禁的约束，帝都的夜生活便从这些闪烁的光线里拉开序幕。

"好饿……"磨牙摸摸肚子，对着空气说，"柳公子，不如你……"

"不要！"柳公子立刻打断他，"饲养你是桃夭的职责。"

"我想吃烧饼！"

"让桃夭买！"

"我想吃素菜包子！"

"让桃夭买！"

壹·拈花

"我想吃百花糕！"

"这儿哪来的百花糕！"

"没有吗？"磨牙嗅了嗅鼻子，"那我怎么闻到一阵阵甜甜的、香香的花的味道？"

墙下除了他跟滚滚，没有别人，对面是个摆摊卖鞋垫的老妇人，确实没有任何跟百花糕有关的东西，可空气里就是飘着香甜的味道呢。自己虽然饿，但是还没饿到有幻觉的地步，不过那香味不浓，淡得像一条若有若无的丝线，有意无意地撩动着人的嗅觉。

柳公子啧啧道："你说的是那个味道啊……"

"什么味道？"

磨牙话音未落，喜乐居的大门里突然窜出个欢天喜地的人影，手舞足蹈地朝这边跑过来，红色的衣裙像一朵烧红的云，在暮色里也分外显眼。

"小和尚！柳公子！我赢了，我赢了！我赢钱了呀！"一个鼓鼓的小布袋捏在桃夭手里，被她使劲摇晃着，仿佛里头装着她一生的幸福，不嘚瑟出来就不能活似的。

好可怕呀，桃夭居然赢钱了……

磨牙跟柳公子怀抱着同样的诧异，在桃夭离他们还有十来步距离时，一个不知从哪里钻出来的猴一样精瘦敏捷的男人，以迅雷不及掩耳之势一把扯走了桃夭的钱袋，又如闪电般窜进了前方的巷道里。

人生的喜悲就是这么容易被扭转，桃夭的笑容还在，手里的钱已离她远去，而她自己大概还沉浸在"我是谁，我在哪儿，刚刚是不是发生了什么事"的状态里。

磨牙急得指着她身后大喊："钱！钱！抢你钱了！"

桃夭眨眨眼，转身就追。磨牙背起滚滚赶紧跟上去，边跑边急切道："柳公子你快帮她追啊！"

"又不是我的钱。"

"可要是她没钱了，那不就要动你的私房钱了吗？！"

"那追一追吧……"

四周行色匆匆的路人纷纷侧目，不知这几个大呼小叫往前瞎跑的家伙发生了什么。

小贼的速度极快，在巷子里左弯右拐，若非桃夭拿出追回人生幸福的速度与激情，只怕老早被甩掉了。

桃夭眼见着小贼离自己越来越远，一旦他消失在巷子的转角，只怕是再难追上了。可是，她已经快跑断气了，这辈子就没用这种速度奔跑过。

"抓……抓贼！"她气喘吁吁地大喊。可也没有一个路人帮忙。随便哪个伸脚绊他一下也好啊，但几名路人甲都只是赶紧闪到一旁，一脸"我不知道发生了什么不要伤害我"的表情。

桃夭一怒之下拼死加速追上去，那小贼见始终甩不掉她，索性纵身跃上了围墙。只是没跑出几步，便脚一软摔了下来，随之落地的，还有一枚铜钱。

修长挺拔的男人站在对面的墙下，腰配长剑，深灰的披风遮在墨黑的缎袍上，两种颜色在夜风中云遮雾绕地飘动，让他的每一个行动都毫不起眼。

"他……他……抢我钱！"桃夭终于赶到现场，喘着大气指着坐在地上的小贼："还……还钱！"

男人不说话也不离开，平静地看了看喘成狗的桃夭。

见状，那小贼竟掏出一把匕首，拐着脚从地上跳起来，对着男人胡乱挥舞："好大的胆子！敢断你爷爷的财路！"说罢，恼羞成怒地朝男人刺了过去。

那一瞬间，桃夭只听到了有剑出鞘与回鞘的声音，然后小贼的裤带应该是断了，宽大的裤子"刷"的一下落到了脚踝。

男人淡淡道："我爷爷老早入土了。"

"哎呀，好丑的屁股！"桃夭赶紧捂住眼睛。

小贼倒吸一口凉气，匕首落了地，慌忙提起裤子落荒而逃，跑了几步又觉得窝囊，回头骂道："有种别走，等我喊兄弟来收拾你！"

"我不走。"男人身如磐石，面上表情也跟石头无二，"一炷香时间够不够你兄弟来？"

"好好，你等着！"小贼闻言，屁滚尿流地消失在巷子尽头。

桃夭赶紧上前捡起钱袋子，又打开看了看，才放心地抱在怀里，松了口大气。

"谢啦。"她朝男人弯眼一笑，"我还以为帝都人情凉薄，没有人肯见义勇为呢。"

这时才看清了他的脸，三十多不到四十的年纪，脸孔上的每根线条都经过了上天最偏爱的雕琢。鼻如山脊，唇似俊峰，虽是单眼皮，但那双眼睛应该就是所谓的丹凤眼了吧。眼尾微扬，神光内敛，一丝与这个年纪相符的沧桑嵌刻在脸上不起眼的细纹里，非但不显老，反而渗出一种难以言喻的成熟之美。这种美不仅于皮相之俊朗，而且沉淀了岁月与阅历的气息，以及暗藏其中的，一抹隐约的……杀气？！

"果然长得好看的才是大叔，长的不好看的只能是大爷……"桃夭看着他的脸出神，说话也不经过脑子了。

男人看了她一眼，轻轻咳嗽了两声，依然面无表情道："好人家的姑娘，不去赌坊。"

一语如刀,立刻把桃夭的魂魄抓了回来,她瞪大眼问:"你咋知道我去赌坊了?"

"连赢五把,尖叫声把屋顶都要掀翻了,想不注意到你都很难。"男人叹了口气。

"可我没看见你啊。"

"赌钱的人自然看不见不赌钱的人。"

"切,你不赌钱去赌坊干啥?"

"与你无关。"

"别误会,我可不是爱管闲事的人,顺口问问而已。走了,后会无期。"桃夭撇撇嘴,正要离开,又转身朝他吐了吐舌头,"就当我是坏人家的姑娘吧,别想念我。"

男人摇摇头,沉默地看她离去。

没走两步,她又停下,回头盯着他,大声道:"大叔,有空的话去看看大夫吧,我看你有病气缠身,只怕命不久矣。"说罢,她又看了看他身旁,眼神里有刹那的好奇。

男人眉头微微一皱。

不是在咒他,是这个人确实有病,应该还是重病。

但是,又关她桃夭什么事呢,她只治妖怪呀。

对面,满头大汗的磨牙终于追了上来,桃夭一笑,加快脚步朝他们迎过去。

来帝都真是正确的选择,风水宝地,不但赢了钱,还遇到了这么好看的大叔,比她的雷神大人差不到哪里去吧,嘻嘻嘻。

嗯,帝都的第一个夜晚,对桃夭来说是十分完美的。

至于被抢劫这种事,忘掉吧,大不了以后不炫富了……

○ 2 ○

时近深夜,街市之中依然灯火通明,食肆之多令人叹为观止。大大小小的店堂里飘满各种食物的香气,食客们或狼吞虎咽,或细嚼慢品,配上一壶暖人心肺的好酒,再与三两友人闲话家常,幸福也就摆在这大大小小的饭桌上了。

著名食肆留仙楼靠窗的位置上,磨牙与滚滚又撑圆了肚子,滚滚还不死心地舔着已经空了的盘子。

"桃夭,这是我吃过的最好吃的素菜丸子了。"磨牙打了好几个饱嗝,恋恋不舍地看着桌上那一摞空碗盘,"好想再吃一碗啊,可惜装不下了。"

"鸡腿最好吃。"柳公子擦了擦油汪汪的嘴,对桃夭道,"听说汴京城中物产丰饶,擅烹调之人尤多,吃法也多,不知哪里有烤田鼠这样的菜?好久没吃了,很是想念。"

桃夭嫌弃地朝旁边挪了挪位置:"好歹也是千年修行的大妖怪,麻烦把你的食物跟你的身份匹配一下。"

柳公子冷哼一声:"蛇本来就是吃老鼠的。"

"你只要敢吃一只老鼠,我保证以后我们永远不可能出现在同一张饭桌上!"桃夭朝他挥了挥拳头。

柳公子不理她,双手支着下巴望着天花板:"硕鼠硕鼠,无食我黍……你们这些凡夫俗子一生都不可能理解吃粮食的田鼠有多美味。啧啧,那个鲜嫩啊……那个酥软啊……"

"柳公子……"磨牙赶紧抓住他的胳膊,"别说了,我不是蛇我要吐了。"

"不说这个啊,也行。"柳公子低下头,目光如炬地看向桃夭:"那我们说说接下来的行程。你说你打算在帝都长住?"

"先住下吧。"桃夭满脸期待,"你看窗外,一片繁华,这可是咱们桃都没有的吧,也是咱们沿途走来别的地方没有的吧。好吃好玩的太多,有趣的人也多,不多留些时日的话太浪费了。而且,人多的话,磨牙化缘也会容易好多的。对吧,磨牙?"

磨牙想了想,认真点点头:"虽是云游,但也不拘泥于去过多少地方。不论偏僻小镇还是繁华城池,只要心中有佛,哪里都能修炼心性。我没有什么意见。"

"切,我看你是心中只有素菜丸子才愿留在京城的吧。"柳公子翻了个白眼。

磨牙红了红脸,小声说:"出家人不打诳语,素菜丸子也是原因之一……"说完他立刻双眼放光,抓住柳公子,"真的很好吃对不对?!"

"我只爱吃烤田鼠。"柳公子甩开他的手,板着脸对桃夭认真道,"要我留下来也不是不可以,关键是我对住的地方要求很高,不是良宅美舍我不要。你身上的钱够吗?"

桃夭也十分认真地回答他:"似乎我并没有邀请柳公子你留下来呢。你大可以挪动你高贵的步伐去京城外的世界找你的烤田鼠,吃饱喝足之后,爱去哪里去哪里,实在无聊的话就滚回桃都好了。"

柳公子皱眉:"没有我,你跟小和尚就是待宰羔羊。帝都不比乡下,表面的繁华掩藏不住暗处的危险,许多人的心眼比你头发还多。"

"可刚刚也没见你帮我把钱袋追回来呀,你这保镖显然不称职呢。"桃夭白他一眼,"承认吧,是你离不开我们,不是我们离不开你。你一个人,又没媳妇,又没朋友,过生辰没人送礼物,做好饭没人陪你吃,好不容易憋出一首打油诗也只有你自己一个读者。这世间的孤独啊……所以你说,除了我跟小和尚,你还有谁可以依靠?"

"你……"柳公子突然举起拳头,悲愤地看着她,然后猛地红了眼圈,一下子伏在桌上呜咽起来。

桃夭叹气,摸了摸他的头:"知道自己的缺点就好。哭吧,哭出来就不想吃烤田鼠了。"

"这跟烤田鼠没有关系!"柳公子猛抬起头,打开她的手,用力吸了吸鼻子,"总有一天,我的诗词造诣会在李杜之上,名满天下,遍地拥趸!"

磨牙摸着滚滚的脑袋,轻声对它说:"那一天的到来可能比让我还俗还难哩。"

滚滚赞同地点了点头,并且用力摇动圆乎乎的尾巴。

"你个狐狸懂个屁!"柳公子愤怒地扭住滚滚的尾巴,"连字都不认识的文盲狐狸!"

滚滚发出"呼噜呼噜"的声音,回头一口咬在他的手上,痛得他大叫着跳起来,一人一狐居然就在饭桌前打起来。吃饱了饭的滚滚变得特别敏捷,一会儿跳到他肩膀上给他一耳光,一会儿蹿到他头上扯头发,最后终于被他逮住。他一边擦脸上留下的爪印,一边冷笑着对滚滚道:"跟我打架,你还差了几千年的本事。"

话音未落,滚滚往他脚上尿了一泡尿……

"啊!"他怪叫着把滚滚扔给磨牙,一把抓住店小二,咆哮道:"水!我要水!大量的水!"

店小二被吓坏了,指着后堂道:"那里有水缸!"

柳公子立刻跑不见了。

周围的食客们被他们这边的风波闹得目瞪口呆,磨牙赶忙跟大家解释:"善哉善哉,打扰各位用餐了。我们这位同伴初来京城,难免心绪不平,行为出格,他绝对没有恶意的,大家见谅啊。"

毕竟是帝都,五花八门什么怪事没有,出现几个行为异常的路人也不足为奇。食客们也没有太在意,继续吃喝起来,四周很快恢复了平静。

一阵晚风吹动饭馆大门,木门"吱呀"一声响,随之而来的,是一阵暗香,甜甜的,像刚开放的花。

桃夭喝了口茶水,朝身旁一瞟,自言自语般道:"又是你呀……"

"桃夭。"磨牙把椅子朝她那边挪了挪,又问一次,"我们真要长住下来么?"

"暂时不走吧。"桃夭回过头,把玩着一支筷子微笑,"玩够了再说呗。"

磨牙一脸喜色,还没来得及鼓掌庆贺,一声巨响让所有人的心脏都差点跳出来。

二楼包厢里飞出来一个大活人,"砰"的一声砸在楼梯上。飞溅的木屑里,这倒霉蛋滚冬瓜似的"喊哩喀喳"滚下来,鼻血横流地躺在地上。

食客们惊叫着避开,店小二也吓得躲到角落里,只有桃夭原地不动并庆幸地拍了拍心口,跟磨牙说幸好我们已经吃完饭了,他们怎么打架也无所谓了。听得磨牙连声说罪过,你就算不劝架,也不必一脸占了便宜的怪模样吧。

一块亮晃晃的银子从二楼飞下来,准确地落在缩在柜台后的老板面前,又吓得他一哆嗦,压根儿不敢去碰一下。

"赔你的房门跟楼梯。"已经没有门的包厢里走出个高挑的男人,黑衣裳灰披风在亮堂的灯火里像从夜幕中切割下来的一块,生人勿近地停留在众人视线的高处。

是他呀!桃夭的眼睛一下子亮了。

他不慌不忙地走下楼梯,腰间那柄乌黑的长剑随着他的动作轻轻摆动,每动一下都有妖异的暗紫光华自剑身上一闪而过。

地上的家伙大约四五十岁,精瘦但不孱弱,头上拿玉簪束了发,留着三绺长须,身上穿了件宽大的白袍,袍子上拿银线绣了精致的兽纹,要不是被人揍了,这倒霉鬼还颇有点仙风道骨的意思。看上去他不止鼻子遭殃,大概门牙也落了,满口是血,狼狈地坐起来,随着那个男人的步步逼近本能地往后退缩着。

"你究竟想怎样?!"伤者气急败坏又心怀恐惧,"不是把银子都退给你了么!你找不到那玩意儿关我什么事!"

男人走到他面前,居高临下:"我不心疼银子,只是讨厌骗子。"

伤者冷汗如雨:"我哪里骗你了?!我告诉了你法子,是你自己不顶用,怎么赖到我头上!"

男人完全不为所动,语气依然平淡如水:"我一早便说过,我诚心求助,先生若愚弄于我,我必取了先生的舌头,让你余生都说不了谎话。"

伤者一哆嗦,下意识地紧紧闭上嘴,惊慌的目光在四周乱扫一通后,他突然做出了所有人都没想到的事——就地一滚,随后闪身而起,一把扯过恰好离他最近的桃夭,右手抄起一根筷子,用力戳在桃夭的咽喉处。

"你再靠近,我就要这个丫头的命!"倒霉鬼大概已经被吓疯了,居然选了最愚蠢的对抗方式。

磨牙惊得连声大喊:"施主不要乱来,我们无冤无仇,千万不要造杀孽!"

"滚开!"倒霉鬼冲他大吼,"谁敢过来我就杀了她!"

磨牙急得跺脚,心说我是怕她造杀孽呀,施主你还是太年轻了!

壹·拈花

可桃夭却十分配合，任由他制住自己，并不挣扎，只可怜巴巴地望着男人："大叔……"

闻言，倒霉鬼像是听到了大好的消息，冷笑："原来是认识的呀，这就更好了。小姑娘，要委屈你替我开个路了。"

话音未落，倒霉鬼挟持着她快速退出饭馆，脚下一使力，竟搂着她腾空而起，落到旁边一处宅子的屋顶上。然后桃夭觉得自己变成了一片轻飘飘的树叶子，跟着这家伙在帝都深夜的各个屋顶上腾跳飞跃，转眼就把留仙楼甩在了夜幕的深处。

要不是此刻身份不对，桃夭真想给他鼓掌，没想到这倒霉鬼的轻功这么好，受了伤都没影响。

桃夭太好奇接下来会发生什么了，好难得有一次当人质的机会呢。

一直逃到一片不见人迹的树林前他才停下来。一座破庙停在林中斑驳的空地上，他抓着桃夭窜到破庙外，确定里外都没有人之后才进了庙，气喘吁吁地靠在墙上。

"小丫头，你老实待在一旁，待我运功疗伤，天亮之后自会放你一条生路。若你敢私逃，我只消一块石子就能要你小命。"他松开桃夭，盘腿坐下。

"我不跑，又不认识路。"桃夭自废弃的供桌前抓了个破烂的蒲团过来，用力拍了拍灰，垫在地上坐下去，撑着下巴盯着他，"但我总觉得大叔会追过来的，你确定不跑么？"

他狠狠瞪她："论轻功与脚力，还没有多少人能胜过我。"

"你骗了他多少钱才会被打成这样啊？"桃夭啧啧道，"看你年岁也不小了，可经不起这样的拳头呢。"

"我何曾骗他分毫！"他愤愤擦去嘴角的血迹，"想我虚谷先生纵横江湖数十载，上可通神下可招魂，天文地理风水星象无所不知，岂可将我与江湖骗子混为一谈！"

"虚谷先生……原来你是干神棍这行的。"桃夭哈哈一笑，"要我说，你给人看看家宅挑个好坟地就算了，何苦惹他那样的人，一看就不好惹嘛。"

"是他来求我，我何曾招惹他！"他怒道，"黄毛丫头，天下之大，岂是你这样的俗人能看全的！你只知风水堪舆，可知那些凡胎肉眼看不见的处所，还有各带神通的妖魔异类！他来求我，不也就是为了这个！"

"你意思是，你能看见妖怪？"桃夭来了兴趣，忙道，"到底大叔为啥那么生气呀？看在我是个好人质的分上，说来听听嘛。"

他瞟她一眼："我看你这丫头也是异类，一路上不惊不诧，倒也省了我不少麻烦。行，既然你胆子这么大，我也不瞒你。这家伙自洛阳而来，寻到我居处，重金相求，要我帮他寻一只妖怪。"

"他要找一只妖怪？"桃夭瞪大眼睛，"什么妖怪呀？"

"拈花。"他皱眉，"说来也是生气，明明跟他讲明了法子，不知他自己哪里出了纰漏，就是见不着，我又能怎样？钱也退他了，他却不罢休，非要我给个说法。我怕了他，躲出家去，谁知他竟一路上阴魂不散地跟踪我，从我家到赌场再到留仙楼。方才在留仙楼我都要倒给他银子求他放过我另请高明了，他居然二话不说就把我揍了，还要割我舌头！这个人好狠毒的心哪！"说着，他顿了顿，才又咬牙切齿道，"莫说我没有骗他，就算我真要骗钱，也不敢骗他封无乐的钱啊！"

"大叔叫封无乐？"她挠挠头。

"你跟他不是认识的么？"他反问。

"就见过一面。"她坦白道，"不过你抓我当人质还是没错的，也许他会看在一面之缘的分上，顾着我的小命放你一马。"说着她又故意挤眉弄眼道，"好像你很怕他呀？"

"混江湖的几个不怕他！"他皱眉，"江湖排名第一的剑客，他要的人头，没有摘不来的。这些年多少人想胜他，杀他，没一个成事。他来找我，我哪敢不说实话。谁料还是惹来杀身之祸，到头来居然要靠你个小丫头才脱了身，我这老脸也是没地方搁了。"

说话间，突听"砰"的一声响，虚掩的庙门被人推开，乱飞的落叶与枯草之间，有人如一尊神像似的出现在他们面前。

桃夭合上张大的嘴，碰了碰虚谷先生，小声说："看吧，我说大叔会追过来的。"

"封无乐……你……"虚谷先生额头上迅速冒出了冷汗，慌忙把桃夭扯到怀里，作势掐住她的脖子，"算你本事，这也被你追上了，我认了，你要杀我，我……我必带着这丫头陪葬！"

"我说，你掐我脖子就算了，千万莫伤到我的脸，我还要留着它去见我的心上人哩。"桃夭说着，又把他的手往上挪了挪，"咽喉在这里，你刚刚掐得不准。"

虚谷先生尴尬之极，低声斥道："你住嘴！"

封无乐沉默不言，上下打量桃夭一番，说："看来你做人质做得还很开心呢。"

"还好啦。"她嘿嘿一笑，"大叔你是专门来救我的么？！"

"他抓不抓你，我都要定了他的舌头。"他步步逼近，长剑出鞘在即。

"我说了我没有骗你！"虚谷先生又气又惊，歇斯底里地吼起来，"封无乐你讲不讲道理！"

他站定在三步开外的地方："我就是道理。"

"刷！"有雪光紫影闪过，空气里突然有了淡淡的血腥气。

"别杀我啊！"

嘶喊声中，虚谷先生"扑通"倒地，三尺长剑停在咫尺之外。

几根头发自桃夭眼前飘飘落地，剑尖离她额头也就一指距离。身后，脸色惨白的虚谷先生仰躺在地，昏迷不醒，一片淡淡的烟尘刚刚在他脸上消失。

"你动作很快。"他放下剑，"若不是我收剑收得更快，你的脑门已经穿了。"

"良夜如此，何必杀人，血流成河好吓人的。"她拍拍手站起来，回头看看虚谷先生，"我的药，起码让他睡足三天。"

他看着她的脸："你果然不是好人家的姑娘，偏帮一个江湖骗子。"

"你既是江湖第一的剑客，又何必杀一个只会轻功的半大老头子。"桃夭朝他吐舌头，"吓吓他就算了吧。"

"所有骗过我的人，都不能活。"他并不像在开玩笑。

"他未必骗了你。"桃夭说这话的时候，视线挪到了破庙的门外。

空气里，隐隐又飘来淡淡甜甜的花香。

"若他没有骗我，我岂会寻不到我要的东西！"他的剑仍不肯回鞘。

"拈花，生大悔之心者可召之。"桃夭微笑，"你见不到你要的，可能真的跟这个倒霉鬼无关呢。"

他愣住，旋即一把扭住桃夭的胳膊："小姑娘，你刚刚说什么？"

"拈花。"她仰脸一笑，"一种妖怪。"

"你……"

"他帮不了你，或许我可以。"

残破的佛像前，他看了她许久，长剑终于"锵"一声回了鞘。

3

师父说，得到无乐剑，才能天下第一。

他是师父的徒弟里最年轻的一个，过完元宵十七岁。

离元宵还有一个月，师父就死了。江湖决斗，技不如人，对手年轻气盛，如日中天。他看见对方的剑刺穿了师父的心口，看见鲜血像溪水一样从师父的尸身下蜿蜒而出，看见胜利者将属于他们门派的大旗拔起来倒插在地上，看见对方离开时朝师父的尸体不屑地啐了一口，再说一声"不过如此"。

师父没了，门派散了，师兄们离开前都拍拍他的肩，说，回去做点小买卖吧，比练剑强，起码能活下去。

回去，能回哪儿去？他无父无母，被师父捡回来养大，除了这里，没有一处地方属于他。

但他还是走了，往一个在地图上都找不到名字的叫障州的地方而去，障碍的障。此地深埋帝国之西南，听闻民风彪悍，土地贫瘠，一年只得寒冬炎夏两季。

饶是如此，障州仍是剑客们的梦想。一把叫作无乐的剑，就睡在障州西面的鬼渊之中。无人说得清这把剑的来历，只说它乃剑中之妖，杀人无形，天下无敌。

单单为一张鬼渊地图，江湖上就厮杀了好些年，最后悄悄落在了师父的师父的师父手里。可是近百年过去，他们的门派依然只是江湖中不起眼的微尘，没有天下第一，没有扬名立万。

师父说，他的师兄去过，他也去过，可最终连鬼渊的大门都没敢迈进去。那里太黑太冷了，站在门口都会情不自禁地哆嗦，他必须承认他的恐惧。而其他胆大的同门，进了鬼渊之后没有一个再回来过，唯一生还的是他的师父，满身伤痕并且丢了一只胳膊。师父的师父说，鬼渊里有巨禽看守，状如鬼怪，凶猛异常，无乐剑确非凡人可得，死心吧。

但他不想死心，怀里那张旧得快化掉的地图，是挽救被踏碎的尊严的唯一希望。他要天下第一。

足足一个半月，他终于在最冷的季节到了障州。

还以为只有北方才会落雪，原来南方也会。

也许是他来的这一年不对头，也可能是此地每年都这样，他眼中的障州，死人比活人多。

空旷的坝子里，横七竖八地叠着尸体，有人忙着点火焚烧。

他问发生了什么，有人回答他说，这里不久前爆发过一场恶疾，整个村子的人都染了病，死得差不多了。

又有人抬了尸体过来，往地上一扔。

他听到轻微的呻吟，循声看去，一个裹着红棉袄的小丫头，夹在尸体之间，皱紧了眉头。

又一名搬尸者过来，将尸体往柴枝上扔。当他像拎一只猫一样把小丫头拎起来往那边甩时，他抓住了那人的胳膊。

壹·拈花

"这小姑娘还活着。"他盯着对方。

"那又如何？"对方看怪物一样看他，"病成这样，早晚也是个死，早点去跟爹娘团聚不是更好？"

"她现在还是个活人。"他没有放手的意思，力气越来越大，直到对方在惨叫声中松开了手。

他想了想，拿出带在包袱里的金创丹塞到小丫头嘴里。眼下他也只有这个药了，能不能对症，能不能救命，他管不了，只知道现在得这么做。

雪越来越大，他在各种惊愕的目光中，背着这个只剩一口气的丫头走远了。

我不知道还能不能活着回来，你也一样，既然同病相怜，那就暂时做个伴吧。

他回头看了看趴在肩上那张冰凉的小脸，深吸了口气，踏着积雪继续向前。

第二天，她醒了，能吃东西了。

第三天，她能下地走了。

第五天，她能跑了。

以前并不觉得金创丹是什么有用的玩意儿，这次终于有用了一回，他稍微地高兴了一下。

障州真是应了它的名字，处处障碍，山路崎岖，荆棘成林。按地图计算，至少还要十来天才能到鬼渊附近。

陌生的村落外，他默默观察着里头来来去去的男女，小丫头躲在他身后，紧紧拽着他的袍子。

今天是他们同行的第二十天。

过去的日子，他背着渐渐康复的她走过干枯的河，翻过荒芜的山，在稀疏的树林里追逐过野兔，在破败不堪的土地庙里燃起过篝火。他将冰雪放在捡来的破罐里，架在火上融成水，倒在帕子上，笨拙地给她擦着脏得不像话的脸。

"好人家的姑娘是不会脏着一张脸的。"他边擦边嘀咕，"脏得连眼睛都看不到了。"

她小心翼翼地接受着他的照顾，以她的年纪，还不足以理解什么是好人家坏人家，只知道眼前这个小哥哥跟村里的人不一样。他不骂人不打人，更不会把绳子拴到别人身上，像拖牲口一样把他们拖出家门，扔到柴堆上烧掉。爹娘就是这样被拖出去的，她虽然病得迷迷糊糊，但还是看见了。

那天的火焰烧得好高，快冲到天上去了。

但是小哥哥不太爱讲话，他们的对话少得可怜。

"你爹娘呢？"

"没有了。"

"你有名字么？"

"芽芽。"

"吃东西吧。"

就是这些了。好几次她想问小哥哥叫什么名字，可一看到他没有表情的侧脸，她就不敢问了。她不怕他，即便他当着自己的面杀掉野兔。她只是担心他不高兴。事实上小哥哥总是不高兴的样子，连睡着的时候都皱着眉头。

寒风在破烂的庙门外肆意盘旋呼啸，不论夜宿在山洞还是这样的破庙，他总是睡在靠外的那一方，把最安全的位置留给她。没有枕头，他把她的脑袋搁在自己的手臂上，外衣也裹在她身上，然后他可以一动不动保持同样的睡姿直到天明。有几次，她醒得比他早，总是要盯着他的心口老半天，确定他在呼吸后才放下心来。只要她先醒，盖在她身上的外衣就会轻轻落到他的身上，然后她才蹑手蹑脚出去，学着他的样子用尖锐的石块把冰雪铲到罐子里，再吃力地搬回来放到火上，这样小哥哥醒了就有热水喝了。

每次他都装睡，假装不知道这一切。

其实是不知道如何应对，太久没有过被照顾的感觉，即便对方只是个七岁的小孩子。

后来她就不让他背自己了，说病好了可以自己走路了。

本来他不同意，不是心疼她，是怕她拖慢自己的速度。可一看见这小娃努力跟在自己身后的样子，他也不知哪里出了问题，突然就收了那份心，算了，慢就慢一点吧。

虽然稀罕，但阳光偶尔还是会光顾这片穷山恶水，雪地在光线里闪着金色的光，两旁的枯树看起来也不那么绝望了。

始终是个孩子，她在地上堆起了雪人，一大一小。

"小哥哥，你以后能带糖给我吃么？"堆着堆着，她突然回头看着她，满脸的期待。

他坐在她对面的石头上问："你喜欢吃糖？"

"我没吃过糖。"她答，"我娘说她跟我爹成亲的时候，我爹带了糖回来，她只吃了那一回。我爹身子不好，再没离开过，所以也没有糖了。我娘总说，糖是世上最好吃的东西。"

她沉浸在对糖的想象里，最天真灿烂的笑在她脸上化成了能吹到人心里的春风。

壹·拈花

他凝视着她的笑脸，有那么一瞬间，他突然想抱起她，然后调转方向，不去鬼渊了。回洛阳吧，带这个没吃过糖的小丫头去天芳斋吃糖，桂花糖、酥香糖，让她吃个够。

但是，也仅仅是一瞬间的念头。

他是剑客，要取的是性命，不是糖果。

所以，还是要分开了。

他在村子外站了许久，芽芽似乎察觉到什么，一直拽着他的衣角。

他在物色可以照顾她的人。

可看来看去，眼前的每个人都自顾不暇，没有谁的眼里有慈悲。可是，再往前走，应该就没有人家了。

"我要去一个危险的地方，不能带着你。"他说。

芽芽眼圈红了，但又忍着不敢哭，小声说："小哥哥，我不会吵你的。"

"我可能会死的。"虽然残忍，但他还是说了，"跟你爹娘那样，再也不能回来。"

"你去哪里，我就去哪里。"她瘪着嘴，把他攥得更紧了。

他回头，看着这张弱小但又倔强的脸。果然还是太年轻了，年轻到完全不了解死亡的意义，也因此才不惧怕它吧。

最终还是没有把她交给任何人。

在一个雨雪纷飞的傍晚，他终于见到了可能是他生命中最后一站的目的地——鬼渊。

不过是山谷中的一方黑洞，洞口怪石嶙峋，张牙舞爪。

他嘱咐她在洞口等着，天明之前如果他还没有出来，他就不会出来了，要她沿着原路回那个村子，今后的人生便听天由命吧。

她不敢多说什么，只用力点头，然后乖乖蹲在了他给她指定的位置。

他本来想摸摸她的头，但还是没伸出手去。摸摸头能改变什么呢？他在心里嘲笑着自己，然后毅然进了鬼渊，仿佛把自己扔进了怪兽的口中，深重的黑暗瞬间吞没了他的身影。

此生最深刻的寒冷就在今天了。鬼渊里除了冷，还有异常明晰的血腥与腐烂的气味，他的火折照出狭长的通道，以及时不时出现在光线边缘的枯骨。

这里没有他想得那么复杂，没有迷宫般的转折弯曲，只是一条直路，但总是走不完，无穷无尽的长。

那些没能走出来的剑客们，是走太久被累死的吧。他自己跟自己说着笑话，已经不知道走了多长时间，两腿渐渐沉重。

直到一片在黑暗里斑斓流动的暗紫光华出现在前方，他的心终于狂跳起来。

是它了，就是它了，躺在一片透明晶石上的长剑。

他以为有机关有陷阱，试探之后才发觉并没有，传说中的妖剑"无乐"就在咫尺之外，伸手可得。

他屏住呼吸，将无乐缓缓握在手中，慢慢举起。

剑下的晶石发出细微的"咔咔"声。

也是这时，正前方的上空，突然亮起了两团红光。强大诡异的气流骤然而起，四周石壁上的碎石随之"喀喀"滚下，黑暗之中，有巨大的物体俯冲而来。

他心头一惊，顺势趴下，只觉有东西贴着他的背脊飞过去，然后背上一凉，接着就是火辣辣的疼痛，有尖锐的东西划烂了他的衣裳，豁开了他的皮肉。

黑暗里，更多的红光亮起来，他听到了怪异的叫声，像雕又比雕更尖锐。

更多的攻击接踵而来，无乐剑已经被他抱在怀里，他想拔却始终拔不出来，只得拾起自己的铁剑，跟这些连模样都看不清的怪物搏斗。

它们应该是有翅膀的，他感觉到羽毛扫过额头。师父说过鬼渊里有巨禽看守，就是这些鬼魅般的凶残玩意儿？

搏斗之中，有沉重的东西落到他肩上，他避无可避，只得由着那铁一样的爪子抓走肩头上的一块血肉。

他听到了咀嚼吞咽的声音。

哪怕他是师父称赞过的最有悟性的徒弟，也难以撑住场面了。跟这些怪物比，他太势单力薄，纠缠下去，最终只会令这里多一具枯骨罢了。

他挥剑乱砍，硬是杀出一条血路，朝来路狂奔而去。

跑，只要跑出去就好。

就算不回头，他也知道身后有多少家伙追赶而来。

不能慢，慢下去就永远出不去了。但他知道自己只会越来越慢，身上的伤口撕裂般疼痛，双腿如灌了铅一样，沉重得不像是他的腿。

他终于知道为什么这里的路那么长，也知道为什么所有人都出不去了。不论凶猛还是速度，他们都赢不了，这只是一场毫无悬念的猎杀。

突然，远远地看见了一团黄黄的光，他心头一喜，但旋即就沉下去了。那不是鬼渊的出口，他心头有数，出口明明在更远的地方。

是她，举着他之前给她照明用的火折子，依然是想哭又不敢哭的表情，哆哆嗦噗地站在她不该来的地方。

只在这一刻,他才害怕了,心如擂鼓。

"你进来干什么?!"他怒吼,旋即一把抱起她,继续拼命奔跑。

"我怕……小哥哥你找不到路……"她终于哭出来。

他咬牙,再不说一句话,用尽所有力气往前跑。

身体几乎没有知觉了,疼痛,也没有了。他的灵魂好像跟身体分开了,但无论如何也飞不出去,因为身体太沉重了,不止有一把剑,还有一个小丫头的性命。

耳朵里嗡嗡作响,眼前有奇怪的光线在摇晃,他好像看到了师父,也看到了年幼的自己。

师父在给他的师父的灵位上香,他站在师父身后,好奇地问:"师父,你的师父是怎么从鬼渊出来的呀?不是没有人能出来吗?"

师父沉默片刻,说:"他击伤了随他一起往外逃的、我师兄的腿。"

那时的他,并不知道这跟师父的师父能活着出来有什么关系。

但为什么是现在,为什么是现在才想起这段不为人知的往事?

自己在想什么?!

身后的追兵应该已经非常近了,因为他越跑越慢,抱住某个人的手臂也越来越无力。

如果就这样下去,两个都会死的。

体力损耗得太厉害,他脚一软,踉跄着摔倒在地,怀里的丫头跌了出去。

他起身回头,已经数不清有多少双红色的眼睛在离他们不到两丈的地方闪动,也许是三只怪物,也许是六只。

可出口应该就在不远的地方了,无乐剑也在手中了,胜利就在那么近的地方……

他突然像个怪物一样嘶吼出来,把余生的性命都交付在这声吼叫里似的,然后疯了般朝前飞奔而去,一个人。

身后一片混乱,她在哭喊,拼命地叫着:"小哥哥,小哥哥……"

他捂住耳朵。听不见,什么都听不见。

当他终于从鬼渊里扑出来时,他依然在雪地里狂奔,没有方向,只想逃跑。

直到他终于没有了一丁点力气,才"咚"的一声倒在厚厚的积雪里,一动不动,任由漫天飞雪盖到他大难不死的身体上。

无乐剑,是他的了。

破庙的门在风里晃悠着,"嘎吱嘎吱"地响。

"天下的名剑都是有脾气的,它们会按自己的方式挑选主人。"他望着手中的长剑,"当初我师父的师父看见了它,却连碰也没能碰到它就狼狈逃出,他做不了它的主人。我在鬼渊中拔不出它,或许也是它还不认可我是主人。"

"挺顽皮的剑呢。"桃夭笑笑,"那什么人才能当它的主人呢?"

"剑名无乐,自然是一生无乐之人才能当得了它的主人。"他抬头望着斑驳的佛像,"佛家总说普度众生往极乐彼岸,我看我是去不得了。从我扔下她的那一刻起,我的余生再与'乐'无关,也许它确认了这一点,我才拔出了它,做了它的主人,相伴至今。"

桃夭耸耸肩,道:"可你是天下第一了。"

"是啊,听起来应该很高兴才对。"他看着桃夭,"得到无乐的第二年,当年打败师父的人以及他的门派在我手上消失了。我没有杀他,断了他一条胳膊,当着他的面踩碎了他高悬在门上的金字匾额。从此,封无乐的名字在江湖上渐渐响亮起来。我没有朋友,只有对手,到最后,我连对手都没有了。死在我剑下的人,比庙里的佛像还多。"

"你用你的剑当名字?"桃夭望着立于佛前的他,一边是手执莲花普度众生,一边是妖剑在握杀人无数,两种极致在初秋的夜里对峙。

他转过身,打量着桃夭:"你还没告诉我你叫什么。"

"桃夭。"她大方地回答。

"你穿红衣裳的样子,跟芽芽有几分相似。"他眼里突然有片刻的温柔。

桃夭翻了个大大的白眼:"这么说,我要是穿个黑衣裳,你那天就不会帮我把钱袋拿回来了?!"

"可能是的。"他也很诚实。

"你后悔了。"她突然这样说,话中有话。

他愣了愣,沉默许久之后,他看着破庙外的夜色:"我后悔那天没有回头,带她去洛阳买糖吃。"

"拈花可以给召唤出它的人一次后悔的机会,如果你成功了,就可以回到当初,重做一次决定。"桃夭看着眼前这个孤单之极的背影,"但代价是,即便你回到当初,带着芽芽去洛阳,你也会在七天之后消失。"她顿了顿,"然后你会变成另一只拈花,

壹 · 拈花

除了今后召唤出你的人，你永远不会被任何人类看见。从此你所拥有的生活，就是如孤单的幽魂一般在世间角落游走，无人看见，无人听到，运气好的话会遇到愿意跟你聊天的妖怪，或者像我这样天赋异禀、惹人喜爱的少女。但最终的最终，你依然孤单一人。这些后果，你都知道吗？"

他点头："我都知道。三年前，当我从几个道士口中知道有这种妖怪时，我便花了大力气去了解与证实，最后找到号称活神仙的虚谷先生。他收了我的酬金，教了我召唤拈花的方法。但是，不奏效，所以事情才变成你看见的这样。"

桃夭同情地看了看昏睡之中的虚谷先生，说："他没有骗你。"

他皱眉。

她指着庙门一侧："拈花就在那儿，你的召唤是成功的，但你看不见它。"

他愕然："小桃夭，你可知同我胡说八道的后果？"

"大叔，我从来不骗长得好看的人。"她一本正经道，"你静下心，仔细闻闻看，有没有嗅到一股甜甜的、时有时无的花香。"

他将信将疑地深吸了口气，愣了愣。

"闻到了吧。"她看着那边的虚空，"自打你把它召唤出来后，一根看不见的线就把你们绑在一起啦。你去哪里，它就只能跟着去哪里。可惜你看不到它，它也无法与你讲话。"

"当真？"他循着她指的方向看过去，声音有些颤抖，"那妖怪真在我身旁？那为何我看不见？虚谷先生说，只要召唤出来就会看见它的啊！"

"人心有悔，悔重如海，生拈花。白衣无面，执花于手，有异香。生大悔之心者可召之，得其花，可回当初，七日后失人身，成拈花，游荡世间，永无绝期。"她缓缓道，"我看过的一本关于妖怪的书上是这样描述它们的，不过后面还有一句话。"

"是什么？"他急切道。

"大悔之人，必怀罪孽，或伤人，或伤物，若得谅解，拈花不现。"她拍了拍他的肩，"听得懂这话的意思吧？"

他怔住。

这时，桃夭走到那团虚无之前，低声说着什么，时不时点点头。

"这不可能的……"他喃喃。

桃夭走回来，正视他的眼睛："芽芽从来没恨过你，所以作为你悔恨根源的她，并没有想过要重走她的人生，所以拈花才被'卡'住了，无法与你相见，继而完成它的任务。就这么简单。"

他倒退两步，用力摇头："不可能！她怎么能不恨我？！我对她犯下那样的罪过，她不可能原谅我！"

她瞪他一眼，抓住他的手："走吧，拈花说带我们去个地方。"

○ 5 ○

天明时，他们站在城中某条不起眼的小街上，眼前是一座简朴的宅子，围在垂着藤蔓的灰墙之后。

她拉着他跳到墙上，偷偷俯瞰院中的一切。

两个八九岁的孩子在院子里打闹，像是兄妹俩，三十来岁的汉子在后头大声喊他们快去吃早饭，不然去学堂又晚了。不多时，房门后走出个二十七八岁的女子，荆钗布裙，白净秀气，只是眼睛上围了一圈黑布，她抖着手里的衣裳说："孩子他爹，天凉，让他们加件衣裳再走。"

汉子赶紧回头拿过衣服，嗔怪道："你光说他们，你自己咋穿得那么单薄。虽说你名字叫芽芽，听起来年轻，难不成还能年轻一辈子？咋这么不注意身体呢！"

女子叉腰道："你是嫌我老了？"

"我不是这个意思……"

"我生气了。"

"别啊娘子，我一会儿带你最爱的芝麻酥糖回来好不好，别生气啊！"

"那还差不多。"

两个孩子在另一头喊："爹娘，我们上学堂去啦！"

"等等，饭都不吃啦？"

"来不及啦！"

在被发现之前，他拖着桃夭跳下来，失了魂魄般靠在墙上，再不见什么天下第一的气势，只有一个中年男人的全部脆弱与惊喜。

"拈花说鬼渊的怪物弄瞎了芽芽的眼睛，但不知道什么原因，它们没有吃掉她。也许是嫌她的肉太少吧。"桃夭看着两个小孩子蹦跳远去的背影，"她爬出鬼渊后，命大，被一个路过的猎人救了，并被好心的猎人抚养长大，最后还嫁给了猎人的儿子，十年前，夫妻两人终于自障州迁来帝都，靠小生意谋生，后来又有了一儿一女，日子也算安稳了。"

他强撑着自己的身体，问："它怎么知道？！"

"当你诚实地讲出你的悔恨召唤出拈花之后，你、芽芽、拈花，便成了互相牵连的整体，你与芽芽的一切都会被拈花知晓，这就是拈花的妖力啊！很难跟你解释清楚的。"桃夭朝他吐了吐舌头，"总之你信它就是了。拈花是为数不多的不说谎话的妖怪呢。"

他沉默许久，说："我想见她。"他抬头看着桃夭，"那天你说我病了，你没说错。纵横江湖二十年，我未娶妻，无儿女，最后留在我身边的只有这把剑，以及一身伤病。大夫说我心脉已损，无药可医，也就这一两年了吧。"

"好可惜呢。"桃夭看着前方的院门，"想去就去吧，现在你每个愿望都可能是遗愿了，赶紧的。"

"你说话真难听。"他忽然用力摸了摸她的脑袋，"本来想问你到底是干什么的，可我觉得你一定不会跟我说实话。"

"所以就别问了，我就是个无辜牵扯进来的人质罢了。"说罢，她突然想起了什么，又道，"你身上是不是带着你写给拈花的信，上头写满了你所有的悔恨，然后用黑线缠起来包在符纸里。"

他点头："虚谷先生说一定要这样做，黄纸信，黑线缠，九十九圈不可少。"

"给我吧，你现在不需要它了。"她伸出手，笑。

他想了想，从怀中摸出一个四四方方的纸包。

"就当我给你的谢礼。"他把东西放到她手里。

"太寒酸了。"她啧啧道。

他笑笑："后会无期，有缘再见。"

"我没那么快死的，咱们不可能在黄泉路上再见的。你先走为敬吧！"桃夭坏笑着朝他挥挥手，然后大步流星地朝相反的方向走去。

他无奈地笑笑，转过身，在短暂的犹豫之后，轻轻推开了那扇陌生的院门。

正在院中晾衣服的芽芽听到了脚步声，转过脸来："是谁呀？"

他每朝她靠近一步，眼圈就红一层。

在今天之前，如果有人说封无乐会哭，那肯定会被当作一个巨大的笑话。

芽芽又问："到底是谁呀？是李婶么？"

他停在她面前，突然跪下来，抱住她的腿，"呜呜"地哭出了声。

芽芽被吓住了，不敢动弹，胡乱地摸着他的脸："这是谁呀……谁呀……"

"对不起，对不起，芽芽，对不起……"跟随他二十年的噩梦与孤独都在这一刻烟消云散，没有谁能度他，眼前这个女人才是他的佛。

突然，她的手指停在他的脸上，整个人僵住了，颤着声问："是……是小哥哥？是小哥哥么？"

他不说话，哭得更厉害了。

"是你啊，真的是你啊。"眼泪很快浸湿了她眼上的黑布，沿着脸颊落下来，"你回来看我了，终于回来看我了。"

听到动静的汉子从里屋走出来，一见着这情景，目瞪口呆道："这这……娘子，这是怎么回事？！"

"没事没事。"她忙朝他摆摆手，欣喜道，"孩子他爹，这就是我常跟你提起的，当年救我性命的小哥哥。"

汉子转惊为喜，忙上来作揖："原来是恩公啊！"

他松开手，却不起身，仰望着这个阔别多年的故人，总觉得她还是二十年前的样子。

"为何你要这样……"眼泪还是止不住，他看着她，"你忘记我对你做过什么了吗？你的眼睛……"

"没有忘啊。"她笑着打断了他，"不是你捏住恶人的胳膊，我就被烧死了。不是你给了我灵药，我就病死了。你救了我两次，我只记得这些。"她深吸了口气，俯身扶住他的胳膊，"快起来，咱们回屋说话。"

"对对，恩公快起来吧，别太激动了，身子要紧。"汉子也赶忙过来搀扶。

"孩子他爹，中午加几个菜！"

"好嘞！"

他被夫妻二人簇拥着，第一次以一种受欢迎的身份，加入到一场久别重逢的喜悦中。

一生无乐……能在生命的末尾走进这样的一座小院，流尽积存二十年的眼泪，再与故人吃一餐饭，前尘往事，恩怨是非，尽散于秋风之中。如此，无乐剑大概不会再想认他当主人了吧。

"啊，风沙好讨厌呀。"桃夭用力揉着发红的眼睛，鬼头鬼脑地从围墙上滑下来。

"你哭啦？"身旁那个一身白衣，头戴斗笠，面孔隐在面纱之下的妖怪盯着她。一个竹篮挽在它手里，篮子里摆着各色鲜花。

"鬼才哭了！"她赶紧又揉了揉眼睛。

"好吧，那我走了。"它转过身躯。

壹·拈花

"站住！"她呵道，"你就走了？"

"书信已烧，我无需再受封无乐牵制，自然要走了。"它奇怪地回答。

"不是我，你这辈子都只能卡在封无乐身边，既不能完成你们之间的契约，又不能离开他。本来你们拈花就孤独，唯一的生存乐趣就是四处游荡自由自在。要不是我，你……"

"所以你想怎样呢？"拈花叹气，"都说桃都的桃夭生性凉薄、无情无爱。你是真的诚心帮助封无乐，还是另有目的，你自己清楚。"

"目的？"桃夭望天，"我有什么目的，我就是看大叔长得好看才顺便帮你们当中间人的，好吗？！"说罢，她又立刻满脸堆笑地看它，"你看，好多妖怪想见我都见不到呢，现在我就在你面前。快告诉我你有哪里不舒服，头疼吗脑热吗拉肚子吗失眠多梦吗？千万别错过我呀！"

"我哪里都很好，我没有生病。"拈花打了个呵欠，"不过听说凡是要你救治的妖怪，都要与你定下契约做你的药。"

"我是大夫啊，自然需要很多药。"桃夭冷哼一声，"算了算了，没病就滚吧。"

"好的。"拈花果断转身飘走，没走多远，它又回头，说，"你不像他们说的那样。"

"哪样啊？！"她愤愤道。

"告辞了。"

"滚滚滚！以后你病死都别来找我！"

尾

桃夭垂头丧气地走在人潮熙攘的街上，走一步，叹三回。

好可惜啊，拈花欸，虽然数量不算少，但要遇到它们太需要机缘了，要是能让拈花做自己的药，她应该能制出世上最最珍贵的……后悔药？！

帝都永远都这么热闹，各种叫卖声不绝于耳，售卖的东西也五花八门、琳琅满目。沿途看到好些个贩卖鲜花的姑娘，穿得花花绿绿，吆喝声也脆生生的。

桃夭买了一束叫不出名字的花，红艳艳的，像她的衣裳，可能也像多年前芽芽的棉袄。

拈花真是妖怪里的异类，它们自人类的悔恨之心而生，没有实体，看起来不堪一击，却又偏偏拥有让人惊叹的妖力，也不知世上有多少后悔的人找到过拈花，回到岔路重选一次。

可是，即便重来一次，最终的结果，也只是让世上又多一只孤独的拈花而已。

拈花是一种幸运，也是漫长的惩罚。

不是谁都有封无乐这样的好运，如果可以，还是不要遇到这只妖怪吧。举旗慎重，落子无悔，这样过日子可能比较好。

桃夭觉得自己在这一点上就做得很好，虽然总是号叫着好后悔把磨牙捡回来，好后悔跟柳公子当邻居，好后悔收留滚滚，但她从没想过重来一次。就算把她扔回岔路，她还是会选择跟这些气死人的家伙在一起吧。

不过，还真有一件后悔的事。要是当初她不是天天忙着在桃都里跟人玩骰子猜大小，《百妖谱》可能就不会丢吧？！

啊啊，这件事后悔也没有用啊！算了，算了，先不要想了，现在找地方吃午饭最重要。

正走着，突然一个毛茸茸的小东西落到她肩膀上，吓得她大叫一声，正要把那家伙扔到地上，却见到了滚滚傻乎乎的脸。

"桃夭！可找到你了！"磨牙激动的声音从身后的人群里传出来，他气喘吁吁跑到她面前，"你没事吧？不不，是劫持你的那个大叔，他还活着吧？"

桃夭一翻白眼："你怎么找来的？"

"滚滚啊！它鼻子好灵的！"磨牙欣喜地抱起滚滚，"我都不知道它找人这么厉害！我们找了你好久啊！"

"切，怎么只有你们，柳公子呢？还说当我保镖，人呢？"桃夭左看右看，确定身旁的空气里并没有这个家伙。

"哦，他还在洗鞋子。"

"……"

好生气，怎么办？！算了，再生气也要吃饭。至于以后，桃夭已经想好了，她肯定要在帝都住下来，因为这里实在太有趣了，她舍不得那么快离开。

百妖谱
贰·非非

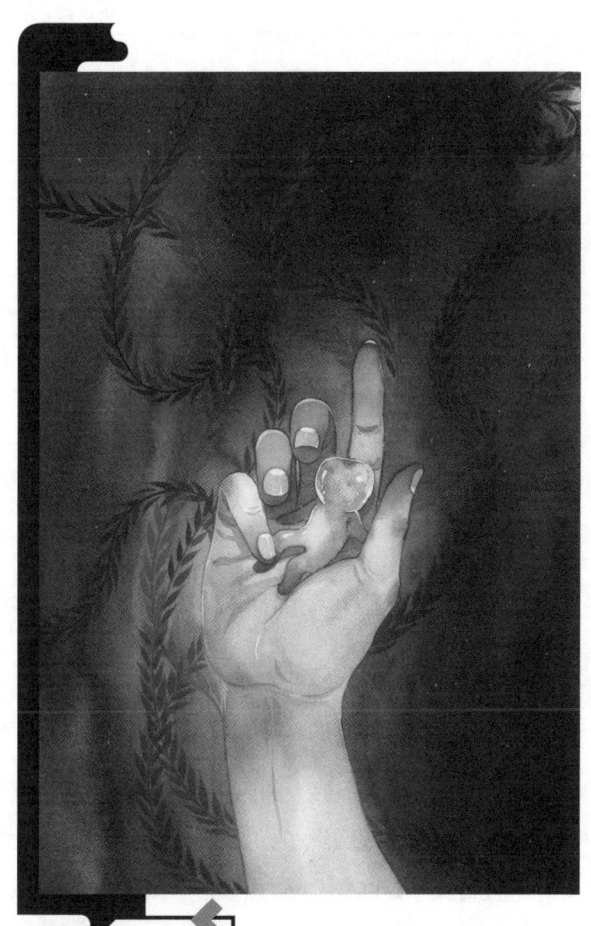

楔子

他不是个坏人，我觉得我亏欠了他三十年好时光。

◦ 1 ◦

柳公子说他目前最大的愿望就是有一座超级巨大的宅子。然后，他要把一半面积都拿出来放衣服跟鞋子，这样的话只要弄脏了衣裳鞋袜就可以立即换一套新的，一个时辰换一套也毫无压力；另一半面积则拿来做洗衣房，雇上二三十个工人随时洗洗刷刷，这样的生活多么干净美妙。

但眼前这个肥胖的中年妇人生生破坏了他对未来的展望。

"我敢说你们走遍全京城都不可能找到这样好的居所了。"她站在乱糟糟的院子里，仿佛一位自信的女王，"最要紧是租金便宜，全京城若有第二处比我更体恤你们这些外乡人的，不是骗子便是歹人，你们倒要提防着人财两失。"

磨牙从院子一侧破破烂烂的栅栏里钻出来，拍了拍身上，跟在他身后的滚滚也跟着抖抖身子，飞起的尘土像一片烟雾。

"袁大婶，这里是……"磨牙扇了扇蓬到鼻子下的灰尘。

"呃……那里是之前拿来种花种菜的地方呀，只是之前的租客荒废了。"袁大婶一本正经道，"打理出来可是很漂亮的呢！不比别人家的花园差！这部分算我送你们的！哎哟喂，哪里去找我这么大方的人哪？！"

"送我们？您还真大方呢。"柳公子横抱着手臂，一脸嫌弃地靠在院中的老树上，"还花园……瞎子都能看出来那里以前不是猪窝就是马厩好么。"

袁大婶尴尬地咂咂嘴，嘀咕道："你养猪那就是猪窝，你种花那不就是花园了么？"说着她又扭头看向站在两间旧屋前东瞅西瞅的桃夭，"姑娘，你说我讲得有没有道理？出了我这里，你们那点租金，莫说我这般大的宅子，只怕连一间茅厕都租不到哩。"

柳公子瞪着桃夭："我这般冰清玉洁的人物是不可能住这种破房子的，你……"

"袁大婶，我瞧您这里已经有租客了呀。"桃夭理都不理他，指着院子角落里支起的晾衣杆，一件半新不旧的男式袍子躺在上头随风摇动。

"呃……"袁大婶忙道，"是有个租客，不过你们各住各的房间，没影响的。再说平日里有个头疼脑热还能互相照应一下，何况你们初来乍到，对京城还不熟悉，跟我这位租客多聊聊，必有益处呢。"

闻言，柳公子转身便走。

"去哪儿呀？"桃夭拽住他。

"能去哪儿？住客栈呗，还得是上房。"他冲桃夭一笑，"你喜欢的话，就留在这破地方跟没见过面的陌生男子分租一室吧，啊，把磨牙也带上。"

"住客栈好贵的！"桃夭扯着他的袖子，可怜巴巴地看着他。

"我自己付钱！"柳公子咬牙。

桃夭无奈地松开手，关切地看着他："可你现在也没钱呀。"

"谁说我没……"柳公子面色一变，迅速在自己身上摸了一遍，旋即怒道，"我钱袋呢？"

桃夭同情地摇摇头："我也不知道呢。哎呀，好可惜，里面装的全是金条宝珠呀！"

柳公子把手伸到她面前："还来！"

"我没拿。"桃夭望天。

"你自己明明有钱！"

"早用光了，一路上的吃喝用度都是我在负担呢。"桃夭委屈得很。

"你几天前赢来的人生第一笔银子呢？当馒头吃了吗？"柳公子怒喝。

"那么有纪念价值的银子，怎么好说用掉就用掉。"桃夭嘻嘻一笑，又抓住柳公子的衣袖摇来摇去，"好啦，别跟钱过不去嘛。我看这里不错，就租这里吧。有别的租客更热闹呀。"

柳公子扯回袖子，将她上下打量一番，突然警惕起来："你又起了什么鬼心眼？明明看了好几处比这里强得多的地方，非要选这里。"

"那几处也未见得比这里强许多呀。"她笑嘻嘻地从柳公子面前闪开，像条顽劣又灵活的鱼，"磨牙，你说我讲得对不对？"

磨牙四下瞅瞅，双手合十："阿弥陀佛，出家人无欲无求，有一瓦遮头已是大好。"说罢又盯着桃夭，语重心长道，"只要你不将省下来的银子送上赌桌，害我们以后食不果腹，住这里就住这里吧。"

柳公子默默走到磨牙面前，揪着他的耳朵道："你昨天晚上才向我表示过想要一间带大卧室、大厨房、大花园的宅子，方便你念经吃斋，也方便狐狸散步！"

磨牙淡定道："善哉善哉，昨之我非今之我，顿悟在一念之间。"

"呵呵呵，你的顿悟不就是昨天的你知道我身上有钱，也知道我一定会找个好宅子容身，所以百般巴结，今天知道我没钱了就立刻弃我而去吗？"他用力弹了弹磨牙的脑门，"佛祖没教过你对朋友要肝胆相照、一致对外吗？这时候你应该帮我把我的钱从那死丫头身上抢回来才对啊！"

"可佛祖也没教过我把自己的朋友吃掉啊。"磨牙捂着额头委屈道，"柳公子你可是把吃掉我当作你生命里最大的理想呢……"

"……"

旁边的袁大婶听得一头雾水，扭着粗壮的腰肢走到桃夭面前："桃姑娘，你们先别忙着吵架呀，我还等你一句话哪！"

"行，这房子我要了。"她冲袁大婶一笑。

袁大婶一拍大腿，眼睛笑成缝："行！就按我之前给你们说的价码，三个月起租。今天你们尽管住下，明天我带文契来。"

话音未落，众人身后的院门被人推开，一道薄瘦的影子无声无息地进来了。

五十来岁的男人，裹着僧袍似的灰衣，剃得不算干净的光头在光线里泛着青色，双手笼在袖口里，整个人在秋风里瑟缩着。

见了他，袁大婶眉毛一扬，扯起嗓门喊道："哎哟，您回来啦？怎么着，又没当成和尚呀？"

男人扯了扯嘴角，算是对她的回应，看不出是笑还是对她的不屑。

当男人从桃夭他们身旁经过时，桃夭下意识地朝后退了一步。男人则懒懒地瞥了他们一眼，目光只在经过磨牙的时候稍微亮了一下，有点羡慕的意思。

他停下，问袁大婶："新房客？"

"是啊，是啊！"袁大婶赶紧笑道，"几位初来京城，还劳您多照顾提点。俗话说远亲不如近邻，以后您这儿可热闹喽。"

他像是根本没听到她后面的话，又把桃夭他们扫了一遍，稍微点头示好一下，便撇下他们径直往屋里去了。

"什么来头？"柳公子皱着眉，朝关上的房门努努嘴。

"没来头。"袁大婶摊手，"市井闲汉一个，不是本地人，无亲无故的，从没见他正经做过一份差事，只做些零散工赚几个饭钱。这人的命吧，跟他名字一样寡淡，叫陈白水。"说着她又"扑哧"一声笑出来，"不过他也有趣，天天就想当和尚，这两年他大概把京城大大小小的寺庙都跑遍了，可始终不能如愿。也有那么几处原是要收留他的，也是邪了门，剃度前一天，不是方丈突发疾病，就是寺院着火，反正到最后他总是落个与佛无缘的结局，郁郁地回来。知道这些事的人，少不得为此调笑他。你看，他一年四季都光着头，可还不是当不成和尚。天晓得他上辈子积下多大的罪孽，我看哪，他这辈子都没法如愿啦。"

"阿弥陀佛，还有这样的人……"磨牙听得诧异。

桃夭摸摸他的光头，嘻嘻一笑："要不你找个机会跟他聊聊，传授一下顺利当和尚的技能？都说京城不比别处，原来当和尚也这么紧俏。"

磨牙瞪她："万事皆有因缘。"

总之，租房的事情就在这个秋天的午后定下来了。秋风落叶里，得了新租客的袁大婶欢欢喜喜地出了门；还算宽敞的院子里，柳公子冷笑着说，起码要把这里清洁八十次才能勉强入住；磨牙则带着滚滚很开心地在规划哪里可以种花种菜。身在繁华之地，居有定所的新生活，想想还是很让人期待的。

院中两间屋，左边归陈白水，右边归他们，在柳公子跟磨牙为谁扫地谁擦桌喋喋不休时，桃夭没事人一样坐在屋前的石阶上，托腮望着隔壁陈白水的房间，偶尔皱一皱眉头。

○ 2 ○

晚饭是柳公子做的，味道一如既往地闻者伤心食者流泪……最后他自己也吃不下去了，三人一狐抱着中午吃剩下的馒头，一边啃一边互相埋怨。桃夭骂柳公子厨艺跟年龄成反比，柳公子回敬你行你上连煮个蛋花汤都不会，一个只知道吃现成的懒东西，有什么资格责备在厨房忙碌的人！磨牙叹气说不如以后他试试下厨，只是从此就不能见荤腥了，话没说完立刻被其他两个肉食动物否决。全程围观的滚滚则悄无声息地趁他们闹腾之际，赶紧多叼走了一个馒头。

正当战火在饭桌上燃烧时，有人来敲门。

陈白水端了两盘菜一锅汤，香气扑鼻地站在门口："我瞧着你们家公子烧饭时差点把厨房都毁了，料想你们晚上肯定吃不上什么好的，不嫌弃的话，我这儿有多的，分来给你们随便吃吃。"

厨房是共用的，柳公子做饭时，陈白水冒着生命危险在里头默默地摘菜。

不等他们表达意见，陈白水自顾自走进去把菜放到桌子上，又对磨牙道："小师父，都是素菜，你也可以吃。"

食物确实是拉近距离的利器，屋里的场面很快和谐起来。陈白水坐在饭桌旁，像个慈祥的长者在照看一群饿肚子的倒霉孩子。

"好吃，真好吃。"磨牙边打饱嗝边喝汤。

"也就比我做的好一点点吧。"柳公子尽量优雅地把盘子里最后一片菜叶塞到嘴里，"下次少放点盐，味道重了。"

桃夭只吃不说话，全程坐在离陈白水最远的地方。

"你们这些孩子呀，出门还是不够小心。"陈白水笑了笑，"京城龙蛇混杂，不相干的人给的吃食，要多个心眼，常有人这么稀里糊涂地被捉去卖掉。"

"您老是我们的邻居呀，总不至于害我们吧。"桃夭笑道，"我瞧您神态从容，多半是个心无波澜的红尘隐士呢。"

"什么红尘隐士，混吃等死罢了。"他笑着摆手，"你这丫头说话倒是讨人欢喜。你们打哪里来？长住？"

"自蜀地来，京城甚好，暂时不走了。"桃夭的目光聚集在他光光的头顶上，笑问，"陈大叔你呢？准备继续实现你当和尚的愿望？"

他一怔，摇摇头："我这辈子怕是当不成和尚啦。"旋即又自嘲般笑了笑，起身把桌上的空盘与汤盆收到托盘里，边收边说，"你们这样的年纪多好啊，有无数的时间，无数的机会，还有无数的愿望可以实现。"

"施主你也可以啊。"磨牙忙道。

他笑笑，默默收拾好东西出了门，身子似乎比来时佝偻不少，很没有精神的样子。

"老头子怪里怪气的。"柳公子皱眉，指着自己的脑袋，"该不是这里有问题吧？"

"这里有问题都比你做饭做得好吃，你该检讨。"桃夭不满道，"刚刚吃了人家送的东西，转个身就说人闲话，你是不是个男人！"

"呵！呵！呵！"柳公子夸张地冷笑三声，"我是男蛇不是男人。"

"你就是个错投了蛇胎的长舌村妇！"

"我们出去打一架吧！"

"别闹啦！你们不觉得陈施主有心事？"磨牙插嘴道，"这个人看起来像秋风一样，好萧条的样子。"

"到他这把年纪，大多数人都儿孙满堂了。可你们看他，孑然一身，要钱没钱，要家没家，连正经谋生的差事都没有，搞不好他想当和尚的原因是庙里管吃管住死了还管埋？"柳公子毫不掩饰对陈白水的不喜欢，"你们有这工夫同情他，还不如劝他趁身子骨还硬朗，赶紧出去寻个差事，起码活得像个正常人。"

"一定有原因的。"磨牙不太赞同他的说法，"我看陈施主不是那种好吃懒做的无赖，会担心刚刚才见面的邻居吃不饱的人，不会很坏的。"

桃夭没吱声，扭头看了看窗外，打个呵欠："别废话了，睡吧。"

小院里安静得很，一墙之外的市井里仍有灯火如星，不冷不热的秋夜，最适合裹着软软的棉被，一觉到天明。

◦ 3 ◦

三更天，帝都一天中最沉寂的时候。

桃夭把柳公子的外衣披在身上，坐在屋前的石阶上，习惯性地托着腮，半眯着眼睛看着院墙外的世界。夜空中稀疏几颗星子，黯淡得像人的睡眼。

"咚咚咚，咚咚咚"，似乎有什么小东西在她身后的地上弹跳。

"我一直以为桃都的桃夭是个老太太，不曾想是个黄毛小丫头。"弹跳声止住，有人说话，听不出男女，声音猫儿一样细。

"你藏得很深啊，连我的同伴都没留意到你的存在。"桃夭笑笑，头也不回道，"跟我说话可以，来见我也可以，但是别靠近，起码离我三步开外。"

对方嗤嗤地笑："你怕我？"

"是啊。"她脱口而出。

对方又笑："桃都的鬼医也怕妖怪？"

"我怕我以后再也赢不了钱。"桃夭回头，冲身后的家伙吐了吐舌头，"毕竟那是我人生最大的愿望。"

贰·非非

两三寸高的小东西，通身翠绿，生了一个圆乎乎的汤圆般的脑袋，手脚连着身子，像个软绵绵的"大"字。小到可以忽略不计的眼睛在圆脑袋上眨巴着，最有意思的是，它一直在用头朝下的方式行走，或者说在弹跳。

"那我就站在这里吧。"它停在离她三步之外的地方，一翻身坐下来，"其实你的担心多余了，就算我跳到你头上，你该赢的钱也不会飞走。"

"不要，不管你怎么说，我都不想碰你。"桃夭撇撇嘴，"谁让你是一只非非。"

它眨眨眼，说："说得就像我们喜欢被你们碰到一样。"

"你对我还真不客气呢，你可是有求于我。"她转回头去，继续漫无目的地看着外头的夜色，"陈白水就倒霉了，他做了什么事惹到你，搞得连和尚都当不成。"

"你看他像不像个杀人犯？"

"不像……"

○ 4 ○

"咯吱，咯吱。"

光线幽暗的房间里，白发苍苍的老者站在桌前，用力摇动一个直径一尺多的小石磨，石磨的出口有绿色的汁水缓缓淌出，落进黑色的瓷碗中。

它紧靠在铁笼的角落，从笼子的缝隙里小心窥看外头的一举一动。它的身旁还有三四个同类，有的躺着，有的跟它一样哆嗦着坐在尽量靠里的位置。

石磨的声音终于停下来，老者将瓷碗端到了另一张堆满纸墨的桌上。油灯的光线在他的脸上跳动，一件事即将大功告成的兴奋被控制在他这个年纪所拥有的沉着之中，以致于他有一种想笑又不敢笑的怪异表情。

裁成长条状的黄纸被他铺开。他取了笔，蘸饱了碗里的绿汁，在纸上画出弯弯曲曲的符号。

"许老板……"他边画边嘀咕，"替你儿子把棺材买好吧……"

他最近特别讨厌的就是许老板了，总是与他抢生意。他儿子也碍眼，长得那么高大英俊，还特别聪明，以后定是他的得力助手，好不容易得了重病，那就别好起来了吧。

一想到许老板抱着死去的独子痛哭流涕的样子，他就觉得心中一阵畅快。

它沉默地看着他的笔在纸上飞快游走，每走一笔，它就哆嗦一下。因为躺在碗里的不是墨汁，是它的同伴之一。

一只非非，可以磨出一小碗汁水，写一张黄纸。

原本它跟同伴们是不属于这个人的，它们从很久以前就被囚禁在这个狭小的笼子里。这笼子最初属于谁它已经不太记得，辗转流离了多少年也模糊了，只知道它们现在属于宫里一个老得像只僵尸的太监。老太监不单是太监，他最擅长扎小小的稻草人，再用针刺进去。每当他做这样的事，宫里便有人不得安生。但是，他最厉害的，还是用非非的身体做成"墨"，在黄纸条上写下奇怪的符文，再写上人的名字与八字，最后投到火里烧掉。但老太监不常做这样的事，它只有三个同伴在不同的年月被磨成了"墨汁"。之后发生的事情，不外是一位得宠的娘娘失了龙子，一位将军打败了一场关乎帝国安危的战役，以及最后的最后，皇帝丢掉了他的江山。

三个人心心念念的愿望，纷纷走向了相反的结局。

国破家亡的那一天，老太监躺在自己的床上，诡异地嘻嘻笑着。

他的徒弟，从入宫时便跟在他身边的小太监，如今也是年过三旬的岁数，对于自己的师父，他又怕又好奇。他知道老太监有个关着小怪物的笼子，也知道他把怪物放到石磨里磨成汁，可他从不敢问什么。

"师父，守不住了，江山要改姓了。"他跪在老太监的床前，"我们走吧。"

老太监摇头："我命不久矣，躺在这里反而死得舒坦。"

"那……那我走了。"他不打算陪葬，对于这个古怪的师父，他并没有多少留恋。

"小崽子……"老太监叫住了他，这些年他私底下总是这样喊他。

他停下步子，又跪了回去，心中对他还是莫名的惧怕。

"你可知我此生最大的愿望是什么？"老太监目光恍惚起来。

他懵然摇头。

"有妻有子有家可归。"老太监吐出一口长长的气，只在这一瞬间，他看起来像个有血肉的正常人。但是，诡异的笑声很快取而代之，"可我是个太监啊，哈哈哈，我怎么可能有妻有子，我十一岁就被卖啦，我的愿望最终被颠倒过来，从头到尾，我一个人，到死也是。"

他不知如何应对，傻傻地跪着。

"不过我还是高兴的，起码被颠倒了愿望的人不止我一个。"他浑浊的老眼里闪过痛快到有点恶毒的光，"连皇帝都不能幸免，嘿嘿嘿。"

他心下一惊，不禁脱口而出："师父，是你做的？"

老太监笑而不语，良久之后方说道："你附耳过来。"

他战战兢兢地过去。

老太监嘶哑的声音在他耳中回旋。

天亮之前，老太监断气了。

他匆匆离开了宫殿，什么都没拿，只带走了一个木箱，里头装着一个小小的铁笼，以及一个石磨与几叠黄纸。

如今，他已然到了与老太监一般大的年纪，在城里开了一间寿材铺。除了无儿无女无家室之外，日子过得还算不错，起码不缺钱。

可是，对面的老许太讨厌了，跟当年的老谢老何老秦一样讨厌。有儿有女就很了不起，就可以肆意嘲笑他的处境？记得开古董店的老谢当年指着自己的鼻子骂死太监，也记得他的两个儿子故意在他的铺子门口撒尿。七八岁的孩子，一边提裤子，一边冲他挤眉弄眼地笑，四周看到的人也都掩口而笑。一个卖棺材的孤家寡人的尊严，并没有什么人在意。

每当遇到这样无意或有意的"玩笑"，他都不生气，只是笑笑，然后躲进谁都听不到、看不见的角落里，一张笑脸瞬间阴霾成另一个人的样子。

有时候他甚至盼着自己生一场致死的大病，人生断在这里就好了。自尽这种事他做不出，他没有把刀子戳进自己心口的勇气，但活着的日子又那么不高兴。

那年春天，在他家门口撒尿的老谢家的两个儿子第一次出远门，去另一座遥远的城市替家里进货。老谢夫妇千叮万嘱他们路上小心，平安去平安回，还派了七八个仆从跟随左右。

他照例坐在自家铺子的角落里，看着谢家二老眼泪巴巴地送两个宝贝儿子出门。

他突然想起了师父留给他的"遗物"。

那天夜里，他站在火炉前，一张黄纸在火焰里化成灰烬。

大约三个月后，谢家门口挂上了写着"奠"字的白灯笼。

自诩聪明，初出茅庐的两位公子一死一伤，大公子被水寇当场砍死，小儿子断了一条腿被扔到水里，命大没淹死，冲到河岸被救起。自他们离家后，谢家父母寝食难安，天天求神拜佛，只愿亲儿平安归来，却不曾想愿望被颠倒成这般境地。

他无事人一样，还以一个老邻居的身份前往吊唁。

看着老谢两口子呼天抢地的样子，他觉得一口气终于吐出来了。

接下来的十几年间，卖布匹的老秦周转不灵，破产了；卖药材的老何惹上了官非，最后被判了流刑，再没机会回来；现在，轮到开当铺的许老板了。那个装作朴实敦厚的伪君子真是让人恶心，最近他视如珍宝的独生子染了重病，终于又有机会帮他"颠倒"他的愿望了。

他的笔在黄纸上越写越快。

还差最后两笔时，房门被撞开，七八个黑巾蒙面的汉子提刀而入。

这是一群特别"简单"的匪徒，目标只有一个：钱。

这个夜里，好几间做生意的铺子都被劫了。

他倒不是很心疼钱，只是当四下翻找的匪徒们朝放着笼子的角落里走去时，他才本能地反抗起来。那是他余生唯一的"快乐"了，他们可以拿走他的钱，但不能拿走这个笼子！

匪徒们自然不能同意。一个任人宰割的老东西，有什么资格阻止他们拿走任何想要的东西？他死死抱住匪首的腰："这里一切都归你，笼子给我留下！"

其实也是情急之下犯了蠢，越是如此，人家越以为那是价值连城的宝贝。

匪首要他放手，他不放。匪首怒极，一把甩开他不说，回手便是一刀。

他扑倒在地，像终于落地的枯叶。一直以来，他的生命就像他的身体一样，残缺不全，苟延残喘。都说生命美好，可他真的不太搞得清楚，所谓的美好与快乐，是否就是他看着别人家破人亡、哭天喊地时的那种感觉？

没人再有机会来回答他。

咽气前的瞬间，他突然想起一件事，那就是直到今天，他活得连一个真正的愿望都没有。

匪首若无其事地踢了踢他的尸体，然后走到笼子前头。

那个角落很暗，匪首招呼手下拿来油灯照亮。

很快，屋子里混乱起来。匪首大概受了点惊吓，一边骂什么鬼东西，一边举刀砍翻了铁笼。

其他人也吃了一惊，四五个绿洼洼的小东西从变形的笼子里跑出来，以头朝下的方式四散逃开。

"妖怪啊！"不知谁喊了一声。

突降的恐惧把屋中的情景变得刀光剑影，匪首与几个手下对着从他们脚旁跑过的小东西挥刀乱砍。

而这些老鼠般的小东西似乎比他们还要害怕，毫无章法地乱跑一气，最后无一幸免地成了刀下鬼，有的被砍了脑袋，有的被拦腰斩断，四分五裂的身躯很快在地上化成了一摊绿水。

待众人平静下来之后，匪首喘着大气命令道："再搜一遍！"

众人又里里外外地搜。

它躲在墙缝里，使劲把身子往里挤，但始终会露出手脚。

有阴影罩下来，一个人停在它面前。

它哆嗦着看他蹲下来，黑巾上的双眼微微眯了一下。

他看见自己了，手里的刀闪闪发亮。

死就死吧，反正大家都死了，反正也回不去老家，它闭上了眼。

"阿水！发现了什么没有？"有同伴在后头喊他。

他起身："没有。老鼠都没看到一只。"

它愕然。

仅仅一个夜晚罢了，自由来得太莫名其妙。

它目睹着匪徒们跨过那个人的尸体，带着他们能找到的一切财物离开了寿材铺。它在那个人的尸体前待到天亮，又到天黑，直到外头传来杂乱的脚步声与喊叫声时，它才从门缝里钻出去，永远摆脱了被囚禁的岁月。

它没有恨过老太监，小太监也是。相反，有一点点可怜他们。

○ 5 ○

寿材铺老板被杀以及相邻几间商铺被劫的消息很快传遍了附近的街巷。官府的人在现场潦草进出了几次，案件便停滞在了"待查"状态。封条贴在寿材铺的大门上，一直贴到褪色也没人来揭下。

人们很快就忘记了那个曾当过太监的老人，他的存在就跟他卖出去的棺材一样死气沉沉，不讨人喜欢，没有任何被缅怀的价值。

这座城的夏天比冬天好受些，冬天的风像不留情的刀。

寻常的小街上，蛐蛐儿在温热的夜风里断断续续地叫喊，偶尔有几个路人摇着扇子说着闲话走向远处，空气里有桂花的味道。

一只幼小的黑猫沿着墙根慢悠悠地走，一直走过一座石桥，一排垂柳，最后停在了河岸的转角处。

不易引人察觉的角落里，一男一女在说话，女人把头埋在男人的肩膀上。

"等我三年，我风风光光来娶你。"

"陈白水，这是你说的，你要做到。"

月亮从云层里透出半个脸，很快又识趣地躲了回去。

黑猫停在离他们不远的柳树下，静静地看着那男人的眼睛。

很快，女人依依不舍地离开，男人站在原地，直到看不见她的背影也闻不到她身上的淡香，还是舍不得离开。

他一屁股坐到地上，顺手拾起一块石子扔进河水里，眉头绞在一起，谁都解不开。

黑猫走过去，与他并排坐下。

他发现了这个不期而至的小东西，眉头稍微松开了些，说："我这里没有鱼，也没有老鼠，你坐在我旁边也没有好处。"

黑猫扭头看了看他，说："原来你叫陈白水啊。"

他差点滚到河里去。

"你……"他狼狈地站起来，指着黑猫，"猫……猫怎么会说话？"说罢又狠狠地朝自己脑袋敲了几下，"一定是之前喝的酒有问题……"

"我认得你的眼睛。"黑猫又说，旋即"扑通"一下倒在地上，一个绿色的小东西从黑猫的身体里走了出来，依然以头朝下的姿势。

他愕然地捂住了嘴，好半天才回过神来："是……是你？"

"两年了吧。"它停在离他一步之外的地方，眨巴着小眼睛，"想不到还能遇见。"

"你……你到底是什么东西？"他退后几步。

"我叫非非，是妖怪。"它的声音很细小，像听不出性别的小孩子。

他竭力让自己镇定，不太相信地问："你……你真是妖怪？"

"我是。"

他沉默许久，突然笑出来："如果你是妖怪，怎会被关在笼子里不得脱身，又怎会任人屠宰，无力反抗？妖怪不是能呼风唤雨、杀人于无形的吗？"

它想了想，反问："那你是人类么？"

"我当然是人。"

"如果你是人，怎会谋财害命，怎会连心爱的人都娶不到？人类不是自诩万物之灵，可主宰世间的吗？"

他被噎住，居然找不到话来反驳这个一脚就能踩死的小绿怪物。

片刻之后，他突然笑起来，摇头道："早知今日，当初就不放你生路了。不曾想你看起来胆小如鼠，嘴皮子却比刀剑厉害。"

"所以世上有你这样身不由己的人类，自然就有我这种不能呼风唤雨的妖怪。"它认真道，"天地之大，你我既能重逢，不如你受我一拜吧，我把你放我生路的人情还你。"

"别，一个头朝下的家伙要怎么拜我？！"他冲它摆摆手，"就当我当初根本没有看见你，你也不欠我人情。走吧，我不习惯跟妖怪在一起。"

它想了想，转身走回了黑猫的躯体里，眨眼间，黑猫甩了甩脑袋，重新站了起来。

"你附身在这只猫上？"他问。

"重得自由的第三天，我在路边遇到了这只刚刚死去的幼猫。既然从此要流浪市井，以本相示人始终不便，总不好天天头朝下，在你们眼前跳来跳去吧。"它解释道。

"为何你非要头朝下？"他忍不住问道，"转过来不行吗？"

"因为我是一只非非，所以我只能头朝下。"它认真道，"从出生那天起，我们就用这种颠倒的方式生活着。"

"谁把你们生出来的？"他更好奇了，"你们也有爹娘？"

"我们从颠倒界的泥土里生出来。"它如是道。

他越听越糊涂："颠倒界？那是什么地方？"

"我的家。"它垂下头，"能离开但回不去的地方。"

他皱了皱眉，又抬头看了看隐约的月色，说："我要走了，不管你是什么，后会无期。"

"陈白水！"它叫住要离开的他。

他站住，回头："我都说了不用你感谢我。"

"我认识的人都死了，现在除了你我谁都不认识，我能跟你一起走么？"它认真地问。

他一愣，说："我没有多余的银子买鱼给你吃。"

"我不是猫，我不需要吃饭。"

"那你会抓老鼠么？"

"不会。"

"那我凭什么让你跟着？"

"我……我长得比较可爱？！"

"再见！不不，别见了！"

○ 6 ○

陈白水现在住的地方，叫屠龙寨。名字霸气，实则就是个土匪窝，一帮乌合之众在城西三十里外的赤驮山上占山为王。

赤驮山自古便是商旅入城的必经之路，虽后来开了水路，然而绕远，不少商旅为了节省时间与人力，仍是选择穿山而行。运气好的倒也罢了，不好的，少不得被这帮土匪洗劫一空，有时连性命也要搭进去。

官府出兵剿过几次，但始终余孽难清。屠龙寨像一颗顽强的毒瘤，一代代传继下来，狡猾地藏在赤驮山的隐秘之地，与所有想除掉他们的人斗智斗勇。

今天，陈白水被他的同伴们嘲笑了，因为他带回来一只猫。

事实上他在屠龙寨的这几年，也常是大家的调侃对象。原因之一，他长得清秀，实在没有一丁点匪气；原因之二，他念过书，不但识字，还会作诗，对于其他大字都不识几个的同伴而言，他的优势放错了地方，这让他看起来更像一个文弱的废物；原因之三，他不敢杀人。

当年他一身落拓地出现在屠龙寨的门口，跪了三天，寨主才把他放进来。

"为何要入屠龙寨？"寨主捋着大胡子，坐在虎皮垫着的、仿若龙椅般气派的宝座上，像看个笑话一样俯瞰这个手无缚鸡之力的年轻人。

他一字一句道："我没钱，我要钱。"

片刻的沉默后，堂上轰然大笑，所有人都在笑他。

"你要钱做什么？"寨主像在逗一个孩子。

"娶一个姑娘。"他坦然道，"听说做你们这行挣钱最快。"

寨主一愣，旋即大笑："哈哈，我屠龙寨多的是姑娘，不花钱就能娶。"

他面不改色："我只娶她一个，有媒有聘，正大光明。"

"倒有些骨气。"寨主想了想，"也好，过了咱们屠龙寨三关，我便收了你。"

屠龙寨三关，走火路，过酒海，上刀山。

他点头。

所谓三关，是从火炭铺成的九尺小路上赤脚踩过，再喝完九大碗烈酒，最后爬上一座用乱石堆成的小山，取下插在顶端的旗帜，万一中途失足跌落，小山之下立满的尖刀便派上了用场。

当陈白水跟它说起这些的时候，它是不太相信的，直到他脱掉袜子，露出脚底的伤疤时，它才勉强信了。

"是那个姑娘吧，河边跟你抱在一起的那个。"它蹲在山寨大门前的木桩上，四周的树林里有点点绿光明明灭灭。夏季的赤驮山里有许多萤火虫，比天上的星星还多。

陈白水今天守夜，手里握着一柄长矛，像个没吃饱的门神。

贰·非非

"我不是很懂,娶一个姑娘难道不是你愿意她愿意就可以了么？"它又说,"这跟你是穷是富有什么关系？"

"他爹娘嫌弃我穷,让我滚蛋。其实想来也没什么不对的。没有钱,我连一间能遮风避雨的宅子都不能给她；没有钱,我们吃不饱穿不暖；没有钱,她连喜欢的胭脂香粉都不能买。"他笑笑,"她愿意与我私奔,可我怎能让她背上这样窝囊的罪名,我要她风风光光嫁进我陈家,衣食无忧,白头到老。"

"可你现在是……一个土匪。"它眨了眨眼睛,"你随时可能死在乱刀之下,也可能被抓进监牢,永无生机。"

他左右看看,确认没人之后,才小声对它说："我如今攒下的钱,已经可以购置半间宅子了！"

它不知道是不是该祝贺他。

"说起来,你跟着我也有一段时间了,你到底是个什么妖怪啊？"他转开话题,"不会飞天遁地,力气比老鼠都小,除了附身在死猫上跟我说闲话,你还会什么？"

"我……我其实什么都不会。"它垂下脑袋,"就这样跟在你身边说闲话不好么？"

"也不是不好,可你毕竟是一只妖怪呀,不应该活得这么乏味。"他瞟了它一眼,"你就没有什么愿望么？"

它怔了怔,喃喃道："生来就是颠倒愿望的家伙,凭什么有愿望呢……"

"你嘀嘀咕咕说什么？"他问。

话音未落,山下的小路上隐隐有一串灯火飞快地移动过来。

他顿时握紧了长矛,等灯火近了才看清,是专门负责打探"生意"的兄弟回来了。

7

这次是"大生意",五天之后,会有一队商旅自赤驮山经过,带来的货物不是粮食香料,而是黄金珠宝。然而,他们请了镖师一路护送,下手恐有难度。

寨主的意思是,赌上全寨的性命,也要把这只大肥羊宰下来。若能成事,那真是往后三年大家都不愁吃喝了。

最终的决定是,全员出动。

连陈白水都要加入,要知道以前他只能跟着小头目做点小买卖。

出发前的晚上,陈白水跟它说,如果这次成了,也许他就不用再当土匪了。

它没说话,静静趴在他的床边。

情报没有错，第五天的午后，确实有一队商旅往赤驮山的山路遥遥而来。

屠龙寨一共出动了百来号人。

必经之路上早布置了陷阱，领头的马匹摔进了深深的陷坑，然后，一群土匪四面八方围上来，这是屠龙寨的风格，简单粗暴，只求一击即中。并且他们大多数人都带了石灰粉，打不过就撒出去，手段无所谓，只要能击败对手就行，真真一群土匪。

陈白水带了刀，装石灰粉的袋子原本拴在了腰上，最后却又放了回去。怎么都觉得这玩意儿下作得很，他始终没能说服自己。

赤驮山很久没有出现过如此惨烈的场面了。

在一箱又一箱金银珠宝面前，人变得很疯狂，屠龙寨的人都成了野兽，刀斧之下，绝无活口。

他手脚都有点软，总觉得刀好沉，总往下滑。他缩在树后，全程只与对方的几个不太懂拳脚的家丁过了几招。人家砍他，他挡，挡不住就跑，没跑出几步就觉得有热热的东西落在后脖子上。回头，家丁捂着热血喷溅的咽喉倒了下去，那个住在他隔壁常常嘲笑他的小个子握着淌血的刀，轻蔑地朝他笑了笑。

他突然想吐，大概是血腥味太浓。平日里，他们也不过就是些喝酒吃肉聊漂亮姑娘的人罢了，有些人连杀鸡都不想杀，说血会脏了衣裳，怎么今天就不怕脏了呢？

能掠夺的东西越多，就越不像人了。

他很恍惚，觉得做了一场梦。身边的叫骂与嘶吼渐渐平息下去，等他再清醒过来时，浑身伤口的寨主兴奋地挥舞着砍出了缺口的大刀，吼道："搬东西！回家！"

他们赢了，所有的金银都归他们了。对方全军覆没，屠龙寨死了一半人。

没人关注陈白水干了什么。寨主离开前，吩咐他留下来把战场清理一遍，顺便摸摸这些死鬼身上还有没有什么遗漏，如果有，就算他的了。

"看你吓成那样，给你压压惊。一会儿我们吃饱了饭，再来处理这些死鬼。"寨主抛下这样的话，大笑着离开，他今天心情太好。

大部队离开后，他呆呆地站在几十具尸体之中，不敢动。

隔了好久，他才抖着手，在尸体之间笨拙地移动，摘下戒指与玉坠，以及一切看起来值钱的东西。每当他的手指触碰到失去温度的皮肤时，心脏就会收缩一次，脑中的空白也增加一分。

此生从未如此紧张，一根弦紧绷在魂魄中最脆弱的地方，他说不上来自己在怕什么。没出息，不过是死去的人罢了，他们还能跳起来咬你不成！但是不行，就是怕，汹涌的恐惧几乎将他淹没。

贰·非非

它站在离他不远的树下，树叶在它头上沙沙地响，仿若亡魂在呻吟。

对方的镖师是称职的，从头到尾没有想过逃跑，其中一个镖师还十分年轻，估摸着只得十六七岁，躺在那里，脸上身上都是伤。

他动手去解他脖子上的玉坠，谁知少年突然倒抽了一口气，吓得他连退三步，差点尖叫出来。

少年缓缓睁开眼睛，身体仍动弹不得，他费力地将视线投向这个将他吵醒的土匪，嘴唇翕动着："你……我……我记得你们所有人的样子，所有人……你们不知道……你们动了谁的东西……"

气若游丝的几句话，如雷电般劈在他心口。

有活口？怎么能有活口？他说他记得所有人的样子，这么说只要他活着，就要找他们所有人算账？他最后那句话什么意思？他们劫走的是哪个惹不起的大人物的东西？

混乱的想法在他脑中疯狂撞击，寨主最爱说的话是斩草除根、以除后患，一旦露了面，见了血，一定不能留活口，不能留活口……

他觉得灵魂跟身体在这时候分了家，他明明还在犹豫，身体却朝那少年扑过去，并且用那双比尸体还冷的双手掐住了少年的脖子。

不能让他活下来，不能！这个念头终于占据了他的脑海。

突然，一道黑影自他身后而来，闪电般撞上了他的背脊。

世界飞快地旋转起来，天与地好像都颠倒了位置，树木的根系长到了云朵上，一切都反过来了。

他觉得背脊很凉，好像谁用没有温度的手掌用力拍了他一下。

一阵本不属于这个季节的狂风没来由地刮起来，地上的沙土被卷起，狠狠飞进了他的眼睛里。

剧痛之下，他本能地松开了掐住少年的手，捂着眼睛倒在一旁。

少年缓过气，猛烈地咳嗽起来。

好一会儿，他才勉强睁开揉得血红的眼睛，灵魂与身体也在这刹那的暂停里重新合二为一。

少年用力撑起身子，不怕死地看着他。

他狂跳的心突然没了着落，好像一个喷嚏没打出来，又像身体某个地方被人扎了一下，所有积累起来的力气"扑哧"一下泄掉了。

他无法再动员自己行动第二次了，杀掉少年的愿望，落空了。

他潦草地将搜来的财物塞到自己怀里，像所有的失败者一样狼狈地逃跑了。

他没有回屠龙寨，一路狂奔下山，跳到河里洗净身上所有的血迹，又在河水里泡了许久，直到天黑时，才穿上还在滴水的衣裳，游魂野鬼一样地往城里走去。

一直走过石桥，穿过城中河岸边的垂柳，在月牙高悬的时刻，他才停在那所去了无数次，但始终不敢跨入的院落前。他想娶的人，一墙之隔。

还是没有敲门。就算敲了，出来的也不是她，只会是她拿着扫把或者端着脏水的爹或者娘。

他在院墙下站了好一会儿，还是走了。

只有坐在柳树下，听河水淙淙而过时，他的心才跳得像个正常人。

之前发生的所有变得很模糊，他不愿去回忆任何一个细节，只是隐隐觉得可能当不成土匪了。他今天当了逃兵，屠龙寨从不容忍这种行为，按规矩是要断一条腿的。他甚至不敢再踏足赤驮山。可是，这几年攒下的家当还藏在床底下，不回去的话，仅凭身上这些个戒指玉坠，是实现不了他对她的诺言的。

怎么办，要偷偷地回去吗？万一被撞见了，他要如何解释自己的落荒而逃？寨主知道的话，是笑话他，还是真的会砍掉他的腿？

好了，就到此为止吧。就算当土匪再赚钱，他也干不下去了。此刻最大的愿望，就是拿回自己的钱，加上今天得的东西，再想法子赚一点，拼拼凑凑也该能买一间小宅子，再加一份不太寒酸的聘礼了。

可是，怎么拿回来呢？

发愁之际，他突然想起了它，那个住在黑猫身体里的妖怪。它还在赤驮山？它一定不知道自己跑了吧，他们就此失散了？

心头顿时一阵怅然，好像丢了一件不太重要，但又觉得可惜的东西。

活到现在，只有它对自己没有要求，没有耻笑，像个远近适中的朋友。

但现在，他无力去寻找它了。如果缘分只到这里，那就到这里吧。

他用假名字在城中最便宜的客栈里住下来，白天不出门，也不敢跟心爱的人见面。事实上，她一直以为他在外地做生意。

这些天，他一直在想一个如何能拿回钱财，但又不惊动屠龙寨众人的方法。但是，想不到，太难了。要不干脆去跟寨主请罪，求他高抬贵手，把他这个没用的土匪撵出去，在不砍断他的腿的前提下……但这个好像更难？

他愁了十来天也没愁出结果。直到那天清晨，有大队兵马穿城而过。马队里拖着囚笼，里头塞满了他熟悉的人。囚笼一角，还惩罚般悬挂着一颗人头。寨主到死

贰·非非

也没闭眼。

他呆呆地看着兵马与囚车在扬起的尘土中远去。

百姓们都很高兴,说屠龙寨终于被剿灭了,以后赤驮山可算是清净了。之后在坊间的传闻变得更详细了,说屠龙寨的覆灭是因为他们劫了朝中一位皇亲国戚的东西,有个大难不死的镖师回去通风报信,确认此事乃屠龙寨所为,大人物盛怒之下即刻派出自家的精兵强将,以剿匪之名血洗了屠龙寨。

他连饭都没有吃完,就从那群说得口沫四溅的路人身旁离开了。

半年之后,他才鼓足勇气回到曾经的屠龙寨。如今的那里只剩残墙焦木,一片死寂。

他的钱找不到了,也没有黑猫的影子,什么都没了,他的愿望又落空了。

那天,他坐在被踏倒的寨门上,木然地看着雨水中的破败之景,一直坐到雨停,才失魂落魄地下了山。

也是在那之后,他才意识到自己的命运有多可笑。好不容易想杀一个人,没能如愿;想拿回自己的钱,没能如愿;连心心念念想娶的女人,最后也远嫁他方。

他们最后一次见面时,她哭着说你带我走吧,我不怕别人说我下贱。

可是他怎么敢答应呢?他现在不光没有钱,也不知哪天会被人认出来,关进囚笼,甚至砍掉脑袋。他除了把她抱得更紧些,什么都办不到。

有人来给她说了一门好亲事,男方的优越是她父母以前想都不敢想的,他们以为是祖宗显灵,欢天喜地地把她塞进了接亲的花轿。

他躲在柳树后面,看着花轿在震天响的喜乐中摇摇摆摆地远去。

从二十岁到五十岁,他用三十年的时间明白了一件事,就是他所有发自本心的愿望,最终都会落到相反的方向。

他最终成为了这世上最不起眼的一个人,无家无业,流落市井,只靠做零工赚几个饭钱。

他也曾在三十岁那年发愿当一个正经的生意人,倾尽所有的结果却是一败涂地。四十岁那年,他捡了一只猫,白色的,聪明,很讨他喜欢,后来得了病,他衣不解带地照顾着,但最后它还是死了。诸如此类的事,成了他生活里的常态。

愿望变成了他此生最奢侈、最不敢触碰的东西。他隐隐觉得,这可能是一种对他年轻时误入歧途的惩罚,也可能是屠龙寨那些死去的家伙在诅咒他。

最艰难的时候,他试图自杀。服毒,毒药大约是过期了,只是痛了几天肚子;上吊,梁断了,他没事,再找个结实的地方继续上吊,绳子却断了;跳崖,挂在了一棵树上,还被路过的樵夫发现给救了。死亡也是他的愿望，但连这个都实现不了。他不想哭，就想笑。

当愿望被颠倒的次数多了，他也就像一只被磨掉了锐气的老狗，不再反抗，顺其自然了。两三年前，他在京城落下脚来，租了一间房，之前的租客留下了几本佛经，他读了，觉得真好。为什么不去当和尚呢？出家人最讲无欲无求，要是能当和尚，余生就会好过点吧。

可是，连和尚都当不成，每次都遇到奇奇怪怪的事情。

真的有诅咒吗？他不相信。此生最后的一个愿望都不能让他实现吗？他一次又一次往寺庙去，一次又一次地被拒绝。

他自己剃了头，变成了邻里间的笑话。

这样的日子，何时终止，他不知道。

远嫁他方的她过得好不好，他也不知道。

那只妖怪去了哪里，他更不知道。

就这样，随随便便活下去吧。

世间总是会有失败者的，很不幸，他就是。

◦ 8 ◦

"多么乏味又糟糕的人生啊。"桃夭托着腮，摇头叹气，"你跟着他三十年，也是受累了。"

"就不要讥讽我了吧。"非非眨巴着它的小眼睛，"桃夭，我请你来，是希望你治好他。"

"我只治妖病，不治人病。"她懒洋洋道。

"我就是他的病。"它有些沮丧，"非非一旦附身到活物身上，只要非非还活着，那么对方这一生中发自本心的愿望都会被'颠倒'过来。"

"你当初不要附他的身，不就没事了。"桃夭撇撇嘴。

"我想不到那么多，只知如果那天他杀了人，可能之后就再也洗不净手上的血了。我力气小，除了用这种方式让他当时想取那少年性命的愿望落空，我又有什么法子？"它叹气，"老太监与小太监，他们的人生从没有因为他们做过的那些所谓痛快的事情而真正痛快过。人应该活得像人的样子，不应该是那样。"

她沉默片刻，打了个呵欠："三十年，你们朝夕相处，他却完全不知道你的存

贰·非非

在？！"

"我们非非原本是不愿附身于任何活物的。一旦附身，他就永远看不见也听不到我了，而我也永远成为了他的一部分，除了死亡，不得分离。我是妖，他是人，他一定死得比我早。"它跳到她面前，严肃道，"桃夭，非非附身活物之后，性命就不由自己作主了，只要陈白水还活着，我就算把自己放进石磨里磨成碎片也不会死去，我想只有你有办法。"它顿了顿，又说，"他不是个坏人，我觉得我亏欠了他三十年好时光。"

桃夭不作声。

它有些着急了："你不肯？你是桃都的桃夭，你不光救妖怪，还要杀妖怪的不是吗？'金铃过处片甲不留'不是你的作风吗？我这种只会让人愿望落空的妖怪有什么生存的价值？！"

"其实当年你完全可以附身在老太监或者小太监身上，这样他们就没法再杀掉你们。你跟你的同伴们坐以待毙的态度太蠢了吧？"她答非所问。

"铁笼上有封印，我们的妖力被压制太久，没有一两年时间恢复，根本不可能有附身活人的能力。"它说，"可就算我有这个能力，也不想做这样的事，一点都不想。将我们做成符咒，最坏不过害人一次，若被我们附身，便是害人一世。"

听罢，桃夭笑笑，晃了晃手上的金铃铛："它没有响，所以我不会杀你。"

它愣了愣，又急忙道："不行，绝对不行！我烧纸给你，求你过来，就是为了这个呀！"

她又打了个呵欠，问："你们不应该出现在人界的。"

"是，所有的非非都生在颠倒界，那里有茂密的森林，所有的花草树木都是头朝下倒过来长的，它们的根须在云朵中飘摇，美得很。我们从泥土中长出来，自由自在地生活。但不知从什么时候开始，颠倒界里偶尔会出现陷阱，其实只是一个不太大的洞口，我们一不小心就会掉进去，然后就再也不能回去了。"它的声音越发像蚊子一样细小，"人界的术师们很厉害，即便颠倒界与人界是两个不相干的世界，他们还是有法子布下陷阱，把我们偷出来。"它苦笑，"可是我并不觉得我们值得他们这样做，就算用我们的身体做成符咒，让中咒之人心中最大的愿望落空，又如何呢？妃子失去了孩子，皇帝失去了江山，老太监依然还是那个老太监，小太监也未得善终。"它沉默良久，又深吸了一口气，认真道，"所以桃夭，你真的应该杀掉我，我对人类没有任何益处。"

桃夭想了想，起身："我知道了。"

它不解道："什么叫你知道了？你杀还是不杀？"

"我会让你如愿以偿的。"她狡黠一笑，"但你知道我的规矩。"

"我死了以后尸体任你处置，你可以拿它做药，只要你用得上。"它立刻道。

桃夭转了转眼珠子，嘻嘻一笑："行。"但她旋即又把伸出去的手收回来，"碰了你的话，我不会怎么样吧？"

它哭笑不得："我只会对我附身的人有作用，你就算吃了我，你的愿望依然有实现的可能。"

"那我就放心了。"她伸出手，"来盖个章吧。"

它跳到她的手掌上，用力地"盖"了个章。

"明天吧，还是这个时候，还是这个地方。"桃夭伸了个懒腰，"我回去睡了。"

"等等。"它叫住她。

"烦不烦啊，要死的妖怪话还这么多！"她不耐烦道。

"他有个女儿的。"它突然说。

"啊？"桃夭诧异道，"啥时候的事？"

"当年那姑娘是带着身孕上花轿的。"它说，"她本有求死之心，所以故意向夫君坦白了这件事。男方家气极，本想暗地处死她，但最终还是放了她一条生路，撵出门去，然后对外宣称新媳妇突染重病不治身亡。后来她流落他乡，也是吃尽了苦头，但总算平安生下了一个女儿，之后母女二人相依为命。如今，她们人在梧州翠泉乡种田为生，日子也算安稳了。另外，她至今未曾嫁人。"

"你连这些都知道？"她瞪大了眼睛。

"世间妖怪万千，托付一位打听打听不是难事。"它不以为然，"连烧给你的纸都是托别的妖怪替我买来的。"

"他不知道？"

"我怎敢让他知道。"

"也是。"桃夭一笑，"若重逢成了他的大愿，那就麻烦了。行了，我睡觉去了，明儿见。"

院子里重归寂静，而桃夭的金铃，始终没有响。

9

刚一进门，桃夭就吓了一跳。柳公子跟磨牙端端正正地坐在椅子上，看贼一样看着她。

"你们是吃太饱，睡不着了？"她挠挠鼻子。

"你要杀非非？"磨牙脱口而出。

"你要杀它可以，但我有个要求。"柳公子一本正经，"我要它的尸体。"

桃夭翻了一个巨大的白眼："偷听有意思吗？"

"这个床不舒服，我睡不着，又没别的事可做！"柳公子理直气壮。

磨牙走过来扯住桃夭的袖子："你真的要杀掉它？"

"这不是你们该操心的事。"她甩开磨牙，又对柳公子道，"你死了这条心，你这辈子都别指望用非非去做坏事。"

"呵呵呵，你怎么知道我是做坏事？"柳公子冷哼，"说不定我在那符纸上写下你的名字跟八字烧掉，如果恰好你目前最大的愿望是跟雷神喜结连理的话，我觉得我是做了件好事啊，没准救了雷神一命呢。"

"呵呵呵，换作我的话，说不定就写上你的名字跟八字烧掉，如果恰好你目前最大的愿望是吃烤田鼠的话。"桃夭不客气地回敬。

"桃夭大人你知道我的八字吗？"

"不知道。可柳公子你又知道我的八字吗？"

"不知道……"

"阿弥陀佛……"磨牙知道自己在这两个家伙面前的存在感为零，只得双手合十，忧伤地回去睡觉了。

"站住。"桃夭叫住他，"你等下写一封信。"

"写信？"磨牙不解道，"写给谁？"

"陈白水。"桃夭眨眨眼，"不用很多内容，只需给他一个去向。"

"去向？"磨牙先是一愣，旋即恍然大悟，"我明白了！"

"嗯，睡觉吧。明天天亮前把信塞到他门缝里就行。"

"好。可是桃夭，你还是要杀掉非非吗？"

"睡觉！"

尾

桃夭他们住下来的第三天，陈白水走了，走得特别急。

但临走前，他还是过来跟桃夭他们道别。

"这么急，要去哪儿呀？"桃夭站在房门外，笑眯眯地问。

"见个故人。"他脸上是藏都藏不住的兴奋，"挺远的，可能这一去就不再回来了。"

"哦，那一路保重，万事如意啊！"桃夭故意把最后一句说得特别大声。

"如意，都如意，希望如此。"他的眼睛突然有点发红，但立刻用手揉了揉，笑道，"后会有期！"

桃夭目送他在晨曦中远去。

所有人都会看见这个欢欣而去的男人，但他们不会看到在他的身体里头，睡着一只绿绿的妖怪。

磨牙从她背后探出头来，一脸笑容："我知道你没有杀掉非非。你的铃铛一直很安静。"

她伸伸懒腰："让病人沉睡二十年又不是难事。这种小妖怪，睡着跟死了没区别。不过二十年后我可就管不着了。"她挠挠头，"不过二十年也差不多够了吧？等陈白水翘辫子以后，我就能拥有一只活生生的非非了！可以用它做好多种药呢！想想都好开心！"

柳公子在房里冷笑："为何要留它一命？你焉知今后它不会附身到另一个人身上，又或者被人剁碎了做成害人的符咒？非非就不该存在于人界。"

桃夭边活动筋骨边说："如果我要杀，也是杀拿刀的人，不是杀那把刀。"

柳公子撇撇嘴："你杀蛣蜦怪跟应声的时候倒是一点情面也不留呢。"

"因为我讨厌它们啊。"桃夭回头冲他一笑，"我不喜欢非非，但也不讨厌它们，就这么简单。"

磨牙想了想，问："桃夭，非非到底是什么来头呀？《百妖谱》上有它么？"

"当然有啊。"桃夭戳了戳他的光头，"三界之外有颠倒界，众生皆颠倒像，泥中生非非，体软碧绿，以头行走。附身活物，则活物之愿皆不遂。碎其身可成符，以人名八字焚之，其人即时之愿必得颠倒。非非性虽良善，遇之仍宜谨慎。"

"阿弥陀佛。"磨牙双手合十，摇头道，"原本好好地活在它们的世界，硬将它们偷来害人，罪过罪过。"

"别罪了，今天你去烧饭。"桃夭推了他一把，"快去！"

贰·非非

话音未落，柳公子突然冲出来大喊着"我的粥，我的粥"，然后就跳进了已经弥漫出糊味的厨房。

"又是他煮饭？"桃夭难以置信地指着厨房那边。

"柳公子对这件事还是很积极的……"磨牙无奈道。

"我担保滚滚煮饭都比他做得好吃！"

"再试试看吧……万一这次没那么可怕呢？"

"我对他已经没有信任了。我去买包子。"

"那你帮我带两个素菜包子……顺便把午饭、晚饭都买了吧，我知道有一家饭馆不错的！"

太阳渐渐升起，小院里那一股烧糊了饭菜的味道也越来越浓，三人一狐的新生活就从这样的味道里开始了……也只能这样了。

百妖谱
叁·云阳

楔子

没关系的啊，修行没了我还可以继续修行啊。

◦ 1 ◦

一连下了三天的雨，寒凉之气踩着秋天的尾巴追了上来。

桃夭把下巴搁在窗台上，眼神空茫地望着外头，自言自语着："一……二……十七……"

蹲在院子里喂鸡的磨牙回头往窗户这边瞅了瞅，摇摇头，转回来对几只忙着啄食的母鸡道："有大把时间发呆，偏没时间擦桌扫地喂你们，吵着要养鸡的人可是她自己呢！唉，懒成这样的家伙很不容易嫁出去，对吧？还没你们勤快呢，至少你们还下蛋不是？"

话音刚落，有人进门，柳公子拎着一袋蔬菜瓜果慢条斯理地走过来。

"柳公子回来啦。"磨牙蹲在原地跟他打招呼，"晾衣杆坏了，一会儿你修一修，不然没法晒衣服了。"

"都快穷得没钱买衣裳了，还晒什么衣裳。"柳公子耷拉着眼皮，朝已经改造成鸡窝的马棚那边瞅了瞅，"那啥，你的狐狸又在偷鸡了。"

"啊？"磨牙赶忙起身朝那边急急看去。一只大公鸡扑楞着翅膀惨叫着飞出来，体型还不及它大的滚滚兴高采烈地追上去，垂涎三尺往前一扑，一口咬住了公鸡的翅膀奋力朝后拖。

磨牙慌忙冲过去把公鸡救下来，然后气愤地拍着滚滚的屁股："你怎么老管不住自己！好歹你也跟着我不少日子了，不是说好了不杀生不沾荤腥吗？！"

被他拎在手里的滚滚吐出几根鸡毛，不高兴地哼哼唧唧，时不时还要翻一个死不悔改的白眼。

"不服气？来来，咱们好好谈谈。"磨牙干脆坐下来，指着滚滚的鼻子道，"咱们先从生命的珍贵说起。"

滚滚一听，马上四脚朝天，躺在地上装死。

"装死也是没用的，你要用心听！"磨牙才不管它无声的抗议，拿出和尚念经不死不休的精神，巴拉巴拉说开了。

屋子里，桃夭保持着跟刚才相同的姿势，嘴里嘀嘀咕咕地数着，时不时还伸出手指头点一下。

"我们打个赌吧，看看滚滚几时能把咱家的鸡吃光。"柳公子一边把东西放到桌子上，一边看着窗外，"让狐狸不吃鸡……这简直比让人承认你是美女还难一百倍。"

"闭嘴。"桃夭头也不回道，"别闹我，我数数呢。"

柳公子走到她身后，左右看看："数啥？还剩多少钱了？不会一个子儿都没了吧？！"

"早就没钱了呀。"她眼珠子都不转一下，"我在数到非非为止，我一共治过多少种妖怪了。"

"多少种妖怪？"柳公子冷哼一声，"你还真是闲得长青苔了呀。"

"要你管。"桃夭撇撇嘴，"厨房才是你该操心的地方，你啥时候才能做出人吃的东西啊？！"

"我又不是人，我管你们人吃什么！"柳公子若无其事坐下来，给自己倒了杯茶，"说到操心，难道你最该操心的不是《百妖谱》吗？"

一听到这三个字，桃夭就忍不住哆嗦一下，赶紧转身朝他做了个嘘声的动作："小声点！以后不要说《百妖谱》，就说'那个东西'！"

"行，就那个东西吧。来帝都也有些日子了，你有眉目没有？"柳公子喝了口茶，皱眉道，"不用我提醒，你也知道那个东西的重要性。可我瞅你吧，一点都不着急，每天除了吃喝玩乐就是吃喝玩乐，难不成你已经做好了被那个人弄死的准备，赶在生命的最后时光里好好放纵一番？"

桃夭又哆嗦一下，慢吞吞地转过身，垂头丧气地走到柳公子面前，弯下腰，指着自己的眼睛道："看见了没？"

柳公子凑上去仔细看了看："啥？眼屎？"

"黑眼圈啊！"桃夭吼出来，"那么大的黑眼圈你看不见啊！你知道我每天晚上都愁得睡不着觉么？！"

"原来你睡不着也会打那么响的呼噜啊。"柳公子呵呵一笑。

"唉，我身体睡着了，可灵魂还在思考啊。"桃夭苦恼地拍拍他的肩膀，又走回窗前继续发呆，"一点头绪都没有。"

几片残破的枯叶随着秋风飞进院子，颓丧地躺到地上。

"一本书而已，还能难倒堂堂桃都鬼医？"柳公子喝了口茶，"我认识的桃夭可是个跟老狐狸一样狡猾的家伙。"

"一本书而已？"桃夭笑笑，"离开桃都，它就未必是一本书了。"

柳公子一愣："什么意思？"

桃夭转身，指了指他手里的杯子，又指了指窗外："你的茶杯，飞进来的落叶，甚至滚滚想偷吃的那只鸡，又或者在街头走来走去的任何一个人，他们都可能是'那个东西'。"

柳公子皱眉。

"一旦离开了桃都的疆界，那个东西就没了束缚，它可以继续当一本书，也可以随着它的意愿当任何一种东西。"桃夭收起戏谑的表情，嘴角一扬，"《百妖谱》，本身就是个妖怪。"

柳公子沉默片刻，放下杯子："我对那个东西了解不多。既然你这么说，可见你是有大麻烦了。"

"不急。"她微笑着转身，仰头看着灰云层叠的天空，"天子脚下有太多机会，也有太多运气，没准就被我遇上了呢。"

"那个东西在帝都？"柳公子眼神一亮，"你不会无缘无故住下来。"

"它在哪儿我可不知道。"桃夭吐了吐舌头，"我只知道，但凡被困在一个地方太久的家伙，一旦得了自由，多半都爱往热闹的地方去。我们还有不少时间，慢慢想法子呗。"

"好吧。"柳公子起身，"不过我还是要提醒你，你想留在帝都没问题，但是不赚钱可不行。我不管你是出去摆地摊还是端盘子，活在人类的世界里，就得遵循这里的生存方式。你把我的钱买鸡买鸭胡乱花光了,要再好吃懒做,咱们下个月可连房租都交不出了!"

"可我不知道我能干啥啊!"桃夭苦恼地挠头。

"你是个大夫啊!"柳公子敲着她的脑门,"难道你还指望去当厨师!"

桃夭捂着脑门,委屈道:"可我治妖不治人啊!"

"你治妖也可以收银子呀!"柳公子继续敲她的头。

"不行!"她噘着嘴道,"人家都要做我的药了,怎么还能额外收银子?不厚道!"

"这么厚道可不像你啊。那叶逢君呢!那家伙卖纸收了不少金银财宝,你不找他分?那些纸可是烧给你的!"

"跟朋友怎好意思谈钱。"她义正辞严,"他的日子也不容易。"

"你发烧了?"柳公子冷冷道,"难道我们的日子就很容易?"

"那……要不你把你剩下的钱都给我,我拿去赌坊搏一把!我知道你肯定还藏了私房钱!"

"你死了这条心。我告诉你,今天买回来的菜都是赊的!我还等你赚钱去还债呢!"

"不要啦,我这么娇弱!哪像柳公子你身强力壮多才多艺,你随便去外头做个一二十份工,帝都未来新富豪是你是你就是你啊!"

"呸!你就是懒!"柳公子恨不得把手里的菜砸她脸上,"我不管,反正明天你要是还在家里闲着,我就把你弄丢那个东西的事情想方设法让那个人知道,到时你就不用为赚钱操心了,反正你已经没机会花钱了。"

"你敢!"

"呵呵,天下还有我柳公子不敢的事?要不要试试?"

"好!"桃夭气呼呼地指着他的鼻子,旋即泄了气,垂下头道,"我明天出去寻差事……"

"乖,这还差不多。"柳公子笑眯眯地摸摸她的头,"奖励你迷途知返,晚上给你们做糖醋鱼。"

"你做的鱼连老鼠都不吃……"

"我进步了,晚上你们再试试。"柳公子自信地拍拍心口,旋即又道,"我去集市买菜时,看见有个叫'听风楼'的客栈,里头挂了不少招工的牌子,好些人在那里寻活计,你也去看看吧,我看好你哟!"

"哦……"

桃夭重重叹了口气，耍弄着自己的辫子。出去做工就做工咯，想想应该也还蛮好玩的？！柳公子说得不错，既已经在人类的地盘定居下来，那就得照这里的规矩活下去。其实以她的本事，要用一些非常的手段弄点金银回来不会太难，但是，勤劳致富的感觉可能更好？

好吧，就这么决定了……

○ 2 ○

费了好一番工夫，桃夭才从拥挤的人堆里找到缝隙钻出去。

帝都的繁华无处不在，连抢饭吃的人都里三层外三层的。听风楼可算是东华门一带的老客栈了，不但来往客商频繁，生意兴隆无比，还兼顾着各种消息的买卖。谁家要招工，只要给些银钱，便能在听风楼大堂显眼处的墙壁上挂个牌子，不消几日，自有人上门，十分方便。客栈老板不但赚了外快，还旺了人气，一举两得，每天客似云来。

今天挤在听风楼里的人特别多，几乎所有人都在关注新挂在墙上的牌子，看看有哪个好东家可供挑选。

桃夭好不容易挤到第一排，把墙壁上挂着的红底黑字的木牌子逐一扫视了一遍。上面有找煮饭洗衣的婆子的，有找铺砖砌墙的工匠的，有找账房先生的，五花八门应有尽有，但看来看去好像都没一个适合她的。

"咦，司府也招人？"

"是呀，很少看见他家在这里挂牌子呢。"

"去试试不？"

"不要啦，都说司府的差事不好做，司家两兄弟都不是善茬，'活阎王'这种外号你以为是喊着玩儿的？我宁可选个工钱低些的地方，也不去司府找罪受。"

"也是，再看看别的。"

旁边几个人的嘀咕引起了桃夭的注意，她竖着耳朵听了半天，又顺着那几个人的指指点点看过去，目光落在墙角处最不起眼的一块牌子上——"司府诚聘杂役一名，男女不限，善饲喂者为佳，待遇优厚。有意者可至清梦河司府寻苗管家。"

她又观察了一番，发现身旁这些跟她一起在找差事的家伙们好像都很忌讳这个东家，除了嘀咕的那几个人，其他人在看到这块牌子之后都是摇摇头，然后就把目光转向了别处。

"大叔，那个司府是啥地方？你们怎的都不愿意去那里做工似的？"她顺口问身旁的中年男子。

男子打量她一眼，道："小姑娘，你不是本地人吧？"

"刚来不久。"桃夭嘻嘻一笑，"这不是囊中羞涩，想着谋一份好差事么。"

"那我劝你还是选别家吧。"男子皱眉道，"司府可不是什么好地方，不适合你这样初来乍到的小丫头，你还是看看别家有没有扫地洗碗之类的活儿吧。"

"不是好地方？"桃夭瞪大眼睛，"会吃人？"

"咳，有两个'活阎王'的地方，你说是不是好地方。"男子摇头，"司府由兄弟俩当家，干的据说也不是正当营生，常有那些刀头舐血的江湖人在司府出入，吓人得很哩。"

"两个'活阎王'？"桃夭顿时来了兴趣，"所以这个司府到底是干啥的？"

"大家都说不上来，反正就是江湖中人遇到摆不平的事都会去找他们，这中间自然少不得打打杀杀的勾当。然而也不知司家兄弟有什么背景，官府对他们也有几分忌惮，很少去找他们的麻烦。"男子啧啧道，"反正小姑娘，我劝你不要对那里动心思。你想啊，江湖恩怨最是可怕，你都不知哪天有仇家上门，殃及池鱼。"

桃夭点点头，又问："他家有钱吗？"

"也算大户了。"男子道。

"这我就放心了。"桃夭拍拍心口，"那请问清梦河在哪里呀？"

"啥？你要去？"男子瞪眼。

"大叔，我可穷了！"桃夭可怜巴巴地望着他，"我哥哥对我又不好，不给吃不给穿，还说我今儿要是再找不到差事就要把我赶出家门呢！"

"这……"男子犹豫了一下，"你自万胜门出去，再往西走个七八里，见到一块刻了'清梦河'的界碑，然后过一座石桥，穿过一片竹林，便可见司府了。"

"多谢啦！"桃夭转身就走。

男子在身后叹气："如今的年轻人哪，怎的要钱不要命？"

桃夭自然是没听到的。她盘算的是，这份杂役的工作看起来还不坏，尤其是那句"擅饲喂者为佳"，所以他家现在缺的是养马或者喂猪的？说起来，除了治病这件事，她最擅长的不就是"饲喂"么。磨牙就是现成的证明呀，看她把他养得多好，除了不长个子，哪哪儿都好。

就这里吧！她满心欢喜地朝目的地小跑而去。

3

司府位置挺远的……她找到界碑，走过一座斑驳的老石桥，穿过一片幽静的竹林，站到那座朱门灰墙的大宅外时，已是傍晚。眼前的宅子虽大，却听不到里面有半分动静，外头也不见人影，只听得身后的竹林簌簌作响。

她捉起门环拍了几下，没多久便有人来应门。

"来者何人？"门没开，有男子的声音从门后传来。

"我来寻苗管家。在听风楼看见贵府找杂役的牌子，专程来应征的。"桃夭大声道。

门"吱呀"一声打开。年过四旬的男子，儒巾布衫，清瘦斯文，将她上下打量一番："在下便是苗管家，姑娘来应征杂役？"

桃夭用力点头："不是说男女不限么？"

苗管家笑："是不限，请进。"

司府应该是她出桃都以来见到的最华丽的宅子了……一眼看去都估不出这里究竟有多大。只见楼台层叠器宇不凡，花圃回廊美如画卷。所以她可算是吃下了定心丸，这样的人家，拔根汗毛也比普通人家的腿粗啊！

唯一不太匹配的，是这里的人少。沿途走过来，只稀稀落落见了一两个拿着扫把扫落叶的小厮，人数与此地的规模十分不匹配。

苗管家只管往前带路，并不多话。一直走到一片宽阔得不像话的后院，迎头便看见木栏之中有好几匹骏马在踱步吃草，后面的马厩里还关着数量不明的马匹，一间木屋就在离马厩最近的地方，有人正拎了木桶出来，往食槽那里走。

确实是大户啊，居然在这深宅大院之中弄出一个牧场来。马匹可不比鸡鸭，那得多有钱有地的人才能养得起且养得好的啊！虽然桃夭不是很懂马匹，但单看那些马儿的健硕体格与发亮的毛色，便知饲喂它们的人是行家。

苗管家一直走到食槽前才停下，喊了一声："三四！"

正忙着往食槽里倒草料的人转过身来，却是个十六七岁的姑娘，身上的衣裳跟地上的泥巴一个颜色，脏兮兮的，零零乱乱的头发潦草地在头顶盘成了一个丸子，幸好脸盘还算白净秀气，能看出性别。

"你爹呢？"苗管家问。

姑娘嘴里发出"啊啊"两声，放下木桶比画起来。

"出去买东西了？"苗管家点点头，"好，你先忙你的。"

姑娘这才又提起木桶，转身之前顺便瞄了站在苗管家身后的桃夭两眼。

"此处是我司府的马场，里头安置的都是我家少爷天南海北搜罗回来的良驹。我们这次招的杂役，主要就是饲喂马匹。"苗管家说着说着，忽然回头笑道，"我光顾着说话，还不曾问姑娘贵姓贵庚，何方人士？"

桃夭转了转眼珠："我姓桃，桃子的桃，名……幺幺，今年快十七了，自蜀地而来，以后准备长居京城。"

"桃幺幺？"苗管家一笑，"看来桃姑娘必然是家中排行最小的女儿？"

"是啊，是啊。"桃夭搪塞过去，又指着那些马道，"贵府的杂役只需喂马？"

"是。"苗管家点头，"但千万不要小看这份差事，这些马都是我家少爷的心头好，必要精心饲喂，出不得半分纰漏。只因之前一直负责此事的杂役要辞工回老家，所以我们才在听风楼挂了牌子，希望寻个可靠的人继续照料马匹。"

桃夭朝那姑娘的背影努努嘴："之前一直是这位姑娘在照顾马儿？看起来还很年轻啊。"

"之前是由丁家父女照看着的，他们在司府已十年有余，这回说要走，我都觉得很舍不得。但丁老头给女儿在老家寻到了一门好亲事，他自己也表示想落叶归根回老家了，所以我们也不便强留。"苗管家看着那姑娘道，"她叫三四，比你年长一岁，是个勤恳的孩子。这么些年，经他们手养下来的马，没有哪匹出过毛病。"

"丁三四……"桃夭捂着嘴差点笑出来，姑娘家家取个这名儿也是造孽。她憋住笑，摆出认真的表情问，"苗管家，你同我讲了这么多，可是决定选我接任了？"

苗管家笑："我家的牌子挂出去三四天了，来应聘的只你一个，不选你也得选你了呀。"

"真的只我一个上门来？"桃夭故作惊讶。

"大约其他人是怕了我家少爷吧。"苗管家轻笑，"桃姑娘，若你确定愿意来我们府上做事，咱们一会儿就把相关的文契签了。我家少爷在工钱这块从不短缺，这点你可放心。"

"为啥大家怕你家少爷？"桃夭不解道。

"脾气不大好吧。"苗管家笑，"不过这点姑娘也可放心，你平日里与少爷打照面的机会不多。"

桃夭想了想，嘻嘻一笑："就是不知工钱几多？"

苗管家说了个数。

桃夭立刻两眼发光，鸡啄米一样点头："行行，我愿意当喂马的！"

"好的。"苗管家又道，"那么照司府惯例，先以半年为限，若届时双方都满意，再签长期契约，工钱也会相应提高。桃姑娘先在此处稍候，我去取文书过来，烦你按个手印，然后咱们这事就算成了。"

"就这么简单？"桃夭高兴得很，"我应聘成功了？"

"就是这么简单。"苗管家笑，"之后等丁老头回来，他们父女会交待你平日里要做哪些事。他们定在下月初离开，你还有二十来天时间向他们取经。"

"好的，好的。您快去忙吧。"

目送苗管家离开，桃夭笑得合不拢嘴。原来找份不错的差事比想象中容易多了呀，这户人家也是爽快，就问问姓名年纪就把人给收了，给的酬劳还特别好，他们就不怕她是江湖逃犯、民间杀手什么的么？

苗管家一走，就剩她跟那个叫丁三四的姑娘了。她走到姑娘身边，看她熟练地往食槽里加东西。

"三四姑娘，你好，我叫桃幺幺，初次见面，以后还请你多提点。"说完她才想起来这姑娘是个哑巴，十聋九哑，她多半是听不见的吧。

可丁三四却停下手里的活计，双手在自己的身上蹭了蹭，然后抓住她的手把她拉到马厩旁的大树下，拾了一根树枝，又拉着她蹲下来，在地上用树枝写道："以后叫三四，不叫姑娘，我教你喂马。"

原来她能听到啊。

"好啊，三四。"桃夭笑眯眯地看着她。三四看起来很高兴的样子，眼睛里有种单纯地遇到一个朋友的喜悦。

"这里平时就只有你跟你爹？"桃夭又问。

三四点头。

"我瞧着司府里的人很少啊。"她又说。

三四又点头。

"你在这里多久了？"

三四比了一个十字。

桃夭惊讶道："十年了啊，那你不是七八岁就来他们这里做事了？"

她点头。

"你平日里除了喂马，会出去玩么？"桃夭随口道，"这里这么大，人又这么少，肯定很无聊吧？"

她摇摇头，在地上写："要照看好马，不然少爷不开心。"

"也不用时时刻刻守着它们吧。"桃夭撇撇嘴，"你家少爷还真不讲道理呢。"

她慌忙摆手，写道："少爷很好。少爷朋友少，他喜欢马。"

"你家少爷朋友少，所以把马儿当朋友？"桃夭挠挠头，"苗管家说少爷脾气不好，那么朋友少也是应该的……"

她尴尬地笑笑，脸上隐隐泛起两块红晕。

脸红？有情况……

这副少女怀春的模样，自然逃不出桃夭的眼睛，同时让她对那还没见过面的司家少爷又多了几分兴趣。

桃夭正要开口问少爷的事，却被一个提着一大包东西来到马场的老头打断了。三四见了那人，立刻起身迎了过去。

"给你买了几件新衣裳。"丁老头喜笑颜开地对女儿说，"回去试试看合不合意。"

三四指了指桃夭，对着父亲比画了一番。

"就是她了？"丁老头打量着桃夭，"还行，看起来不笨，就是年纪小点儿。"

老头还真不会说话，桃夭心里哼了一声，起来同他打招呼："丁大叔吧，我叫桃幺。以后就在这里做事了，之后还请您老多指教。"

正说着，苗管家回来了，手里拿着一叠文书，走过来看着他们三人道："都见上面啦！好好，不用我再介绍了。"说着又对丁老头道："以后桃姑娘就交给你们了，希望在离开之前，能让她对一切都熟悉起来。"

然后便是签文契按手印。按契约上的条款，工作十天可休息一天，包三餐，平日里若无特别原因，不能随意离开司府。苗管家将桃夭带到旁边的木屋里，说让她暂时跟三四住在一间房里。

一切看起来都十分顺利。一天之内，不但有了可以赚钱的差事，还不用再继续住在那间破屋子里，也不用再吃柳公子煮的饭，生活突然有了曙光呀！

桃夭跟苗管家说好，回去收拾完东西，明天一早就正式开始当司府的杂役。准备离开时，天已快黑尽了，跟丁家父女告了别，苗管家很客气地送她出去。

快出马场时，桃夭的余光里突然冒出来一个白乎乎的小东西。

她扭头看去，离木栏几尺开外的地上，有个小鸡仔大小的东西，圆乎乎的像个长满白毛的面团子，绿豆大小的眼睛不停眨动着，一对鸟爪子似的小脚，每走一步都愤怒地踩一下，身上还长了翅膀，不过只有右边一只，并且扛了半根不知从哪儿找来的折断了的筷子，气哼哼地朝马场那边的大树走去。

妖怪呀，桃夭盯着它。

它似乎也突然发觉有人在看它，停下来，仰头看着桃夭。

不起眼的小妖怪罢了，懒得理会。桃夭移开视线，装作什么都没看见，哼着小曲儿走开了。

小妖怪也像什么都没发生似的，继续气呼呼地走自己的路。

桃夭提醒自己现在是一个普通杂役了，不是什么要紧妖怪的，擦肩而过就好。

○ 4 ○

翌日清晨，桃夭准时出现在苗管家面前。

只是临出门时把她恶心坏了。柳公子跟磨牙还有滚滚，三个家伙跟要饭的一样，可怜巴巴排在门口，柳公子挥舞着手里的擦桌布，故意扭捏作态地喊："以后我们一家大小就靠相公你养活了，一定要好好赚钱，记得按时回来交房租哟！我们会在心里挂念你……的工钱呢！"

这种贱兮兮的老妖怪就该让雷神劈死才对……

不过，暂时不用再看见那几个讨饭组成员的生活，还是很让人期待的。

当杂役的第一天，很快就过去了。苗管家亲自带着她在司府里转了一圈，告诉她哪里是大少爷住的地方，哪里是二少爷住的地方，哪里又是厨房，哪里又是杂物房，哪里可以去，哪里不可以去，交待得仔仔细细。

不过，桃夭并没有见到两位少爷。苗管家说大少爷出门办事，二少爷性子清冷不喜见人，多是在僻静处读书，万不可打扰。

之后的几天，桃夭更是忙得连上茅厕的时间都没有。原以为喂马是件简单事，却不料里头有那么多讲究，丁老头每天都扯着她巴拉巴拉地讲，还要她记住每匹马的名字与特性与口味。谁爱吃干草料，谁得往草料里加蜜糖，谁又得加点盐，谁吃得凉，谁吃得热……所以这些还能叫牲口吗？活脱脱的马大爷啊！太多东西要记住，害得她非得拿个本本记下来，得空就要看几眼背下来。想勤劳致富还是有难度的呀……

而丁三四完全拿她当姐妹看待，但凡桃夭不明白的，她都会仔仔细细地写给她。晚上怕她冷，还把自己的暖壶早早放到她的被窝里；白天有空时，还带着她去厨房找好吃的。大概这姑娘在司府里从没有遇到过与自己年纪相当的朋友吧，所以对她好得无话可说。只可惜她是个哑巴，不然，她一定是那种会跟自己的小姐妹头挨头躺在床上，借着窗外的明月光，捏着被子边说一夜女儿家小心事的姑娘。

虽然认识她没几天，桃夭能确定的是，丁三四这个丫头确实有心事。

她在偷看一个人!

这几天都是,一到落日时分,她就会跑到司府西面那个叫"妄园"的地方去。其实就是个被围墙圈成一个圆的坝子,墙上生满碧草,野花零星其中,几竿翠竹自墙内探出头来,时不时飞下一片竹叶。

她并不敢进去,即便妄园的大门并没有锁,她也只敢偷偷摸摸地在围墙外垫起几块够站脚的石头,站上去从围墙上露出眼睛,屏息静气地朝墙内看。

所以昨天当桃夭不声不响地站到她身后,扯了扯她的衣裳时,她吓得差点滚下来。

幸好围墙里的人没有被惊动,依然端坐石桌前,一杯茶,一本书。

围墙上多了一双眼睛。

桃夭眼力一贯好,她看到那个玉簪束冠,长发过肩,标准贵公子打扮的男人手里,拿的是一本《孙子兵法》。不过,说他面如冠玉似乎不够,这个人会引起你注意的地方并不仅仅在一张耐看的脸,而是他整个人出现在你的视线中时,你只会诧异于"不动如山"四个字居然会被一个二十来岁的活人表现得那么好,仿佛连时间都在他身周凝固下来。面对这样的一个男人,总觉得连说话大声一点都是冒犯。

幸好司府人丁稀薄,傍晚时分的妄园更是人迹罕至,不然"挂"在围墙上的两个家伙就不能偷看得如此愉悦了。

这男人真是赏心悦目啊,连翻书跟饮茶的姿态都格外好看,难怪丁三四这丫头天天在这儿挂着!

直到夕阳只剩下最后一点,男子放下书,揉了揉额头,丁三四才赶紧拽着桃夭跳下来,忙慌慌张张地把垫脚石搬开,然后赶在男人出来前一溜烟跑掉。

不用猜也知道这位是谁了,司家大少爷出门办事,那他自然就是二少爷了。

马厩前,丁三四的脸还是红霞一片,心思恍惚地往食槽里加草料。马儿们呼呼地吃着,才不在乎这个喂养自己的人在想什么。

桃夭笑嘻嘻地碰碰她:"二少爷长得不错啊。"

她咬咬嘴唇,嗔怪般地瞪了她一眼,嘴角却是藏不住的笑意。

"托你的福,我可算看见咱家的二把手了。"桃夭坏笑,"你喜欢他呀?"

她像被什么击中了,把草料一扔,手都顾不得擦便来捂桃夭的嘴。

桃夭嬉笑着闪开:"喜欢就喜欢嘛,又不是啥见不得人的事。"

她又急又恼,比画着让她千万不要再说了。

"好啦好啦,不说就是了。"桃夭吐吐舌头,又道,"那样一个男人,谁见了都欢喜。

你家少爷叫什么来着？"

她左右看看，确定四周只有马没有人之后，才蹲在地上，直接用手指在松软的泥地上写下了"狂澜"两个字，这应该是她写过的最工整的两个字。

"司狂澜？"桃夭"扑哧"一下笑出来，"名字跟人不配啊，他明明就只是比石头多口气而已嘛。"

她却只管看着地上那个名字脸红。

不能靠近他，但即便只是写他的名字也会忍不住满怀甜蜜。哪怕只是两个字，相思好像也有了寄放。一个害羞的人喜欢另一个人的时候，就是这种模样吧，怕被知道，又盼着被知道。

偷看二少爷的事，以前是丁三四一个人的秘密，现在变成了两个人的秘密。从那之后，桃夭每个傍晚都要去妄园外帮她搬石头。

说来这位二少爷好像真不喜欢见人，她进司府以来，从未在妄园之外的地方见过他。丁三四跟她说，二少爷每天都在固定的时间在妄园里饮茶看书，这习惯已经许多年了。

"可是，光偷看就可以了么？"夜里，桃夭跟她爬到围栏上坐下，晃悠着腿看着天上稀稀落落的星子。

她点头。

"你应该跟二少爷讲啊，只是这样，他永远都不知道你的心意。"桃夭说。

她用力摇头，拉过桃夭的手，在她手心里写："不配。"

桃夭愣了愣，说："好歹要让他知道啊。"

她又笑着在她手心继续写："我要走了，嫁人。"

对啊，苗管家说过，她爹在老家为她物色了一门好亲事。她这一走，便是嫁为人妇，再无归期了吧。

"你老家那个人好吗？"桃夭又问。

她点头，脸上并无半分勉强之色，应该是实话。

"那就好。"桃夭看着夜空，没再说话。

她擅长给妖怪治病，但确实也没有什么好法子把丁三四这样的姑娘跟二少爷那样的男人拉到一起。

或许也不是坏事。仅仅一个被偷看的人，不会给她留下任何糟糕的回忆。

之后，她们两个就默契地都不再提起这件事了。

○ 5 ○

　　时间飞快，转眼她在司府已经待了大半个月。关于喂马的经验，也学了不少，干活也渐渐熟练起来，并且能叫出马场里所有马儿的名字了，丁家父女俩都夸她聪明。她回去过一次，柳公子的厨艺毫无进展，磨牙依然在教育死不悔改的滚滚不许对鸡起贼心。感觉还是司府清净得多呀，而且他家厨子做的饭菜好好吃！真怕自己以后舍不得走了呢。

　　苗管家偶尔过来马场看看，每次来都说自己没有选错人，以后可以放心把这些马儿交给桃夭照顾了。至于大少爷，一直没回来，二少爷依然活得像个透明人。

　　反正，起码表面上看去，司府里每个人都过得很舒心顺畅，除了那只妖怪……

　　桃夭是在去司府的第二天发现这只白毛翅膀怪的窝就在木屋旁的大树上的。它一直缺着一只翅膀，并且每天都过得气哼哼的。

　　她依然假装看不见它，但偷偷留意过它的行踪。这家伙每天一大早就下树，然后一定会扛着某种被它视为武器的东西，有时是半截筷子，有时是一块尖尖的小石头，有一次是一把挖耳勺……然后一定会到天黑时分才回来。有时候会带回武器，但大多数时候都空手而归，并且一定是带着伤回来的。看它乱七八糟的毛，以及沾在身上那些污迹就知道，这小妖怪十之八九是被揍了。可它每天还是坚持不懈地去挨揍……

　　终于，在她假装看不到它的第十七天夜里，趁丁家父女都睡着了，她出来做出散步的样子，踱到树下，靠着树干，自言自语般道："挨揍好玩么？"

　　片刻之后，有声音低沉地从树干中传出来："关你啥事？！"

　　"是不关我的事，你喜欢挨揍就挨揍呗。"桃夭耸耸肩，直起身子，"晚安。"

　　"哎！"那声音喊住她，"你真能看见我？"

　　"不然你以为我是在跟一棵树说话么？"桃夭转身，看着那棵树，"你们云阳的习性果然千万年不变，不管在哪儿都喜欢住在树上。"

　　一团淡淡的白光自树枝上亮起，白毛小怪物费力地扇着一只翅膀，跌跌撞撞地落到她面前，诧异地问："你居然认识我？你是什么人？"

　　"我啊，我姓桃啊。"桃夭蹲下来笑看着它。

　　"桃……"它突然看见她系在腕上的金铃铛，顿时激动起来，"你是桃都来的桃……"

　　"嘘！"桃夭赶紧摁住它，小声道，"别把睡觉的人吵醒了！"

它从桃夭手下钻出来，急忙道："帮我把翅膀接回来吧！我急需另一只翅膀！"

"先说说你翅膀去哪儿了。"桃夭好奇道。

它扭捏了片刻，下了好大的决心后才小声说："我们云阳一到秋天，就跟树木一样容易'落叶'。你知道的呀，不光会掉毛，也会容易骨折……"

桃夭点头："我知道啊，问题是你连翅膀都掉了么？"

它踌躇了好一阵，才尴尬地说："我之前觉得自己有点胖……所以每天都规定自己要沿着马场飞十圈，那天飞得太猛了，翅膀掉了一只……"

桃夭捂着嘴，"咔咔"地笑。

"你是个大夫啊，嘲笑病人合适吗？！"它急得跺脚。

"好好，我不笑了。"桃夭松开手，摆出正经的样子，"那你翅膀掉哪儿了？"

"被一只老鼠精叼走了！"它愤怒地说，"准确说还不算老鼠精，修炼了几十年，快成精了！它把我的翅膀抢回去做窝，我找它还，它不肯。所以我天天去找它的麻烦！"

桃夭忍不住又笑出来："是你去找它的麻烦，还是送上门去挨揍啊？哈哈哈。"

"要不是我少一只翅膀，损了妖力，它哪里是我的对手！"它气得跳来跳去。

"所以我更不明白啦。"桃夭笑看着它，"你们云阳虽然只是小妖怪，但自愈能力很强。秋天虽是你们的虚弱期，但即便折损了一只翅膀，等到明年春天的时候，你们就会长出新翅膀的呀，何必急着跟一只老鼠打架呢？"

"明年春天太迟了。"它停下来，严肃地说，"如果下月初我还不能拿回翅膀，丁三四就永远没机会跟二少爷说话了。"

"你急着拿翅膀回来是为了她？"桃夭觉得奇怪。

"我跟着她来的。"它叹了口气，"她在这里十年，我也在这里十年了。"

○ 6 ○

今天又是雷雨。

这应该是它搬来这棵树上遇到的最糟糕的秋天吧，怎么秋天还要打雷呢？！它最怕打雷了，反正每次打雷就有妖怪会倒霉。上次它亲眼看见一只好大的蛇精被劈死了，身子成了焦炭，卡在石头之间冒烟，好吓人！听说这是天界的雷神在"清理"世间不该存在的妖怪。

妖怪活着真不容易啊！反正它快吓死了，都不敢再待在树上了。可是这座山里，除了树就是树，藏到哪里都容易被劈到啊，而且最麻烦的是它还生病了。秋天本来就是云阳最虚弱的时期，随便淋个雨就头疼脑热打喷嚏。

怎么办呢，要不去西边的山洞里躲一躲？可是好远啊……正当它在树下踌躇着要往哪里藏时，前方的山路上飘出一把油纸伞来，小小的人儿背着竹篓举着伞，小心翼翼地走着。

是个六七岁的女娃娃咧。它躲在树后，看着她从眼前经过，她背上的竹篓突然牵扯住它的视线。它曾听一些上了年岁的妖怪说过，天雷除妖之时，就算不是雷神目标的妖怪也可能因为运气差被牵连，最好的法子就是找个人类，然后躲在离他们最近的地方，借人气避雷。虽不是万无一失，但总算是一重保障。

管不了那么多了，这大山里见个人可不容易。它一横心，呼一下飞起来，悄悄落进女娃的背篓里。幸好里面装的是一些山果，还有一些孩子喜欢玩的小玩意儿，挤在里头还不算难受。

雨越下越大，女娃一路上都很沉默，没有发出任何声音，一直走到一处竹林间的空地上她才停下。

空地里立着一座坟。她小心地把四周的杂草清理干净，然后把竹篓放下，从里头把果子与玩具一个个拿出来摆到坟前。虽然这女娃不会看见它，但它还是小心地躲开她的手。

透过竹篓的缝隙，它看见墓碑主人的名字跟生卒年，推测是一个姑娘，年纪才五岁。大概是她的妹妹或者小伙伴？

她在坟前站了好一会儿，嘴里发出"啊啊"的声音，并比画着它看不懂的手势。

原来是个哑巴啊。

最后，她朝坟地做了个再见的手势，便背起竹篓往回走。

没了东西填塞，它独坐在空荡荡的竹篓里。可喜的是，雷声渐渐小了，雨也停了，只是冷风顺着缝隙往里钻，冷得它不禁连打了两个大喷嚏。

这时，它突然觉得她停了下来，背篓被放在了地上。它一抬头，正正看见了她朝里探看的脸，又被吓了一跳，但旋即放下心来。看吧看吧，反正你这样的凡人是看不见我这样的妖怪的。

她的表情明显地诧异了一下，嘴里也"啊"了一声，手指端端指着缩在背篓一角的它。

不对，她好像看见自己了？它心下一惊，顿时一动不敢动。

她的手伸进来了！她把它托在手心里了！她把它放到自己面前了！

它吓得浑身发抖,想飞却一点力气都没有,心想着,如果她图谋不轨的话,它立刻跳到地上捡石头砸她!毕竟它就这么一丁点武力值了……

她盯着它看了半天,最后把它放到了路边的石头上,然后又从自己身上找出一条手帕盖在它身上。

它僵硬地杵在那里,搞不清楚她为啥能看见自己,更搞不清楚她为啥要做这些事。如果她真的看见自己了,作为一个正常人的反应,难道不该是尖叫着逃跑或者找块石头砸死它么……

她转身离开,走了几步,看看乌云未尽的天空,又不放心似的折回来,把自己的伞重新撑开,用力插在石头旁,刚刚好遮住它。

直到她的背影消失在山路另一端,它才缓过神来,并且松了一口大气。但是,好奇心却在心里迅速蔓延开来。

这个女娃娃,到底是什么人?

几天后,消失很久的太阳终于露面了,它的伤风症状也终于消失了。它琢磨着一定是那天自己病了,妖力不足才被她凑巧看见。

闲着也是闲着,它想再看看这个不会说话的小丫头。

管山里的好些个妖怪打听一番,才知山下有个村子,它要找的人应该在那里。

那天清晨,它第一次离开了自己熟悉的山林,站在一个村落里的树上,看着树下那对忙着把行李搬上驴车的父女。

就是她了,还是穿得脏兮兮的。

有村民来送别。

"准备出发了?"

"是啊,差不多了。"

"此去京城路途遥远,你们父女路上多小心哪。到了那边可有接应?"

"放心放心,一个亲戚老早介绍好了落脚处,替城中一处大户人家养马。"

"那就好,但凡经你手养出来的牛马,哪只不是膘肥体壮!几时再回来啊?"

"说不好。但肯定会回来的,毕竟这里才是家啊。"

反正,当这对父女赶着驴车迎着朝霞离开村子时,它就蹲在他们的行李之间,并且它可以确定,父女两人谁都看不见它。

就这么随随便便地跟人走了好像有哪里不对,但它又觉得没关系,虽然她再也看不见自己,但它愿意看见她。毕竟,从来没有人给自己盖过被子,或者撑一把伞。这感觉怪好的。

于是，十年前的某个秋天的清晨，一辆驴车驮着一对父女以及一只妖怪，离开了生活已久的山村，不慌不忙地走向最繁华的都城。

◦ 7 ◦

"要拐走你好容易啊。"桃夭笑道，"住在帝都的树上，跟住在你老家的树上，有区别？"

"这里闹一些，但还好，能睡着。"它老实道，"所以你到底帮不帮我接上翅膀？"

"十年了，丁三四再也没看见过你？"她问。

"没有。"它笃定道，"每过一年我就会强壮一分，再不会因为身体虚弱而被人类看见了。"

"可你还是被老鼠精欺负了。"她笑。

它又生气了："你只想嘲笑我么？"

她收起笑容，严肃道："接翅膀不难，但你得告诉我你究竟要做什么。"

"再过几天，她就要走了。"它看着夜色中的小屋，"可能今生今世都不会再回来这里了。"

"那又如何？你可以继续跟着她走啊。"

"不跟了。"它摇头，"我在不在她身边，她的生活都是一样的。我也想跟那些大妖怪一样，有各种本事，但不行，我只是一只云阳而已，就算再修炼千百年，我也还是这个样子，顶多不会再伤风罢了。"它顿了顿，抬头道，"我只想在她离开之际，送她一份礼物，算是还她当年的人情吧。"

"礼物？"桃夭挑眉，"你肩不能扛手不能提，没钱没貌没身材，你能送她啥？"

"送她可以说话的一天。"它咧嘴一笑，居然没有为桃夭的打击生气。

桃夭一怔。

"除了翅膀的事，你还可以再帮我做一件事么？"它问。

桃夭挑眉道："你知道我给妖怪治病是有规矩的。"

"我知道。我答应。"

◦ 8 ◦

今天，桃夭想了个借口把丁三四留在马场做事，自己溜到了妄园。

没再爬墙，她鬼鬼祟祟地从半开的门外探出脑袋。

二少爷依然坐在老地方，背对着她翻书饮茶。

她小心地叩了叩门，喊了一声："二少爷！"

里面的人没有任何回应，连姿势都没变一下。

她挠挠头，连妖怪都不怕的桃夭，居然不是很敢跨过这道门，但是必须要进去啊！

她一横心，大步入内，站到二少爷面前，赔着笑脸道："二少爷，我是新来的杂役，喂马的，我姓桃。"

第一次近距离看见这个男人，他的眉眼比之前更细致，但却跟那些养尊处优、细皮嫩肉的贵公子不一样，风霜沧桑本不该跟他的年龄与身份扯上关系，但就是隐隐约约刻在他脸庞的每一根线条里。

他修长的手指又翻过一页书去，但连眼皮都没抬一下。

虽然很想狠狠抓住他的肩膀边摇边嘶吼"你倒是看我一眼啊！我长得怎么都比那本书好看啊！你这个没眼光的混蛋"，但不行啊，她是来办正事的。

她深吸了口气，也不管他心里在想啥，直言道："二少爷，后天丁三四就要回老家嫁人，以后可能都不会再来京城了。明天她约你大门外的竹林里见，有话想跟你讲。"

他的目光有条不紊地沿着书上的文字移动，全然没有看见她也没听见她说话的样子。

"没有别的意思，只想同你说说话而已。"桃都鬼医几时受过这样的冷遇，桃夭忍住想大嘴巴子抽他的怒气，正打算离开，又回头看着那个不为所动的背影，"她在这儿十年了，只想要一天。去不去，随二少爷的意思吧。"

直到她走出妄园，那个男人的世界里似乎还是只有他的书跟茶，根本没有被别人打扰过的样子。

真是辜负了他的名字，哼。

◦ 9 ◦

夜里，桃夭看着在房里忙着收拾行李的丁三四。这个教给了她无数养马经验的姑娘，后天一早就要离开了。丁老头买了好多东西带回去，说里头一大部分都是给女儿的嫁妆。

"明天，我替你约了二少爷在大门外的竹林里见面。"桃夭突然说。

她正捏在手里的衣裳顿时掉在了地上，根本顾不上捡，激动地冲到桃夭面前，着急地比画着。

桃夭拉住她的手："别比画了，你最大的愿望就是跟他在竹林里聊天，哪怕一天就足够。你说起风的竹林最漂亮，因为竹叶飞旋下来的时候比下雪还美。"

她愣住，脸变得通红，即便不说话，桃夭也能从她眼睛里看到巨大的疑问。

"你在夜里写下又扔掉的文字，我费心从垃圾堆里捡出来看过了。"桃夭笑道，"所以想送你一个礼物。"

她瞪大眼睛。

桃夭把她拉到窗前，让她对着外头宽阔的夜色深呼吸。

"我要是你，今晚最要紧的不是收拾行李，而是想想如果我能说话，最想跟他说什么。"桃夭拍拍她的肩膀，笑，"这世间好多东西你看不到，也想不到，以为的不可能，说不定哪天就摆在你面前了。"

她还是很诧异，抓住桃夭的手，一脸"快告诉我发生了什么"的急迫。

"一会儿我给你吃一颗药，然后记得明天早早去竹林等着。"桃夭吐吐舌头，"把脸洗干净一点呀。"

窗外的树上，一个泛着淡淡白光的胖家伙蹲在树杈上，懒洋洋地看着窗内的两个姑娘，伸懒腰般扇了扇一对翅膀。

破晓时分，一道白光进了屋内，落在丁三四的身上。

○ 10 ○

清晨的竹林里，丁三四捏着手指，忐忑地站在那里，身旁明明有石凳也坐不下去，不停地原地转来转去，时不时还捏捏自己的喉咙，试着发出一些以前想都不敢想的声音。

此刻，桃夭坐在司府的门口，那是通往竹林的必经之路。

她想好了，如果一个时辰之内司狂澜都不出现的话，就只能由她亲自去把他"请"来了，虽然她一点都不喜欢附身这件事。

今天天气不算好，虽然没下雨，但天空一直都是灰的，似乎在预示着某种沮丧的心情。

时间一分一秒地过去，桃夭心里也越发失望了。少爷就是少爷，他大概连丁三四叫什么长什么模样都不知道吧，要他纡尊降贵成全一个微不足道的姑娘的愿望，可能根本就是个妄想！

算了，去抓人吧。

她拍拍屁股站起来，正要推门往里走，大门却冷不丁打开，她一个趔趄，差点撞到走出来的人身上。

司狂澜今天似乎没怎么打扮，随意套了一件月白襕衫，也没有束发，只在身后以缎带扎起来。然而即便是如此不修边幅，他还是跟市井上随处可见的浪荡公子很不一样。也许是他腰身挺得太直，也许是眼神太冷凉，也许是容貌身高太出挑，总之不管他以怎样的造型出现，脑门上似乎都写好了"生人勿近"的字样。

他都没看桃夭一眼，径直往竹林而去。

喜怒交加，就是桃夭此刻的心情。

至于丁三四，她现在的心情就只剩下巨大的惊喜了，在那个人不慌不忙地朝她走过来时。

"二……二少爷！"她一开口，脸更红了，心跳得厉害。

他停在她面前，看着这个比自己矮一头的姑娘，说："原来你是会说话的。"

不知是他平日里的声音本就如此，还是刻意放温和了，跟他本人一贯的冷若冰霜差了太远。

这样温柔的腔调，对她已是最大的鼓励。

"其实这个……我……"她一时间不知如何应对，眼神胡乱地闪烁。

"不必解释，不打紧。"他坐下来，"你也坐。"

她坐下，连头都不敢转一下。

"明天就走了？"他问。

她点头。

"回老家嫁人？"

她点头。

"夫家可靠？"

她点头，说："是我自小一起玩耍的邻居，为人厚道。我爹年前回老家探视时，他家来提了亲，两家人一拍即合。"

"没有半分不情愿？"他又问，"若有，我可为你做主。"

她赶紧摇头："绝对没有！嫁他为妻，必不委屈我。"

"好。回头我让苗管家备一份薄礼，主仆一场，算是司家赠你的嫁妆。"他面上微有笑意。

她受宠若惊道："这……这怎么是好！二少爷不用的！"

"你知我在家中说一不二的。"他看着她，不怒自威。

她捏着手指，忙起身道谢。

"既是你约我来，何必紧张至此。"他笑笑，起身看看四周，"一起走走吧，秋色虽不及春景，但清梦河的风光还是可以赏一赏的。"

她愣住。

"不愿随我去？"他回头。

"去去！我去！"她拼命点头，赶紧跟上去。

来司府十年，竟无一日仔仔细细地将这片名为清梦河的地方观赏过。竹林有多宽，石桥有多长，桥下的河水有多清，她都不清楚。

他领着她沿着竹林里蜿蜒的小径慢慢前行，一路上十分随意地问一些家常话，比如她老家何处，在司府这些年待得可还习惯，喂马时有无遇到趣事，等等。

他说的话越多，她的心就越安稳，两人之间尴尬的气氛也逐渐淡去。

她也越发自然起来，好像自己从来不是个哑巴，说话比刚才顺畅多了。

她跟他讲每匹马的性格，偷笑着说谁谁最爱偷吃同伴的草料，谁谁长得最肥脾气还不好，说得神采飞扬，仿佛要把十年来没说过的话一股脑儿都说给他听。

他时不时插嘴表示惊讶或者好笑，一点都不敷衍她。

中午，她提醒他该回去吃饭了。他却把她领到河边，用竹竿叉了两条鱼，还捉了几只螃蟹，然后吩咐她回去取火折子来，直接在河边生火烤鱼蟹。

她诧异于他的行为，身为司家二少爷，可不该是这样一个抓鱼摸蟹的糙汉子。

他却若无其事，还问她烤出来的鱼肉香不香。

虽然烫了嘴，她还是欢天喜地吃完了他给她的所有食物。

"醉后不知天在水，满船清梦压星河。"他看着河水说道，"也不知是那诗人看过这条河才写下这样的句子，还是这个地方随了这首诗。"

"满船清梦压星河……"她跟着念了一遍，然后就笑了，"二少爷，虽然我不懂诗词歌赋，但这句话写得真漂亮。"

"你喜欢？"他看着她，"那你的嫁妆里，我多替你备一本诗集。"

"好呀！"

午后的太阳终于争了一口气，从云层后露出大半个脸来，照得竹林葱翠异常，河水波光粼粼。

原本无风的天，不知哪里来了一阵大风，吹得竹叶纷纷而落，天水之间，翠叶如雪飞旋，美不胜收。

她激动得几乎跳起来，情不自禁地抓着他的袖子说："二少爷你看你看，我就知道竹叶落下来的样子一定很好看！"

他笑，伸手接住一片竹叶，说："确实好看。"

她高兴地哼起了歌，哪怕五音不全她也想唱出来。

今天，比梦还要美好。

不远处的竹林里，桃夭收回手掌，松了口气，又看了看身边的竹子，不满道："你们的叶子也长得太结实了吧，费我那么大力才给吹下来，讨厌！"

然后，她又朝河边那两人看了一眼，撇撇嘴，转身离开了。

清梦河边的美梦，今天只属于丁三四。

11

始终是到了分别的日子。

丁老头最后向桃夭嘱咐了养马的种种细节，桃夭忙不迭点头并表示感谢。

这次回去，他们不用坐驴车，苗管家说二少爷让他们挑一匹马回去，再带上他送的嫁妆。丁老头真是千恩万谢，笑得合不拢嘴。

马场的围栏边，丁三四给了桃夭一个拥抱。

今天，以及以后，她又是那个不能说话的丁三四了。但一点都没关系，因为曾经有一天，她把一生中最想说的话，都说给那个人听了。

桃夭拍拍她的背道："以后好好过日子啊，百年好合，三年抱俩！"

她笑着瞪了桃夭一眼，拉过她的手写道："谢谢你的药。"

桃夭笑而不语。抱歉这是个谎言，我并没有能让你说一天话的灵药。

"你很厉害。"她又写。

桃夭哈哈一笑，旋即又看了看往马车上搬东西的丁老头，说："你以后又要回那个村子了，听说你们那儿有一座很大很大的山。"

她点头，眼中满是怀念，还在桃夭手中写下："很美！"

"那么大的山，说不定藏着妖怪呢。"桃夭眨眨眼，"不知道你有没有机会遇到。"

她想了想，然后认真写下："我见过！一个雨天，去拜祭我的小姐妹时。"

桃夭一笑："真的呀？你不怕？"

她也笑，写："圆的，小的，生病了，可爱，不怕。"

"好吧，我相信你见过一个可爱的小妖怪。"桃夭最后抱了抱她，"保重了。"

"照顾好这里。"这是丁三四给她的最后一句话。

司狂澜没有出现，正如丁三四回到了本属于她的生活，这个男人也回到了不喜见人的老样子。属于会笑会烤鱼的二少爷与会说话的喂马姑娘的那一天，从此便只是一个藏于记忆的礼物了。

对这两个根本不在一个世界的人而言，这样的离别很圆满。

当马蹄声带着丁家父女远去之后，桃夭走回那棵树下。某根树丫上，躺着那个长着白毛与翅膀的小妖怪。唯一的不同是，它的身躯比之前小了很多，如今只得一个成年人的拇指头大小。此刻它在睡觉，小声打着呼噜。

那天，它跟桃夭说："没关系的啊，修行没了我还可以继续修行啊。我是妖怪，时间很多，但她不行，只不过想跟一个人说说话罢了，何必让她留遗憾。"

百年修行，换她一天欢喜。

嗯，你开心就好。

尾

"你说云阳？"柳公子一边摘菜一边说，"就是那种住在树上，会学人说话让人误以为是树在说话的小妖怪？"

桃夭点头："准确说，这种妖怪本身就是从上了年岁，得了天地之灵的老树身上长出来的，即便成了妖怪能四处游走了，它们还是习惯栖居在树上。以前有个修道的家伙写过一本书，说'山中有大树，有能语者，非树能语也，其精名曰云阳，呼之则吉'。其实云阳附在树上装人说话，不过是为了吓跑它们认为的敌人罢了，它们这种小妖怪也只会这一种防身术了。"她顿了顿，一本正经道，"'山中老树，易生云阳，白毛有翼，擅人语，性和善，春盛而秋乏。捉之入药，可治失声之症'，这是咱们的那个东西说的。"

"即使是这般微小的妖怪，也甘愿舍弃百年修行，只为附在丁姑娘身上，以妖力使其摆脱身为哑女的宿命，即便只得一天，也甚是让我钦佩啊。"磨牙感慨道，"桃夭，你一定要带我去看看它，我要当面向这么善良的妖怪表达我的敬意，我愿意为它诵经三日！"

"不要！"桃夭断然拒绝，"你念经才会烦死它。根本不用管它，只要让它在树

叁·云阳

上再待个几十百把年就好了。不过这种蠢妖怪,即便再修炼一千年,谁知道哪天又会为一个给它一把伞的人自毁修行。唉唉,别说它了,晚上吃啥?"

"你连一个子儿都没带回来,还好意思吃饭?"柳公子冷哼一声,"你上回不是说司府的饭好吃得让你痛哭流涕吗?咱家的饭不适合你了。"

"上吊也要喘口气啊!我十天才能休一天回来看你们呀!"桃夭瞪他,"再说也还没到发工钱的日子,你知不知道我靠养马来养你们有多累!"

正说着,院子里传出混乱的鸡叫声。磨牙顿时弹起来,急道:"滚滚又在捉鸡了!"说罢,便一溜烟冲出去处理他的狐狸了。

"小和尚还是很活泼啊!我不在的时候,你们的日子过得也还蛮开心嘛。"桃夭笑眯眯地看着院子里鸡飞狐跳和尚追的热闹景象。

"少来,明明该你饲养小和尚的,现在扔给我。不好意思,这件事我已经记下来了。"柳公子冷笑,"离一百件事可不远了。"

"行行,你那一百件事先放放,我有个事倒真要拜托给你。"桃夭凑过去,小声道,"替我查查司府的底细,他家两位少爷的背景、野史、绯闻统统不要放过。"

柳公子慢条斯理道:"呵呵,你身在别人家里都搞不清楚?"

"少废话!让你去就去!"她抓起几根菜叶砸他身上,然后托腮作相思状,"难得让我遇到个宽肩细腰大长腿子的人间绝色,不调查清楚怎好下手!"

柳公子甩给她一张冷漠脸:"这么快就换目标了?不要你的雷神大人了?"

"雷神大人在天上,司家少爷在地上,不冲突啊。"

"不要脸……"

"喂!你都喊我相公了,现在可是相公我辛辛苦苦在外挣钱养你跟小和尚咧,说话不能客气点啊!"

"好的相公,奴家这就去为你准备晚饭,争取一顿吃死你!"

"我死了你守寡好可怜的!"

"阿弥陀佛,你们两个在说些什么呀……就不能端庄一些吗?!"

"先让你的狐狸端庄起来好吧!"

"桃夭你……"

简陋的房间里,转眼又是浓浓的火药味,不过,这就是桃都三人组的常态嘛。至于在帝都的新生活,应该会越来越热闹,等着瞧吧。

百妖谱
肆·虚耗

楔子

虚耗，恶妖也。

◦ 1 ◦

一场秋雨一场凉，天气不好，院子里的鸡都不爱出来散步了。滚滚很失落，天天守在鸡窝外头。之前对它的担忧是错的，它捉鸡并不是为了吃鸡，而是仅仅很享受这个鸡飞狐跳的过程。养出一只不吃鸡的狐狸，磨牙很欣慰。

院门被推开，柳公子一边收伞，一边埋怨天气太坏，刚换的衣裳又溅上了泥点子。

磨牙顺手接过柳公子手里的菜，嘀咕："又是这么老的菜叶子……"滚滚凑过来闻了闻，沮丧地走开，继续守它的鸡窝。

"不花钱的菜就别挑老嫩了。"柳公子倒是高兴得很，"那卖菜的大嫂见天气差没生意，加上我又这般英俊动人，她索性把卖剩下的菜都送给我了。你瞧见没有，我还买了豆腐呢！晚上弄点酱汁，来个蘸水豆腐，配上爽口的菜汤，想想都是人间美味。"

"我们已经吃了好多天的青菜豆腐了……再吃下去我们都要变豆腐了。"磨牙捏着自己的脸道，"瞧见没有，我都瘦了。连滚滚都在掉毛了！"

"它本来就掉毛！"柳公子把豆腐抢回来，"桃夭啥时候拿工钱回来，你们就啥时候换菜单。"

磨牙眼中最后一点希望也熄灭了。他看着窗外如针的细雨，不无担忧道："莫说工钱了，能活着回来就不错了吧？"

"挣不回工钱，她也不必活着回来了。"柳公子毫不客气道。

"别开这样的玩笑了。"磨牙认真道，"照你所说，司府根本就不是普通人家，我怕……"

"怕？难道桃夭是普通人吗？"柳公子翻了个白眼，"司家两兄弟不过是有些背景的江湖人罢了，专门替江湖同僚处理棘手的事情。什么张三偷了李四的秘笈不还，王五抢了赵六的小姨子还把赵六给打了，还有什么某某门主帮主丢了宝刀宝剑假牙啥的，只要交情到位，都能请他们兄弟出面解决。倒也没听说他们干过多少杀人放火的大事。她一个喂马的小杂役，能有什么危险？"

"不是……"磨牙面露难色，压低声音道，"你不是说那司家兄弟至今未娶亲，是因为曾与他们有过婚约的姑娘都……"

"非死即残嘛。"柳公子毫不避讳道，"没错，就我打听回来的消息确实如此。司家兄弟有钱有势有背景，却天生是个克妻命，也不怪人家赠外号'活阎王'了。啧啧，也是怪可怜，一把年纪还得打光棍。"说着他突然想到什么，怪异地瞪着小和尚，"你是在担心什么？莫非怕咱家桃夭死于非命？"

磨牙无奈地点点头："唉，红尘男女，少不得爱欲牵绊。桃夭在男女之情上素来不加掩饰，又听说那司家兄弟容貌出众，我怕她把持不住，闹出祸事。要不，咱们还是把她接回来吧？你想想看，桃都之中她也算是一号人物了，万千妖怪都伤不得她半分毫毛，若在这种事上翻船，将来拿什么颜面回桃都。何况，若被'那个人'知道，说不定连我们都要怪罪哪。"

柳公子皱眉，严肃地想了半天，突然一拍大腿，大笑出来："那也得人家看得上她才行啊哈哈哈，隔壁街卖豆腐的小桃红都比她好看一万倍啊哈哈哈，她就不是个女人哈哈哈。"笑完，他立刻恢复正常神情，"我做饭去啦。"

磨牙垂下头，双手合十："阿弥陀佛，我佛慈悲……"念着念着又突然停下来，甩开大步追过去喊："柳公子你笑成那样是几个意思？人家看不上她是正常，她看上人家就太容易了！雷神在天界离得远也就罢了，如今那兄弟俩天天活生生地在面前晃，我真怕她泥足深陷，她绝对是能干出逼婚这种事的人才啊！柳公子，我们还是把她接回来吧！"

"钱都没赚回来人回来有什么用？！"

"我知道你身上肯定还藏了私房钱，你就是舍不得用！"

"我身上要还有一文钱，我就一辈子吃不上烤田鼠！"

"我宁可你身上有两文钱，我也不想看到你吃那么恶心的东西！"

雨势渐大，小和尚跟柳公子的声音很快被"哗哗"的雨声掩盖。趴在鸡窝外头的滚滚抬头朝窗户这边看了看，打了个呵欠，又睡着了。

但是，此刻的平安清静只属于这片院落，不属于司府。

○ 2 ○

司家大少爷回来了，不过是被人抬回来的。

这应该是桃夭见识过的司府最热闹、人口出现最多的一刻了。

今天大雨，秋意更浓。喂好了马，闲来无事的她溜达到府中的亭台之上，一边赏着一池残荷，一边拿出从厨子老张那里嬉皮笑脸讨来的甜糕，应着这片适合伤春悲秋的景，叹一口气，吃一口糕，内心戏不外是要哪一天自己才能住上这么阔气的房子，什么时候才能嫁给像雷神那么出色的夫君，然后顺便忧心一下几时才能寻回《百妖谱》。

没人留意到在上面的她。一群小厮抬着担架举着雨伞，苗管家带头，后面还跟了两个江湖人打扮的男子，一行人匆匆走在雨水里。油纸伞晃来晃去，看不清担架上躺了什么人。

她顿时来了精神，一抹嘴巴便跟了过去。

众人行至内院，她尾随其后，远远可见院内屋檐之下立了个人，司狂澜仍着白衫，只是多披了件浅银披风，举了油纸伞，静若磐石地看着渐近的他们。

他应该是着急的。不然以他生人勿近的性子，大可以安安稳稳地在屋里坐着，随外头闹个天崩地裂也懒得看一眼，这才是桃夭认识的那个司狂澜。但他居然坐不住，并且冒着雨等在屋外。

桃夭停在内院的大门外，只见司狂澜略略朝担架上扫了一眼，便挥手让他们将人抬进屋内，剩下那两个江湖人士，为首的年长者面带难色地朝他拱手道："岳爷让我们捎话给您，大少爷这次是为长刀门遭的罪，来日必携重礼登门致歉。还望二少爷高抬贵手，莫要为此意外迁怒长刀门。毕竟岳司两家来往多年，将来二位莅临洛阳，岳爷自当多加照应。"说罢，他又往屋里看了看，皱眉道，"只是大少爷他……

岳爷几乎将全洛阳的名医都绑来了，皆无计可施。我们恐途中生变，只得星夜兼程将大少爷送回司府……"

"多谢了。"司狂澜打断他，"我兄长既已归家，之后的事情自当由我料理。金堂主请回，恕府上人手欠缺，无暇款待。"

碰了不软不硬的钉子，金堂主也不好发作，仍只得赔着笑脸道："那就不多叨扰了，我们这就回去跟门主复命。来日有什么需要我长刀门相助的，但说无妨。"

司狂澜只微微颔首，转身向内。

别人是拒人千里之外，这个男人，仅仅几个表情一两句话，已拒人万里之遥。

而且，桃夭总觉得他在生气。被强大的理智压制在最深处的怒意，他不愿给别人看见，甚至不想让他自己看见。这男人真的像一块砸不烂搬不动的石头呀，不过是一块特别好看的石头……

金堂主与手下悻悻走出来，一旁的桃夭听到他们在暗骂。

"毛头小子，不知斤两，竟连一杯茶都不倒给堂主您喝。"

"呵呵，年轻气盛，难免如此。这脾性，将来总归要吃亏的。"

"我瞧着司府也不像有多大来头，为何门主对他们如此尊敬，一口一个'大少爷'地喊着。我们长刀门怎么也是洛阳数一数二的帮派，缘何要看这小子的脸色？！"

"阎王断生死，司府解是非。司家兄弟虽无门无派，看似闲散，但江湖中人但凡遇到自己解决不了的麻烦，都会来跟他们求助。而这对兄弟好像既不求财，也不求权，大多有求必应，长此以往，江湖里一半是他们的朋友，另一半是仇人。如今我们门主为了大小姐的事有求于他，我们自然不可太过冒犯。莫再多言了，赶紧回洛阳是正经。"

桃夭一字不落地听了去，心想柳公子搜集回来的情报并不完善呢，非说这两兄弟被叫作"活阎王"是因为他们天生克妻命，想来这外号还有"阎王断生死，司府解是非"的缘故。

她想了想，没敢进内院去。总觉得这个时候的司狂澜如果被骚扰的话，她可能没命出来。丁三四离开之后至今，除了司狂澜过来马场这边挑马出行，她几乎没跟他再照过面，即便是站在他面前，司狂澜也不会多看她一眼，两人零交流。但她保留了丁三四的好习惯，有时间有心情的话也会去妄园那边偷看他读书的样子。每次都看得情不自禁笑出来，世上能有这般俊俏的小哥哥，真是看看都让人心生欢喜。

她在附近鬼旋了几圈，直到见苗管家自内院出来，才跳过去喊了声："苗管家！"

苗管家回头，紧锁的眉头一下舒展开来："桃丫头啊，怎的在这里晃悠？也不拿把伞。"说着忙将手中的纸伞移到她头上。

司府之中，她对苗管家印象最好。说话从来轻言细语，对谁都不发脾气，总是用最大的耐心对待司府里的一切，像妈多过于像管家……

"我瞧见你们进来了。"她朝身后努努嘴，直言道，"我听刚刚那两个家伙说，担架上躺的是……咱们大少爷？"

苗管家也不隐瞒："是大少爷。"

"怎会被抬回来呀？"她瞪大了眼睛，"那可是司府大少爷！出了事，咱们不追究的么？"

"二少爷会料理一切的。"苗管家道，一脸的习以为常，"行走江湖，难免危险，大少爷又不比二少爷那般仔细，也不是第一次躺着回来了。莫担心，二少爷自有法子。"

桃夭听了越发好奇："听苗管家的口气，这当哥哥的反而不如弟弟了？"

"也不好这么讲。"苗管家笑笑，"你也不必刻意打听，在司府的时日长了，自然便知这兄弟俩的脾性了。总之，你只管养好你的马，别的无需操心。"

"哦。但我听说……"

"时候不早了，我要去厨房那头看看，让老张改一改菜单，你也去忙你的吧。"

"呃……好吧。"

其实她本来还想打听一下克妻命这件事的……她对这个更有兴趣。

握着苗管家留给她的雨伞，她无聊地往马场走去。

雨中的司府比平日里更见寒凉，吸一口气，从头冷到脚。这还没到冬天哪！所以说啊，房子太大，人太少是不对的。人气不足，"压"不住房子，免不了就会有别的玩意儿想往不属于它们的地方钻。

她拿开伞，仰起头，阴沉沉的天空中果然有异常的波动……似乎，有什么东西循着某种吸引往司府里来了。

她撇撇嘴，重新举起伞，没事人一样蹦蹦跳跳地朝马场而去。

○ 3 ○

夜，桃夭躺在床上翻着闲书。窗外雨声渐稀，直到完全听不见，凉风自窗缝中挤进来，油灯的火苗摇晃几下后熄了。

说来也怪，突然漆黑下来的屋子，不论听什么都变得比有光线的时候清楚。

桃夭听到了自己的呼吸声，心跳声，还有马厩里传来的动静，以及……一阵悠扬不断的琴声。

她下床走到窗边，仔细听了听，确实是琴声。音浪若流水，在整个司府中波动不止。

也是好雅兴，夜深成这样还有心思抚琴，也不怕扰人清梦？！

她决定把这个不识趣的家伙抓出来。

出门，循声而走，直到内院。

那里是司家兄弟卧房所在，门口从来无人看守，但司府中人个个都深谙规矩，绝不擅入。

琴声就是从其中一间卧房中传来。

桃夭站在院门前，抬头看了看内院上空。旁人自然是瞧不见此刻的热闹，可她看得一清二楚。夜空之下，内院之上，天晓得哪里来了这么多魑魅魍魉，奇形怪状的一大片，你挤我我挤你，张牙舞爪地想寻一个突破口，奈何面前似有高墙壁垒，无论如何也进不到内院之中。

桃夭多看了两眼，倒不是什么修为高深的大妖怪，不过是些连实体都没有的游魂精怪，可能她只需要上前笑眯眯地说一声"我是桃都来的桃夭"，再晃一晃她腕上的金铃，这些小东西便会吓得屁滚尿流轰然散去。

但她现在是司府的小杂役啊，只管喂马不管别的。

所以她很快收回目光，蹑手蹑脚地进了内院。

院中就两间大屋，左右并排，琴声自左屋而来。她摸到窗下，探出半个脑袋，小心捅破一点点窗户纸。

抚琴的是司狂澜，琴案旁的细高瓷瓶里有翠竹两三枝，香炉里青烟袅袅，绕竹而动。他身后的大床帷幔半遮，露出半截锦被。

他手下的琴应该很名贵，黑漆透紫，典雅庄重，但是……没有琴弦。

桃夭又仔细看了一遍，确实没有琴弦，而他修长的手指却娴熟之极地在没有琴弦的琴上抚出绝美的调子。另外，一团蓝焰自他指尖流出，在空中扯成一条柔韧的线，线的另一头穿过帷幔，不知背后是怎样的情形。

司狂澜微闭双目，所有注意力都放在手指上，而蓝焰则随着音律的变化起伏不止。

音律不止，妖邪难近。

不过，赶来的精怪越来越多。天晓得这里有什么东西如此吸引它们，一个个跟

肆·虚耗

见了肉的饿狗一样，垂涎三尺地想往这屋子里去。

突然，一个小玩意儿自窗后飞出。幸好她躲得快，不然一只眼睛就没了。

回头一看，一片竹叶扎进了身后的廊柱之中。

她吓个半死，好你个司狂澜，偷窥罢了，不用这么狠吧！

她拍拍心口，一时间不敢再探出头去。

琴音仍在继续，只是越来越急促。

琴无弦而有音……她仔细一琢磨，喃喃："无弦……无弦琴……"

她突然一拍大腿，这家伙多半在替人招魂！

抬进来的大少爷应该不是受伤，莫非是丢了魂魄……

记得在桃都时，她曾听那个人说，无弦琴响，凡人不闻，妖邪难近，琴音可通天地，唤游魂，能奏无弦琴者，万中无一，必异。

必异……能把没有弦的琴弄出声音来，当然不是正常人。迄今为止，她见过的有此技能的人士不会超过三个。

她忍不住起身，冒死把眼睛再贴上去。

床上的人至今没有动静，看来司狂澜还没有成功。

但是，他指尖已经渗出了血，再这么弹下去，只怕这双美手就要废了。

桃夭想了想，从身上摸出一粒药来，在掌中碾碎成粉，对着空中用力一吹，细如尘埃的药粉随风而上。

她缩回身子，靠着墙默默数着数……一，二，三……一直数到九，她才贼兮兮地探出头往空中一看。

好干净的夜空呀，真是连一根马毛都看不见，更遑论妖魔鬼怪了。

一粒药散发出来的气味，足够那些小精怪回去吐个三天三夜了吧。抱歉啊，今晚不想看见你们。桃夭心满意足地笑笑，然后转过身去，大大方方地往房门上敲了两下，也不管里头的人同意不同意，旋即推门而入。

还好，没有暗器。

司狂澜连眼皮都没动一下，仍旧专注于他的琴声。

她走到他面前，蹲下来直视他的脸，又举手在他眼前晃了晃，说："二少爷，你手指流血啦！"

司狂澜没有任何反应。

她起身朝床边走去，边走边成功避开数片追来的竹叶，她愤愤回头："别再扯竹叶子打我了！那几枝竹子都被你拔秃了！"

说罢，她扭头朝帷幔后一看，床上躺了个眉眼与司狂澜颇为相似的男子，只是皮肉不及他细嫩，连胡茬子都没刮干净，平白邋遢了几分。

　　这便是司家大少爷？没记错的话，苗管家说大少爷名静渊。

　　司静渊……好难把这么斯文儒雅的名字跟面前这条胡茬汉子联系在一起啊，明明应该把这个名字换给司狂澜才对……

　　一番打量之后，她的视线最终落在了司静渊的眉心之间。

　　哈，司狂澜这个笨蛋，还以为他是高人，居然连最基本的检查都不做，便急吼吼地弹琴招魂。照他这么乱来，要能把司静渊的魂魄招回来，她桃夭就跟他姓。

　　"喂，别弹啦！"她走到司狂澜身旁大声道。

　　"出去。"司狂澜的手指根本不肯停下来，吐出来的两个字都是杀气腾腾。

　　她冷哼："没有魂魄的躯体才能招魂，大少爷的身体里有魂魄，你把自己弹成残废也不可能成功的！"

　　司狂澜突然睁眼，琴声戛然而止。

　　他望着她，眼神像在看一个吃错了药的骗子。

　　"不骗你，你来看。"只在司狂澜面前时，她才觉得自己的脾气分外好。那么好看的手指，真废了就太太太可惜了。

　　司狂澜走到她身旁，一言不发。

　　"没有魂魄的躯体，眉心之间会有个空洞。"她指着司静渊的眉头道，"可大少爷不一样，他眉心是满的。说明这并不只是一具躯体哟。"

　　他皱眉，将信将疑："空洞？"

　　"也不是真的洞。该怎么跟你讲呢……"桃夭挠头，"这跟大夫诊病时看气色差不多的意思。魂魄齐全，身子康健的寻常人，眉心有饱满之气；这不齐全的，眉心便有凹洞似的玩意儿。大少爷眉心饱满，绝非无魂魄之躯。"

　　司狂澜将她打量一番："你只是个喂马的。"

　　"可我偶尔也看医书自娱呢。"她耐着性子笑笑，"虽然我只是小小杂役，但既是司府的人，我自然不愿意两位少爷出什么毛病，不然到时谁付我工钱。"

　　"你若讲得出有用的，工钱十倍付你。"司狂澜倒也果断，"但若胡言乱语，我必不轻饶。"

　　"二少爷你第一次跟我说这么长的句子我有点不习惯。"她盯着他的脸简直舍不得挪开视线。

　　司狂澜转过脸去，冷冷道："若有魂魄，缘何不醒？"

桃夭上前，抬起司静渊的手腕摸了摸，说："脉息平缓，怕是安神入眠的药吃多了。二少爷只管找个大夫来，开一剂提神醒脑的药，大概就可以了。"

"你自己不能开药方？"他死死盯住司静渊的睡脸，"还是怕胡说八道把他治死了？"

桃夭嘿嘿一笑，脱口而出："我不治人的。"话一出口又觉失言，忙补充，"我意思是大少爷身份尊贵不是一般人，二少爷还是找个名医来比较妥当。"

司狂澜不作声，片刻之后对她道："去将苗管家喊来。"

"好！"她转身要走，又回头，"你的手指也上点药吧！"

他皱眉："不妨事。速去。"

"好！"她居然欢天喜地地跑出去，天知道为啥心情这么好，大概是因为司狂澜终于能像个正常人一样跟她说话了吧。

○ 4 ○

大夫请来了，药也吃下了，司静渊也确实醒过来了，但司狂澜的眉头却锁得更紧了。尤其在看到司静渊一脸娇羞地缩在床角，把被子什么的拼命往自己身上堆，然后委屈得嘤嘤哭泣——一个胡茬汉子……委屈得……嘤嘤哭泣……

从司静渊服药之后，司狂澜便遣退了所有下人，只留下了苗管家，以及桃夭。

"我不知你们是何方神圣，也不想知。不如一刀结果了我，省得今后麻烦。反正我也生无可恋，死了倒还干净。"

司静渊抽抽噎噎，却是个年轻女人娇滴滴的声音。

要不是司狂澜的眼神太吓人，桃夭老早就笑得满地打滚了。憋笑好难受。

苗管家笑不出来，相当审慎地站在司狂澜身旁，低声道："怕是在岳家着了道儿。"

司狂澜直视司静渊，试探着问："你……是岳家大小姐，岳平川？"

司静渊仍旧抽噎不止："是又如何？这不人不鬼的日子我过够了，何必再浪费唇舌，要杀便杀。"

从头到尾都没有人说过要伤害"她"，可这"姑娘"字字句句都在求死。

桃夭走到司狂澜身后，小声说："这怕是张冠李戴，魂魄走错门儿了吧。"

司狂澜没吱声，又问司静渊："你既是岳家大小姐，缘何在我兄长躯体之中？"

对方摇头："不知，我懵懵懂懂睡着，觉得有人……有人……""她"脸一红，羞赧道，"有人亲我一口。我睁眼，眼前却蒙了一团雾，只觉有谁一把将我拖起扔了出去,醒来时便这样了。"说着,"她"突然激动起来,跳下床来便将头往墙上撞。

桃夭以为司狂澜一定会及时阻止。反正她是阻止不了的,司静渊的身形如此高大健硕,这蛮力一起,撞谁身上都受不了。

可司狂澜连眼皮子都没动一下,眼瞧着自己兄长的脑袋"咚"的一声撞到墙上,倒没头破血流,但顷刻起了个肿胀的大包,连带着人也一同昏死过去。

苗管家睁开不忍直视的眼睛,似乎早料到司狂澜会有这般反应,赶紧上去把司静渊扶起来,又朝桃夭打个眼色:"过来扶一把!"

桃夭忙上去,两人合力把司静渊架回床上。

司狂澜冷看着两人的举动,只淡淡一句:"撞死倒也清净了。"

"二少爷……别这样,大少爷的性子你又不是不知道。"苗管家忧虑道,"如今他一头包也算是受了罚了,你看是不是要赶紧去一趟洛阳?"

"把簿子拿来我看。"他说。

"不用取了,我都记着哪。"苗管家忙道,"上月初,岳门主亲自来请,说独生女儿岳平川自其意中人去世之后便郁郁寡欢,足足两年不见笑容,终日泪哭不止,身子一日虚过一日,且不喜光亮,终日待在暗房之中,药石无用,近日还越发有求死之念。可大小姐原本天性爽朗乐观,即便遭了这样的事,伤心难免,但委实也不该堕落至此。岳门主遂怀疑是那死去之人怨念深重,缠住岳小姐不肯离开,甚至要加害于她。实在没有法子,希望大少爷施以援手。那天二少爷你不在,大少爷听了,管岳门主要了岳小姐的生辰八字,说事不宜迟,立刻便随岳门主走了。之后大少爷杳无音讯。想来大少爷常在外浪荡,大半年不着家也是有的,所以咱们都没想太多。不曾想这次却……"

"备马。"司狂澜转身而去,"越影。"

"是!"苗管家忙碰了碰桃夭,"去啊!"

"哦哦。"桃夭赶紧一溜烟往马场跑去。

越影是一匹白蹄黑身的骏马,是马场之中速度最快的一匹,平日里也最得司狂澜宠爱。

嘴上说撞死了倒还干净,说完了却偏挑了匹最快的马,男人也是如此口不对心呢。

不过,司狂澜虽有奏无弦琴的本事,但仅仅会这一个本事又有什么用呢?他连司静渊身上沾染到的一股妖气都看不出来。

"无笑无乐,惧光求死……"桃夭一边牵马一边嘀咕,旋即狡黠一笑。

肆·虚耗

○ 5 ○

当长刀门的岳门主见到司狂澜时，多少是有些吃惊的，还有些忐忑，似乎很怕他带来自己不想听到的消息，比如司静渊死了之类的。

落座看茶等等一切岳门主想表达的友好与尊敬都被司狂澜拒绝，他只说一句："冒昧造访，只为求见岳大小姐一面。"

岳门主面露难色，心里又实在猜不透这司家二少爷的心思，反问一句："不知大少爷此刻……"

"家兄一切安好。"他打断对方，斩钉截铁道，"请门主速为安排。"口气不容其有半分拖延怠慢。

岳门主统共也没见过司狂澜几次，今天才算头回说上话。素来只知这二少爷脾性古怪，深居简出，比大少爷难打交道许多，只言片语之间果然已见厉害。

门主想了想，起身道："这边请。"说罢，又看了看跟在司狂澜身后的桃夭，"这位姑娘……"

"司府的杂役。"司狂澜淡淡道，"府中马匹珍贵，需她一路照应，又恐她未见世面，于长刀门中闹出笑话，索性带在身边管束着。"

桃夭忙点头，只微笑不说话。

这是来之前她与司狂澜约好的……她要求他带上自己同来洛阳，说有法子寻回司静渊的魂魄。司狂澜说，若她说到做到，他可一次付她百倍工钱。她说她不要工钱，只要他答应她一个条件。司狂澜答允，但也附加了一个条件，就是到了长刀门之后，除非他点头，她不许跟任何人交谈。

岳门主没有喊上任何随从，亲自将他们领到内苑之中一处最僻静的房舍前。

一眼看去，此房舍不但位置朝向难见阳光，所有窗户还以厚木板封死，透不进半点光线。

妖气冲天哪！桃夭看着那一层浮在房舍之上，寻常人看不见的浓雾。

此时，房门"吱呀"一声被推开，一个蓝衣丫鬟拎着食盒走出来，见了岳门主，忙施礼道："见过门主。"

"小姐如何？"岳门主看了看她手中的食盒。

"回门主，还是老样子。"丫鬟小心翼翼道，"只能小心灌些汤水，根本不会吞咽。"

岳门主长长叹了口气："去吧，没有传唤就不必过来了。"

丫鬟偷瞄了司狂澜他们一眼，忙点头："是，小薇告退。"

岳门主神情复杂地看了看虚掩的房门，想推门又有些犹豫，司狂澜帮了他的忙，说了声"打扰"，便一把推开了房门。

真黑啊，满屋子不见一点光线。天晓得那丫鬟练就了怎样的功夫，才能在这样的环境里给别人喂饭。

岳门主从怀中摸了一颗鸽子蛋大小的珠子出来，一圈白光在黑暗里照出昏蒙蒙的一小片范围。

"抱歉，小女忌见光线，尤其灯火之光，故而我们来往此处都以明珠照路。"岳门主跨进门去，走了几步便停住。珠光所及之处，隐约可见一张摇椅，有人纹丝不动躺在上头。待他将明珠又挪近一些，方才勉强看清躺着的是一位年约十八九岁的小姐，眉目秀丽而脸色苍白，两颊凹陷，眼睛是睁开的，却无半点神采，对突然进来的他们也视若无睹。

岳门主突然就红了眼睛，强忍着不掉下泪来，说："两年了，我简直怀疑眼前这个人是不是我的女儿。从前的平川像只叽叽喳喳的雀鸟，从早到晚都笑闹不停，根本不知何为悲伤。就算那个人的死让她伤心，但也绝不可能将她变成今日这般模样！"

"家兄至洛阳一月有余，可一直都留在府上？"司狂澜几乎不会为外人的情绪所感染，永远是个冷静的旁观者。

岳门主点头："说来也怪我，若我不去找大少爷……"

"此话无需多说，我只想知道家兄在府上的日常。"司狂澜打断他，"尤其是他昏迷之前。"

岳门主犹豫片刻，道："大少爷来到长刀门后，只去看了平川一次，之后便是吃喝玩耍。要么在府中与人斗蟋蟀，要么出门闲逛，买一大堆无用的玩意儿还要我替他付账……"

司狂澜咳嗽了两声，面不改色道："继续。"

"大少爷玩耍了好些天，我见他似乎无意为平川的事操心，便去问他作何打算。他却让我放宽心，说最晚后天，他要的东西便到了，有他在，保管我家平川恢复如常。两天之后，大少爷去了平川房中，吩咐我们谁都不要进屋，只留小薇在旁伺候。可我们等到天明也未见大少爷出来，进屋一看，大少爷与小薇都昏死在一旁，平川还是老样子，哭哭啼啼，连话都不愿讲了。翌日，小薇醒转，大少爷却一直昏迷。问小薇当时发生了什么，小薇说只看见大少爷……"岳门主顿了顿，似有话难以启齿，"看见他……口对口亲了我家平川，然后只觉眼前有白光闪过，便毫无知觉了。"

肆 · 虚耗

好个登徒浪子，两兄弟形象差好多呀……桃夭"嘻嘻"笑出了声，被司狂澜看一眼，立刻低头假装什么都没听到。

司狂澜拱手道："家兄素来放浪形骸，唐突之处还请门主多担待。"说罢，话锋突然一转，口气也凌厉起来，"如此说来，家兄出事已是上月，缘何今日才把人送回司府？"

岳门主内疚道："这是我的错。本以为大少爷会跟小薇一样，晚些时候便能醒转，可一连等了三日也不见他睁眼。我怕就这样送回府上，二少爷难免怪罪，所以寻思着先在洛阳为大少爷寻医诊治，谁料洛阳的大夫没有一个能救醒他。眼见着时日已长，我怕有个万一，所以才着金堂主火速护送大少爷回司府。"话音未落，他突然单膝跪下，断然道，"我也知二少爷早晚会来。大少爷是在我长刀门出的事，如今你就算要取我人头泄愤，我也必不推脱。"

"哟哟，哪儿那么严重呀。"桃夭赶紧上去把他搀扶起来，"咱们二少爷心胸广阔，此番前来并非问罪，而是问话。您老这么一跪，反显得我们司府小气了。"说着她又看了司狂澜一眼："对吧，二少爷？"

"除非取了门主人头能令家兄复原，否则取之何用？！"司狂澜看着椅上的岳平川，"不是说岳小姐终日哭泣伤心，缘何今日一见，宛若活死人一个？"

"多谢二少爷宽宏大量。"岳门主起身，看着自家女儿心痛道，"也就是大少爷昏迷的三四天后，不知为何，平川突然就成了这副魂不守舍的模样，对外界再无半分反应。问天天在旁照顾的小薇，她也说不知缘故，本来小姐跟之前差不多，虽然整天流泪伤心，但饭还是能吃一点的。可一夜之间莫说行走说话，连吞咽都不行了，只能靠灌些汤水补药，能下肚多少算多少。这么下去，我家平川只怕是没有活路了。可我一点法子都没有。"

桃夭想了想，突然问："门主啊，咱家大少爷都买了些什么让你付钱呀？"

岳门主想了想，说："记得账单上大多是酒肉吃食，还有胭脂水粉……还有灯笼、棉线、蜡烛跟拨浪鼓……唉，好多东西现还堆在房里哪。"

"就这些？"桃夭挑眉，"没别的了？"

岳门主又想了想："啊，还有个人专门跑来要辛苦费的，说是大少爷以我的名义，在洛阳城内收了一百户人家各一滴灯油。当时管家一说，我也十分糊涂，但一想到大少爷行事作风不似常人，也就释然了。只要大少爷能救得了我家平川，他就是把整个洛阳城买下来，我也替他付账。"

"这就对了……"桃夭的眉头舒展开来，旋即笑道，"岳门主也是厚道人啊，这些乱七八糟的东西也肯替我家少爷付账。您老放心,大少爷没做成的事,咱们二少爷一定帮您完成!"

司狂澜瞟她一眼,没作声。

"当真?!"岳门主惊喜道。

"这样,您老先出去,我们出来之前不要让任何人进来。"桃夭将他往门口送,垂涎三尺地盯着他手里的明珠,"然后把这珠子留给我们即可。"

"就这样?"岳门主有些不放心,"不用我们再做些别的?"

"不用,您老等好消息便是。"桃夭把他推出门去,顺手把明珠抓过来,灿然一笑,"砰"的一声关了房门。

转过身,司狂澜横抱双臂看着她。

"二少爷,说好的话要算数哟。"她举着明珠走到他面前,仰起脑袋盯着这个比她高出一个头的男人。

"你已有眉目?"他仍是很不相信她。

"没猜错的话,咱家大少爷的魂魄就在那儿。"她抬手,指尖正对椅上的岳平川,"只是如今他们不好出来罢了。"

司狂澜皱眉:"他们?"

桃夭一笑:"大少爷是来捉妖怪的。"

他的表情没有丝毫变化:"何妖?"

"虚耗。"她吐了吐舌头,"十之八九。"

司狂澜沉默片刻:"动手吧。"

桃夭嘻嘻一笑:"二少爷可别忘了答应我的事哟!"

"我从不食言,除非你一派胡言。"

桃夭撇撇嘴,径直朝岳平川走去。

6

"呵呵,你抓住我又有何用,拿回岳平川的欢心又何用,如今不一样陪我困死在这里。"

一片水域,宽无边际,一直延伸到亦真亦幻的白雾里,水面上有一艘翻过来的船,寂寞地沉沉浮浮。

水域中央一块孤岛,高高大大的男人坐在石头上,脚下踩着一只身着红袍、人

肆·虚耗

面却生牛鼻的怪物。怪物身量约有三尺，一只脚穿了鞋子耷拉在地上，另一只脚却弯过来挂在腰上，加上被揍得鼻青脸肿，看上去更是十分的丑陋。

"欢心……真好看啊。"男人掂了掂手里那一小块围绕在斑斓彩光中的红色光团，旋即叹了口气，然后又用力踩了怪物一下："不是我陪你，是你陪我。有你在我就不无聊了，反正没事就打你一顿。今天是脚踢，明天拳打，后天吊打，很好玩的。"

"少装坚强了。"它"咔咔"地怪笑，"你也怪可惜的。何必为这些人类强出头，信不过的。若不是那丫头摆你一道，你已功成身退，而我灰飞烟灭。可现在的结局不是这样啊。岳平川的身体已经越来越虚弱，等耗尽最后一点性命，咱们就一起做这副躯体的陪葬吧。所以我说不如算了吧，反正你也拿回了岳平川的欢心，不如放了我，你也可以回去你自己的身体，咱们谁都不用死。"

"可我不想放了你。"男人咧嘴一笑，"咱们打个赌呗，结局不会变。"

它不屑地冷笑。

时间在这里没有意义，无边际的水面与孤岛是唯一的存在，永无变化，身在其中，无路可走，只能等。

水面在摇动，那艘船依然时而下沉时而浮起。漾动的水面托起一个人，是个年轻俊俏的公子，他的身体已被泡得发白，僵硬的双手依然保持着某种挣扎的姿势。他跟那艘船一样，浮浮沉沉。

那就是岳平川的心上人吧，二十出头，扬州人士，在洛阳城中做古董生意，通古博今，且做得一手好文章，虽是生意人，但也是大才子。他说待这次返乡探亲归来，便上长刀门提亲。岳平川等了足足半年，等来的只是他的死讯，暴雨沉船，溺毙归途。

想想都很伤心啊，就算他这样的大男人听了，也是唏嘘不已。

所以，趁人之危落井下石的家伙就更让人讨厌了。

对，说的就是虚耗这个臭妖怪。

世上妖怪千万种，若要列个最被人唾弃榜单，虚耗绝对能进前三甲吧。

据说世上的活物，不论蛇虫鼠蚁、飞禽走兽，还是人类，只要一生都过得与欢乐无缘，连死也死得悲悲惨惨的话，再撞上一个极阴极糟糕的时辰，他们死后便会化为虚耗。不论活着的时候什么样，变成虚耗之后，都是如今这副一身红衣的怪模样。虚耗本无实体，游魂般飘荡在人间，一旦遇上伤心太久、太过，且不能自拔之人，便会趁虚而入，进入对方体内窃其"欢心"。

世间之人皆有悲欢二心，一旦欢心被彻底拿走，此人很快便陷入无休止的悲戚之中，从此不知何为笑，何为乐，身体一日比一日虚弱，到最后活活伤心至死，无药可医。

而虚耗，就是热衷窃人欢心然后占为己有。每颗欢心对它们而言都是闪闪发光的宝石，得到越多它们越开心，似乎这样就能弥补它们生前未曾得到的欢乐。它们虽不直接杀人，但却让人以最痛苦的方式慢慢走向死亡，故而从古至今，虚耗都被遭遇过的人视为灾星。但要灭掉虚耗也不难，只要集齐百家灯油，搓一灯芯点亮，举此"百家灯"一照，虚耗便灰飞烟灭。因此虚耗十分忌讳亮光，尤其是灯火之光，但凡被其附身之人也有同样的忌惮。但百家灯只在虚耗尚在受害者体内时照射才有作用，一旦虚耗将欢心掏取殆尽，离开人身，天下便无一人可降伏之。这也是虚耗容易被消灭，但又总不能被断绝的原因之一。

岳平川算是不幸中之万幸，司静渊来到长刀门见到她时，虚耗已取尽欢心不在其身。可他实在不愿让这怪物害一条无辜性命，索性想了个可能会被他弟弟砍死的馊主意——与岳平川互换魂魄。他赌的是那只虚耗如果没有走太远，说不定会循着他的欢心的味道再回来，误以为自己没有把岳平川的欢心掏尽。只要它再次进了岳平川的躯体，那么万事好办，他有十成把握制服虚耗，从它身上把它据为己有的岳平川的欢心抢回来，另外绝不给它再离开岳平川的机会，届时只要及时点亮百家灯，那么一切都结束了。然后他便可以把欢心放回岳平川的魂魄之中，两人各归各位，完美！虽然这样可能有风险，但也没有别的法子了。岳平川的魂魄不能留在她的身体里，否则一旦他跟虚耗打起来，有很大可能会伤到她，只能将她送到他的躯体，一来能避开危险，二来不至于因为没有躯体依存而魂飞魄散。

不过，真这样做了的话，还有个更大的麻烦。原本他完全可以控制岳平川的身体，可如果要同时牵制住虚耗不给它逃脱的机会，那么就意味着他无法分神去控制这个身体，也就无法靠岳平川去点亮百家灯。

所以，一定要有个可靠的帮手。

他选中了小薇，岳平川的贴身丫鬟。

小薇跟岳平川自小一起长大，虽是丫鬟，两人却情同姐妹。根据他来到长刀门后之所见，小薇对岳平川的担忧从不亚于岳门主，连岳门主都亲口对他说过，小薇是他在长刀门中最放心的一个人，胆大心细，秉性纯良，有她照顾岳平川，他才省了不少心。

既然都这么说了，那便是她了。

他在与岳平川换魂之前，将小薇叫到面前，把他亲手做的灯笼交给她，只简单

肆·虚耗

跟她说他要帮她家小姐把丢掉的东西找回来,还说明天之后他会陷入昏睡状态,而她家小姐的行为可能也会变得跟之前有些不一样,可能不会再哭了,也不会再说一句话,这些她都不用管,只需跟岳平川寸步不离,一旦发现岳平川陷入无知无觉的瘫痪状态时,立刻以最快速度点亮灯芯,举灯照在她家小姐身上,直到岳平川能重新站起来为止。他慎重道,这盏灯一定要好好看护,若没有它,她家小姐就真的没有活路了。而以上这些话她知道就好,不必说给旁人听,到时候只怕人多坏事。若有人问起他为啥晕过去,她只管说自己也晕倒了,什么也不知便可。

小薇非常仔细地记住了他说的每句话。

然后便是等待。

老天有眼,四天之后,那只贪心的虚耗果然回来了。一场在岳平川躯体里的大战,他赢了。

可是,当一切都照他的部署顺利进行到最关键的一步时,百家灯却不管用了,准确说是没有人去点亮它。恍惚之中,他看见小薇拿了百家灯,往相反的方向跑了。

如此一来,他要继续制住虚耗,便不能操纵岳平川的身体,因为一旦分神,虚耗便有机会逃离,再想抓它便不可能了。于是现状就变成了这样,他们俩等于被困在了岳平川的身躯之内,陷入她残留的意识中,谁都不能逃脱。

原是基于信任的叮嘱,不曾想却成了捅向自己的刀。对于这一点,他也有些郁闷。不是说情同姐妹吗?!

他气得又踹了虚耗一脚。

水面还是那么宽,船与溺毙的人还在那里漂,他坚守着自己的希望,不想投降。

忽然,陌生人的声音,从水面的另一边传来——

"司静渊!"

○ 7 ○

有人点亮了灯芯,暗黑已久的房间终于有了久违的光线,最亮的那部分,将岳平川整个笼罩在内。

司狂澜举着白色的灯笼,一动不动,桃夭搬了个凳子坐在岳平川身边,睡着了般歪靠在司狂澜身上。

时间凝固在这一刻,除了司狂澜镇定的呼吸声,房间里没有任何动静。

突然,自岳平川体内窜出一股黑灰,带着暗红色的火星,冲到半空之中变幻出各种诡异的形态，一如癫狂的人在做最后的挣扎，力气耗尽后终是无奈地散落一地，再看地上那一片黑灰，却是一只老鼠的形状。

桃夭跟岳平川同时睁开了眼。

桃夭眨眨眼，似乎还不是很清醒，把脑袋往那个支撑住自己的身体上再埋了埋，顺便嘿嘿傻笑着说："好软好舒服。"

司狂澜顺势朝旁边跨了一步，失了平衡的桃夭"扑通"一声栽在地上，痛得哇哇直叫。

司狂澜没工夫理会她，只看着岳平川，放下灯笼，然后伸出手在她面前晃了晃。

突然，岳平川一把抓住他的手，双眼从没有如此明亮过，一开口，却是个大老爷们儿的嗓子："快……快给我一口饭吃！"

司狂澜甩开他的手，冷冷道："命都不要的人，吃什么饭？！"

岳平川"呼啦"一下站起来，气势汹汹地冲他举起了拳头，但落下去的瞬间却只是扯住了他的袖子，还使劲晃悠起来："我错了行不？！快给哥哥找东西吃，澜澜你可是我在世上唯一的亲人了。"

"澜澜……"桃夭揉着摔疼的屁股站起来，到底是忍不住哈哈大笑起来。

司狂澜一把抽回袖子，问他："身上可带了丝帕？"

"岳平川"顺手摸了摸，还真有一张，抽出来交给司狂澜："怎么，我脸上脏了？"

司狂澜将丝帕揉成一团，毫不客气地塞进对方嘴里，警告道："换回来之前，你再敢开口说一句话，我立刻回家把你的躯体送去胸口碎大石。"

"岳平川"委屈地点点头。

"你大哥比你好玩多了。"桃夭嘻嘻笑道，旋即又看了看地上那团黑灰，啧啧道，"原来这只虚耗的原形是老鼠啊，怪不得那么贪心，要不也不会中你大哥的圈套，重新回到岳平川的身体里了。"说着，她顽皮地一脚踩上去，黑灰四散开来，转眼无迹可寻。

"竟是老鼠……那一定是一只活着的时候相当凄惨的老鼠……""岳平川"把丝帕扯出来，连声叹息，一碰到司狂澜要杀人的目光，立刻又把丝帕塞回去。

桃夭冲他撇撇嘴："你这么同情它，刚刚咋还把它打得鼻青脸肿？"

"我只是单纯地憎恨这种窃人欢心杀人无形的行为。""岳平川"忍不住又把丝帕扯出来，"你想想，一个人活在一丁点快乐都没有的日子里，那不比杀了他还难受？虚耗这种妖怪，纵然生前可能惹人同情，但既已成了虚耗，灰飞烟灭便是对的。"说着又打量了桃夭一番，"话说你这喂马的丫头懂不懂规矩？！开口闭口你啊你的，我是你家大少爷！刚在里头不是跟你说过了么！哦，对了，你是怎么进来的？"

"我……我'咻'一下就进来了啊。"桃夭抬手在空中画了一道夸张的弧线。

"这孩子不老实啊。""岳平川"戳了戳她的脑袋，又转过去拿胳膊碰了碰司狂澜："哪儿捡回来的？有点意思啊。"

司狂澜深吸一口气，依然用他一贯的，不带感情的，冷静得出奇的口吻道："司静渊，你不是不知道这样做的后果。"

"总不能不管这姑娘吧。"司静渊指着自己，"没了心上人够可怜了，还惹来了虚耗，太坎坷了啊！"

"若岳门主再晚些把你的身体送回来，届时就算我们来了，岳平川的身子也不中用了。"司狂澜背过身去，都不想看着他的脸说话。

"其实吧，大少爷你完全不用这样的啊。"桃夭站在兄弟俩中间，"实在不行就放了那妖怪呗。不然你控制不了岳平川的身体，就不能自主吃喝，连动弹跟说话的能力都没有，单靠外界强灌的汤水补药，早晚也是饿死。你要死了，二少爷该多难过啊。"

"丫头，给自己留后路，便等于给敌人留机会。"司静渊全程吊儿郎当的脸上有一刹那的决绝，但很快又被嬉笑卷走了，"我命大，且我一直相信我家澜澜跟我心有灵犀。你看，这不是皆大欢喜的结局么。"

"可大少爷你为啥要给你自己的身子喂安神药呢？"桃夭突然想起这一茬，"你可知岳平川直到被送进司府都没醒过！不吃不喝，这对你的身体也是很大的损耗呢。"

"咳，我趁她睡着跟她换魂之后，不是怕她醒过来后乱说话么。被别人发觉我的身体里冒出她的声音，肯定会节外生枝。所以我才趁她没醒之时偷偷给她灌了些药。"司静渊自己也觉得很冤枉，"我都想好了，若虚耗会回来，也就是未来三四天的事，若过了这几天都不见那妖怪的踪影，我也只能放弃了。所以我明明掌握好了剂量，顶多睡个四五天，我这身板，十天八天不吃不喝也死不了的……哪知道会这样！"

桃夭想了想，鄙夷道："一定是你不懂药理，搞错了剂量！只能是这一个解释了。"

"我三岁就熟读医书！"

"承认吧，你没有做大夫的天分。跟那些被岳门主找回来诊治你的庸医一样，连服用了过量安神药都诊不出来。"

"我是你大少爷！"

"大少爷做错事就不能说了么？"

"你你你……"

"把丝帕塞回去。"司狂澜回头，淡淡扫了他们一眼。

好吧，事情到这里，算是画上一个基本圆满的句号了。

当他们搀扶着娇弱状的"岳平川"走出房门时，天色刚刚亮。而同一时刻的另一间卧房中，被打晕的小薇五花大绑着蜷在地上。几个时辰前，桃夭借岳平川的嘴讲出了她从司静渊那里得来的真相，而司狂澜没费多大力气便逼小薇说出了灯笼藏在哪里。万幸的是，她还留着灯笼没有毁掉，否则重新收集百家灯油又要耗费好些时间呢。

岳门主这头，见女儿平安无事，真真是高兴得老泪纵横，当即备下厚礼酬谢司家兄弟。司狂澜并不推辞，只说岳小姐身子尚虚，不宜开口说话，之后几天恐还要陷入一段时间的昏睡，但无需担心，再醒来时，岳小姐自可脱胎换骨。岳门主忙不迭点头，事到如今，司狂澜跟他说什么他都无条件相信，只恨不得再给这个大恩人磕三个响头。不过，唯一让众人不太习惯的是，那个往常食量比猫还小的大小姐好像变了一个人，一口气吃了八个馒头、一只烧鸡外加五碗鸡汤，最后还是在司狂澜目光的警告下才恋恋不舍地放下了最后一个红烧猪蹄。

对于这次的事件，司狂澜对外只简单概括为邪物作祟，已驱除。关于司静渊换魂捉虚耗的内情一概省略。

然后，小薇被关进了长刀门的牢房。

事实上，连她都不知司静渊当初究竟干了什么事，除了司静渊告诉她的那些，她只知他亲了岳平川一口，然后便见他晕过去了。可是，司狂澜并没有对岳门主省略她如何在关键时刻提灯而去，如何将这救命之物藏于暗处，如何对"情同姐妹"的岳平川落井下石，见死不救。听到这些的岳门主，足足愣了好久，然后是一连串的"想不到，想不到……"所谓知人知面不知心，当如是。

之后的一切亦如司狂澜所说，在岳平川吃饱喝足之后，便又一次陷入昏睡。安顿好她之后，司狂澜亦向岳门告辞。岳门主始终有些不放心，想留他们再住几日，司狂澜让他安心，说不出两日，岳平川自可醒转。岳门主感激之余，对司静渊的状况依然表示了深刻的内疚与担忧，说自家女儿是捡回了性命，但司家大少爷还是生死未卜，着实不能安心。

"门主大可放心，大小姐这般娇弱的人儿都能挺过这场劫数，我家大少爷自然不会输她。"桃夭插嘴道，然后拿出那颗用来照明的珠子，装模作样道，"哎呀，差点忘了把这宝珠还给门主了,真是个好东西啊,好看得舍不得放下呢。"

闻言,岳门主大方道:"既然姑娘喜欢,拿去玩就是了。此番为了小女的事,不止劳烦了二少爷,想必姑娘也是出了力的。区区一颗珠子,不足挂齿。"

"哎呀,那怎么好意思呢!"桃夭边推辞边迅速把珠子揣起来。还能说什么呢,这样大方的人活该生意兴隆儿孙满堂啊,嘻嘻嘻。

8

临走前,桃夭去了一次牢房。

小薇蜷在最阴暗的角落里,脸上没有恐惧,也没有悔意,小声哼着断断续续的小曲儿。

"你家小姐没事了。"桃夭蹲在牢门外,故意说得很大声。

小薇看她一眼,继续哼她的曲子。

"好奇怪啊,为何这么恨她?"桃夭托着腮,"不是好姐妹么,所有人都这么说。"

小薇不哼歌了,好像听了个很大的笑话:"丫鬟跟小姐怎么做姐妹?"

"可她死了你也做不成千金大小姐呀。"

"她死了,薛公子在九泉之下至少有个陪伴。"小薇带着笑意的声音在阴暗潮湿的空气里回荡,"反正薛公子眼中只有她,既如此,我要成全他们。"

"你喜欢薛公子?!"桃夭怎么努力都看不清她埋在阴影里的脸。

"我喜欢的,从来都不会属于我。"她长长叹息,"小时候,我很喜欢那朵盛开的红牡丹,最后却戴在岳平川的头上。她是大小姐,戴上去人人称赞,我是丫鬟,戴在头上只会被人笑不知身份。跟她在一起的日子,所有我喜欢的,不论衣裳还是胭脂还是别的一切,除非她不想要的,不然什么都不会到我手里。即便是我先认识了薛公子,可最后他要娶的还是岳平川。于是我终于明白,这一生我什么都得不到。"

言毕,牢房之中一片死寂。

"你多大年岁了?"桃夭突然问。

"十八。"

"十八岁了啊!"桃夭瞪大了眼,"那你岂不是把十八年时间都花在这些让人不高兴的事情上了?"

小薇不说话。

"原来,虚耗不一定都是妖怪啊。"桃夭笑笑起身,"告辞。"

小薇的半张脸从阴影里露出来，不解地看了看她蹦跳着离开的背影。

没记错的话，《百妖谱》上的记载是——"世间生灵命尽于悲苦，再遇凶时，则化虚耗，如幽魂飘荡于世，寻悲伤长久不得自拔之人，入其体，窃其欢心为己有，掏尽方去。无欢心之人，终伤心至死，无可救。虚耗，恶妖也。取百家灯油成芯，燃之相照，可灭。"

红尘俗世，悲欢交替本寻常事，然一昧沉溺悲心不懂化解，不但给了恶妖可趁之机，即便未被妖物盯上，悲多成怨，怨多成恨，恨多成恶，若一生时间皆虚耗于此，人与妖怪也就不那么分得清楚了。人间历来视妖怪虚耗为带来祸事的灾星，幸而有百家灯可令虚耗灰飞烟灭，但相当遗憾的是，百家灯的光，照不到不是妖怪的"虚耗"们。

所以，桃夭觉得自己治妖不治人的规矩是对的，她嫌麻烦。

尾

"岳平川的魂魄应该很快就回来了吧？岳门主会不会杀掉小薇啊？"

"你是司府杂役，不是岳府杂役。"

"我问一下别人家的事也不行么？！好，事情了结了，我没食言，你答应我的事也不能反悔！"

"如你所愿。"

"真的？！太好了！啊，咱家大少爷的魂魄应该回家了吧？大少爷是后天修炼还是天赋异禀啊，居然会换魂！这可不是一般人能做得到的呀！"

"你一个喂马的杂役不也能魂魄离体么。"

"我……我应该是天赋异禀。"

"无需同我解释。你进司府只是喂马，我只在意你有没有照顾好我的马匹，别的事我无兴趣知道。"

"哦……可二少爷我还有件事不明白啊，你既然这么不拿我当回事，为啥我魂魄离体时你一直让我靠着你的身子，让我随便倒在冷冰冰的地上就好了嘛。"

"我甩开你两次，但你还是锲而不舍地爬回来跟我贴得死死的。若那时你已魂不附体，那你的身体所做出的反应还真让人意外。"

"呃……那时我的魂魄肯定已经去到岳平川体内了，我自己的身体干的事我不负责的！"

"呵呵。"

纷飞的落叶之中，洛阳城渐渐被留在远处，两匹骏马驮着主仆二人在回往汴京的路上飞奔，归心似箭。

百妖谱
伍·龙雀

楔子

可我总是忘不了跟他们在一起的日子。
他们的青春，所有的悲欢苦乐，
好像也变成了我的。

1

气氛有一点尴尬。

司府宽大讲究的厅堂里，柳公子背着包袱，极度挑剔的目光上下左右地移动；磨牙拖着一个装满锅碗瓢盆叮当乱响的大麻袋，傻呵呵地微笑着向大家合十问好；他们身后，滚滚器宇轩昂地领着一群公鸡和母鸡，有条不紊地巡视这块从未踏足过的新领地。

司狂澜坐于厅中正位之上，手握一卷《孙子兵法》，硬是对眼前这一堆妖魔鬼怪视而不见。

这应该是司府从未有过的热闹时刻，连苗管家都挂着相当不适应但又必须笑脸相迎的微妙表情。

司府上下，只有司静渊是发自内心地高兴。一见他们进来就两眼发光，立刻从座上弹起来，一手指着滚滚，一手扯着司狂澜的袖子道："那是狐狸还是狗？半白半黑好好玩啊！后面是鸡？狐狸还能跟鸡和平相处？"不等司狂澜的白眼甩过来，他先跳过去蹲在地上跟滚滚打招呼："嘿，小家伙你叫啥名字啊。我叫司静渊，是司府的大少爷。喏，也是坐在那边那个比死人多口气的司狂澜的大哥。"

书页在司狂澜手指下有条不紊地翻动，司静渊说的每个字他都听不见，就算听见了也是无声的嫌弃。

滚滚抬头看了看司静渊友好到近乎谄媚的脸，眨眨眼，毫无预兆地往他鞋子上撒了一泡尿……

司静渊静静地看着自己那双刚换上的并不便宜的新鞋子，抬头对使劲憋着笑的苗管家说："把咱家最长最利的刀取来。"

"可使不得呀！"磨牙一听，立刻跳到他面前使劲摆手，"鞋子脏了换一双就是，怎能砍掉自己的脚呢？！还以为我家柳公子就算是洁癖症患者中的翘楚，想不到大少爷你居然比他还凶猛！"

司静渊耐心地听他说完才微笑道："小和尚你的想法好丰富呀，我拿刀是宰这只狐狸，不是砍我自己的脚。"

磨牙闻言，赶紧跑过去把四处乱转的滚滚紧抱在怀里："那更加使不得了！我代滚滚向你道歉，它没有恶意，撒尿只是做个标记罢了。实不相瞒，凡是被它认定为私有财产的物体它都会这样的，换句话说，它拿你当自己人才往你身上撒尿呢！这么亲切的小家伙大少爷你怎能宰掉它？！"

"那么我这个物体是不是还要请它吃顿饭感谢它拿我当自己人，顺便再请它多往我身上尿一泡？"司静渊把小和尚与狐狸从上到下愤愤打量一番，"把你们俩绑在一起卖了都值不起我这双鞋的价钱！我司家大少爷身上有哪件东西是便宜货！你们……"

"好啦好啦，鞋子洗洗就干净了。"苗管家赶紧出来打圆场，"这小狐狸也有些趣味，大少爷你就不要跟一只狐狸计较了。"说罢他又对一旁的桃夭道："桃丫头，你说的就只是这两位了对吧？行李也都在这儿了？"

桃夭笑眯眯点头："就他们俩了，一进来我就介绍过了呀！这位长得还不算难看的是柳公子，小和尚叫磨牙，都是我的老乡。"说着她又对座上的司狂澜挤挤眼睛，"二少爷，人我带来了，你答应的事不会有什么变化吧？"

之前她答应出手帮忙寻回司静渊的魂魄，条件就是要司狂澜收留她那两个在外漂泊的可怜的老乡，外加一只相当有灵性、连鸡都不吃的狐狸，顺便把他们从老家一路讨饭讨到京城的悲惨过往添油加醋哭诉了一番。

"他们看起来，似乎并没有你说得那么可怜。"司狂澜不动声色地翻着他的兵法："苗管家，带他们下去安顿。明日再分派工作。"

"是的，二少爷。"苗管家旋即转身对柳公子跟磨牙道："二位请随我来。"

"等一下。"柳公子斜睨了司狂澜一眼，"分派工作？难不成你还想让我这等人物替你喂马？"

"喂马的人手已经够了。"司狂澜的目光永远不肯离开他的书，"司府不养闲人。"

"你这小子……"

"哎呀，别闹了！"桃夭赶紧扯住柳公子，压低声音道，"管吃管住还给工钱啊！这么好的房子白住欸！做点小事算个啥！"

柳公子扯住她的辫子，咬牙道："你就这么豪气地把我跟小和尚卖了？我是谁，我是桃都的柳公子啊！给他们这些凡夫俗子当下人？"

"不是没钱了吗！"桃夭一翻白眼，"能省则省啊！再说了，卖身给这样的大户人家，好过你天天住在破屋里吃青菜豆腐嘛。听说逢年过年他们还额外发红包哪。你说诱人不诱人？！"

"我觉得可以。"磨牙凑过来，"这里好漂亮呀，房子又大又舒服，庭院又宽阔，跟画里一样好看。而且我瞅着他们也不像会刻薄下人的东家，既然我们要在京城长留，住在这样的人家里靠本事赚银两，也好过在外头风雨飘零，三餐不定呢。关键是我看滚滚挺喜欢这里的……就是不知道有没有合适的地方养鸡。"

柳公子狠狠弹了弹他的光头："是谁说的要以云游苦修来磨砺自己的灵魂？是谁说的锦衣玉食会消耗一个人的意志？你这个小光头，就因为人家房子大，所以把自己卖去当下人也无所谓了？你的灵魂跟意志去哪里了？"

"阿弥陀佛，餐风饮露是磨砺，高床暖枕亦是磨砺。其实馒头布衫与美食锦衣在我眼中皆是平等，并无分别之心。柳公子，你还是没有悟到啊。"磨牙双手合十。

"去去去！"柳公子恼怒地拍着他的光头，"跟着桃夭这个死丫头混久了，别的没学会，强词夺理倒是进步很多！"

"我不是强词夺理呀，我……"

"好啦，你们俩别废话了！那么，就这么定下来了，以后咱们就在司府落脚了，嘻嘻。"

"你为啥笑得那么鬼祟？"

"不用养你们了！吃住都不花钱了！我本来想笑得更明显一点的！"

"……"

司静渊横抱着手臂，皱着眉碰了碰苗管家："那三个家伙挤在那边说什么呢？"

"不知。"苗管家笑，"只知从此之后咱们司府便热闹起来了。"

话音未落，司狂澜突然开口："这里并没有你什么事，怎的还不回你房间面壁思过？"

司静渊立刻垂头丧气起来："家里来新人，我出来迎接一下才是大户人家该有的礼数吧。"

"回房去。"司狂澜的手指又翻过一页，"十日不出房门已是最轻的惩戒。"

"为啥要罚我呀？！"司静渊不服气，"你当我只是冲着岳门主的面子帮他救女儿么？我是看了岳平川的八字，姑娘命硬，我寻思着能不能撮合撮合她跟你。毕竟我是你兄长，老看你打光棍我这心里也不好受啊！你看你这么快就把岳姑娘送走了！我……"

"来人！"司狂澜不客气地打断他。

两个家丁应声而入。

"把大少爷塞回房里，没有我的命令，他敢出房门一步，你们便将他往死里打，无需任何顾忌。"司狂澜淡淡道。

"是！"家丁们立刻一左一右架住司静渊，随他聒噪挣扎，硬是将他拖了出去。经过桃夭他们身边时，他还不甘心地大喊："你们等我啊，十天以后我来找你们玩！"

柳公子无比嫌弃地看着张牙舞爪的司静渊，问桃夭："这个吃错了药的真是司府大少爷？"

"有意思吧？"桃夭一笑。

苗管家一声叹息，嘀咕道："真不知谁才是兄长……"

黄历上说，今天诸事不宜，但对桃夭来讲，再没有比今天更好的日子了。以后每天又能看到柳公子的臭脸，听到磨牙的唠叨，还能用滚滚的尾巴擦盘子，"一家团聚"真是让人备感幸福啊！最重要的是，她完美解决了那两个家伙的生计问题，养家糊口这种事凭什么让她一个人干，哼！

○ 2 ○

苗管家不知受到了什么蛊惑，才会相信柳公子对自己厨艺的吹嘘，把他分派到厨房里替厨师老张打下手。对磨牙这样的"小孩子"，他也特别照顾，并没有给他什么固定的工作，只让他有空就扫扫庭院里的落叶，给池塘里的鱼喂喂食，谁有需要时帮忙跑跑腿，其他时间就留给他打坐念经。然后还按照桃夭的要求，把两人安排在马场与她同住。

其实柳公子肯定是不愿意的，说得倒是好听，情同兄弟姐妹，自然要住在一起互相照应。呸！谁不知这丫头这么做就是为了防止他们藏吃藏钱藏好玩的东西！

不过，一切就这样突然安定下来了。前些日子还在京城里租住一间破屋，吃了上顿不知下顿，突然就进了这高门大户，吃穿不愁。难得的是，司府上下除了司狂澜不讨人喜欢之外，其他人都还算和蔼有礼。不过也难说，毕竟还有一个被自家弟弟关禁闭的司静渊，十天之后他放出来，天晓得司府又是什么奇形怪状。但目前看来，一切都好，日子从未如此规整过。桃夭觉得自己越发像个普通人，有了一个固定的可以留下来的地方，以及每天都要看到的一群相同的人。

先这样吧，说不定在找《百妖谱》这件事上，司家兄弟以后还能帮上一点忙呢。她暗自搓了搓手。

总之呢，其他都好说，就是厨房的老张日子惨点儿，毕竟给他打下手的是柳公子……油温不能很好地控制把食物炸成焦炭就罢了，切菜不讲刀工切得一言难尽也罢了，可他怎么能往用各种蜜饯甜品熬制的八宝粥里加葱花呢？！老张可费解了。问他，他反问为啥甜的东西不能加葱花，烹饪不就是要发挥最大的想象力！

也亏得老张脾气好，若换了别人，大概已经把粥碗扣他头上了吧。

"柳公子啊，对待食物其实跟与人交往没两样。"老张一边重新熬粥一边说，"喜欢安静的人，你非把他往闹市里扔，他不高兴，会怨你。喜欢闹腾的人，你偏将他锁在屋子里，他也不高兴，也怨你。所以，甜粥加葱花，不会好吃，既浪费了食材，吃的人也觉得怪异。"他耐心地搅和着锅里的米，"世上大多数的事情，还是有规矩的，不照着来就容易出事。"

柳公子撇撇嘴，把这个貌不惊人年过花甲的老厨子又打量了一番。他年轻时个子应该挺高，只是如今背脊已微微有些驼了，但手却特别稳，不论掌勺还是拿刀，每一下都觉得铿锵有力，完全不会出错似的。桃夭对老张印象很好，主要是因为她每回摸去厨房偷吃，都不会空手而回，就算没开灶没做饭，只要老张在，必然变戏法似的给她找出好吃的来。看她吃得喜滋滋的样子，老张总是很高兴，让她多吃点多吃点，说吃得多才长得好，她这个年纪应该再长胖一些才是。

粥熬好之后，老张在围裙上蹭了蹭手，从碗柜里取出一盘小鱼来，放到锅里焙到酥脆。

"很香啊……"柳公子用力闻了闻，旋即伸手便要去拿来吃。

老张赶紧端着盘子闪开："这可不是给你吃的。"

扑了个空的柳公子不满道："行了行了，知道你是拿来下酒吃独食的，不吃就不吃了。"

老张"扑哧"一笑："你随我来。以后我不在的时候，这工夫就交给你了。"

"干吗？"

"跟我来便是。"

老张又拎了个水壶，领着他出了厨房，径直走到司府后门。出了门，老张往旁边的墙根下走了几步，那里摆了几个空碗，空碗旁边还有一个用木板钉成的箱子，箱子上还钉了一层防雨防风的油布。

柳公子看着老张蹲在墙根下，小心地往碗里加了大半碗干净的白水，又把小鱼干满满装了两碗。

远处，隐隐传来几声猫叫。

"都是无主的野猫，饥一顿饱一顿。"老张拍拍手站起来。

"这些都是你准备的？"柳公子看着那些东西，不论碗还是箱子，都收拾得干干净净。

"有剩余的食物就拿来这里，反正又吃不完。"他看着远处，笑，"每次都吃得干干净净，可见是饿得很。这些猫啊，没人管，全靠自己活着。我能给一餐是一餐吧。"

柳公子道："野猫通常活不了很久。"

"是啊。"老张笑笑，"来我这儿的猫都换了好几拨了，那些没来的，应该是没了。在世上杀出一条血路，让自己尽可能走得更远些，挺难的。"

柳公子重新打量他一番，撇撇嘴："你一个厨子，说话倒是有意思。"

"我是个有意思的厨子嘛。"老张哈哈一笑，拍拍他的肩，"以后如果我不在，这些工夫就给你了。它们就爱吃小鱼干，鸡肝鸭肝煨饭也行。"说罢又有点担忧，"就是你千万别给里头放葱花……"

"你这老头怎么那么烦，我英俊的面貌天才的厨艺你不记得，就记得葱花葱花！"

"不要激动啊年轻人，我年轻时也不比你差，也很英俊咧。"

"我不信……"

"真的咧！"

"我不信……"

"好了好了，回去我再教你做几个菜如何？"

"葱烧鱼如何？"

"你真是喜欢葱啊……"

3

今天下起了小雨，到中午才停。磨牙帮桃夭打扫马厩，滚滚在苗管家专门为它开辟出的一块围起栅栏的领地里带着它的鸡兄弟们散步。时间一长，这些鸡好像也不再惧怕它，乐呵呵地跟着它走来走去。反倒是那只公鸡，只要心情不好就满世界啄着滚滚的头顶泄愤，长此以往，真怕它就算修成人形也是个秃子了……

司静渊依然被关在房里，三餐会按时送过去。桃夭帮忙送过一次，只看见他从窗户后面露出可怜巴巴的脸，胡子也不刮，还故意伸出两只手乱晃："桃丫头你来啦，来陪哥哥说会儿话呗，好无聊啊我！"真真是一点大少爷的样子都没有，简直怀疑他跟司狂澜是不是一个爹妈生的两兄弟，两个人之间起码差了二十个柳公子……

"好好吃饭吧大少爷，你离出狱还有好几天呢。"桃夭笑嘻嘻地朝他吐吐舌头。

"别走，别走啊。"他抱着饭碗戳在窗前，边吃边问，"就算不陪我聊天，好歹也跟我说说最近外头发生了啥有意思的事。哎呀，我天生自由不羁的灵魂，一天不去外头我都难受！澜澜太坏了，知道我这个弱点，非把我关起来。"

"凭你的本事还走不出这房间？"桃夭狡黠笑道。

"我不是不想澜澜不开心么。"司静渊扒拉着饭菜，"你要是就这么一个弟弟，你也会跟我一样的。快说说嘛，最近有啥趣事？"

桃夭想了想，一拍手道："啊！想起来了。趣事倒不算，算个大事了。"

"啥？隔壁街的王三麻子又娶老婆啦？"

"不是啦，是出人命了！听说北大街那头的兴祥斋老板没了。"桃夭煞有介事道，"我也是听你们家出去置办东西的小厮讲的。人死在自家卧房里，说去了好多衙差，又说场面相当可怕，一刀毙命，身首分家。那兴祥斋是卖古董珍宝的大店，都以为是谋财害命，可偏又听说值钱东西一样不少，连存在钱箱里的银两都未动分毫，于是又说是仇杀。这个算不算趣事？"

"啊？杨老板被杀了？"司静渊一瞪眼，差点被饭噎到，"那家伙一贯抠门得很，做生意也不算厚道，以次充好蒙骗没眼力的买家也是常有的事。我记得苗管家都被他坑过。就是半年前吧，他花大价钱买了一个什么据说有百年历史、养花不死万年长开的朱砂琉璃瓶，拿回来澜澜一看就说是鲜货，诞生时间不会超过半个月。连老张都看出这肯定不是百年以上的物件，还说在夜市上看过有人卖差不多的玩意儿，便宜得不像话。当时就把苗管家气得哟，抱着瓶子就去兴祥斋要说法，那杨老板见他是司府大管家，也没多废话，直接把银子退了，还说是当时看店的伙计瞎眼，误把这新货当旧物卖了，请苗管家不要计较。苗管家拿了银两，也没与他多争辩，只说做生意当货真价实，打那以后再没光顾过。我还曾戏言，若有朝一日这老家伙归了西，那必然是有人拿了他的钱把他活活气死了。没想到这才半年时间，姓杨的真死了！还不是为钱死的？！"

桃夭撇撇嘴："照你这么说，这杨老板生前不知得罪了多少人，仇杀也有可能呢。"

"那倒是。不过下手也太狠了些吧，一刀断头？！"司静渊吃得满嘴都是菜汁，"虽然这杨老板不太厚道，但也没听说做过特别恶劣的事，多大仇才能这样对付他啊。"

"怎么，大少爷想管这事？"桃夭好奇道。反正他们司家不是专管江湖大小难事的行家么。

"那是官府的事。"司静渊打了个饱嗝，"我要是又出面管这等闲事，到年底也别想出这房间了。呃，还有鸡腿么？再给我送两个来。"

"不行，老张今天就炸了四个鸡腿，剩下的两个说好是留给我的！"

"分我一个！"

"不分。"

"嘿！你这小丫头，我是你大少爷，哪有跟少爷抢食的！"

"我负责喂马又不负责喂大少爷，我不跟马抢食就算对得起你们司家了。"

"好好，再拿个包子总行吧！"

"可以。"

"要肉馅的，不要菜馅！"

4

这几天汴京城中最令人震惊的，也就是兴祥斋老板身首异处这件事了。街头巷尾都在揣测与恐慌，大家猜测着凶案起因的同时，也纷纷感叹人生无常。虽然对杨老板没有太多好感，但作为一个儿孙满堂、年过花甲的老人，就这样凄惨地死在冰凉的刀口下，难免令人唏嘘。恐慌之余，众人纷纷指责凶手的残忍无道，竟敢在天子脚下做这等恶事，只盼官府早日将之捉拿归案，绳之以法。

官府也很愁。

现场未得一丁点线索，没有打斗痕迹，一刀毙命干净利落。验尸的仵作说他此生都未见过如此整齐的断面，凶手用刀的本事可算上乘之中的上乘，寻常人太难做到，毕竟那是人的脖子，不是一折就断的树枝。

负责此案的沈大人接连两天睡不着觉，昨夜披衣而起，调取了府中一份年代久远的卷宗。卷宗中记载，约四十年前，洛阳城为石敬瑭所破时，乱局之下也曾发生过一系列凶杀案，郊外无名野山之中死六十七人，受害者皆一刀毙命，切口平整如镜，然凶手无踪，至今成谜。

看到这里，他头疼难忍，直至东方渐白也无睡意。

都四十年了，凶手应该不是同一人吧。

他正想着，有偂差敲门。

"大人，门外有人求见。"

"何人？"

"没有说，只让我将这封信交来，说大人看后自会明白。"

"拿来。"

一封包在白丝绢中的信函摆在他的面前。

他解开，旋即皱起了眉头，并倒抽了一口凉气。

里头的信封也是雪白无瑕，封口处以浓墨描画了一只怪兽，似虎又非虎，身形矫健，眼露利光，威风凛然中却又有一丝阴沉狠辣。

信封上除了这个图案，再无其他，一个字都没有，更有意思的是，信封之内也是空无一物。

"这……"沈大人喃喃，旋即定了定神，起身整理好衣冠，出门对偂差道，"快随我迎接贵客。"

○ 5 ○

柳公子饿得睡不着，并且一想到晚饭时桃夭一个人把红烧肉全抢光这件事时就更气得睡不着了。

在桃夭与磨牙此起彼伏的鼾声中，他悄然溜出房间。

厨房里应该有很多能吃的东西，哪怕是晚上剩下的馒头也好啊，配上老张做的肉酱，也算人间美味了。

刚刚走到厨房门口，他停住脚步。

都这个点儿了，按理说里面应该没有任何动静，但事实却不是。

他从门缝里看进去，漆黑一片的厨房里有一道白光在那里跳来跳去，像一团有形状的风，仔细看又像一只鸟，虽呈半透明状，但在黑暗之中反而越发清晰。

看样子，似乎是来偷吃的？

他看见这只像鸟的家伙停留在案板上，对着摆在上头用纱罩遮起的剩菜使劲吸味道。

丝丝缕缕的妖气顺着门缝漏出来。

柳公子想了想，轻轻推门而入，悄无声息走到那家伙背后，伸出脑袋问它："好闻么？"

"哎呀！"那家伙惊叫一声，弹出老远，又将身子一晃，便见一道寒光直扑柳公子面门。

柳公子不慌不忙，潇洒地来了一记侧踢，脚尖准准踢中一块冰凉的硬物，只听得"铮"一声响，那玩意儿一头嵌进了墙壁上——一把亮堂堂的菜刀。

柳公子上前细看，还真是一把款式寻常的菜刀。黑色的木质刀把已经很有年岁的样子，光滑无比又生出各种时间的痕迹。

天子脚下果然不同凡响啊，连菜刀都能成精？！

正想着，那菜刀竟又化成了飞鸟的模样，只是脑袋卡在了墙里，一边挣扎一边求救："哎唷喂，这位壮士，帮个忙把我拽出来啊！我没恶意，就是被你吓到了而已！"

场面突然变得很好笑。当妖怪当到头卡在墙里拔不出来，也是奇才啊。

柳公子伸手抓住了它的身子，虽是半透明，但摸上去还是有些实在的感觉的，像一团冰凉的糯米丸子，又像沉入了一片虚无缥缈的风中。

他稍一用力，解救了这个倒霉鬼。

它落到旁边的案台上喘气，顺便整理了一下头顶稀疏的羽毛。

柳公子搬了个凳子坐到它对面，左右打量，硬是没想起这到底算哪个品种的妖怪。印象中并没有一会儿变成飞鸟，一会儿变成菜刀的家伙。

"谢了。"鸟高傲地冲他点点头，一反刚才的狼狈，"哦，是你啊，这两天刚到厨房来帮忙的小子？不过我觉着你不像人，你身上有味儿。"

"我要是普通人，刚刚就被你一刀劈死了。"柳公子冷笑，"你说你一个妖怪，至于大半夜跑厨房里偷吃么？还是修行太浅，一点都不经饿。"

"我杀了一个人，耗费了不少体力。"鸟一本正经道，"不然不会这么饿。"

柳公子一愣："杀了谁？"

"兴祥斋的杨老板呗。"

兴祥斋？！

这命案就发生在前几天，还是桃夭跟他们绘声绘色地描述的，说全京城都在议论这件事。他当时还嗤之以鼻地说官府都是酒囊饭袋，若换了他去查，老早就把凶手缉拿归案了。

看来话还真不能乱说……

"你跟那人有仇？"柳公子道。

"不算。"鸟说，"拿我的人跟他有仇。"

"拿你的人？"柳公子想了想，"你另一个样子既是一把菜刀，那拿你的人……"

"老张呀。"鸟直言不讳，"我如今是他的刀。"

"我就知道……难怪看你挺眼熟，我瞅着老张平日里切菜用的就是你。"柳公子说着说着突然怔住，指着它，"等会儿，你意思是老张一边拿你给我们切菜做饭，一边拿你把别人的脑袋砍下来？！"

"哎唷，没有啦。"鸟说，"我差不多四十年没沾过人血了，老张一直用我做饭啦。"

柳公子稍微松了口气，收起马上要吐出来的表情，啧啧道："老张也是真人不露相啊！一个老头杀人于无形，终日与妖怪为伍还能不动声色，甘心在别人家里当厨师伺候人。"

"他不知道他的刀是我。"鸟有些尴尬地咳嗽了两声，"他一直以为，我仅仅只是一把菜刀。"

"哦？"柳公子皱眉，"你这怪家伙，到底是个什么东西？鸟妖还是菜刀怪？"

"唉，看你长得还不错，又有缘大半夜在厨房里碰上了，也不怕跟你说实话。"鸟抖了抖身上的羽毛，柳公子只觉着一阵凉风扫过面颊，"我是一只龙雀。"

○ 6 ○

它离家之前，家里那只老得不像话的长辈语重心长地嘱咐，去哪里都可以，就是不要轻易往人界去，因为那里有许多金银铜铁之类的东西，它们的身体特殊，一旦触碰到这些东西就会被困住。

家里有好几个倒霉的先例，它的叔父甚至爷爷辈们，在离开家后被人类抓住，几乎都被封进了刀剑之中……最有名的，可能就是那把"大夏龙雀"，威力无穷，一刀毙命。

说来也怪，它们的祖辈据说是从世间吹起的第一阵风里诞生的，所以它们龙雀一族祖祖辈辈都是半透明的身体，能驭风不说，还能自如操纵风向与风力。有人说它们虽为妖怪，却是风神化身，翱翔苍穹，自在山河。

它的家在西边最远最高的云层后面，位置飘忽不定，离家前它想，说不定下次回来的时候连家的位置都找不到了……但它还是要走，因为好开心呀，终于可以去过另一种生活了。听说云层之下的远方，完全是另一个五彩缤纷的世界，比家里有趣太多。

事实也的确跟它想的差不多。它真喜欢眼前这个充满了景色与男女的世界，还有他们做出来的食物，那跟它平日里"吃"的东西完全不同。在家时它每天只吸风吃云，不管风还是云，都没啥味道，吸进去就是凉凉的一片罢了。但人间不一样，每种食物的气味都不同，它每天都可以"吃"到不同的味道，感觉十分满足。

同时它也记得老家伙说过的话，小心地避开一切金属玩意儿，连铁锅都保持距离。

但是，它没有它想的那么好运气。

有人盯上了在城里乱逛的它。它以为人类看不见它，但那个人很厉害，不但能看见它，还放出一支箭来追它，那支箭上还穿了一张黄色的画满奇怪花纹的纸。后来它才晓得，那是术师们用的符。

它的速度跟风一样快，但那支箭也不慢，越追越紧。

它很烦那支箭，因为那是一支铜箭，要是被碰上就麻烦了。

它在无名的野山里逃窜，一直逃到一片田野。边飞边回头看追兵的后果是——它撞树上了，更坏的是，它还晕了。

关于这一段，它最后的记忆是，它顺着粗壮的树干滑下来，树下躺着一个打盹的小孩，身旁放着一个没有盖子的竹篓，它分毫不差地栽了进去。

当然，最坏的是……竹篓里放着一把铁打的菜刀。

醒来后，它发现自己真被"粘"住了。那把菜刀变成了它的身体，它再也无法展翅高飞，只能拖着这个身体短距离跳跃。如果它不肯老实当一把菜刀，那么普通人看上去，这就是一把会自己跳来跳去的刀；若是有点道行的人，看到的情形便是一只半透明的飞鸟，一会儿是鸟，一会儿又是刀，两种形态交缠在一起在那里折腾不止。

它算是比较冷静的，心想还是不能乱动，不然把人类吓到了，以为这把刀是怪物，直接扔进熔炉里就完蛋了。

伍·龙雀

老家伙说过，想脱离这个制约也不是不行，唯一的法子就是当你被困住之后，第一个触碰到这件东西的人，只要他死了，你就可以离开。

它心想，那我宰掉对方就好了呀。但没敢说出来，因为老家伙一贯教导它们以安稳度日为首要，不惹事不杀生。

没想到，自己到底还是遇到了这个"杀还是不杀"的问题。

它的主人，姑且算是主人吧，就那个该死的偏偏在树下打盹的孩子，你说你竹篓里带啥不好，非要带一把破菜刀！

这孩子不过十岁年纪，如果不宰掉他，等他自己老死的话，怎么也得好几十年吧？如果运气好点遇到个意外啥的，应该能死得早点？它天天都在盘算这些。

孩子的家，也是它的家，在洛阳城外的一处破宅子里。

其实那是一座无主荒宅，被几个无家可归的孤儿当了栖身之地。

一共三个小孩。它的主人，它听到他们喊他"阿龙"，比他年纪略小一两岁的，一个叫小天，一个叫瓦片。

那是一段充满分裂与战乱的时光，听到最多的消息，要么是他们的皇帝要去打别人，要么就是别人要来打他们的皇帝。打仗打仗打仗，无休无止。

有父母的孩子尚且在艰难度日，他们这些没有父母的，想活下去就更难了。

阿龙比别的孩子成熟太多，在他眼里世上最要紧的就是身边这两个与他相依为命的小兄弟，然后就是这把菜刀了。

过了好些日子，它才在几个孩子的闲聊中知道这把刀是阿龙的父亲留下来的，他是个厨师，这把刀就是他不离身的宝贝。那年山贼闯入阿龙家中时，父亲用这把刀杀出了一条血路，硬是保住了他的性命，但父母却再没能从血泊中站起来。

那年阿龙才八岁，瘦得像一只猴子，连拿起这把刀都要靠两只手。

但现在好多了，他不但能一只手挥舞菜刀，还能用这把刀把那些欺负他的小流氓吓得悻悻而去，把被抢走的食物夺回来。小天跟瓦片也是被他跟他的菜刀救回来的，两个都是因为偷吃被人抓住，扔到街上打个半死。

那段岁月，他们像野猫野狗一样拼命地活着。

每次他把食物带回来，看着小天跟瓦片吃得狼吞虎咽时，他总是特别高兴，比自己吃到东西还开心。

他像极了一个真正的兄长，也许是因为失去过一次，所以如今才更要倾尽全力守护来之不易的依靠。

慢慢地，它不再那么频繁地盘算阿龙什么时候才死了，它想的最多的，是这孩子啥时候再给它洗澡以及上磨刀石。原来磨刀是这么舒服的事呀，感觉全身都无比舒畅。虽说行动受限，但阿龙刀不离身，所以也还好啦，不用走路不用飞也能去到各种地方，听见看见各种有意思的人跟事。呃，先就这样待着吧。

阿龙十三岁那年，有了个师父。

起因是师父在酒馆喝酒，被人扒了荷包，阿龙见了给抢回来。师父却说他多事，把荷包扯开，倒出一堆石头，说他就是喜欢戏弄这些小贼。阿龙生气，要走时却被他喊住，说你这小孩心眼这么实，受过不少欺负吧。

阿龙不服气道，我有刀，不怕。

师父笑，说那你要不要跟我再学点拳脚，世道越来越乱，单靠一把菜刀怕是不够用的。

谁要当你的徒弟，说不定你还打不过我呢，阿龙扭头就走。

那咱们比画比画？

比就比！

它又被阿龙握在手中。

小巷之中，师父跟他未来的徒弟打了一场。阿龙自然是输了，但输得不难看，因为师父留的长胡子被他削掉了一半……

师父有点惊讶，说想不到你用刀竟然这般快。

咳咳，不是阿龙快，是它帮了点忙罢了。它是龙雀啊，传说中是风神之子的妖怪呢，要一把刀变得跟风一样快有啥难的。别说剃胡子了，它再狠一些，断了他的脑袋也是等闲事呢。不然以前那些人为啥费尽心思要把它的亲戚们封进兵器之中，还不就是为了得到这种风一般的速度么。

阿龙也惊讶，想不到这貌不惊人的干瘦男子居然有两三招便制服他的能力。

既然大家都惊讶于对方，那就做师徒吧。

阿龙有一个条件，要师父把他的两个小兄弟一道收为徒弟。

山中习武六年，师父打不过阿龙了。

小天与瓦片也不需要再惧怕任何一个市井流氓了。

三个孩子，在冬雪与骄阳的更替中，渐渐长成了健壮的青年。

拜别师父，他们回到阔别已久的洛阳城。

时局更乱了，眼看着现在这个皇帝就要坐不稳皇位了。

他们三个人成立了一个门派，想了一个晚上，命名"屠鬼门"。阿龙说他要用这把刀斩尽天下恶鬼，包括那些披着人皮的鬼。

伍·龙雀

那两年，他们杀山贼，诛强盗，官府不敢管的事不敢动的人，他们管，他们杀。得来的钱财分三份，一份自留，一份敬师，一份济贫。一时间少年侠客，名声四起。

凡是大恶之徒，在阿龙手下断无活路，结局无疑都是一刀毙命，身首分家。

它觉得，如今就算自己不帮忙，阿龙的刀法也能有出神入化的境界了。

那几年，是他们三兄弟在一起最畅快的岁月。

山中习武时，它看过这三个家伙无数场欢笑嬉闹；也看过他们被师父罚站在溪水之中，每人还要举一口大缸不许放下的尴尬样子；还陪着他们往山下农户家里塞过情信。阿龙红着脸说那户人家的女儿好漂亮，瓦片却说哪里漂亮了，脸上还有麻子呢，然后就被阿龙追着打说还没有你脸上麻子多！每次两个人打闹时，小天就默默笑着在旁边看，也不劝架。反正不管闹得多厉害，三个人都会在夕阳或者大雨里哈哈笑着跑回去。

所谓青春，就是这些躲在别人门外看姑娘，一起背后说师父坏话，兜里没什么钱却也瞎高兴着，不论风雨交加还是烈日当头都互相扶持不离不弃的时光吧。

然光阴如梭，他们的门派名声越来越响，敌人也越来越多，黑白两道都有。

三人之中，瓦片的武功最差，但脑子最灵光。他劝阿龙还是收山改行吧，再这么下去，怕有性命之危，且这些年也并没有积蓄下多少资产，不如去做生意，他最近发现造假珠宝挺来钱的。然后就被阿龙臭骂一通，说做生意就罢了，做假生意骗人就不行。小天也觉得做这样的生意不好，劝瓦片打消念头。

但瓦片还是一意孤行地干了。他在这方面有天赋，以前就喜欢钻研这些歪门邪道。经他手造出的假货，确能以假乱真。但事情很快被阿龙知道，他把瓦片狠狠揍了一顿。也是意外，加上他一时气急没收住手，瓦片自高处跌落，摔瘸了一条腿。

事后，阿龙内疚，找了许多大夫治瓦片的腿，都无用。反倒是瓦片劝他不要放在心上，自己拳脚本来就差，瘸了也无所谓，既然他这么不高兴，以后自己不碰这行当便是。

他越这样说，阿龙越后悔，越觉得自己太冲动，自小当亲弟弟一般护着长大的人，却因为自己落下终身残疾，从没哭过的他难过得偷偷掉了眼泪。

一年之后，石敬瑭的军队终是攻破了洛阳的城门，皇帝自焚而亡。

这国破家亡人人自危的关口，反成了阿龙的敌人们最好的时机。他们趁乱组织起大队人马，誓要将他们屠鬼门夷为平地，不留活口。

瓦片说他们有备而来，人多势众，不宜硬拼，不如先从密道离开。

小天也觉得这样最好，阿龙想了想，也同意了。毕竟刀剑无眼，真打起来他跟小天倒还可以自保，瘸了腿的瓦片就很危险了。

于是三人简单带了些行李，在敌人冲进来之前进了密道。这条密道一直通往城外野山，当初也是瓦片建议挖的，说以防万一。

然而，刚出密道，便有石灰粉铺天盖地撒下来，紧跟其后的是无数把雪亮的刀剑。有人老早候在出口，毫无防备的他们陷入了此生最大的危机。

混乱之中，小天身中了好几刀，阿龙虽被石灰迷了眼睛，刀法却没有半点折损。那把平平无奇的菜刀快得像一阵风，无数个人头被齐刷刷地斩下来。

可小天这边却越发招架不住，对方人太多，个个杀红了眼。

阿龙勉强睁开一只眼睛，冲到小天面前，吼道："快走！你留下来帮不了忙！在老地方等我！"说罢，也不管小天同意不同意，一掌将他推下了山坡。

渐渐地，阿龙的身影模糊在刀光剑影与飞溅的热血之中，从头到尾，他没有发出任何声音，不论身上挨了多少刀。

记得那天的天气特别坏，要下雨却又总憋着不落下来，乌云重得快压到地上来。

他们的老地方，就是幼年住过的荒宅。阿龙说如果有朝一日他们失散了，他会在老宅子等他们。

小天在宅子里等了三天，阿龙没有来，瓦片没有来。

他脑子里一片混乱，觉得不能再等下去了。

清晨，他匆匆跑出宅子，刚出门便看见一个躺在地上闪着光亮的东西——阿龙的菜刀。

他愕然，赶紧冲过去把刀拾起来，上头的血迹早已干涸。

然而心头却是惊喜的，既然刀在这里，那阿龙肯定也该在啊。

但他很快又失望了，哪里都没有阿龙的踪影。

他越想越不安心，提刀往他跟阿龙分别的地方狂奔。

野山之上，尸横遍野。

阿龙坐在那里，背靠在一棵树上，眼睛睁开着，身上已是血肉模糊，已经僵硬的右手还保持着握刀的姿势。

他呆呆站在那里，憋了三天的雨终于落下来了。

他带走了阿龙的尸体，没有埋，烧掉了。因为阿龙说过，如果有一天死了，烧掉就好，然后把骨灰撒到风里，飘到哪儿算哪儿，感觉死了也自由自在。那时他还笑话他，说万一飘到别人碗里岂不是把人恶心死了。

可如今，不管他说怎样过分的玩笑话，也不会有人再对他挥舞拳头了。

也不知道那个脸上长麻子的姑娘，还能不能记得那个偷偷给她塞情信的傻小子。

师父那边也不要去了吧，老人家已经上了年岁，有些事永远不知道最好。

燃烧的火焰前，他对阿龙的菜刀说："虽然不知是谁把你带来我面前的，以后你就跟着我吧。"

它当然不会告诉他，是它自己找来的。也不会告诉他阿龙在最后的战斗中是怎样的勇猛，它跟他都尽力了，可惜他孤军奋战受伤太重，就算它帮他杀尽敌人，也换不回他的性命。

但它知道阿龙心里最要紧的是什么。

熊熊的火焰前，它跟小天一样，静静地看着，闪亮的火星四散而起，在空中延展出绚烂的图案，越升越高。也许一个灵魂离开时就是这般模样吧。

瓦片彻底失踪了，小天找了他一年又一年，可这个人就像彻底消失了一般，哪里都找不到与他有关的蛛丝马迹。

除了他们三个，没有人知道密道的出口。

有时候他会想，人的恨意原来可以如此不露痕迹。

他并不喜欢杀人，如果此生非要杀一人，也只有他了。

他还是更喜欢做菜。菜刀在他手里成了真正的菜刀，他带着它走过了几十年的岁月，从一个朝代到另一个朝代，他在无数座大城小城的厨房里，从此默默当一个与锅碗瓢盆为伍的厨子。

好多事情，就此埋葬。

○ 7 ○

柳公子沉默许久，问："杨老板就是瓦片？"

"是。"鸟答道，"这厮竟找了高手改头换面。我们五年前自外省归来，落脚于司府，在洛阳这些年也从兴祥斋门前经过好些回，远远与那厮倒也照过几面，竟都没认出他来。"

"他若改了容貌，瘸腿却是改不了的吧。"柳公子皱眉，"你们如何认出他来？"

"亏得苗管家买了那假花瓶。"鸟冷冷一笑，"四十年前，他做的第一个仿冒古物的假货花瓶就是这模样。当初他还颇为得意，说以朱砂与琉璃相配只有他能想得出。当天老张便去了兴祥斋，在离他最近的地方观察一番，发觉此人除了容貌与瓦片不似之外，不论身形还是说话的语气，以及那条瘸了的右腿，哪里都是当年的瓦片。但是，为了不冤枉无辜，老张花了近半年时间暗地调查杨老板的一切底细。最终，他几乎肯定这个杨老板就是销声匿迹的瓦片。"

"几乎肯定？"柳公子撇撇嘴，"那就是说老张还是有一点不肯定，这样还是把人给杀了？"

"几天前的夜里，我们去了杨老板的家，打晕了他的家人与护院。"鸟慢吞吞地说着。

在那个无星无月的深夜里，杨老板一头冷汗地看着站在自己卧房里的老张。叫人不应之后，他边擦汗边说："这位老英雄，你看上我家什么宝贝尽管拿去，我必不报官，只求你留我一条性命。"

老张没说话，点亮桌上的油灯，坐下来，静静看着杨老板的脸。

杨老板被看得发毛，又道："若这些都看不上，我密室中还有好东西。"

"你到现在也留着挖密室的习惯啊。"老张笑了笑，"改了名字，改了容貌，可你还是老样子啊，瓦片。"

杨老板的脸色顿如死灰，豆大的冷汗簌簌而下。

"你你……"他颤抖着指着老张，又下意识地起身凑近他，看了许久才迟疑着道，"你是……小天？你还活着？"

"你当年就那么害怕？连回去山上看一看，确认一下我俩是不是全死了都不敢？"老张微笑。

"不不，小天你误会了！"他脚一软，"扑通"一声跪在老张面前，"我从没想过要害你，更加不想让你死。我们是兄弟啊！"

"阿龙就不是兄弟了？"老张的笑容渐渐消失，"当年是谁把半死的你救下来，是谁自己饿着肚子也把馒头分你，是谁一路上照顾着不让人欺负你？"

"我也没想过要阿龙死……"他突然老泪纵横，"我就是生气。明明我们可以过上好日子，他偏偏死脑筋。而且……"他突然恨恨地指着自己的右腿，"我这条残腿是拜他所赐，他对我下重手时就没想过我也是他兄弟？他不接受的东西就该是我的死罪？我告诉你，从我的腿毁了的那天起，我就发誓有一天要让阿龙彻底离开我，我不能再让这个人来掌握我的人生。"

"仅仅是这个原因？"老张起身，俯视着这个阔别几十年的故人，"我分明听说当年在密道出口伏击我们的那帮人是黑水派的。他们派的余党说，他们老大曾私下找过你，许了你不少好处，只要你肯帮忙除掉阿龙。"

"不不，小天你误会了，没有的事！我……"他急忙辩解。

伍·龙雀

"刷"的一道寒光闪过，冰凉的刀刃瞬间抵住了他的脖子。

"我找了你四十年。"老张冷冷道，"你知我的性子，从不冤枉任何人。"

房间里顿时陷入死一般的沉寂。

不知过去多久，他突然咬牙道："是！都是我干的！黑水派给了我一箱黄金，我没有理由拒绝。何况再跟着他混下去，我们早晚性命不保。不如老早散了了事。小天，你既寻来了，要杀要剐随你便，只是不要伤我家人。"

老张看了他许久，眼睛渐渐红起来："瓦片，我们是没有血缘的亲兄弟啊。"

他攥了攥拳头，一言不发。

刀刃在他的脖子上划出了血口子，细细的红慢慢地淌下来。

老张以为他会是自己杀的最后一个人，但最终，他的刀还是离开了这个他永远不能原谅的人。

"你自己去官府自首吧，把当年如何残害兄长的过往说出来，虽然已经隔了四十年。我不杀你，不代表你无罪。"老张朝他伸出三个指头，"三天，三天之后你不去投案，我再来跟你算账。"

"好……我去投案。"他松了口气，整个人坐在地上，"可我已年过花甲，小天，你心地最是善良，忍心看我受牢狱之苦？"

"阿龙死时，尚不到而立之年，你又如何忍心。"老张转过身，再不想多看他一眼，"三天，说定了。"

"好……好……"他慢慢从地上爬起来，往自己的床边走去，边走边苦笑着摇头，"难怪这些日子我总梦到从前，梦到我们在山里习武，梦到师父罚我们举水缸……小天，我也不好受啊。"

话音未落，他突然自枕下抽出一根铜管，放到唇边对准老张的背心用力一吹，一根袖珍的毒镖应声而出。

老张身子一侧，毒镖狠狠扎进了他前面的门框里。

曾经的瓦片，现在的杨老板，终于在这一刻彻底并永远失去了说话的权利。

属于阿龙的那把菜刀，像最快的一阵风，刮过了他的脖子。

一颗死不悔改的头颅终于落了地。

老张愣了愣，慢慢从地上爬起来，过去拾起菜刀，擦干净上头的血迹，最后看了看地上那个死不瞑目的人，叹息："以后世上就剩我一人了。"

柳公子听罢，直言："那么究竟杀人的是你，还是老张？"

"有区别么？"鸟抖了抖身子。

"有啊，算在老张头上的话，官府早晚要来拿他的，我可听说此案已经被列为大案，官府不抓到凶手不会罢休。"柳公子起身，看了看窗外依然深沉的夜色，"你们要么赶紧跑路，要么就拼运气看几时被抓走。"

鸟歪着脑袋看着柳公子："你好像在为我们担心？"

"不不，我只是受不了砍过人头的刀天天在厨房里晃悠。"柳公子认真道，"你自己不觉得恶心吗？"

鸟突然咧嘴一笑："你就是在担心我们。"

"不要太自作多情，小妖怪。"柳公子转身在厨房里乱翻一气，最后找了一个冷馒头叼在嘴里，冲它摆摆手后，朝厨房门口走去。

"你是什么妖怪呀？"鸟喊住他。

他一回头，吐出馒头，"嘶"一下露出锐利的蛇牙："反正是能吃了你的妖怪。"

"你是狼？"鸟瞪大眼睛。

"狼牙哪有我的蛇牙这么漂亮！"柳公子脱口而出。

"哦，原来你是蛇妖！"鸟高兴地说，"能在厨房里认识你，我很荣幸啊。你不知道，我有好多年没有这么顺畅地跟别人说过话了。一看到你，我就觉得你是个可以让我放心说话的家伙呢。"

"不不，就当你从没遇到过我吧。如果不是饿昏了头，我怎可能花这么多时间听你说这么长的故事。我对别人的事一贯没有兴趣。你们好自为之吧。"他转身要走，突然又停住，"等等，四十年前阿龙就死了，那你早该脱离这把菜刀重获自由才对啊！"

他回头，鸟还是站在案台上，蠢蠢地歪着脑袋："是啊，我老早就可以离开了。"它顿了顿，又道，"可我总是忘不了跟他们在一起的日子。他们的青春，所有的悲欢苦乐，好像也变成了我的。我想守着，虽然我也说不上来自己到底在守着什么。"

柳公子沉默片刻，道："那你就继续当一把菜刀吧。这样老张起码还有一把刀在身边。"

"好啊。"鸟抬起头，冲着他的背影道，"今晚的事，可别说出去啊。"

"我不认识你，你也不认识我。"柳公子挥挥手，"后会无期。"

这世上多数的相遇都很容易，但不说再见的陪伴却艰难许多，既然碰上了，以后还是在一起吧。

柳公子这么想着，走出了厨房。

然而刚一出去，就被一只手拖到一旁，另一只手捂上了他的嘴巴。

桃夭鬼头鬼脑地对他"嘘"了一声。

他扯下她的手，恼怒道："你半夜不睡觉跑这儿来干吗？！"

"你不也出来偷吃！"桃夭朝厨房里努努嘴，"一只龙雀欸！"

"你想怎样？"他警觉道。

桃夭搓着手："你不知道这种妖怪多值钱！抓来封进兵器里，那就是难得的神器啊，能比平常的刀剑快出好多倍的速度哪！像我这种不会武功的人，若有龙雀刀在手，说不定武林盟主都能当得上咧！"

"醒醒啊，天还没亮呢。"柳公子瞪她一眼，"反正你对里头的家伙死心吧，你要是对它动歪脑筋，我就去毁司狂澜的容。"

桃夭耷拉下眼皮："为啥司狂澜会出现在我们的对话里？"

"呵呵，每次你看到他都要流口水的鬼样子，你以为我瞎吗？"柳公子冷笑。

"那么明显？"桃夭戳着手指，"我还以为我已经很含蓄了呢。"

"走走走，回去睡觉。"

"我还没找东西吃呢！"

"吃个屁，不知道晚上吃东西会长胖么？你已经够难看了，再长胖的话连我都会嫌弃你的！"

"那让我再看一眼龙雀，这玩意儿数量已经不多了。"

"不许看，就当什么都不知道！"

厨房外头，桃夭硬被柳公子拖走了。

司府里头依然一片沉寂，睡在梦乡里的人，没有谁知道今晚的厨房里发生了什么事。

尾

三天之后，官府里来了人，沈大人亲自到场，要缉拿司府的大厨，张天。

司狂澜淡淡道："司府中人，不是想拿便拿的。"

"二少爷，张天乃是兴祥斋一案中最大疑凶，还请二少爷不要为难我们。"沈大人拱手道。

"并非我为难你们，只是那张天昨日已辞工而去，我有助你之心，奈何无能为力。"司狂澜微微侧身，"沈大人若不相信，大可往我府中搜查。若我有半字虚假，甘愿随您回府衙领罪。"

沈大人皱眉想了半晌，点点头："好，既然二少爷这么说，以司府的地位与名号，我自然相信您绝无包庇之心，搜查就不必了，打扰了。"

说罢，一行人悻悻离去。

苗管家见状，上前对司狂澜道："这倒奇了，这沈大人出了名的沈三慢，吃饭慢走路慢抓贼慢，怎的这次如此迅速，而且还言之凿凿找到我们家来。何况他与我们司府素无瓜葛，找茬他自然不敢，今日既敢登门，那必是掌握了铁证。但是，怎么想都不像他们的作风啊。"

司狂澜冷冷道："动作迅速的或许根本不是沈大人。"

"您的意思是……沈大人背后有高人指点？"

司狂澜笑笑没说话，坐下来拿起没有翻完的兵书："司静渊那边怎样了，还在胡闹没有？"

"大少爷这两天都特别老实，正十分积极地让丫鬟教他绣花……"

司狂澜咳嗽了两声，面不改色道："好，让他绣个够。"

"是。"

司狂澜没有对沈大人说谎，老张确实昨天一早就走了。

柳公子可以做证，因为他还去送了老张一程。

城门外，老张让他留步。

"准备去哪里？"柳公子问。

"走到哪里是哪里吧，也许会去江南走走。"老张从怀里掏出一张纸来，"这次走得匆忙，说好要教你煮的几个菜都来不及了。这是我写下来的食谱，如何烹调各种细节都在上头，你得空自己看看。"

他接过来，明知故问："怎么突然就走了？"

老张一笑："我若说我杀了人，远行是为了避祸，你可相信？"

"我信。"柳公子也笑，"那么只能祝你一路好运，永远别被抓到。"

"哈哈，好，承你贵言。"老张大笑，又从背篓里拿出一壶酒来，自己喝了一口后，递给柳公子，"你我虽然相识不长，但我教你做菜，也算是有了师徒的情分。此一别不知何年再见，一口酒，就算圆满了你我的缘分吧。"

如果换了别人，柳公子一定会嫌弃地说谁要喝你喝过的酒。但今天他没犹豫，接过酒壶就往嘴里倒了一大口。

老张很高兴，拍拍他的肩膀："好小子，以后在司府好好干，我看出来你是个聪明孩子，总有一天你会煮出世上最好的饭菜。"

"我可比你年纪大多了,谁才是孩子哪……"柳公子心想着,但仍笑道:"也承你贵言。"

老张离开时,总算有一点阳光穿透了云层。

"劝君更尽一杯酒,西出阳关无故人"——是应该喝口酒的。

老张的酒很烈,他咂咂嘴,觉得唇舌之间现在还热辣辣的。

龙雀从背篓里探出头来,对着他挥了挥翅膀,然后又成了那把菜刀,继续陪那个已入暮年的老人天涯海角。

他想起龙雀那晚说的话——可我总是忘不了跟他们在一起的日子。他们的青春,所有的悲欢苦乐,好像也变成了我的。我想守着。

那就继续守着吧,这样的话,西出阳关还是有故人的。他笑笑,转身往回走。

关于龙雀,桃夭说《百妖谱》上是这样讲的:"西极有云,云后有龙雀,似鸟似凤,传为初风之子。虽为妖,然性情和祥,喜游荡。唯金银铁器可封之。兵刃得龙雀其内,可得如风之速,名器也。"

可惜《百妖谱》上没有说世上还有一种甘愿放弃自由去陪伴一个糟老头子的龙雀。

柳公子深吸了口气,加快了脚步,从今天开始,厨房就是他一个人的战场啦!他一定要大展拳脚!等着瞧吧!

百妖谱
陆·徯囊

楔子

有的家伙善忘,年少时的热血到底被岁月浇成了洗锅水。

有的家伙太蠢,别人一丁点好,便记了一辈子。

◦ 1 ◦

"噗!"

一口据说是老姜鲜鱼汤的东西从司静渊嘴里喷出来,一旁伺候的小厮躲闪不及,擦脸擦衣欲哭无泪。

"苗管家!"司静渊捏住自己的喉咙,另一手拼命去拽坐在旁边的苗管家。

苗管家抱着一碗白饭,尴尬道:"大少爷,饭菜不合口味,不吃就是了。"

司静渊立刻活过来,敲着桌子道:"你还管这些东西叫饭菜?一桌子毒药才是!是老张对咱家有什么意见吗?"

"大少爷,老张已经辞工了。"苗管家小声道,"咱家厨房暂时交给柳公子打理。你刚出来,还没来得及同你讲。"

"老张走了?"司静渊捶着桌子,"厨房如战场,怎能轻易交给不能被信任的人!以后这日子咋过?我吃啥喝啥?信不信我以后天天都不回家吃饭,让你们跟寡妇一样在家空等！"

"大少爷……旁边还有下人在，不好乱用词句的。"苗管家费劲地咽下一口饭。

司狂澜从头到尾没发表任何意见，喝了一口汤，皱眉，吃了一口菜，皱眉，放下筷子，擦擦嘴，离席而去。

厨房里，柳公子正哼着小曲儿往碗里分菜，嘴里时不时嘟囔着："这是桃夭的，这是小和尚的，这是滚滚的……"

他身后突然就多了一个人。

司狂澜左右环顾一番，利索取来还未摘洗的新鲜蔬菜，又把没用完的猪肉羊肉拿过几块，旁若无人地开始洗菜切菜。

柳公子张着嘴在旁边看了好久也不见他搭理自己，干脆拎起一把剔骨刀，"铛"一下戳在菜板上，把他正在切的青菜一分为二。

司狂澜停下，不惊不诧地转头："你有事？"

"二少爷，这里是厨房。"柳公子微笑。

"我知道啊。"司狂澜转过头，继续娴熟地使用菜刀。

单看他切出来的菜，厚薄均匀，形状完整，哪像柳公子的刀工，说是刀切的，跟狗啃的也没多大差别。

"厨房！我的地盘！"柳公子提高了声音。

"今日无需劳驾你。"司狂澜手腕一转，一刀便将切好的菜铲进碗里，一根遗漏的都没有，"我来掌勺。"

柳公子一愣："你？"

"你若想在旁观摩，最好只看不语。"他熟练地将菜抓起来沥干水，"否则就不要在旁碍事。"

柳公子眉毛一竖，冷笑："我偏不出去，我就在这儿看。"

司狂澜笑笑，把沥干的菜放到一旁，又拿一块带骨的猪肉摆好，两刀便将骨头干干净净地剔了出来，说："民以食为天，高兴了吃一顿，不高兴了也吃一顿。能坐下来高高兴兴吃一餐饭的，不是家人便是朋友，故而对待食物要像对待心爱的人一样仔细。"

柳公子从鼻孔里哼了一声。

灶火熊熊，司狂澜倒油下菜翻炒，一气呵成，全无富家公子不识油盐柴米的作态。他一边炒菜，一边瞟了一眼柳公子分好的菜，摇摇头，叹了口气："能把食物做得这么糟糕，你一定没有爱上过什么人吧。"

柳公子正看得出神，冷不丁被捅了一刀……

"抱歉，我可是有初恋的。"他忍住把司狂澜的脑袋摁到油锅里的冲动，坏笑着反击，"倒是二少爷你，听说是个孤独终老的命？"

"呵呵，你的初恋，莫非是对着我流口水的桃夭？"

"哦，她在我眼里根本就不算个女的。二少爷要是对她有什么想法，我倒可以撮合撮合，也好解了你光棍一生的宿命。"

"呵呵。"

"呵呵呵呵呵！"

在两个男人你呵呵我我呵呵你的对话中，司家的厨房终于冒出了惹人垂涎三尺的香气。

"哎呀，饿死了，怎的还不开饭？！"就在这时，桃夭风风火火闯进来，一见在灶台前忙碌的人，顿时诧异地喊道，"二少爷？！"

"来得正好，帮忙把菜端出去，大少爷还等着呢。"司狂澜左手一转，一盘热气腾腾的菜便落到桃夭手里。

桃夭端着盘子，凑到柳公子身旁："你不是号称要做厨房里的君王么？！怎的被人从灶台前赶下来了？"

柳公子撇撇嘴，反问道："你来做什么？"

"吃饭啊，还能干吗！你老不把饭送来，让我吃土吗！"桃夭白他一眼，"还有，看见磨牙了没？好像一下午都没瞧见他。滚滚也不在。"

"谁知道呀，兴许出去玩儿了吧。"

"今天中午喝了你煮的粥，我瞧着滚滚好像是哭着跑出去的。嗯，恐怕是缠着磨牙带它去买好吃的了。"

"……"

○ 2 ○

"真漂亮啊。"磨牙环顾着夕阳之下的街市。灯火渐起，人潮如织，天子脚下的热闹繁华从不受时间的限制。

滚滚站在他的肩膀上，津津有味地张望这座他尚未完全熟悉的城池。四周人声鼎沸，往来男女也少不了朝他们这边瞅一眼，目光稀奇但不诧异。帝国之中心，奇人异物多不胜数，见识得多了，一个小和尚带着一只小狐狸，委实也算不得稀奇。

磨牙侧过头去，摸了摸滚滚的脑袋，边走边说："我听桃夭说，那时候的你，跟她讲的最后一句话是……'还是想活着，还是想看看这盛世'。"

滚滚骨碌碌地转着眼睛跟脑袋，并不太搭理他，眼前的一切好像怎么都看不够。

"啊，忘了你已经不记得了。"磨牙笑笑，"看吧看吧，使劲看，你以后有很多时间去把这世界重新记下来。"

突然，滚滚不再左顾右盼了，视线锁定了右边的小摊，嘴里哼唧着，举起爪子"啪啪"地拍磨牙的光头。

那是个包子摊，热气腾腾，香味四溢。

"好了，好了。知道了，不要拍了！"磨牙缩着脖子，边朝那边走边说，"只能吃一个啊，要省钱。"

卖包子的小贩热情得很，他们还没到跟前，便老早揭开了蒸笼盖，笑眯眯地问："小师父要菜包子？"

"嗯，要两个菜包子。"磨牙小心翼翼地摸出钱，还认真数了一次才交出去。

"好咧。"小贩收了钱，抽了一张油纸，夹了两个白生生软乎乎的大包子放上去，顺口问着，"小师父是哪间庙里的啊，斋菜不够吃？"

磨牙接过包子，尴尬道："呃，挺远的一个庙……哈哈，谢谢您啊，告辞了。"

"慢走啊，下回再来，我刘记的包子好吃得停不下口啊！"小贩在后头大声喊。

"好呀，好呀！"磨牙回头冲小贩挥挥手。太热情了，有点不习惯。

又多走两步，磨牙挑了街边一处无人站立的空地，把滚滚放下来，递过包子："喏，你的。吃完了咱们就该回去了。"

滚滚毫不客气地伸爪抱过来，大口咬下去。

剩下的一个，磨牙刚要下嘴，冷不丁一拨凉水从天而降，端端正正地把他跟滚滚浇个透湿，随之而来的还有"嘭"一声响，那随水而落的洗脚盆在地上弹了好几下，才骨碌碌滚到另一头去。

"你这泼妇！竟拿洗脚水来腌臜人！"男人气急败坏的声音从身后那座三层小楼里蹿出来，紧跟着便是一阵"嗵嗵嗵"的急下楼梯的声音。

"穷酸鬼，没钱还想租房！不要脸，老娘的洗脚水你都配不上！"女人尖锐的声音活像要吃人，紧追不放。

洗……洗脚水？！

磨牙看了看手里滴水的包子，马上去抢滚滚的："不能吃了，不能吃了！"

滚滚立刻把包子死死抱在怀里。

"这是洗脚水啊，就算晒干也不能吃了呀！"磨牙哭丧个脸道，不知今日是不是忌出行，不然怎的偏偏选了这块地方吃包子。起初就是看此地人少，后头只得一座小楼，谁料人在屋下站，盆从天上来……

他话音未落，一个灰衫男子自门后狼狈而出，手里还夹着一只包袱。一只大红大绿的绣花鞋宛如暗器飞来，男子侥幸躲过，鞋子"啪"一声击中了滚滚，它爪子一松，包子落地滚到一旁，竟不知哪里窜出一只野狗，叼了就跑，转眼便没了踪影。

滚滚呆呆看着野狗消失的方向，旋即悲愤倒地，又踢腿又打滚。

磨牙赶紧上前去拽它："不妨事不妨事，就给它吃吧，明天再买个新包子行不行？"

好说歹说才把它拽起来，还没站起身，一只肥嘟嘟的手伸过来，捡起凶器绣花鞋。浓郁到熏人的脂粉香气中，那年过四旬的胖妇人一边把鞋子套回脚上，一边指着那男子破口大骂："你这等人老娘见多了，整天号着'读圣贤书做圣贤事'，屁！连房租都想赖，你读的书都喂狗了！"

"你……泼妇！泼妇！"男子气得脸发白，跺着脚道，"你租金比别家高我都不与你计较，你房间里不干净大半夜吓我个半死，我退房不住，不找你要回下半月租金已是厚道，你反而管我多要一个月租金？！你讲理是不讲！"

"呸！"妇人叉着腰道，"啥叫不干净？这里哪个不知我金三娘租出去的宅子个个窗明几净，一尘不染！咱们文契上写明了租期三个月，我可怜你穷书生一个，才按月来收租，如今你才住了半月就要反悔，你不知我这宅子有多少人想租？为了你，我推了多少生意！多收你一月租金当赔偿有何不妥？"

"歪理！"男子气得直哆嗦，指着她道，"你那房子里有不干净的东西！换谁都不敢在里头住！"

围观的人越来越多，有人说男子不对，有人说那位金三娘不厚道。

"啥叫不干净的东西？你说有鬼啊？"金三娘毫不示弱，指着楼上的房间道，"我前俩月才买下这宅子，还找风水先生看过的，又通风又敞亮，你赖账便赖账，何苦拿这种荒唐事来作借口！你信不信，就凭你又赖账又坏我金三娘的名声，我一会儿就拉你去见官！再说了，天晓得是不是你自己干了亏心事，晚上才见到'不干净'的东西！"

"你你……"男子在吵架这件事上显然远非金三娘的对手，气得原地转圈，旋即又对围观者道："大家评评理，她家的房子里晚上有鬼，你们说谁敢住！"

"呸！我看你心里有鬼才是！"金三娘又要脱鞋去打他，被一旁的人拉住，她拍着心口道，"文契上写得清清楚楚，提前退租要多付一个月租金作赔偿。如今这厮一句有鬼就想赖账，大家也给我评评理！"说着说着，她大概也是气昏头了，目光四下搜索一番后突然就冲过来，一把抓住磨牙的胳膊，"行，就是你了，这位小师父。"

磨牙惶恐道："女施主，我只是路过您家门口顺便吃个包子，并且你的洗脚水刚还不小心泼到我跟我的小伙伴了，我与你们两人的争执毫无关系啊。"

"不不，小师父你误会了。"金三娘把他拖过去，当着所有人的面说，"大家看好了，我今儿便请这位跟我们毫无关系的小师父在我家住一宿，明儿一早大家再来，听听小师父怎么讲，我家是干净还是不干净！"

"啊？！"磨牙连忙摆手，"女施主啊，时辰不早，我家人还在等我哪。"

"你一个小和尚哪来的家人？"金三娘白他一眼，"不就是和尚庙嘛，晚一天回去怕啥。大不了明天我同你一道去解释，再多给你们添点香油钱。"

"不不，我并非本地人。我的庙也不在此处，我也不需香油钱。"磨牙赶紧道，"我只是出来走动走动，现在要回去了……"

"小和尚，都说你们出家人慈悲为怀助人为乐，你就眼瞧着大婶我被人污蔑？你就眼瞧着我好好的宅子被他闹到以后都无人敢租住？你眼瞧着我被人断了生路以后说不定饿死街头？"金三娘不肯撒手，说话语速又快，听得人喘不过气。

"善哉善哉……"磨牙听得头皮发麻，"可是女施主，为何是我啊，在场任何人都可以为你证明的。"

"他们不行，只有你。"她断然拒绝，"你们出家人不打诳语是吧，所以你讲的一定是实话。且你是外来人，跟咱们谁都没相干，绝对不会偏帮谁！"说着她又扭头问围观者们，"大家说对不对！"

众人听了，多数点头附和。

其中大概有些也是跟金三娘相熟的，也纷纷出言劝磨牙："要不小师父你就帮三娘一个忙吧，出了这档事，若没个证明，以后这房子恐怕真没人敢租了。断人财路犹如杀人父母，小师父你觉得呢？"

"可是我还要回去吃晚饭……"磨牙仍旧为难。今天溜出来大半天，若天黑前还不回去，就算桃夭他们不担心，司府是有规矩的，身为杂役夜不归宿，肯定要被扣银钱。虽然他视金钱如粪土，但总要留一些给滚滚买包子不是……

"只要小师父你点头，今晚的饭我包了。"金三娘慷慨道，"明日等你把我这宅子干净不干净说清楚了，我再送五十个菜包子给你！"

五十个菜包子！

"可我们吃不完啊。"磨牙苦恼地挠头。

"傻呀你！就那头，那刘记包子看到没？"她顺手一指，"你们以后只管去那儿拿包子，不用付钱，都记我账上。五十个，你想啥时候去拿就啥时候去！"

既然这么有诚意，那就去吧……不过是住一宿罢了，若证明那屋子并无不妥，也算是做了一件好事。

"那……好吧。"磨牙终于点了头。

金三娘大喜，对众人大声道："大家都瞧见了啊，我请这位小师父去我这屋子里住一宿，若他也说不干净，我不但不要这赖账狗的赔偿，我还倒给他一个月房租，一言为定！"

那男子听了，一拍手："好！大家都给我们做个证！"

众人纷纷起哄点头。

金三娘二话不说，拖着磨牙就往屋里走。

"欸欸，女施主能否让我先回去跟家里人说一声今晚不回去住了？"

"天都黑了，这样吧，一会儿我让小厮来找你，你将你家地址说与他听，让他替你报个信儿去。"

"也好。"

当磨牙走进这座三层小楼时，天终于黑尽了，看热闹的人也渐散了。那男子悻悻找了附近一间客栈住下，一副沉冤待雪的固执模样，金三娘还是怕他半途跑路，又找了人暗自看住他的动向。

一场风波就此暂停。

○ 3 ○

夜深，风急，吹得窗户咣咣响。

磨牙关好窗户，冷得缩了缩脖子，回头对躺在床上打饱嗝的滚滚说："我觉着这屋子挺好，虽老旧，但收拾得还干净。"

被那男子说"不干净"的房间，现在看来确实毫无异样，家具摆设虽说不上富丽堂皇，但也不是劣质邋遢，比起他们之前租的小破院子不知好上多少倍。这小楼虽有了年头，却连一丝霉味都无，可见平日里金三娘还是打理得很细心了，也难怪她那么愤怒。

金三娘也没有食言，晚饭特别丰盛，虽全是素菜，但味道特别好。她说这条街商户居多，没几座寻常的民宅，只因这小楼年头太长，如今才孤零零戳在这里。之前的主人搬走之后空置了好些年，不久前有人回来卖宅子，她瞅着价格合适就买了，本想着租卖给谁开客栈，又总寻不得合适的下家，索性随便租一租，反正每年来京城的外乡人也多，赚点零散的租金好过白白空置着。如今被那穷书生一闹，若旁人真以为这小楼不对劲，那她买房的银子可就打了水漂了，毕竟谁会要一间"不干净"的房子，哪个不想大吉大利。

磨牙请她放心，说若真是那书生撒谎，他定为她说句公道话。

金三娘这才高高兴兴地回去了。没多久，她的小厮上来找磨牙，说替他回去报信儿，他千恩万谢地把地址说给了小厮，小厮听了很是诧异，说你居然住在清梦河司府？他说司府挺好。小厮撇撇嘴说那你得自求多福，听说司府里的人都很凶。他说不觉得……最后小厮没趣地走了，边走边抱怨金三娘怎么给他派了这么一个差事。

待小厮走后，磨牙还往一楼二楼去查看了一番。三层楼统共加起来差不多十来间房，若都能租出去，也是一笔不菲的收入。可惜现在都还空置着，好些房间还没收拾出来，摆放着大概是之前的主人留下的旧家具，连灰尘都还没打扫。

但是并不太觉得阴森，毕竟一步之外就是街市，即便到了深夜，也有车马往来，人声不断。

磨牙锁好房门，洗了把脸便上床，而滚滚早已蜷在松软的被子上，睡得呼噜连天。

磨牙摸了摸它的脑袋，打了个呵欠，眼皮子也渐渐重起来。

枕头很舒服，被子也很舒服，床也很舒服。金三娘怕夜里冷，还特意给他多加了一床被子。这样的环境，真该酣梦一场到天亮才是。

但，偏就不是。

美梦没有，噩梦倒是没停。磨牙梦到自己掉进一个巨大的冰窟之中，浑身发冷，冷得要死了都没人来拉他一把。好冷啊，好冷啊，好冷啊……

他猛睁开眼，灭了灯火的房间里只有一丝从外头透进来的微光。

如果只是梦，那为何现在还是这么冷？并且他很快发觉，所有的"冷"，都是从他的右手上蔓延出来的。

他下意识地朝右边一转头，发现自己的右手不知什么时候从被子里滑出来，悬在床沿外头，然后……一只白乎乎的小手正紧紧抓着他的右手——一个四五岁的小娃娃，蹲在他的床边，身上全白的衣裤在房间里特别显眼。

磨牙眨了眨眼，本能地屏住了呼吸。身体明明觉得冷，额头却渗出了冷汗。

莫非，那书生并没有撒谎……

那小手把自己拽得紧紧的，无论如何都舍不得放开似的。

但这样不行啊，磨牙一动不动地思考着对策，是猛地坐起来然后尖叫着跑出去？还是镇定地告诉这个家伙我佛慈悲回头是岸大半夜出来吓人是不对的？或者还可以……关门放滚滚？

周遭变得特别安静，连窗外都没有半点声音似的，紧张得只能听到自己的心跳声……磨牙到底是深吸了口气，眼望着天花板，强作镇定道："阿弥陀佛，施主扰人清梦，实是不该。"

说罢，他觉着那只小手动了动。

鼓足了勇气将脑袋转过去，冷不丁与床边那对眼睛四目相望，他硬是忍住了夺门而逃的冲动，"咕噜噜"吞了一口口水，方才提起胆子道："施主，我说你呢。"

"你瞧见我啦？"床边那张脸"嗖"一下凑近来，吓得磨牙朝后一缩，正好压到滚滚的尾巴，痛得它"唧唧"叫着跳起来。

"哎呀，狐狸！"白衣娃娃惊叫一声，猛地松开手，一下子跳到老远的墙边。

磨牙赶紧下床，慌慌张张地点亮了桌上的油灯："来者究竟何人？"

灯芯燃起，暖黄的光重新照亮了室内。

磨牙打着赤脚，举起油灯，小心翼翼地朝墙角走了两步，那娃娃可算是彻底暴露在光线里——确实是个四五岁的垂髫小儿，长得一点都不吓人，圆脸蛋，眉眼还称得上可爱，就是全身白衣白裤白鞋看着有点扎眼，毕竟除了有丧事，世上少有人给这么小的孩子穿全白衣裳的。

此刻反倒是这娃娃受了惊吓，紧靠着墙壁，缩手缩脚地看着他们这边。

磨牙擦了擦额头上的冷汗，心里略放松了些，似乎不是凶恶之辈。

"你究竟是哪家的娃娃？深更半夜的为何跑来我床边吓人？"磨牙放缓了语气问他。滚滚也从床上跳下来，蹿到磨牙肩膀上瞪着他。

见滚滚一靠近，这娃娃慌忙又挪开几步，紧靠着窗户道："怎的会有狐狸……狐狸不都在山里么？别咬我，我怕疼！"

第一次遇到这么怕滚滚的家伙……

"你莫害怕，我这狐狸十分友善，并不咬人。"磨牙忙说，"它连鸡都不吃的！"

"真的？！"小娃娃将信将疑。

"出家人不打诳语。"磨牙双手合十，"既跟了我，便是一只出家的狐狸了。"

小娃娃拍拍心口："那我便放心了。"

"这位小施主,你还没回答我的问题。"磨牙走回桌前放下油灯,"你有何难处,不妨坐下来慢慢讲。"

小娃娃看了他一眼,指着他的脚:"你的脚不冷?"

磨牙这才想起自己没穿鞋,脚底冰凉一片。

"把鞋子穿上吧,冷是世上最难受的感觉了。"小娃娃皱着眉慢慢走过来,确定了滚滚并没有咬他的意思之后,才坐下来。他的坐姿也不规整,把两只脚也缩到了圆凳上,整个人抱成了一团。

"你很冷呀?"磨牙打量着他,"秋浓夜寒,你穿得如此单薄,不冷才怪咧。"他边说边去床上抱被子。还好桃夭不在,不然肯定又要弹他的光头,骂他连对方什么来头都没弄明白便又起了好心肠。

"不必拿被子给我。"

他才刚拿起被子,便被小娃娃拒绝了。

磨牙回头,不解道:"你不是说冷么?"

"就算你把天下所有的被子都裹到我身上,把天下所有的炉火都围到我身边,我还是冷。"小娃娃摇摇头。

"啊?"磨牙穿上鞋坐到桌前,"你是得了什么怪病?"

"也许是吧……"明亮的灯火下,小娃娃的脸孔前所未有的清楚。细嫩可爱,就是没什么血气,苍白得很。

"你究竟是……"

"我是妖怪。"

磨牙一愣,旋即彻底松懈下来:"原来是妖怪啊,不是鬼就好啊。"

"你不怕妖怪却怕鬼?"小娃娃觉得好笑。

"看是什么鬼了……"磨牙认真道。

"鬼还分种类?"小娃娃越发好奇。

"世间最可怕的鬼……"磨牙指了指心口,"通常都藏在这里。"

"你的心里有鬼?"他瞪大眼睛。

"不不不,我就是打个比方。"磨牙赶紧摆手,"出家人万不可生邪念。"

"那么你的意思是,你是一个好和尚?"小娃娃歪起脑袋盯着他。

"这……"磨牙挠挠头,仔细想了想才谨慎地回答,"算吧……我不杀生不吃肉,每天都要诵经,也没有对哪位姑娘动过爱慕之心。"

小娃娃哈哈笑出来,却没发觉脚下有个毛茸茸的东西鬼鬼祟祟地朝他靠过去。

等到他发现不对劲时，滚滚已经跳到他膝盖上，小尖鼻子在他怀里又嗅又拱，吓得他惊叫着跌落在地，又不敢拿手碰滚滚，只得哭求着让它赶快下去。

但滚滚偏不下去，就在他身上里里外外地找，仿佛他身上藏了什么不得了的东西，边找还边舔嘴巴。

只要闻到美味的食物，滚滚就会露出这种饿死鬼投胎的模样。

磨牙赶紧上前把滚滚扒拉下来抱在怀里，滚滚拼命挣扎，哼哼唧唧地还想去找，好不容易才被磨牙制住，箍在怀里不许动弹。

"你身上藏了啥？是吃的么？"磨牙尴尬无比地问。

"没有吃的。"他狼狈地爬起来，从怀里取出一个用手帕包住的小东西，"只有这个。"

他坐回来，小心翼翼地解开手帕，从里头拈了几段干瘪瘪的枯草出来，看上去与路边野草没两样。

滚滚眼睛又亮起来，又扭又蹬又伸舌头，哼唧着要往那边扑。

磨牙急了，拧了拧它的耳朵："你再闹，以后天天让你吃柳公子做的饭！"

滚滚"哼"了一声，不情愿地停下来，眼睛依然不死心地盯着那些枯草，并且夸张地吸着鼻子。

"这些枯草有何说法？"磨牙实在看不出几段随处可见的野草有什么特别。

小娃娃也不忙回答，只让磨牙把油灯灭了。

磨牙狐疑地灭了灯，再看他的手心，几段枯草竟闪烁着银河星子似的光，剔透流转，美不胜收。

重新点亮油灯，光华顿失，又成了貌不惊人的枯草。

磨牙惊讶道："这是……"

"这是鱼羊草。"小娃娃小心翼翼地把手帕重新包好，"我带来送人的。"

"送人？送谁？"

"罗喜喜。"

○ 4 ○

百草谷里的石头今天算是倒了霉，不知哪里来的野丫头，取了那么锋利的刀，在好多石头上疯了似的刻字，还刻的都是同一个名字——罗喜喜。

才十二三岁的年纪，力气却不小，刀子用得比筷子还熟练。

这丫头已经接连三天往百草谷里来了，东翻西找的，从天明找到天黑，整晚都不离开。

他有点怕怕地躲在树后，直到她没了力气，刀子掉在地上，人也瘫坐在石头上，他才慢吞吞地走出来。

她听到动静，立刻警觉地握起刀子，但见来者是他，顿时松了口气，嗔怪道："你这小娃娃怎的又在这里？不是喊你莫要一个人在这山野之中玩耍么！"

他支吾着站在对面，局促地揉着自己的衣角。

她摇摇头，起身走过去，伸出手："过来坐下吧，脚上的伤好些了没？"

他拉住她的手，由着她带着自己从碎石堆上小心走过去。

几天前，他被一只红毛狐狸咬了。原因是狐狸以为他要抢它抓到的兔子，可他从不吃兔子，只是刚好路过狐狸藏食物的地方罢了。

一口咬在他的左腿上，可疼可疼了，都流血了。

他狼狈地逃走，直到远离了狐狸的领地，才气喘吁吁地坐到树下休息。

"好疼……"他看着腿上的伤口，心想着是不是要找水洗一洗。

正自言自语着，冷不丁从树干的另一面钻出来半个人，盯着他说："受伤了？"

他吓了一跳，定睛一看，却是个年纪轻轻的姑娘，穿着粗布衣裳，头发绑成了一条长长乱乱的辫子。

"哟，真的受伤啦。"她从树后挪出来，也不管他同意不同意，捏着他的腿查看一番后，立刻取了带来的水壶，帮他冲洗伤口，"你这小娃娃怎的独自在此地游荡？被啥咬了？"

"狐狸。"他忍着疼说。

"幸好是狐狸，若是老虎，莫说你的腿了，连人都没有了。你住哪里？爹娘呢？"她一边说一边抽出手帕，把伤口细细包扎起来。

对于这突如其来的帮助，他一时间不知如何应对。

她瞪着发呆的他，没好气地弹了弹他的额头："怎么，吓傻啦？都不会说话了？"

"我我……"他捂着额头，结巴着，又指了个方向，"我家在那边……"

"几岁了？四岁还是五岁？"

"五……五岁……"

她皱眉："你爹娘也是心大，这点儿大的孩子怎么放心你一个人乱跑。"

他不说话。

她起身问："能走么？我送你回家。"

"能……"他点头。

"那走吧。"她朝他伸出手,"我牵你。"

他顺从地牵住她的手,跛着脚朝前走去。

脚上的伤渐渐地不疼了。他牵过好多人的手,男人的、女人的,印象中并没有谁的手像她的手这么热。

一直走到那乱石遍布的岔路口前,他才依依不舍地停下,指着前头那座隐在林中依稀可见的房舍说:"我家就在前头了。爹娘不喜欢不认识的人……"

她看了看,说:"好,那你快回去吧。以后不要乱跑了。"

"嗯。"他正要走,却又被她叫住。

"脸这么脏,你爹娘见了肯定要打你的屁股。"她扯起袖子,把他脸上的污迹跟汗渍擦干净,最后揉了揉他的脑袋,"回去吧。"

"嗯。"他转身离开,一边走一边摸了摸自己的脑袋。

那是一座不知多少年前被什么人留下的房舍,老早就破烂不堪无人居住,那里不是他的家,也没有他的爹娘。

他是一只妖怪,一睁眼就在这片山谷里了,谁知道自己是怎么来的。也许跟那些没有父母的妖怪一样,天地山河,日精月华,说不准是哪些东西正好凑到一块儿了,世上便有了他。

百草谷西边那只最老的槐树精说,他这样的妖怪,差不多每隔百年就会出现一只,打它记事起算,怎么也见了七八只了。

他觉得奇怪,说:"那为何这么些年了,却只有我一个,不见其他同类?"

槐树精说:"不就是被人牵走了么,然后就没有再回来过了,你以后可能也一样吧,毕竟你们都很喜欢去牵人类的手。"

他纠正道:"不仅仅是喜欢,我们还需要从人类的手中获得维持生命的力量,这跟你们树精要雨水要阳光才能长得好是一样的。"

槐树精不屑地说:"不是所有人类都喜欢被你们牵住的。"

这话是没错的。他常常扮作迷路的孩子,在百草谷中等候着形形色色的路人,请求他们牵着自己的手送他回家。有的人愿意,有的人不耐烦,有的人甚至推开他匆匆离开,不愿为不相干的人浪费半点时间。

主动牵起他回家的,只有她一个。

要是今后来百草谷的人都像她该多好呀。

从那天开始,他有了一点点期盼。

可是，当她真的再次出现时，他却有点不敢相认。拿着刀的她，跟替他擦脸的她，差别好大……

她拍拍身边的大石头："坐吧。"

他缩手缩脚地坐下。

"你不怕狐狸又咬了你！"她嗔怪道，"你爹娘是怎么回事，就不怕你被老虎吃了？"

"这里好像没有老虎。"他小声说，旋即又偷偷看了看被她刻得乱七八糟的石头，"你在写字？"

她叹了口气："是啊。那是我的名字。"

"你叫啥？"

"罗喜喜。"

"你是不是很生气呀？"他又问。

"哈，你看出来啦？"她笑出来，"你这娃娃还蛮机灵嘛。"

"为啥要生气呀？"他不解。

"我的师父不肯再教我了。"她的笑容渐渐淡去，"他说女儿家继承不了他的衣钵，说我早晚要嫁人生子，能操持家务，煮个家常小菜就够了，忘记想当名厨这件事吧，那是男人们才该有的理想。"

他不是很明白："名厨是什么？"

"有名的厨师啊。"她的眼里露出光彩，"我就是想当一个能煮天下美味的厨师，我想别人一吃我煮的饭菜就停不了口，我喜欢看人们开心吃饭的样子。"说着说着，她眼中的光彩又黯淡下来，"我娘很早就去世了，阿爹带着我跟弟弟艰难度日。"她扭头看了看他，"我弟弟同你一般年岁。那年他患了重病，胃口很差。阿爹总是煮不好饭，我煮的也不好吃，我们又没有多余的钱去饭馆里买好吃的。但弟弟每次都还是很努力地吃，因为阿爹总说，能吃就能活。我知道他想活下来，他才五岁，这世界还没看够呢。"她沉默片刻，继续道，"可最后还是不行。他离开我们那天，就躺在我怀里，闭着眼糊里糊涂地说，'姐姐，等我好了，你要煮一桌子好吃的给我吃啊'。"她红了眼睛，笑出来，"这个蠢货啊，那你也要等我学成归来，吃了我煮的美味佳肴再走啊。这一走，饭桌上永远都少一个人了。"

听了，他问："所以你去学当厨师？"

"是。我去了最好的餐馆拜师，我不在乎师父收我为徒是出自真心还是只想要一个免费使唤的小丫鬟，只要他肯教我厨艺，再苦再累我都没话讲。"她苦笑，"可是三年下来，他却要赶我走了。我不肯，他说我没有做厨师的天赋。我要他给我一个证明的机会。有朝一日我一定要在厨师这个行当里留下我罗喜喜的名字。他同意了，说给我个机会，七天之后，要我跟师兄师弟们比试一场，各做三道菜给路人品评，若我胜出，他便再不提前言，毕生厨艺当倾囊相授。"

他眨了眨眼："听起来是好事呀。那你为啥还要生气？"

"我不能输的。"她皱起眉头，"可我赢不了。师兄弟们得师父悉心教导，跟我学来的那些零碎相比，实在高明太多。师父不过是要一个冠冕堂皇赶走我的理由。"

"所以你生气？"

"不，我气我技不如人不说，脑子还比别人蠢。"

"啊？"

"我听城里一个老厨子说，百草谷里有一种草，名为'鱼羊'，白天看不出端倪，夜里会发出星星一样的光。只要放一根在菜肴之中，再普通的食材、再拙劣的厨艺，都能变成一盘绝世佳肴。"她自嘲般地笑起来，"你看，我连那个一喝酒便连自己姓什么都不知道的老厨子说的胡话都信了，一连三天都来百草谷找鱼羊草。可是哪里又有什么一到夜里就会发光，像星星一般好看的野草！只有我这么蠢的人才会干这样荒唐的事情。"

说罢，她陷入了漫长的沉默，直到夕阳西下也没再说一句话。

他也不知道该说点什么，鱼羊草是什么？没听过。也许槐树精会知道？如果真有这种植物的话……

最终，她起身，又朝他伸出手："走吧，送你回去。"

"你也要回去了么？"他没有动，"不找了？那你不是输定了？"

"傻孩子，世上根本不会有这种东西的。"她笑笑。

"我回去问问我爹娘，万一他们知道呢。"他认真道，"要不三天后你再来，我还在这儿等你，找不找得到我都给你回个话。"

她有些诧异地打量了他一番，又笑道："你这娃娃怎的突然看起来像个小大人，说的话也不是你这岁数该有的呢。"

他有些尴尬，可是不能跟她说"我比你的岁数大多了"这种话啊。

"好了，我知道你这娃娃好心。"她摸摸他的头，"回家吧。"

"不如我送你吧。"他起身，牵住了她的手，"送到路口。"

她笑笑，由得他牵起自己往百草谷的出口走去。

初夏的傍晚非常好看，一大一小两个人的影子，长长地拖在地上。

分别的时候,她说:"小娃娃,以后我若真成了闻名一方的大厨,一定要请你吃一餐好饭。"

"好呀。"他点头。

"以后若你爹娘带你进城玩耍,也可以来找我。我就住在李子巷口,那座三层小楼的最顶上,靠南的那间房。"

"好呀。"

"那再见啦。"

"好。记得三天之后再来啊。"

"哈哈,保重哦小娃娃。"

他目送她走出百草谷,纤瘦的身影慢慢融在暮色中。

然后,他也很快地返回,用此生最快的速度跑到槐树精面前。

"咱们这里有一种鱼羊草么?夜里会像星星一样发光的那种。"他急切地问。

槐树精打了个呵欠,说:"有啊,就在北边溪水旁的林子里,好多呢。"

"真有?"他大喜,"那为啥来找它的人却找不到呀?"

"那个草虽然不及你我这样的妖物,但它们本身也算是精怪了,怕人啊。你去它们不会藏起来,但人类一去,它们老远闻着味儿就躲起来了,还找个屁呀。"

"原来如此!"他恨不得亲槐树精一口。

"不过你记住啊,鱼羊草脾气很怪的,一旦被两个以上的人碰了,就会化成灰不能用了。"

"知道了,不会有第三个人碰到它的!"

当晚,他便在溪水边,找到了他想要的东西。

他把摘下来的一把鱼羊草细心地包裹在那张洗干净的、属于她的手帕里,心想,三天之后等她来了就可以连着手帕一起给她了。

心情好像从没有像今天这么好过。

三天过去了,他一大早便等在约好的地方。

可是,从日出等到日落,她也没有来。只有那一排被她刻下了名字的石头,沉默地跟他对视。

也许明天她会来。

他一整夜都守在这儿,鱼羊草就放在他怀里,生怕被谁拿走。

可是第二天,她还是没有来。

十天过去了,一个月过去了,一年也很快就过去了。

来百草谷的人里，再没有那个叫罗喜喜的。

还记得她说的地址，不如送去给她吧。

记得他打算离开百草谷那天，雪下得很大，槐树精的树杈上全是厚厚的积雪，它看起来终于像一个上了年纪的老头儿了。

"你要离开百草谷？"

"嗯，给她送鱼羊草去。"

"你傻呀？"

"我不傻呀。"

"那你还去！这是你的家呀！"

"我想去啊……"

"……"

雪越下越大，遮盖了地面上的一切，包括两只妖怪的对话。

5

灯火渐暗，窗外隐有光亮。

"天要亮了呀。"小娃娃打了个呵欠，"听我絮絮叨叨讲了一夜，你都不困的么？"

磨牙摇头，只有怀里的滚滚已经睡成了一头死猪。

"就说完了？"磨牙疑惑道。

"我出了百草谷，进了城，找到这里。"小娃娃打量着房间四周，"可她并不在这里，房间是空的。我想管楼下的租客打听她的去向，可我发现他们根本看不见我。我在这里待了好几天，看见房东领了新租客住进了这间房。我听见租客抱怨桌子上怎么有那么多刀痕，破破烂烂怎么用！房东说，是之前住在这里的小姑娘，不爱绣花偏爱做菜，那些痕迹必是她练刀时留下的，还说过两天就给换张新桌子。"

"她一直没回来？"磨牙追问，"而你一直没离开？"

"我病了呀。"小娃娃尴尬地回答，"一走出百草谷时就觉得身上疼，越走越疼，但又总想着再往前走几步，想把鱼羊草交给她。不过到了这里以后，身子便不疼了，就是冷，冷得我连步子都挪不动，只好老老实实待在这间屋子里休息。幸好有了新租客，我趁他们夜里睡着了，便去牵他们的手，这样我就没那么冷了，也能稍微长一点力气。"

"原来如此。"磨牙恍然大悟。

他又道："但是吓着他们了。他们看不见我，却能感觉到有人半夜抓住他们的手。"

磨牙挠了挠头："是挺吓人的。难怪他们会误会这里'不干净'。"

"是啊，房东起初是不信租客们的话的。但一连好几拨人都说这里'有鬼'，他也就吓到了。"他无奈地说，"最后这里的租客越来越少，房子也就空置了下来。"

"那你为何还留下？"磨牙不解，"是因为你的病？"

"起初是没力气走不动了，也不想走，天天趴在窗户上往外瞅，寻思着没准哪一天她会经过，不妨再等等吧。"他更尴尬了，"可后来我想走也走不了啦。"

"走不了？这话怎么讲？"

"有一天我见着楼下有个姑娘经过，瞧那背影很像她。我追出去，正要出大门就被看不见的玩意儿给弹了回来，我去跳窗户，结果也一样。我莫名其妙被困住了。"他叹气，"不过也没啥，本来我身子就不舒服，出不去就出不去吧。累了我就睡一会儿，醒了就在窗户前看外头过往的行人，时间也不是很难打发。就是房子总空着，没有人来，我牵不了你们的手，身子就冷得难受。"

磨牙皱眉："好奇怪的病啊……"说着，他突然想到了另一个问题，忙道，"那你在这里困了多久了？"

"不记得了。"他扳起指头数了半天也数不上来，只好指着窗外道，"我来的时候，对面那间铺子的老板头发还是黑的，现在已经是个老头子啦。"

磨牙差点被自己的口水呛死。

"你……你在这里已经那么久了？"他连喊了几声阿弥陀佛，"那她呢？再没有出现过？"

"没有。"他摇头，旋即冲磨牙感激地笑笑，"幸而不久前这里有了新房东，也有了新房客。虽然我也不想吓到他们，但我忍不住，你不知道我有多喜欢牵住别人的手的感觉。最要紧的是，你居然能看见我。这么些时日，我都快忘记该怎么说话了。"说着说着，他又叹了一口气，"不知槐树精现在好不好，那天我走得匆忙，都没来得及跟它好好说会儿话。我总觉着我离开时，它在我背后大声喊了一句什么，但我怎么也想不起来了。唉，也许都是这个怪病的缘故吧。"

磨牙将他从头到脚仔细打量了一番，说："不管怎样，这么下去可不行。有病就得治。"

"哈哈，谁能治一只妖怪的病啊。"他笑。

磨牙"刷"地站起来，对他说："你好好在这里待着，我去找人来治你的病！"

"什么？"

151

"你等我啊，我一定能找人来治你的病！"磨牙抱着滚滚，边说边朝门外跑。

谁知刚一开门，一个高高大大的家伙便顺势倒了进来，幸亏身手好才没有跌个狗吃屎。

吓一大跳的磨牙瞪着此人，惊诧道："柳公子？！"

"磨牙，以后不论开门关门，都要先看看里外有人没有才是！"柳公子理了理衣冠，狠狠瞪他一眼，旋即又走出门去，对着外头那个靠墙而坐、睡得口水横流的家伙踢了一脚，"还睡！吃饭了！"

桃夭猛睁开眼，跳起来："饭？饭在哪儿？"

磨牙耷拉下眼皮："怎么你们都在这儿……"

"有人来报信说你为替人主持公道，住进一间'鬼屋'，你这种天生八字轻的倒霉小和尚怎么偏爱干这种事？"柳公子戳着他的脑袋，"你是我预定的食物，要对我负责！"

"哎唷，都说了不会出事的。就算真有恶鬼，他受点教训也是应该的。看他以后还敢不敢乱起好心。"桃夭伸了个懒腰，"非要拖我来，困死了。"

"你偷听他们说话时明明很开心啊！"柳公子翻了个白眼。

磨牙听了，突然笑出来，喊了声"阿弥陀佛"，说："好啦，我知道你们还是关心我的。"

小娃娃仍旧坐在房里，略显不安地看着外头这两个不速之客。虽然听不清小和尚在跟他们说什么，但对他来说，从没有哪个清晨像今天这么热闹。

○ 6 ○

"你们不是在门外待了一夜么，该听到的都听到了，事情就是这个样子。"走廊里，磨牙拉着呵欠连天的桃夭，"你帮帮他吧，天下间只有你能治好他的病呀。"

桃夭往那头的房间瞅了瞅，房门开了一条缝，那小娃娃也探头探脑朝外看。

"很可怜啊！身子又不好，还被关了这么久！"磨牙恳求道，"桃夭你就当做件好事吧！大不了以后我每天帮你喂马！"

"那小子是什么妖怪你知道么？"桃夭突然反问他。

"他是……"磨牙一愣，"哎呀，好像忘了问。"

光头又被狠狠弹了一次，桃夭"哼"了一声："你总是这样，连对方底细都不弄清楚便大呼小叫发好心。你再不改这臭毛病，早晚会被吃掉的。"

"反正早晚会被柳公子吃掉……"磨牙捂着脑袋，又小声辩解，"可他一点都不凶，还很好心哪。这样的妖怪，不会吃人的。"说着他又扯住桃夭的袖子使劲晃，"你给他治病吧，再想法子把他放出去。"

桃夭看着那头的房门，以及门缝后那张不知外头发生了什么事的脸，说："这是全天下最没用处的妖怪。一天到晚除了想牵人类的手之外，什么都不会做，全身上下没有一处可以当我的药。不救。"

"桃夭……"磨牙瘪着嘴就要哭出来，"他真的好可怜的！只是想给那姑娘送一包鱼羊草罢了，却要孤独这么多年！"

"鱼羊草……"桃夭转了转眼珠。

话没说完，柳公子自楼下回来了，手里多了几张破破烂烂的黄纸。

"四方墙角都钉了这些符。"他把黄纸晃了晃，"有些年岁了，多半是前任房东听说'闹鬼'的事之后，随便找了个术士弄的。我瞧着就是普通的镇压亡灵之类的符咒，做做样子的东西。"

桃夭嫌弃地看了看那几张符纸："我就说那是天下最没用的妖怪吧……"

磨牙把符纸拿过来，想了想，问柳公子："你刚说啥？这是镇压'亡灵'的符咒？"

柳公子点头。

"他出不去是因为这些符？"磨牙不解，"可他是妖怪啊，亡灵关他什么事？"

柳公子跟桃夭对视一眼，都没吱声。

磨牙又想了想，脸色突然一变："难道说……他已经……"

桃夭捂住了他的嘴，又朝房间那头看了一眼，坦白道："我没有起死回生的本事。"

柳公子靠在墙上，横抱双臂，爱莫能助地朝磨牙撇撇嘴。

"不不……"磨牙不相信，"一定是哪里出错了。"

"是他自己记错了。"桃夭把视线收回来，"以为自己还活着。"

磨牙愣住。

"那是一只倛囊。"桃夭懒洋洋地说，"《百妖谱》曰：野山有倛囊，感天地空茫孤寂而生，百年可见其一。皆白衣小儿像，能言谈，有血肉，与人无异，性和善，喜执人之手。然不可远离故地，离之则死。"

符纸从磨牙手里落到了地上。

"所以你瞧瞧，这是不是世上最没用的妖怪。"桃夭叹气，"明知不能离开自己的出生地太远，却偏要走。走着走着就死了嘛。"

一走出百草谷时就觉得身上疼，越走越疼，但又总想着再往前走几步，想把鱼羊草交给她——磨牙忽然想起之前他说的话。

也许，不知十年还是二十年前的京城里，应该有这样一幅画面：一只长得像人类小孩的妖怪艰难地走在人潮涌动的路上，怀里揣着一包可以做出天下最鲜美的菜肴的鱼羊草。他牢记着那个地址，寻找那座三层小楼。一个想当厨师的姑娘住在那儿，她叫罗喜喜。

此刻，天已亮开，隐有阳光。

走廊里安静了好久，磨牙终于抬起头，难过地问："怎么办？"

○ 7 ○

金三娘可算是出了一口气，磨牙给她证明，房间里并没有"不干净"的东西，但也私下同她说莫再为难那书生，没有"不干净"的东西，并不代表没有"东西"，以和为贵吧。金三娘虽不太服气，但见这小和尚一脸认真，想想也就算了，不再向书生追讨赔偿，一桩风波顺利解决。

末了，磨牙问她能不能让自己再住一天，说这房子风水甚好，住得很舒服。

这个并不太高明的谎话却让金三娘十分受用，连连说你住你住，再住三天都没问题，住得越高兴，说明我这小楼越好。

他感激之余，也旁敲侧击地问了问那五十个包子是不是依然算数，得到肯定的答复之后才松了口气，高高兴兴地回楼上去了。

回到房间，傒囊有些不安，问他："方才那两人是谁？你在外头同他们讲什么讲了那么久？"

"啊，是我的朋友。他们见我夜不归宿，专程来看看的。"磨牙搪塞道，旋即又道，"不过我把你要找的人跟他们讲了，他们说愿意帮你把罗喜喜找回来！"

他惊喜地站起来："当真？"

"当真！"磨牙拍着心口保证，"我那两个朋友找人特别厉害。另外我也把你的病情告诉他们了，让他们顺便找个好大夫回来。"

"谢谢你啊小和尚。"傒囊诚恳地抓住他的手，"把鱼羊草交给她，我就可以安心回去了。"

回去？！你还能回哪里去……磨牙看着那双执着的眼睛，同时把对方的手握得更紧了些。

傍晚时分，有人敲门。

磨牙跑去开了门，进来一个年过四旬的妇人，衣着光鲜，姿容富态，手里还挽着一个沉甸甸的篮子。身后，桃夭朝她努努嘴，对磨牙道："人给你带来了。可费了我们不少工夫。"

傒囊见了她，整个人愣住，不敢靠近，只迫切地在那张青春不在的脸孔中寻找熟悉的线条。

"你这小孩，怎的还是老样子。"她走到他面前，放下篮子，渐渐红了眼睛，"他们说，你一直在等我？"

"你也没变啊……"他盯着她的脸，笑，"我能认出你！"

"他们告诉我时，我简直不敢相信。"

"你不怕我？我可是妖怪。"

她摇头，揉了揉眼睛："这世上吓过我、伤过我的，从来不是妖怪。"

"那就好。"他松了口气，又忙从怀里掏出那包鱼羊草，如释重负地放在桌上，"早该交给你了。"

她打开，惊道："这是……鱼羊草？"

"嗯。"他笑，"就是不知你现在还用不用得上。"

"用得上，用得上！"她高兴极了。

"你当上厨师了么？"

"我开了一间小饭馆，就在城东。"她收起鱼羊草，急忙从篮子里取出食盒，打开放到他面前，"来，尝尝我的手艺。那会儿我不是说过么，等我真的成了大厨，一定要请你吃一顿好饭。"

"好呀，一看就很好吃。"

"来，试试看。"

饭菜的香味慢慢占据了整个房间，一老一少两个人坐在饭桌前，边吃边聊，好像彼此之间从未缺失过几十年漫长的时光。

磨牙悄悄退出来，顺手带上了房门，朝桃夭投去感激的一瞥。

饭毕，妇人一边收拾一边说："我送你回家吧。"

"可我出不去呀。"

"现在可以了。"

"真的？"

"来，我牵着你。"

尾

今夜的京城跟往日也没有什么不同，尽管深秋天凉，却丝毫影响不了街头往来的男女。商铺里的喧嚣，酒肆里的笑闹，各种声音与气味，在城池的每个角落里欢喜地游走。

妇人牵着他，往百草谷的方向走。

他新奇地看着四周，说："原来此处的夜晚如此热闹。"

妇人笑笑："那就多看看吧。"

"好呀。"他笑得特别灿烂，"把鱼羊草交给你，我一下子就轻松了。"

"是吗，那就好啊。"

"你知道怎么用吗？"

"知道，不用担心。"

"百草谷很远的，不用送我了。"

"要送。"

"罗喜喜，你从来不问我叫什么？"

"我知道你是一只傒囊。"

"我是说我自己的名字啦。"

"你有吗？"

"好像没有欸……"

"那就叫你傒傒好了，哈哈。"

"那不是跟你的名字一样了吗。"

"不好吗？"

"好呀！"

他们的身后，不远不近地跟着桃夭与抱着滚滚的磨牙。比起前面这两人，向来以话多著称的他们，反而一路上都没说任何话，只默默注视着前头那两个兴高采烈的人。

走完一条街又一条街，自夜色繁华走到灯火阑珊，一直走到一座拱桥上，妇人才停下脚步。

而此时，桥上只剩她一人的身影。她看了看身旁，那个一直牵着她的手闲话家常的小娃娃，不知何时没了踪迹，无声无息地消失于天地之间，连一句分别时该说的话都没有留下。

一场没有告别的告别，总好过抱头痛哭吧。

桃夭跟磨牙走到妇人身旁，桃夭四下看了看，淡淡问："走了？"

"心愿已了。"妇人一开口，却是男子的声音。又抬手拍了拍衣衫，一张穿着一根头发的纸人自她身上抖落下来。再看，哪里还有什么罗喜喜，月色之下，只得一个柳公子。

磨牙惊愕地指着他："怎的是你！"旋即又拽住桃夭："你们不是找罗喜喜去了么？不是说一日之内必有消息么？没找到？"

"找到了啊。"柳公子活动活动筋骨，说，"我柳公子想打听的人，哪儿都藏不了。"

"那为何你……"

"她仍在京城。"桃夭趴在桥栏上，看着月色在河水里跳跃，"嫁了人，夫君做布匹生意，有三个孩子，大女儿已经出嫁了。她还是没有当上厨师，在店里帮夫君的忙，日子也算平顺。"

"你们见到她了？"磨牙急急地问，"她是怕了，不肯来见？"

桃夭笑笑："她压根就不记得这个孩子了。"

磨牙一愣。

"年少时的愿望，百草谷里刻的名字，被狐狸咬到的孩子，她都不记得了。如今她只记得谁家还欠着他们的货款，考虑着明年要不要再开一间分店，担心着她夫君咳嗽的老毛病。"桃夭耸耸肩，"他家的布匹颜色花纹都还不错，临走时我还买了一些，回头给你做新衣裳。"

磨牙很沮丧："你们为何不提醒一下她。"

"没有意义的，她真的忘记了，或者说她从来就没想记住。"柳公子道，"不如只拿她一根头发，让那妖怪走得开心些。"

磨牙沉默。

"傒囊这种妖怪，生于孤寂，所以才那么喜欢去牵别人的手。一高兴便跟着喜欢的人离开出生地，以至于丢了性命，这种事也是常有的。"桃夭叹气，"所以我说这种妖怪一无是处啊，为了贪恋那一点点有人相伴的小温暖，连命都可以不要。"

磨牙一屁股坐下来，喃喃道："可是……他怎么能坚持这么久的？他不是已经死了吗？"

"从一个大夫的角度来说，这是不可能发生的。傒囊这种诞生于虚无之中的妖怪，死了便是消失，连个尸体都没有。"桃夭思忖片刻，"只能说，心愿这种东西，有我们估算不到的力量，连死亡都可以被忘记。"

磨牙垂下头："他说他想不起槐树精对他说的最后一句话是什么。"

"应该是提醒他不能走远，走远了就会死吧。上了年岁的树精什么都知道。"桃夭猜测着。

"那他自己不知道么？"

"怎会不知道。"桃夭挠了挠鼻子，"大概总想着再多走一步，多走一步，万一不会死呢。毕竟这种小妖怪的脑子不是很好用。"

磨牙无言。

桃夭回头看了看他："不过现在讨论这些都不重要了，他总算亲手把鱼羊草交给了罗喜喜，如此，一切就是圆满。让一个心有执念的灵魂离开，唯有这一个法子。"

磨牙深深叹了口气，双手合十，念了声"阿弥陀佛"。

"倒是你，怎的不反省一下为啥能看见一个已经死去的妖怪？"桃夭又瞟了他一眼。

磨牙想了想，摇头："不知，也许是佛祖要我看见他的。"

"是你时运低罢了。"桃夭嫌弃道，"回去好好洗个澡，去去霉运。"

"你跟柳公子不也能看见他……"

"你能跟我们比吗？！让你洗澡就洗澡！一天洗三次！"

"……"

此时，柳公子靠在拱桥的另一边，懒懒地打量着周遭的夜色，自言自语道："有的家伙善忘，年少时的热血到底被岁月浇成了洗锅水。有的家伙太蠢，别人一丁点好，便记了一辈子。"说罢，他看了看手里的鱼羊草，笑笑，小心地揣进了怀里。

今夜的气氛略有些奇怪，一贯吵吵闹闹的三个家伙，却在拱桥上相安无事地晒着月亮。磨牙捻着念珠，喃喃诵经。桃夭支着下巴，看着河水发呆。柳公子稍微烦一点，因为滚滚终于忍不住跳到他身上，非要把鱼羊草找出来吃掉。这只狐狸把他对月吟诗的兴致全毁了！唉！

除了他们，没有人知道汴京城的这个秋夜里，消失了一只妖怪。

这只妖怪出生在百草谷，一无是处，喜欢牵人类的手，为了一个姑娘的愿望，离开了不能离开的地方。

百妖谱
柒·暗刀

楔子

有的岸，离开一次便无路可回。

◦ 1 ◦

出乎意料，柳公子居然没有把鱼羊草用到他一言难尽的厨艺里，而是找了个挺好看的盒子，把鱼羊草小心翼翼地装起来，放到了谁也找不着的地方。反正滚滚把厨房跟他的住处都搜遍了，也没寻到这个烹饪界的宝物。

那天清晨，桃夭在勉强喝下那碗飘着微妙糊味的粥时，忍不住问他："你已经有鱼羊草了，厨艺可以突飞猛进了，就不能让我们吃得开心点？"

可柳公子隔了老半天才回一句："舍不得。"

正常情况下，说这话时他应该翻个白眼，一脸"给你们吃就是暴殄天物"的不屑。但这次他偏没有，语气特别正常。

那是一只妖怪唯一的遗物了——也许他是舍不得这个。

总之他说了那句话之后，早餐的气氛突然有了一丝微妙的正经与严肃。虽然那晚之后，大家谁都没有再提到那只蠢妖怪的名字。

不吃就不吃吧，既然是遗物，就好好收起来。

只是苦了司府上下的人，也不知还要吃多少不是人吃的东西……苗管家也是，大不了再请个大厨嘛，把柳公子扔去洗衣扫地带孩子，大家肯定双手赞成皆大欢喜。

不过这几天好像都没见着苗管家，连吃饭的时候都不见他的踪影。偌大的司府里，谁在谁不在，总是得上好些时候才能察觉。毕竟这里地大人少，同一屋檐下也不见得天天能碰上。住在这座宅子里的家伙们，大多数都没有存在感，除了那两位少爷。二少爷不显山不露水，总是刻意收敛，宁可独处于僻静地读兵书，也懒得与人交际，平日里他跟马说话的时候都比跟人说话的时候多。但也怪了，他越是远离人群，越惹人留意，反正桃夭非常留意……至于大少爷，被弟弟关完禁闭出来后，简直无时无刻不在放飞自我。除了跟丫鬟们学绣花之外，还重金组织府中家丁玩蹴鞠，球门没见他踢进几次，踢中无辜路人倒是常事。好不容易不玩球了吧，他又开始折腾蟋蟀，弄来了什么号称"金甲无敌大将军"的玩意儿，天天蹲那儿拿个蟋蟀草往蟀盆里逗弄，标准的大户纨绔败家子模样。

每次一见到司静渊，桃夭都要早早躲开，因为她不但对他干的各种无聊事毫无兴趣，更怕他拉住自己问东问西，非要她把来帝都之前遇到的种种都说给他听，并且想方设法打听她的背景，说什么能把他救出来的人不可能只是个喂马的杂役。

后来司静渊见桃夭实在不爱搭理他，索性想了个法子，只要桃夭陪他聊天，按时付酬，酬劳要么是碎银子，要么是小金珠子，要么是别的好吃的好玩的，以至于桃夭从以前的避之不及迅速变成了司静渊的红尘知己……

有时候桃夭也不太想得通，世上怎么能有人会寂寞成这样，宁可花钱也要找个人陪他说废话，而且这个人看上去日子还过得非常不错，高门大宅，吃穿不愁，还有一个本事那么大的弟弟，不但能扛起家业，还能救他性命。而且，虽然司狂澜看起来很不待见这个亲哥哥，但明眼人都看得出，对他而言，这世上恐怕再没有比司静渊更要紧的存在了。

今天的天气不太好，司府里的仆役们里里外外忙着扫落叶，从府中大小树木的秃顶情况来看，秋意已到最浓时，冬天也不远了啊。

但桃夭的心情很好，因为拿到的月钱数额比她想象中还多，听说府里所有仆役都收到了额外的"冬衣费"，并且大家都习以为常。在钱这方面，如当初苗管家所言，司府确实厚道。偶尔桃夭会想，若能一直躲在这里，纵然只当一个喂马的小杂役，不见风雨地过日子，也未必不是一种好生活。但，不可能吧，毕竟她不是街头巷尾随处可见的普通小姑娘，她是"桃都鬼医"，是拴着金铃铛、善恶成迷的桃夭大人。她的一生里有太多过往，旁人看不到，想不到。且最麻烦的是，桃都最重要的东西在她手上失踪了……消息一旦泄露，天下必无宁日。唉——她对着眼前这片残荷萧瑟的池水叹了口气。

忽然，一个被故意刻出一张笑脸的梨子从她的头上落下来，扯着一根线，在她面前跳来跳去，还配上一个捏着鼻子的怪声音："想吃我吗？想吃我吗？"

桃夭头也不回，一把拽住梨子啃了一大口。

"喂！你真吃啊！"司静渊从她身后跳出来喊，"我拿来当鱼饵的！"

桃夭边嚼边说："我替你问过了，你家的鱼让我转告你两件事：第一它们不吃水果；第二你该吃药了。"

司静渊跨过石凳，坐到她旁边，笑嘻嘻道："怎么着，喂马的小杂役连鱼话都听得懂？"

她哼了一声："大少爷您真的是太闲了。"

他耍弄着手里的半截线头，不以为然："管家有老苗，打扫有仆役，做饭有小柳，喂马有你，赚钱有澜澜，真没我啥事。"

"你倒是坦白。"她擦擦嘴，"不过我瞧你对一件事特别上心。"

"啥？"

"给你家澜澜讨老婆呀。"桃夭咧嘴一笑，"岳家大小姐你都念叨过多少回了。"

司静渊立刻沮丧起来："我也觉着这位可以，家世人品都跟咱家配得上，关键是连妖怪都没害死她，八字是真的够硬。可我这个死脑筋的弟弟哟，连给人家写封信问问身子好没好都不肯。"

桃夭拿手肘碰了碰他："司狂澜真是天生克妻命？"

"胡说！"司静渊不高兴了，"都是外头瞎传的，司府的二少爷啊，多少姑娘哭着喊着想嫁的人哪。"

"你自己刚刚还在说岳平川八字硬！"桃夭一翻白眼，"只有克妻的人才要挑个八字硬的老婆吧！"

司静渊一时语塞，又立刻辩解道："我意思是我弟弟八字也硬，所以从玄学的角度来说……"

"得了得了，莫再遮掩。"桃夭打断他，压低声音，"我可是听说了，跟你家澜澜曾有过婚约的姑娘，最后都不得善终。莫非连这也是胡说？咱俩已经是知己了，你可别骗我。"

司静渊的手指在石凳上"笃笃"地敲了半天，才无奈地点点头："是有那么两三位姑娘出了点事，但可能只是巧合。"他盯着满池被秋风吹皱的池水，"都是伤心事啊，莫再提了。总之我就这一个弟弟，无论如何我都要看着他娶妻生子，享尽天伦之乐，直到生命终结时都不会孤独一人。"

他的表情出奇的认真，不是空口说大话的模样，无意中流露出来的铁一般的坚定，倒像是堂堂的司家大少爷了。

"为何只是他？"桃夭把吃剩下的梨核扔进池塘里，"咚"一声溅起了小水花，"你也该娶妻生子，给你们老司家开枝散叶呀。"

他眨了眨眼睛，脱口而出："我不行，身子不好。"

桃夭立刻上下打量他："有隐疾？"

"你那叫啥眼神？"他用更犀利的目光把她想歪了的视线打回去，"小姑娘家家的，想到哪里去了？"

桃夭撇撇嘴："我在说开枝散叶，你在说身子不好，我能怎么想？"有啥不好意思，我可是个大夫呢，虽然不治人，但你这毛病妖怪里头也不是没有——她硬是把这句话憋了回去。

"我身子不好，不是你想的那种不好。"他白她一眼，又左右看看，这才盯着她的眼睛道，"桃丫头，我不知你来历，更不知你身世，但你我都心知肚明，仅仅一个喂马的小杂役是不可能将我从虚耗手里救回来的。"

桃夭转了转眼珠，狡黠笑道："一个普通的有钱少爷是不可能具备'换魂'这种技能的。"

两人对视良久，彼此眼中电光火石，一触即发之际，两人同时露出灿烂的笑脸，一拍大腿指着对方，异口同声道："所以我们真该结拜啊！"

"静渊大哥！"

"桃夭妹子！"

两人激动得好像失散八百年的亲兄妹，幸好四周无人路过，不然真要被这两个怪胎吓出毛病来。

"大哥以后有好吃好玩或者没花完的钱，多想着小妹一点！你家池塘为证啊，咱这兄妹的名分可是定下来了！"

"放心，跟着大哥我哪能饿着你。"

"那你身子到底有什么不好？"桃夭话锋一转，前一秒的乖巧瞬间消失在毫无铺垫的咄咄逼人里。

司静渊一愣，挠挠头，笑："你这丫头，变脸也变得太快了。"

"没有人能绕开我的问题，结拜兄妹都不行。"她眯起眼睛，笑得像只得意的猫。

"好吧。好歹算是你救回来的。"他转过头,目光越过池塘,不知落到了哪里,"我是'半命'之人。"

"半命?"

"我十三岁时遭过一场祸劫,人是活下来了,却得了一种怪症。"他起身,甩手踢脚活动起筋骨来,"我的魂魄可以照我的意志随意出入我自己或者他人的身体。遇到生大病或者特别厉害的撞击时,我就算不想出去也会出去。我找过一些人来治,但无一奏效。其中有个人讲,我就是传说中的半命之人。'半命'就是个笼统的说法,专指那些表面上与常人无二,但事实上身处异境、只算有半条命的家伙。"

"半命……"桃夭挑眉,"可这不是很厉害么,好多术师修炼一生也修不到你这份来去自由的本事呢。魂魄出窍罢了,也未必说得上只剩半条命这般严重。"

"问题是我的魂魄一旦出去了,就会有奇怪的东西聚来,觊觎我的躯体。"他回头看着她,"从十三岁那年起,我就成了各种妖物游魂觊觎的对象,只要我的魂魄不在,它们就会出现。"

"哦?那就另当别论了。"桃夭道,"我知道有些连实体都没有的小精怪为了提高修为,会干一些鸠占鹊巢附身躯壳的勾当。"

"我并不以为这是件多可怕的事。"他笑笑,"只是澜澜他觉得事态严重罢了,记得有一回被其他玩意儿霸占了身体,我好些天都回不去,也不知何方精怪,天天拿我的身子去喝水,小河沟里的水都要被喝光了哈哈。澜澜费了好些劲儿才把那些玩意儿赶走,把我弄回去。你说这算个啥,不过是自家房子被人住了几天嘛。"

桃夭摇摇头:"这你就错了。房子被人住几天是小事,难道你没想过万一遇到个不要脸的,不但住你的房子,还把门锁给换了,让你永远回不来。甚至于一个不高兴,干脆把你的房子毁了。你是个活人,跟死去的家伙不同,如果没有你自己的房子给在外游荡的你容身,时日一长你就会越发虚弱,魂飞魄散的下场你考虑过没?"

司静渊愣了愣,想了半响方才开口:"这我还真没想过。"

"明知自己有这臭毛病,还敢用换魂之法去救岳平川,也难怪你家澜澜那么生气了。没有'房子'保护的你是相当脆弱的,普通人死了还能收个尸,你在那种状态出事,真是渣都不会剩。"她"哼"了一声,又问,"他有一把无弦琴,你知道?"

"知道。"他说,"自那次喝水事件后,他不知从哪里搞来那个玩意儿。一把在普通人看来根本不会发出声音的琴。"他自嘲般地笑笑,"却能让百妖却步,保我周全。"

"音律不止，妖邪难近。"桃夭笑笑，"琴音一起，再无妖物可近你的身，同时还能将你在外游荡的魂魄牵引回来。好东西啊。"

"不如说我有一个好弟弟。"他朝她挤挤眼，"虽然他总是凶我，这也不许我做那也不许我做，心情不好还要关我的禁闭。"

"但你还是盼他儿孙满堂、幸福到老死的那天。"桃夭抬头看了看，这个时候，司狂澜应该又在妄园里读书吧，不知他耳朵有没有发烧，毕竟有两个怪胎一直在说他。

司静渊忽然转过身，指着自己说："我跟澜澜是孪生兄弟哟。"

桃夭眨眨眼："我不信。你看起来比他老。而且你们长得根本不像双胞胎！"

"谁告诉你孪生兄弟就一定长得一模一样呢。"他摸着自己的脸，"但我们在貌美这件事上是不分伯仲的。我也不是老，只是有一颗沧桑的心罢了。你这样的小丫头片子永远欣赏不来这种沧桑美的！就知道细皮嫩肉面如冠玉，切！"

桃夭挠挠头，仍是半信半疑："真是孪生？"

"我在这事上撒谎能赚钱么？"他没好气地反问。

"可你们真的不像……而且你们连名字都不像你们自己。"她把司静渊从头到脚打量一遍，"你爹娘在起名这件事上没有远见啊。"

"冰心陈茶指静渊，霜刀血剑挽狂澜。"他忽然念出这两句，一贯活泼过头的男人，却没来由地落出片刻的黯淡，"我娘写了上句，我爹补了下句。他们说好，静渊为兄姐，狂澜为弟妹，无关性别，无关性格。只怪我早一刻来了世上。"

他细微的变化逃不过她的眼睛。

"来到司府也有些时日，从未听到过关于你们爹娘的只言片语。"

"他们老早就不在了。"司静渊又恢复了常态，"很多年前开始，司家就只剩我跟澜澜了，哦，还有苗管家。"

"哦。"桃夭也不细问，换了个话题，"江湖传言，阎王定生死，司府解是非。你们兄弟俩整天干的真就是'解是非'的事儿？"

"司家干的行当，算是七十三行了！"司静渊不置可否地笑笑，"从我爹娘那辈开始，我们家就在千奇百怪的江湖是非里来往了，'解是非'这事吧，讲的是一个'和气生财'，但这只是我们的理想，江湖上太多是非，没有血与刀，怕是解不开的。"他伸了个懒腰，若无其事道，"故而也不怪他人喊我们活阎王，毕竟我们做的事，谢我们的多，恨我们的也多。"

桃夭想了想，笑："应该再加一句，喜欢你们的少，怕你们的多。"

司静渊摆出刮目相看的模样："啧啧，一个喂马的小丫头，说得就像你有过同样经历似的。"

怕你们的是人，怕我的是妖怪啊，桃夭在心里对他做了个鬼脸。

"不过我瞧你们不但解人的是非，似乎妖魔鬼怪的事儿也略知一二？"她又问。

他撇撇嘴："这么些年，我们经手过的不在普通范畴的'是非'也不算少了。江湖之大无奇不有嘛。撇开我自己身上的破事儿不说，既然吃这行饭，涉猎广博也是必须的，没见过不代表不存在。"说罢他又瞪她，还顺手弹了弹她的脑门，"吃我一个梨便套走这么多消息，我很不划算呢。你就不打算给我交个底儿？"

告诉你也没什么意义啊，你们兄弟俩主要搅和的是人类的事儿，我只管妖怪的事儿。桃夭心里嘟囔着，脸上却嘻嘻一笑："我就是个学医出身的娃，只不过天资不高，医术不精，救不了人，只好跟我那几个同样无所事事的伙伴一起浪荡江湖，先把肚子填饱。之前不也跟你讲过我们自蜀地一路往帝都而来，不知吃过多少苦头，受过多少白眼，唉。"她拍拍司静渊的肩膀，"总之，大少爷你放一百个心，我们来到司府，只求有瓦遮头，有饭饱腹，对司府只有一颗感恩的心。至于我的来历，就是小地方来的苦孩子罢了，莫再纠结了。"

司静渊把她竭力表达出真诚的脸打量老半天，哼了一声："至少我得确认你是否身家清白吧？"

"清白！比清水豆腐还清白！"桃夭煞有介事地拍着心口，"我这样胆小的家伙，还能是什么身负命案的江洋大盗么？就算是要饭，我也不干偷抢之事。"

"可你饭量有点大。"

"这跟我的清白有啥关系？"

"我就随口一说。"司静渊想了想，嘀咕道，"也是……苗管家选的人，应该不会有大问题。"他咧嘴一笑，拍了拍她的头，"行，以后就安心留在咱家吧，要是有人给你找麻烦，你也可以找我们帮你解是非。"

别闹了，我才来你家多久，已经替你们家解了好些是非了。桃夭吞下这句话，感恩戴德地抓住他的手："那以后就有劳大少爷，不，大哥你关照我了！"

"那是自然！只要你陪我聊天陪我玩耍，好吃好喝哪少得了你！"司静渊高兴得很，"我前几日刚得了一只会说话的八哥，回头带你去看。"

"好啊！"

水塘边的气氛又热闹起来，司静渊又开启了话痨模式，不断跟她讲这只鸟有多神奇有趣。

只是一起谈论吃喝玩乐，如此基本而简单的友谊，对他而言都很难得到吧。看着兴高采烈的司静渊，桃夭忽然这样想。

"对了，"她突然想起一件事，"苗管家去哪儿了？我觉着好几天没见着他了？印象里他几乎是足不出府的。"

"探亲去了。"司静渊道。

"探亲？"

"嗯，每年秋天，他都要告假数日，去探他的故友。"

"哦。苗管家有四十好几了吧？好像也没听说有家室？你说你们司府怎么都是和尚命啊？我要在你家待久了会不会嫁不出去？要不你再给我加点工钱，弥补一下？"

"我要是你，就先把两条乱分分的辫子梳好，胭脂水粉也用起来，等到可以让人一眼看出自己是个姑娘时，再来考虑嫁不嫁得出去的问题。"

"呵呵。明天陪你聊天要加钱，就这样。"

"我实话实说，别生气啊，唉唉，别走啊我带你看八哥去！"

"不看。让柳公子把它红烧了。"

"啧啧，你这么大个人跟鸟生什么气？"

"我又不能把你烧了！"

"……"

2

"客官，到啦。"撑船的艄公抹了抹额头上的汗。

望着眼前的流水与远山发愣的苗管家，在小船靠岸时的颠簸里回过神来。

"多谢船家。"他付了钱，向对方拱手相谢后，方才拎上包袱下了船。

总有十来年了吧，连水乡还是老样子，一到秋日，漫山遍野都是桂花香气，连河水都被染出了甜味似的，纵然已是深秋，那些属于青山秀水的味道还是悠悠然然地飘散着。

苗管家深深吸了口气，踏上那条走过无数次的石板路，往那片隐在山乡深处的宅子走去。

挎在肩上的包袱沉甸甸的，里头装得最多的，是用各种果子制成的蜜饯。他来时，在京城里最出名的食铺里买了好多包，生怕要送的人不够吃，心心念念要把铺子里最好吃的蜜饯都买下来似的。老板早已熟悉他了，因为这些年来，苗管家每年都在差不多的时候去店里，后来知道他是司府大管家之后，老板曾表示可以直接送货上门，不劳苗管家亲自来一趟，但他婉拒了老板的好意，说还是自己亲自来挑选比较好。每一次他都挑得特别认真，不够甜的，果肉不够饱满的，都不要。老板感叹不知是谁这么好口福，能让苗管家如此费心，每次苗管家都只是笑笑，说一个老朋友爱吃蜜饯。

虽然往这条石板路上来回了多年，但每次踏上去，心头依然会像是第一次去见公婆的小媳妇，又或是在外拼搏数年仍旧孑然一身的游子，免不了生出一丝好笑又怅然的小紧张。

可他是司府的大管家啊，不是扭捏的小媳妇，更不是一事无成的浪荡子，但这种紧张，每一年走上这条石板路时，都无法避免地涌出来。

这条路的末尾，是连水乡里最著名的一家人，男主人姓陆，名澄，做的是教书育人的行当。陆家书院不但是连水乡里的荣耀之地，名声远播，其他州县的百姓不远千百里也要将孩子送来这里，原因是陆家书院开院二十年来，书院学子中中乡试者无数，更出进士数名，自此仕途亨通，青云直上，故而众家父母无不以送子入此书院为荣。而陆澄本人更成为了连水乡里极受尊重的人物，尽管只得四十来岁的年纪，但上至官贾下至乡民，无不尊他一声"陆夫子"。

他跟陆澄是同乡，幼时一起玩泥巴捉泥鳅的好友。有一回他淘气，落进了村前的河里，是陆澄奋不顾身地把他救上来，两个人一起挨打罚跪，最后是晓镜偷偷拿了馒头给他们。晓镜是他们的跟屁虫，也是他们共同的小妹妹，村子里也有不少孩子，但只有他们三个感情最好。如果当年的皇帝没有把江山割让给外族，如果天下没有战火连绵，他们的人生轨迹应该同时下的普通人一样，平安长大，娶妻生子，陆澄的书念得最好，没准将来能做状元，他跟斯斯文文的陆澄正好相反，念书没有哪次不念到打瞌睡，唯有帮他做生意的爹娘算账时算得又快又准，平日里还喜欢舞刀弄枪，只要听到附近有谁拳脚了得，就要厚着脸皮去拜师。两人唯一相同的一点，是他们都喜欢晓镜。

晓镜长得漂亮，说话细声细气，他们最喜欢她一边拿手绢给他们擦掉脸上的汗，一边嗔怪着说他们不是人是猴子。每次因为淘气挨打挨饿时，她总是娇滴滴地说活该，然后扭身就走，再趁着大人不在时，送水送饭。每次只要听到她说话，甚至只要听到她走来时的脚步声，闻到她发间隐约的香气，挨打的地方都立刻不疼了似的。

虽然那会儿年纪小，尚不知何为男女之情，但他们都隐隐觉得，如果长大了娶媳妇，那肯定就是晓镜了。几家大人也看在眼里，只想着等他们再长大些，就把亲事定了吧，不是他，就是陆澄。

但是，他们还没来得及长大，国乱了，家也散了，乱世儿女，流离失所。

一场战火，晓镜被契丹人掳走，而他没了爹娘没了家，随一位亲戚去了千里之外的南方，陆澄也跟着父母去别处逃难，原本平静安好的生活一去不回。

那几年，他的日子特别难，所谓亲戚，不过是打着收留的幌子，将他带到异地作为童工卖掉罢了。犹记得在那暗无天日的矿洞里，他跟大人们干一样的重活，累到吐血也没有休息的可能，饿死了，病死了，就抬出去随便埋掉。他逃跑过无数次，都被抓回来打了个半死。最后一次逃跑，工头下了命令，要活活砍掉他两只脚给所有人做个"榜样"，于是他被绑起来送到了高举的大刀下。

千钧一发之际，有人挡下了那把刀，反手就取了工头的性命。

私矿被捣毁，另一拨不知是哪里来的江湖人士，把操纵苦工草菅人命的家伙杀得落花流水。

那年他还不到十岁。

保住他双脚的人收留了他。那个男人说，好小子，刀都架上了，你连哼都不哼一声，小小年纪就是个狠角色啊哈哈。

狠角色？若真是狠角色，又怎会成为他人案上的鱼肉。

但不管怎么说，他终于脱离了人生中最暗黑困苦的日子，跟着男人回了他的家。

收留他的男人，姓司。

至此，他再未离开过司家，从挣扎求生的苦孩子到司府大管家，他接受这样的人生。

记得是在司家两位小少爷出生后的第一年，他为公事去了一趟新洲，不曾想在一间青楼外见到了被客人纠缠的晓镜。时隔多年，面容已改，但两人却毫不费力地认出了彼此，一个惊喜，一个羞愧，他赶走那个无赖，已改名叫小艳红的晓镜满脸通红，笨拙地掩饰着说他认错人了。

怎么会认错，他账本上的万千条数目，各种武功秘籍上眼花缭乱的招数，他尚且不会认错分毫，一个在他一生中最美好的时光里占据了不可替代的位置的姑娘，又怎么会认错。

那天，他把身上所有的钱都给了老鸨，"包"了小艳红一晚。

灯火跳跃，烛泪无声，浓妆艳抹的她，在他眼里却还是当年那个娇憨可爱的晓镜妹妹。

她说当年被契丹人掳走之后,她趁夜逃了。可她那时还那么小,又不知身在何方,走投无路之际,被一个她以为好心的大娘救了,还把她带回家中好吃好住。不久之后,她就被送到了这里。她知道这里是不好的地方,但她无能为力,跑过,反抗过,但每次换来的都是各种狠毒的惩罚。她想过自尽,但最终还是放弃了,在这烟花地里屈辱地活下来。

那天她拉着他的衣袖,像小时候一样,慢慢把这十来年的遭遇讲给他听,她的声音还是细细柔柔,仿佛从来没有经历过任何磨难。可是她说的每个字,他听起来都像扎到自己身上的刀,特别疼。

那天清晨,她笑着说,若当年一切如常,她应该当他苗家的媳妇。

他皱眉,说,我替你赎身。

说到做到。

数月后,他带着晓镜来到连水乡,说以后就住在这里吧。

她很喜欢,说此地景色如画,恬淡安宁。

他说不止,还有故交在此。

陆家书院前,陆澄看着晓镜,呆立片刻,旋即泣不成声。

他对晓镜道,当年一别,各奔东西,我一直寻找你们的下落,总算天有眼,前年被我寻到了陆澄,今年被我遇到了你。

那个深秋的夜晚,他们三个在陆澄家的院子里烧肉煮酒,只说开心事。彼此缺失的那十年,如杯中烈酒,一口咽下去,再不提起。

他在连水乡住了一个月,和陆澄一道帮晓镜收拾新居,采买物品,只是在晓镜掏出手帕给他擦汗时,他躲开了。

尚未娶亲的陆澄对晓镜依然体贴备至,偶尔还会像小时候那样想出各种法子逗她开心。可是她在笑出来的同时,却又总忍不住向沉默的他投来怅然若失的一瞥。

他当然知道她心里在想什么,可是不行,他不能对她的余生有任何承诺,因为他是司家的人。跟着他,就意味着要随时面对来自江湖中各种各样的麻烦与危险,他甚至都不能确定自己能活到哪个时候,又如何给她安稳。要陪在她身边的人,绝对不该是他。

陆澄还是很喜欢她的,他看得出来。

留在一个教书先生身边,比留在一个刀头舐血的江湖人身边好多了。

离开连水乡时,他同陆澄与晓镜约好,以后每年这个时候,他都来连水乡探望。

上船前,晓镜叫住了他。

他回头，其实有点害怕，如果她不明白自己的用心，突然说出什么不该说的话……要怎么办。

而她只是笑着说："以后来时，给我带蜜饯吃。"

他松了一口气，这就是最好的结果了吧。把你带回应有的安宁，做一个每年都给你带蜜饯的老朋友，然后远远地看你幸福着。

临别之际，他又返回去拍了拍陆澄的肩膀，在他耳畔低声道："我们最疼爱的妹妹，以后你好好待她。"

陆澄微愕，旋即用力点了点头。

他上了船，水声涔涔，岸边送别的人越来越远。

几年后，晓镜与陆澄成亲。

他也没有食言，纵然是在司家遭逢变故的那些年月，他依然在每年的秋天去连水乡，每次都带着满满一大包的蜜饯。

他从不告诉他们自己具体在干什么住在哪里，只说在一个大户人家当管家，挺忙的。

他们不是江湖人，何必知晓江湖事。

3

灰蒙蒙的天空忽然飘起了微雨，空气骤然湿凉起来。

一贯书声琅琅的陆家书院此刻却一反常态地安静，大门上挂着锁，门前一地残败的落叶。

他皱眉，往附近去找了个乡民打探，问陆家书院出什么事了。

那乡民直叹气，说："是陆夫人出事了呀。"

他心下一惊："陆夫人出了什么事？"

"杀人啦！"乡民直摇头，"那么温柔贤淑的一个女子，想不到竟能下那样的狠手！"

脑袋里突然"嗡"的一声，乡民的脸跟声音都一下子飘出很远。

杀人？她连蟑螂都怕，拿什么胆子去杀人？

"杀了谁？"他定定神。

"刘夫子啊！"乡民道，"去年秋后在咱们这儿新开了一处私塾，那位刘夫子说话狂妄，对陆家书院很是不屑，听说还使了些手段，把书院的学生抢了过去。不少人都替陆夫子抱不平，但陆夫子心眼好脾气好，从不与之争执，反而处处相让。不承想刚刚过了清明，刘夫子就横死街头，而拿刀砍杀人的，正是陆夫人。众目睽睽啊，唉！眼看着她被押进县衙，听说秋后就要押送州府受审，这样的大罪，肯定是没活路的呀。太可惜了，陆夫人怎的那般想不开，平日里那般和气的一个女人。"

他咬咬牙，问："陆夫子现在何处？我见书院里大门紧闭。"

"他呀，"乡民无比惋惜，"自打陆夫人出事之后，他书院也不开了，天天都在集市东边那间酒铺里买醉，每次喝多了都是被人扛回去的。"

道了谢，他飞快地朝那间酒铺奔去。

因为下雨，乡里的集市上没什么人，四周冷清清的，酒铺的店招在风雨里乱晃着，整个店里只得陆澄一个客人，红着一张脸，喝了一杯又一杯。四十多岁的他，憔悴得像一个将死的老人。

他一把夺过了陆澄的酒壶。

陆澄醉眼迷蒙地看着他，愣了半晌，笑出来："是你啊！你来啦？"

他没答话，径直往酒铺的厨房跟后院里看了一遍，然后回来一把揪住了他的衣领，将其拖到后院的水缸前，硬是将他的脑袋摁进了水里。

陆澄拼命挣扎，他估摸着时间差不多了，才松了手。

"清醒了没？"他蹲下来，冷看着瘫坐在地大口喘气的陆澄。

陆澄愣了好一会儿，才突然抓住他的手臂，全无平日里谦谦君子的好模样，号哭道："你来晚了！来晚了！她被关起来了……一定会被砍头的！"

他咬牙："告诉我事情的始末。她不是会当街拿刀砍人的女子！"

"怪我，都怪我！"陆澄后悔不已，"我不过是私底下同她抱怨了几声刘夫子的不是，没想到她竟然……竟然做出这样的傻事。我跟她讲过，不论刘夫子如何盛气凌人，如何使手段抢我们的学生，都不要紧，我们只管做好自己的本分便是。想来是这些日子刘夫子欺人太甚……你知道，她又不是那种会把心头郁结挂在嘴上的人，总是积在心里……我，我不知道该怎么办。出事时我就想找你，可我根本找不到你啊。"他突然跪下来，"我不想看着她死，可我救不了她，救不了她啊！你帮帮我！看在我们多年兄弟的情分上！"

"你起来！"他硬是将陆澄拖起来，"哭有什么用！你还是不是个爷们儿！"

陆澄痛苦地摇头："我什么都不是！我只会教人念书识字，博取功名……我什么都不会！"

"陆澄！"他怒道，"我还在！今时今日，只要我在，没有人能伤害晓镜！"

陆澄似乎看到了一丝希望，但转眼又被绝望淹没："人在大牢，还能怎样？满街的人都看到她杀人……我连喊冤的机会都没有。"

"交给我处理。"他松开陆澄，"今天，你就当从未见过我。"

陆澄一愣。

翌日，县衙里炸开了锅，当街杀人的凶犯陆文氏被趁夜劫走，而几个晕过去的衙役醒来后连劫狱者是男是女都不知道，只看见了一道形如鬼魅的黑影，往他们身上的穴道一点，他们便失了知觉，而现场也未曾留下任何蛛丝马迹。

一案未结，又生一案，丢的还是一个杀人犯，县衙上下无不头痛之极。

○ 4 ○

今天，柳公子被要求多做两人份的饭菜，原因是苗管家回来了，以及还多带了一位客人。

这顿晚饭，在相当客气的氛围里开始。

苗管家时不时给身旁那位妇人夹菜添汤，关怀备至但又留意分寸。

司狂澜全程只说了一句话，对那妇人："陆夫人既是苗管家故交，便是司府的客人，且安心住下。"

陆夫人起身还礼道谢，死里逃生后的惊惶却始终按捺不下，连举筷拿碗都小心翼翼到微微发抖。

纵然这女子年岁已过四旬，但仍是很好看的，年轻时的姿容想必更引人注目。桃夭一边喝汤一边盯着她死死地看，好几次她无意中触到桃夭的视线，根本不敢停留，立刻埋头看自己的碗，小口小口不断地吃菜。估计以她此刻的心情肯定无法分辨饭菜的味道，毕竟柳公子的手艺，能一口接一口吃下去的人不是舌头有问题就是心理有问题。虽然他最近的厨艺稍有进步，并且懂得去外头的饭馆打包，但她不停在吃的那盘菜明明是柳公子的手笔，炒得又咸又干。

司府的饭桌比以前热闹多了，在司静渊的要求下，桃夭磨牙柳公子以后都来跟他们一道吃饭，毕竟以前一到饭点，桌上就他们兄弟俩再加个苗管家，人少吃东西都不香。桃夭心说，只要柳公子掌勺，你把全京城的人都塞你家饭桌上，都不会吃得香。但是她仍然非常愉快地接受了司静渊的邀请，能上司家的饭桌，菜好不好吃先不说，起码这样每天都能在固定时间看到司狂澜了呀，明明是孪生兄弟，虽然模样有差别，司静渊也不难看，可为啥每次看到他就想找个包子塞住他的嘴再把他关进暗无天日不要打扰到别人的地方……司狂澜就不一样，就算他面无表情就算他刻薄毒舌，但只要看见他就会升起无限的好奇心，忍不住想一直盯着他的脸看，好像这样就能看穿这个刻意把自己隔离于众人之外的男子。另外，能同他一桌吃饭，再难吃的菜好像也能咽下去，如此看来，司狂澜真是长了一张下饭的脸啊！

"来来，陆夫人你吃个鸡腿。"司静渊十分好客地把柳公子打包回来的饕餮楼的酱鸡腿夹到陆夫人碗里，柳公子的筷子晚了一步，狠狠地瞪了司静渊一眼。

"人家远来是客，你赶紧吃你自己亲手做的菜！"司静渊瞪回去。

"酱鸡腿也是我做的！我凭什么不能吃！"

"骗谁呢！谁不知这是饕餮楼打包回来的！"

"上面的葱花是我撒的！"

"那你吃葱花好了。"

"司静渊你……"

"叫我大少爷。"

磨牙赶紧夹了一根青菜放到柳公子碗里，劝道："吃饭吃饭，食不言寝不语。"

"我要吃肉！"柳公子嫌弃地把青菜扔回给磨牙，半路上却被蹲在磨牙腿上的滚滚把菜叼走了。

"什么时候狐狸也能上桌吃饭了！"柳公子更怒了，"你的狐狸嘴碰到我的筷子了！沾上狐狸口水我还怎么吃！"

"狐狸为啥不能一起吃饭？众生平等啊柳公子。"磨牙十分无辜。

看着眼前这几个胡闹的年轻人，陆夫人有些尴尬地笑了笑，轻声对苗管家道："苗哥哥，想不到你这里如此热闹。"

苗管家无奈道："除了我家二少爷稳重，其他人嘛……你莫被他们吓到才好，这些孩子只要聚在一起，免不了打打闹闹。"

她连忙摆手："不打紧不打紧，这样挺好，一大家子人在一起，多热闹。不像我们家，一年到头饭桌上都只有我跟澄哥哥两人，冷清清的。"

闻言，司狂澜忽然问道："听陆夫人这般讲，莫非儿女在远方？"

"若在远方倒也罢了。"她苦笑着摇摇头，"惭愧，我们夫妇至今膝下犹虚。当年也曾有过一个孩子，可惜尚未出世便夭折了，之后我再无所出。"

"来来，继续吃。"苗管家赶紧出来打断这个沉重的话题，"过去的事不要想了，以后都会好起来的。"

"嗯。"她眼睛有些红，忍不住伸手揉了揉。

也许，全京城里只有司府的人才会大胆成这样，不但敢收留一个铁定被问斩的杀人犯，还能若无其事地与之同桌吃饭，闲话家常。

苗管家一回来，便已将此行的遭遇与陆夫人的来历背景清清楚楚地交待给了司家兄弟，而司静渊这个大嘴巴一转头就点滴不漏地把这件事当作一个大八卦讲给桃夭听了。但问题是，他的重点竟然不是陆夫人是杀人犯，而是苗管家居然带初恋情人回家来了，长得蛮好看咧，不过人家已经嫁人了，这后面的事不好办啊。桃夭当时就想劈开他的脑袋看看里头是哪部分出毛病了……

而司狂澜在听完苗管家的汇报之后，只说了三个字："很麻烦。"

苗管家当即跪下，拱手道："此次是我鲁莽，当立即带她离开，绝不给司府带来半分麻烦。"

"那倒不用。"司狂澜翻着他的书，"没有麻烦，司府又如何解是非。"

"二少爷……"苗管家心头一热，重重给他磕了个头。得了司狂澜的允许，她此刻至少是有了全京城最安全的庇护所，之后的事，再说吧，他不相信她会当街杀人，一点都不相信。

桃夭第一次见到陆夫人时，就对这个娇小玲珑、躲躲闪闪地跟在苗管家身后的女子流露出了极大的兴趣，在听了司静渊描述的她与苗管家的渊源以及她遭遇的大祸之后，她问司静渊要怎么处理这件事。司静渊说且看看再说，说的是犯了当街杀人的大罪，但听苗管家言之凿凿地说她不可能做这样的事，或许里头真的另有别情。桃夭撇撇嘴，说即便有隐情，但她众目睽睽当街杀人是不争的事实，难不成你们司府还能凌驾于律法之上？司静渊想了半天才说，是很麻烦，但司府专解是非，哪桩是非不麻烦，何况那是苗管家带来的人，不看僧面看佛面啊。

听罢，桃夭只嘀咕了一句，这次的麻烦只怕你们应付不了。

好歹是平平安安吃完了这顿饭，司狂澜对苗管家道："陆夫人就交由你安顿吧，府中空房颇多，着几个小厮去收拾一间，再找个丫鬟伺候起居。"

"是。"苗管家点头，"多谢二少爷。"

"不用这么麻烦了。"陆夫人十分不好意思，忙说，"打扰府上已是大大的不该，怎还能劳烦你们遣人来伺候。"

"陆夫人言重，我府邸甚大，你初来乍到必不熟悉，有个丫鬟在旁照顾是最好的，就不要推辞了。"说罢，他转向桃夭，"桃丫头，陆夫人就劳你照料了。"

桃夭一翻白眼："我还要喂马呢！"

"你每天有多闲真以为我不知道？"司狂澜擦擦嘴，"陆夫人交给你了，有半点闪失，仔细你的工钱。"

"软肋……对穷人来说这绝对是软肋……她一梗脖子："去就去！"

"不不，真的不用了。"陆夫人连忙推辞，"姑娘既然有自己的事，就不要为我劳神，我实在担当不起。"

"没事没事，我本就是司府的杂役，少爷说什么我就得听什么。"桃夭忙对她道，"陆夫人你身边确实要有个人，不然你一定会在司府里迷路的。"

"就不要推辞了。"苗管家看着她，"桃丫头在你身边，我也放心些。"

陆夫人看了看大家，犹豫片刻，终是点点头，又对桃夭施礼道："那就有劳姑娘了。"

"不劳不劳，陆夫人有啥要求尽管跟我说，千万不要憋屈了自己。"桃夭赶紧上去扶住她的手臂。

事情就这么风轻云淡地定了下来。苗管家带回了一个犯下杀人罪的老朋友，司狂澜二话不说同意收留，总之司府上下似乎对这种"麻烦"已经见惯不怪，除了司静渊总是揪住初恋情人这一点把苗管家都要问烦了之外，大家都相当平静，仿佛只是来了个普通宾客罢了。

桃夭对于司狂澜另加给她的任务，除了嘀咕几句之外，并没有强烈反对，反而特别麻利地回去自己的住处，收拾了些日常用的东西，便匆匆忙忙往客房那边去了。

半路遇到柳公子，挡住她，问她去哪儿。

"能去哪儿？我现在不但要伺候马，还要伺候人！"桃夭没好气地说，"让开让开。"

"不加工钱的事儿你也干？"柳公子不让。

桃夭瞪他："我要是不去，连本来的工钱都没有了！司狂澜干得出这种事！"

"去吧去吧，我看那陆夫人是个极和气的女子，你可得好好照顾人家。"柳公子让到一旁。

桃夭懒得理他，拔腿就走。

"桃夭。"他又叫住她。

"叫魂啊！"她不耐烦地站住，回头。

柳公子狡黠一笑："就算司狂澜不派你去伺候她，你自己也会主动要求跟她寸步不离吧？"

桃夭冲他一吐舌头，一溜烟跑了。

5

陆夫人住进司府的这几日，风平浪静，一切如常。

桃夭想象中的追兵并没有到来，毕竟一时半会间，谁能发现劫狱的家伙是司府大管家。她倒是好奇，若苗管家身份暴露，官府找上门来，司家兄弟又当如何应付，江湖中人要给司府几分薄面，莫非官府也是？

她与陆夫人同进同出，一屋而寝，在彼此熟悉了一些之后，也试探着问陆夫人当初究竟发生了什么才导致她做出那么疯狂的举动。陆夫人自己也相当痛苦，说自己对那个与她夫君不和的刘夫子确实很不喜欢，他不但出言诋毁陆家书院，还使了些不入流的手段抢他们的学生，但绝对不曾对他起杀心。那天她去集市买菜，可巧遇见刘夫子正站在街头跟人窃窃私语，虽然听不清他说的是什么，但十之八九又是诋毁之言，她也不知是哪路的邪火上了头，只觉得眼睛涨得发疼，看什么都是血红的，耳朵里也只有混乱的嗡嗡声，迷迷糊糊地捉起肉摊上的尖刀便冲了过去。等到她能重新看到听到时，自己已经被几个汉子牢牢摁住，尖刀落在她脚边，刘夫子满身血窟窿地躺在她面前，老早气绝身亡。所有人都看见她举刀杀了人。

"我从未想过要杀他的，就他跟我们的这些仇怨，哪里深到需要取人性命！"陆夫人越说越懊悔，"可我就是拿起刀了啊……是我太冲动，铸下弥天大错，如今还连累了苗哥哥犯险来救我。"她的眼泪滴滴答答地落下来。

见状，桃夭也不知该如何宽慰她，只劝她不要多想，既然司府留了她，那便表示她以后的麻烦，有人会帮她解决。

苗管家时不时过来探看，不是送衣物就是送蜜饯，有时会小坐一会儿，问问她住得是否习惯，然后拉一拉家常。只有在说起他们幼年岁月时，陆夫人的脸上会露出笑容。他们叙旧时，桃夭也不离开，非得厚着脸皮赖在他们身旁，一边吃蜜饯一边听一对中年男女的儿时旧事，然后在心里感慨，若没有乱世战火，也许世上就没有苗管家，也没有陆夫人，只会在某个乡下有一对姓苗的夫妻，粗茶淡饭，儿女绕膝。

但命运就是刀啊，你永远不知道它会落到哪里，把你的人生切割成什么鬼样子。

那天桃夭叫住正要离开的苗管家，叮嘱他以后进出司府都要小心，毕竟他现在是惹到了官府的人。

苗管家只是笑着拍拍她的脑袋："比这凶险的局面也不是没遇到过。我自有分寸。"

"难道要藏她一辈子？"桃夭又问，"她夫君那边又该怎么办？"

苗管家想了想，说："现在陆澄必然身处监视之中，且过些时日，待风声不那么紧，我再去把他接来。"

桃夭皱眉："可她的确杀人了。"

"我知道。"苗管家叹了口气，"但让我见她身首分离，实在做不到。"说到这儿，他四下看看，确认无人后才道，"桃丫头你莫要笑话我，到了这把年纪，若说我心头有一粒珍珠，那必是晓镜无疑。这么些年，我只盼着她好。"

桃夭看着这个红了脸但眼神又无限落寞的老男人，说："不会笑你的。谁还没个初恋。"她顿了顿，又问，"你是不是偶尔会后悔，当初把她留在了岸边。"

他笑笑，没有回答。

有的岸，离开一次便无路可回。

◦ 6 ◦

转眼之间，又过去数日，司府一切安好，除了有小厮来报，说花园里闹了鼠患，好几株名贵的花草都被老鼠咬断了，鼠笼鼠夹皆不奏效，故而置放了剧毒鼠药，还特别提醒打扫的丫鬟杂役们不要把药当成垃圾扫掉了。

陆夫人的情绪也比刚来时好了一些，大概是离那个令她不堪回首的地方太远，司府的环境又太好，她不再天天将自己关在房里，偶尔也在桃夭的陪伴下，在府中到处走走。

今天风特别大，花园里，她盯着一地落叶，突然又伤感起来，哽咽着对桃夭道："我身同此叶，不知将来是何下场。"说着说着，便剧烈地咳嗽起来。

桃夭赶紧拍着她的背脊："你今天穿得太单薄了。我们快回去吧。"

她摇摇头："没事。我就想出来透透气。让我再留一会儿吧。劳烦桃姑娘替我取一件披风来就好。"

"行，你等一会儿，我这就去。"

片刻之后，桃夭取了披风回来，陆夫人独自坐在树下的石凳上，眼神空茫。

她把披风给她披上，说："还要坐一会儿么？"

陆夫人起身："回吧。"

一路上，陆夫人都没再说一句话。

回到房间，她说累了，便躺去床上休息，连午饭都没吃。

听说她不舒服，苗管家急匆匆来探望。

她说不过是吹了点风，无碍，一边给他倒茶一边抱歉地说又让他操心了。

"我知你心情低落，但总是郁结于心的话,对身子不好。"他端起热气袅袅的茶杯，"你的事，我定能料理妥当。"

她点点头，仍无半分喜色。

"我从不信你会杀人。"他认真看着她的眼睛，"即便所有人都看见你举起了刀，但我仍不相信那是你的本意。"

她的头垂得更低，放在腿上的双手突然紧紧攥了起来。

苗管家举起茶杯，嘴唇刚要挨上去，一粒蜜饯飞过来，硬是将他的茶杯打飞了。

窗外，露出柳公子跟桃夭的脑袋。

苗管家吓了一跳，呵道："你们两个小家伙胡闹什么？"

柳公子进了房，指了指翻到在地上的茶杯："老鼠药泡的茶你也敢喝？！"

苗管家一愣，旋即又看了看仍旧低垂着头的陆夫人，起身斥道："你们胡说些什么！她怎会给我落毒！"

桃夭自柳公子身后走出来，平静道："真的。我亲眼见她趁我离开时把花园里的鼠药藏到袖子里，也亲眼见她把毒药放进了茶壶。我留在她身边，不光是为了伺候她。"

"你……你们……"苗管家又惊又疑，多少大风大浪都经过的人，却被一壶毒药吓到了，准确说，吓到他的不是毒药，而是那个要他死的人。

不可能，怎会是她？！

他一把抓住陆夫人的肩膀："晓镜，你做的？"

陆夫人抬起头，双眼微红，看着他的脸，喃喃："我……我都干了什么……"

桃夭跟柳公子对视一眼，柳公子上前，一把扭住了陆夫人的胳膊，痛得她大叫了一声。

苗管家本能地想阻止柳公子，却被桃夭呵住："你不要乱来。要你命的不是她。"

苗管家被彻底弄糊涂了。

桃夭自布囊里摸了一粒药丸出来，走过去麻利地塞进陆夫人的嘴里，逼她吞了下去。

不多时，陆夫人的双眼如同灌了血似的红起来，并冒出一缕灰烟，她痛苦地倒在地上，拼命揉着眼睛，发出了痛苦的呜咽声。

苗管家看得呆了，一把扯住桃夭："你对她做了什么？"

"我不是对她做什么，我是对她身上的妖怪做什么。"桃夭扯开他的手，"信我就别碍着我。"

话音未落，两道细细的白光自陆夫人双眼中跃出，在空中纠绞成团，然后仓皇地往房间里最阴暗的角落里窜去。

桃夭见状，一跃而起，以闪电之速将那光团夹在两指之间，只听那光团立刻发出了"吱吱"的叫声。

除此之外，她腕上的金铃也发出了久违的声音——

"叮铃铃，叮铃铃。"

尾

房间里，点起了无数蜡烛与油灯，尽管现在还是下午。

所有人的目光都聚集在桃夭的手上，在她的食指跟拇指之间，紧紧地拎着一只散着白光的怪东西，只得蚊子一般大小，却是人的形状，面无五官，通身白色，难辨性别，背脊上生着蝴蝶般的翅膀。得凑近了仔细看，才看得出其中端倪。

"这是……"司静渊张大了嘴巴，"这是你说的妖怪？"

桃夭点头："有怪芽自尸骸出，长三尺，弯曲如蛇，只得十三叶，叶状如人心，叶下有果若珠，果熟后有妖出，身如蚊，有蝶翼，色白，无分雌雄，皆孪生。取其一置己之眼，取其二置他人之眼，千里之外亦可令他人为刀，杀人无形。此妖名暗刀，身虽微小，祸患极大，本体可隐于幽暗，遇光则现，见之即杀。"

司狂澜皱眉："你意思是，此种叫'暗刀'的妖怪，自那果中而出，生来便是两只，若有人放一只在自己眼中，再放一只在别人眼中，就能操纵他人，甚至为他去杀人？"

桃夭看了看躺在床上昏迷不醒的陆夫人，笑笑："不然你以为她为啥要去杀刘夫子，甚至要杀掉对她恩重如山的苗管家。"

苗管家面如死灰，但却又长长地松了口气："我就知道，不会是她。"

"你一早就知道陆夫人身上有'异物'？"司狂澜瞟了她一眼。

"别说我。你不也对陆夫人有所怀疑么，不然府里明明有一堆丫鬟，为啥偏要我去伺候她？"桃夭反问。

"你们先别扯这些。"司静渊插嘴，指着那妖物道，"既然你说这妖怪有两只，一只在陆夫人身上，那另一只所在的人，才是真正的凶手？！"

桃夭点头。

"是谁？"苗管家怒道，"是谁狠毒若此，竟拿一个弱女子为他杀人挡灾！"

"我咋知道是谁。"桃夭耸耸肩,"不过想知道也不难。"

话音未落,她目光骤冷,双指稍一用力,便听得一声惨叫,指下妖物顿时四分五裂,化尘而散。

说杀就杀……这平日里贪吃好玩没个正经的丫头,下起狠手时判若两人,倒也颇让人愕然。

"这……这就死了?"司静渊眨眨眼,不太敢相信。

"死啦。"桃夭拍拍手,"现在你们只要去逐一查看跟陆夫人关系亲密的人,看谁的眼睛在暗刀被我捏死时瞎掉了,谁就是凶手。"

苗管家一愣:"跟晓镜关系亲密的人?"

"我十分厌恶暗刀这种妖怪,知道为啥么?"桃夭沉默了片刻,"因为暗刀只在信任你的人身上才能起作用。"

此言一出,所有人都沉默了。

把一个对自己满怀信任的人送上死路,该杀的,又岂止是妖怪"暗刀"……

苗管家替陆夫人盖好被子,旋即一言不发地冲出了房间。

谁都没有拦他。

"你找人跟着,莫要节外生枝。"司狂澜对司静渊说了一句。

"我亲自去。"司静渊转身就走,却被弟弟一把拉住,他拂开对方的手,"放心,我会看好自己的身子。苗管家的事,咱们得亲自管。"

司狂澜皱眉,想了想,也不再反对:"记住你自己说的话就行。"

"不会忘。"司静渊兴冲冲地往外追去,经过桃夭身旁时,他拿胳膊碰了碰她:"等我回来,再好好审你。"

桃夭耷拉下眼皮,这回真是麻烦了,要不是看在苗管家平日里对自己不错,不能眼看着他有危险不顾,她才不管这事儿呢!这下好了,天知道接下来这两兄弟要用多少精力来挖她的老底……要不干脆把自己的身份暴露了?哎呀还是不要吧……但是不说的话肯定会被司静渊烦死的,唉,头好痛。

骤然清净下来的房间里,司狂澜又看了陆夫人一眼,对桃夭道:"你继续在此照应,一切待他们回来再说。"

桃夭叫住他:"抓到凶手的话,你要怎么做?"

司狂澜没回答,径直出了房门。

柳公子打了个呵欠,说:"你应该不止对凶手感兴趣吧。"

桃夭看着陆夫人惨白的脸孔,冷笑:"暗刀这妖物极罕见,它不是街头的鼠药砒霜，是个人就知道如何使用，若凶手本身只是个普通人，那么在背后教唆他如何使用暗刀的家伙，才是我最感兴趣的。"

那好吧，一切待他们回来再说。

百妖谱
捌·百知

楔子

世有奇妖，自书本出，体微如蝇，扁似叶，四足各生一目，天性聪慧，以读书为乐，过目不忘，耳听则明，寿长，得之可晓百万事，故称百知，罕有。

◦ 1 ◦

今日，天灰云低，斜雨微凉，然萧瑟之极的秋意也未能消减连水乡的沿途美景。隐居避世，白头偕老，怕再没有比这里更合适的地方了。

渡头前，两只小船一前一后靠了岸，船上的人心思却全不在山水，船还未停稳便叉着腰互斥起来。

"你跟来做什么？不是说好在家等我们回来么？"司静渊瞪着隔壁船的桃夭，"还带着和尚跟狐狸？"

"我改主意了，不想等了。"桃夭理直气壮道，"你家澜澜同意了的。"

"大少爷，我们是来帮忙的。陆夫人的事，桃夭已经说与我听了。"磨牙赶忙把最后一块芝麻糕咽下去，胡乱擦擦嘴，滚滚从他背后的竹篓里冒出个脑袋来，嘴角还沾着没舔干净的芝麻。

司静渊仰天叹气："你这时候又那么尊重司狂澜的意见了？你们不要觉得好玩，

我们要抓的不是偷鸡摸狗的小贼,是杀人不眨眼的魔头。"

桃夭从船上跳到岸上,回头冲他一笑:"不要小看我们家滚滚,吃素的狐狸不是好惹的。"说罢又对滚滚道:"快,摆个凶恶的姿势给大少爷看看!"

滚滚立刻抓住竹篓的边缘,恶狠狠地瞪大眼睛张大嘴巴,发出一串"唧唧唧"的吼叫。

司静渊拍拍心口:"好的,我礼貌性害怕一下。"

苗管家下得船来,面色如铁,一言不发,只看着那条走过无数次的石板路发呆,全无之前夺门而出的冲动。

"苗管家,此地路途你最熟悉,咱们先从哪里找起?"桃夭走到苗管家身旁,故意问道,"连水乡不大,找个突然瞎了的人不难。"

苗管家皱了皱眉,道:"要不,你们在渡头等我?"

"你在怕什么?"司静渊直言。

"我……"苗管家搪塞道,"我怕你们出事。"

"你不是怕我们出事,你是怕抓不住凶手,又怕抓住凶手。"司静渊笑笑。

"不论你们怕什么,光站在这儿是没用的。"桃夭看着延伸向前的石板路,"你们不走,我可要走了。"

"桃丫头!"苗管家突然叫住她,神情异常复杂,"不管怎样,别跟捏死那妖孽一样捏死凶手。"

桃夭笑笑:"就冲苗管家平日里给我留的宵夜,我也不会做任何让你不高兴的事。"

"多谢了。"苗管家对她的态度已然有了微妙的变化,在亲眼见到桃夭对暗刀的所作所为时,纵是堂堂司府大管家,也很难再把这丫头当个微不足道的喂马小杂役看待了。

时近正午,雨势不减反增,连水乡人口本就不多,自渡头往陆家书院的路上,更是连个行人都不曾遇到。

站在大门紧闭的书院前,桃夭戳了戳滴水的铁锁,左右环顾道:"不像有人的样子哟。"

"有人的话又怎会锁上大门?!"磨牙抱着滚滚自门缝往里瞅。

"陆夫人家在此处?"司静渊看向苗管家。

"是。"苗管家打量着眼前的宅子,"这院落不小,一分为二,一半供学生读书,一半供他夫妻二人居住。平日里除了他们跟学生,只得一个书童一个丫鬟照料起居,相当简朴。"

"还是进去看看吧。"司静渊建议。

苗管家沉默片刻，抬手握住沉重的铁锁，也未见使出多大的力气，便听到"咔嚓"一声，铁锁一分为二落到地上。

桃夭吐了吐舌头："想不到苗管家的指力如此出色，拨算盘练出来的吧。"

换作平日，苗管家还能与她玩笑几句，此刻注意力却全不在此。已形同虚设的大门仿佛成了他最大的对手，他能轻易断掉铁锁，面前的大门却似有千斤重。

如果苗管家此刻面对的是真正的对手，恐怕是没有胜算的。饶是他这般深藏不露的老江湖，一旦沾了儿女私情的念头，便再不是毫无破绽的高手了。

难怪有人说过，最孤独的人才能走到最高的位置。

桃夭与司静渊不约而同伸手推门，逼他断了不该有的犹豫。

大门洞开，湿漉漉的院子里空无一人。

"若有人在，何须锁门。"苗管家说了一句，"不必进去了。"

司静渊不走，说："没准关起门养伤呢，也可能直接痛死在家里了。"说着他又转头问桃夭："瞎掉的时候会痛的吧？"

"我又没瞎过，怎知痛不痛！"桃夭白他一眼，"但想必是不好受的。"

苗管家的脸色越发不好看，因为司静渊说的每个字都是他下意识想逃避的东西。

虽然从头到尾大家都没提那个瞎了眼的凶手到底是谁，但在场的三个人，说不定还包括不在现场的司狂澜，心头都早已有了答案。

暗刀，只能用在最信任自己的人身上——陆夫人最信任的人，总不会是街边卖菜的老李吧，呵呵。

但桃夭跟司静渊都明白，苗管家有多希望那个瞎了眼睛的就是街边的老李或者老张，或者任何一个他不认识的人。

雨越下越大，从船家那儿借来的破伞已然不顶用了，桃夭跳进门去："有人没人都避一避再说吧，雨太大了。"

司静渊拽着苗管家进了门，几人快步走到了离他们最近的凉棚下。刚一站定，旁边的屋舍却传出了开门的声音，一个小姑娘自门后探出半个身子来，手里攥着一把扫帚，慌张地瞪着他们："你……你们是谁？怎的随便闯进别人家中？"

苗管家见了她，往前一步道："那边可是虫虫姑娘？"

那丫头听了，疑惑地走出来，透过雨水辨认了半天，方才恍然道："是苗先生哪？！"

"正是。"苗管家快步跑到她面前，又对跟来的司静渊跟桃夭道："这姑娘是陆家夫妇的丫鬟。"

那丫头忙向他们施礼："见过苗先生及各位，这大雨的天儿，怎的突然来了我家？"她疑惑地看着大门，嘀咕，"大门明明锁上了呀。"

司静渊拱手道："请问这位姑娘……"

"公子不必多礼，喊我虫虫便是。"她打断司静渊，又打量他与桃夭一番，"公子与姑娘是苗先生的朋友？很是面生呢。"说罢目光又落在磨牙跟滚滚身上："莫非小师父也是苗先生的朋友？"

"是的是的，我们都是苗先生的朋友。"司静渊敷衍道，又环顾四周，"就你一人？"

虫虫点头。

"那何必锁门？"桃夭不解。

虫虫叹气道："是老爷这么吩咐的，说不想被人打扰，平日里我们都从后门出入。"说着她又压低声音对苗管家道："您今年来得比往年晚呢，麻烦借一步说话。"

苗管家见她面有难色，只得随她走到一旁。

"虫虫姑娘有何难言之隐？"苗管家问。

她揉了揉眼睛，带着哭腔道："苗先生你有所不知，夫人出事了，当街杀了人，被官府抓进牢里，可不久前有人劫狱，也不知将夫人带去了哪里，生死不知。苗先生你得帮帮我家老爷啊！"

苗管家问："陆澄呢？人在何处？"

"老爷天天出去喝酒，身子一天不如一天，今儿一早起来说头疼，偏小九又回老家探亲去了，我说我陪他去看大夫，他不要我跟去，说自己去就成。这会儿怕是在西边沈大夫的药庐里吧，若已经瞧完了病，那多半就在酒馆里买醉。"虫虫又抹了抹眼睛，"造孽哟……好好的一个家。"

听到他们的对话，桃夭探头过来："你家主人只是头疼？没别的？"

虫虫不解道："没听老爷说还有哪里不舒服啊。"

司静渊指了指自己的眼睛："你家老爷，眼睛还好么？"

虫虫更加不解，反问："公子为何这样问？"

桃夭皱眉："他走路没撞墙吗？"

"姑娘好奇怪，我家老爷又不是瞎子，怎会走路撞墙。"虫虫看着他们，突然有了一丝戒心，"你们到底来做什么？"

苗管家一把摁住虫虫的肩膀："陆澄真的没瞎？"

虫虫吓了一跳："苗先生，您跟老爷这般熟，怎的也这么问我？老爷是出什么事了吗？"

苗管家松开她，司静渊跟桃夭分明听到他不由自主地松了口气。

司静渊与桃夭面面相觑，难道……大家都错了？！

"我知他在何处。"苗管家转身便走，"你们在此处等我，待我寻他回来后再图后计。"

"我也去。"司静渊跟上去，"你一个人我不放心。"

苗管家看着他："大少爷，你的拳脚一大半是我教的。"

司静渊耸耸肩："可你岁数大了呀。"

"年过四旬，尚在壮年。"苗管家叹气，"大少爷，你以后若不想再被二少爷关禁闭，一定不要再乱说话了。"

司静渊吸了吸鼻子，说："岁数大了就难免心软，你以为我是不放心什么？"

"你依然认为是他？"苗管家反问。

"眼见为实，方可安心。"司静渊朝门外努努嘴，"走吧，顺便也带我游览游览这片让你魂牵梦绕的桃花源。"

虫虫不解地看着他们，焦急道："你们到底在说什么呀？夫人已经出事了，要是老爷再有什么三长两短，可怎么得了！"

"担心没人付工钱给你么？"桃夭打量着四周，没有人气的屋宅总是破败得特别快。

"是。我老家的父母还等我送钱供养。"虫虫很老实地回答，"但我来陆家这些年，老爷夫人待我不薄，如今我只希望这个家不要再遭祸事，就算短我的工钱，我也愿意留下来。"她看着眼前的一切，"连我都走了，陆家就真的散了。"

"看你年纪轻轻，倒也是个忠心的人呢。"桃夭笑笑，又对苗管家他们道："走吧。"刚说完，她鼻子一痒，连打两个喷嚏。

司静渊拦住她。

"干啥？"她瞪他，"打算把我撇下自己去吃好吃的？"

"你看看你，跟半只落汤鸡一样。"司静渊又扭头对虫虫道："虫虫姑娘，麻烦你给她找身干衣服换上，还有那小和尚也是，狐狸就绑到你家炉子上烘干好了。"

不等桃夭说话，苗管家道："桃丫头，外头风雨交加，我与大少爷身子骨还算硬朗，受点寒凉无所谓，你跟小和尚就不要随我们奔波了，万一染了风寒，大少爷的马就无人照料了。"

虫虫忧心忡忡地看看天色，又看看桃夭，道："虽不知你们那么着急找老爷回来有什么事，我也帮不了什么忙，要不姑娘你就留下吧，女儿家身子娇弱，不换掉湿衣裳很容易病倒。"

桃夭想了想，说："好吧，我跟磨牙在这儿等你们。"

"乖。"司静渊摸摸她的头，"回头给你带好吃的。"

目送他两人的身影消失在门口，桃夭回头对虫虫道："不必找衣服给我们换这么麻烦了，有劳姑娘备一盆炭火，一会儿衣裳就烘干了。"

"好，我这就去。"虫虫指了指里屋，"你们别老站在外头了，里屋歇着吧，我把炭火给你们端进来。"

"谢啦。"她笑道，又拍了拍磨牙："进去吧。"

磨牙却不安地看着门外，扯了扯桃夭的袖子："应该不会有什么问题吧？"

桃夭撇撇嘴："能有什么问题，只论拳脚的话，苗管家的身手恐怕连柳公子都不是对手。"她顿了顿，半眯起眼睛，"只要对手是人类，他们就不会有问题。"

不多时，虫虫端着炭火回来，招呼他们进屋，还热情地给他们倒上热茶。

"不用招呼我们了，我看你一个人要照料这么大一座宅子也是忙碌。"桃夭客气道，"你该忙什么就忙什么去吧。"

虫虫点头："也好，那我就先去打扫了，之后还要出门去买菜，你们有什么想吃的么？"

"我们什么都吃，不挑食！我吃肉，小和尚吃素。"

"好的……"

○ 2 ○

等到雨停，等到日落，司静渊跟苗管家仍未回来。

房间里，桃夭已经喝了几大碗姜汤，还吃了一堆虫虫做的糕点，连连夸她厨艺好。

"夫人的厨艺才是真的好。"虫虫黯然道，"我是不相信夫人那般温和的人会做出杀人的勾当。"

"陆夫人确实是个温柔又貌美的女子呢。"桃夭遗憾道，旋即转了话题，"连水乡最近真的没有突然瞎了眼的人？"

虫虫笃定地摇头："没有。我天天都要去集市买菜，连水乡不大，来来去去都是熟人，确实没有见着谁突然瞎了眼睛。"她不解道，"为何你们一直在意这件事？"

这跟我家老爷夫人有何关系么？"

桃夭笑笑："算是有关系吧。"

话音未落，磨牙从外头跑了进来。

"如何？"桃夭问。

磨牙摇头："我四周都晃悠过了，看到的所有人都挺好的，跟乡民们的闲聊里也没听到谁瞎了眼睛。"

"哦。"桃夭想了想，笑，"这就有意思了。"

真凶势必要满足两个条件：一是能得到陆夫人绝对的信任，二是要跟苗管家有深仇大恨……

陆澄虽满足条件一，但条件二似乎说不过去。身为司府的左膀右臂，江湖上巴不得苗管家死的人一定不少，但他们又不太可能跟深居简出的陆夫人有瓜葛，如果真凶不在连水乡，查起来就比较麻烦了。

可是，她的判断不应该出错的，除非陆澄真的安然无恙。

虫虫看着窗外，担心道："天都快黑了，怎的苗先生还没回来？该不会是老爷出了什么事……"她越想越不安，回头对桃夭道，"桃姑娘，我出去找找他们。"

"你去哪里寻他们？"桃夭问。

虫虫想了想："老爷不在药庐就在酒馆，我先去集市里的酒馆找，只能是这两个地方了。"

桃夭起身拉住她，笑道："找人的事交给不会做饭的人就好。"

虫虫忙道："桃姑娘，你们对连水乡不熟悉，要不我还是跟你们一道去吧。"

"不不，我们回来还要吃饭的。你也不想你家老爷跟苗先生回来的时候连口热饭都吃不上吧？"桃夭冲她吐吐舌头，"告诉我药庐跟酒馆的大概位置就好。"

虫虫只好点头。

此刻天已黑尽，雨后的空气清新无比，但骤降的温度却把街头本就零星的行人彻底赶回了家。

桃夭赶到集市中的酒馆时，里头一个客人都没有，只有不断抱怨天气的老板。

一番打听之下，老板说今天并没有见过陆澄，且是好几天没见着了，倒是见过她说的另外两个穿着不俗的男子，他们也来问过有没有见到陆澄，得知陆澄并没有出现过，他们便离开了。桃夭问那两个男人是几时离开的，老板说大概是午后。

出了酒馆，磨牙对桃夭道："怕是不妥。"

"说不定人家现在正围炉夜话大吃大喝呢。"桃夭不以为然，"走，去药庐看看。"

连水乡的西边野山连绵，几乎无人居住，方圆数十里内只见到眼前这座挂着"药庐"牌子的院落，院门半开着，里头的屋舍隐有灯火跳跃，并伴随着有节奏的捣药声。

"你同行……"磨牙小声说。

桃夭四下环顾一番，上前叩了叩门环，大声喊道："是沈大夫府上吧？"

不多时，有人自里屋出来，披着衣衫的白发老头子拎着灯笼慢吞吞地到了门口，举高灯笼照着他们的脸："二位来瞧病的？"

"找人。"桃夭笑道，"不知陆夫子是否在沈大夫府上？"

"陆夫子啊，在的，一早就来了。"沈大夫看着桃夭，"姑娘很是面生啊，不是连水乡的人吧？"

"陆夫子是我表叔，小和尚是他表侄，我们专程来连水乡探亲的。"桃夭朝里头看了看，"听说我表叔身体抱恙，一早就来找您，可我在陆家等了半天也不见他回来，既然他还在这里，可否让我探望探望？"

"自然可以。这边请。"沈大夫放下灯笼往里走去，"陆夫子的头疼症有些严重，我为他针灸治疗，耽搁了时间，不过再等半炷香时间即可。"

"陆夫子只是头痛？"桃夭顺口问道。

"不止。"沈大夫摇头，"饮酒过量，脾胃受损，实在太不爱惜身子啦。"说着他又道，"你们来之前，还有两位爷也来找他，这会儿正在病床前守着。"

进了屋，浓郁的药草气味扑面而来，房间很大，但陈设极其简单，除了桌椅床铺药材之外，最多的东西就是书了，几乎塞满了房间里所有可以利用的位置，靠窗的桌上摆放着捣了一半的药，连桌下的空隙都堆满了书本。

磨牙惊叹道："平日里说读书万卷，不过是个虚数，沈大夫家里的书，怕是不止万卷哪。"

沈大夫捋了捋胡子，颇有些自得："除了治病救人，老夫平日里也只得这一个爱好了。"

"想不到小小一个连水乡，竟有沈大夫这般渊博之士，难得难得。"桃夭佩服道，"不知我表叔在哪里歇息？"

"这边请。"沈大夫走到墙边一幅厚重的棉布门帘前，撩起半截道，"陆夫子正在里屋，两位爷也在里头守着，你们可以探看，但千万不要高声喧哗，更不要触到陆夫子身上的银针。"

桃夭自门帘下钻进去，抬头一看，里屋的床上正躺着一个人，床前的凳子上背对她而坐的，看穿着确实是司静渊跟苗管家。整间房里只得角落里点了一盏油灯，昏昏暗暗的，灯旁的香炉里插着一支快要燃尽的香。

磨牙对着面前的两人轻轻喊了一声："大少爷，苗管家！"

沈大夫忙将手指放到嘴上："嘘！都说了小声点，别吵到病人！"然后又对桃夭道："你们看看就出去吧，我去准备一下给陆夫子带回去的药。"言毕便撩起门帘走了出去。

桃夭走到司静渊背后，用力拍了拍他的肩膀，谁知他竟整个歪倒下去，暴露在他们面前的，只是个穿着司静渊衣裳的稻草人，旁边的"苗管家"也是相同模样，被桃夭冷笑着一脚踢翻在地。

磨牙一把掀开被子："坏了，你表叔也是假的……"

"好烦。"桃夭皱眉，"今天的晚饭是赶不上了。"

磨牙赶忙跑回门帘前用力一撩，谁知门帘后居然变成了一堵墙，整个房间顿成一座没有出路的监牢。

桃夭四下查看，确实铜墙铁壁，毫无破绽，连只苍蝇都飞不出去。

"大少爷跟苗管家该不会也中了计了吧？"磨牙立刻放下竹篓，一把将滚滚抱出来护在怀里，紧张道，"房间里会不会有机关？万一有毒箭毒镖射出来怎么办？"

桃夭耸耸肩："那就只能拿你们当挡箭牌咯。"

"我要是死了，你跟柳公子的友情也就死了！"磨牙愤然道。

"今天的笑话是，我跟柳公子是朋友。"桃夭翻了个白眼，"行了，这里没有暗器，不会戳死你的。"

磨牙松了口气："真的？"

"但是，毒箭毒镖什么的，并不是最厉害的机关呀。"桃夭把磨牙拽到身后，目光骤然警惕起来。

突然，一阵隆隆的声音自地下钻出，地面也随之震颤起来，不等桃夭有所反应，好端端的地面突然一分为二，并且迅速向下倾斜，转眼便将他们"倒"进了地下。

桃夭只觉眼前一黑，身体急速下坠，然而她一声没吭，只由头到尾死死拽住磨牙。

这个地方，真是完全败坏了连水乡给她的好印象。

○ 3 ○

桃夭在落地时真切地感受到了什么叫魂飞魄散，幸好拽着磨牙，关键时候拿他跟滚滚当肉垫还是蛮有用的，起码被压得头昏眼花还吐出半截舌头的家伙不是她。

然而还没来得及看清周遭的情况，一道白丝凭空袭来，三两下将桃夭从上到下裹个严严实实，只露出个脑袋，并且转眼间地上就堆起了两大一小三个蚕茧似的玩意儿。

"滚滚！滚滚你没事吧！"磨牙边挣扎边喊。

滚滚拼命扭动身体，努力把脑袋从白丝里钻出来，"唧唧唧"地回应磨牙。

"你问一只狐狸都不问我，我很伤心的。"桃夭边说边打量四周。

"你能有什么事？我跟滚滚差点被你压死！"磨牙费力地说。

"那你们该庆幸我今天还没吃晚饭。"

"……"

此处似是一个天然洞穴，目测有数百尺之宽，石壁上每隔一段距离就凿出一个孔洞，里头摆放着各种形状的会发光的晶石，所以光线不算差，而视线所及之处全部堆满书卷，数量之多无可计数，所谓书海无涯，当指此景了。

桃夭他们所在的空地位于书堆正中，不远处立了一排木质花架，其上鲜花盛放，五颜六色，乍看之下仿若将整个春天挂到了上头。

但现在是秋天——所有的花都以彩纸折成，栩栩如生，连枝叶都可以假乱真。

花架下置有一把高背藤椅，一书生打扮的男子歪头靠于椅背之上，姿态似在小憩，身上青衫半新不旧，怀中抱了一株碧绿剔透的植物，只得一根茎条，不过三尺，弯曲如蛇，枝上有叶，宛如人心，叶下又见大如珍珠的果实，一叶一果，莹润洁白——如果他不是一具骷髅的话，这个场景应该是很美的，鲜花明媚，公子如梦。

看清椅上之人的模样后，磨牙吓了一大跳。

但吓到桃夭的不是穿着衣服的骷髅公子，而是花架旁边另外三个被绑得牢牢实实的"人茧"——司静渊、苗管家一个没少，另一个双眼溃烂的中年男人她没见过，但十之八九应该是……陆夫子？！

司静渊像是死了似的，一点动静都没，苗管家虽睁着眼睛，却也一动不动，仿佛被吞了魂魄似的，桃夭喊了他好几声都没回应，倒是瞎了眼睛的那个挣扎得最厉害，可能是之前已经喊破了喉咙，所以现在喊出来的"救命"微弱到可以忽略不计。

这时，身后突然传来轻巧从容的脚步声。

桃夭费力地回过头，却见个年轻女子提个木桶，另一手上搭了件衣服似的玩意儿，微笑着自暗处走出来，身旁还跟了一只洗脸盆一般大的毛茸茸的白蜘蛛。

看清了来者的脸，桃夭不禁笑出来，道："果真人如其名，虫虫这名字跟姑娘实在太配了。"

几个时辰前还给她熬姜汤做糕点的虫虫，此刻若无其事地走到她面前，笑："本以为能杀得了暗刀的人应该很厉害才是，你们让我失望了。"

磨牙愣住："虫……虫虫姑娘……怎么是你？"

"稍等片刻，待我将衣裳放好。"她冲磨牙笑笑，径直走到花架前，放下木桶，随后将手中衣裳铺到地上，细心地叠起来。

可是这件衣裳真奇怪啊，有脸有手有脚，还有白胡子——根本就是一张人皮，而且分明是那沈大夫的模样。

她一边叠一边说："始终不习惯着男装，还是女装最自在。"说着她低头看了看自己，旋即抬脸向桃夭他们笑道，"这百年来，唯有这身衣裳最得我心，最像他喜欢的样子。"说罢，她自花架下抽出一个木箱，打开，将"衣裳"放进去，盖好，再将木箱推回原位。

"这'穿人'之术你倒修炼得炉火纯青，难怪一点妖气都没有。"桃夭上下打量她，"懂得这个法子的妖怪可不多，谁教你的？"

虫虫微笑道："无人教我。我只是喜欢看书罢了。"

"是吗。"桃夭一笑，"难怪你愿意待在陆家当丫鬟了，整个连水乡，大概只有陆家的书够你读。"

"她是妖怪？"磨牙诧异地瞪着桃夭，"你居然事先一点都没看出来？"

"能修成'穿人'之术的妖怪，比直接化成人形的还厉害。化成人形尚不足以彻底掩藏妖气，把人直接'穿'上去的妖怪，妖气会被完全封闭在'人衣'之下，且只要被穿过一次的'人衣'没有被闲置超过十年以上，就会一直有效，还会跟普通人一样随着时间长大变老。只要这妖怪愿意，它可以不断炼制'人衣'，然后以各种人物的面貌活下去。若无专门照妖的法器在手，别说我了，就是咱家那个人也未必觉察得出来。"桃夭白他一眼，"光知道说我，有本事你去弄个照妖的法器回来啊，还不能是普通货色，得是特别厉害的神器级别才行。"

虫虫走到桃夭面前，蹲下来看着动弹不得的她，眼神里露出几分赞叹："看你年岁不大，竟知道何为穿人之术，是谁告诉你的？"

"我也是从书上看来的。"桃夭笑眯眯道，"我老家的藏书比你家多多了。"

"真的？"虫虫眼睛一亮，"你家在何处？"

"妖孽！"一声爆裂般的大吼，打断了她们之间不合情境的对话。

苗管家不知几时从恍惚中回过神来，双眼因急怒而充血，仿佛要用眼神将虫虫万箭穿心。

虫虫起身，回头不解地看着他："苗先生，为何要对我如此愤怒？你应该痛骂的人，难道不该是我家老爷么？"

闻言，苗管家咬紧牙关，看了看旁边的人，喉咙仿佛被石头卡住了。

"打断一下，我是来晚了错过什么故事了么？"桃夭好奇道。

"哦，就是我家老爷总怀疑夫人对苗先生有私情。"虫虫像是在讲今晚吃什么一样轻松，"十来年前陆夫人怀胎三月之时意外流产，全靠我，哦不对，靠沈大夫才能捡回一条性命。不过说来也奇怪，陆夫子跟夫人向来伉俪情深，陆夫人有喜，本该是天大的好事，可我偏在陆夫人身上发现了残留的堕胎药，听她说那天早上只不过是喝了一碗鸡汤罢了，还是陆夫子亲自给她熬的。此番祸事之后，陆夫人身子受损，再无做母亲的机会，然而陆夫子仍然对她不离不弃，外间无不称赞。堕胎药的事我不曾对任何人说起，不过那次之后，我便对陆家书院有了莫大的兴趣，这十几年间，我换了几次人衣，在他家当过家丁、杂役，丫鬟是当得最久的，因为我毕竟是个女子嘛。"

桃夭一笑："这么说来，虫虫姑娘真是个大忙人呢，一边要在陆家当丫鬟，一边要在药庐里当沈大夫悬壶济世，来来回回地跑不累么？"

"是有点累，但是值得。"虫虫坦白道，"毕竟陆家的藏书那么多，我呢，此生最喜欢的就是书。我去陆家一为读书，二为好奇。因为在我看过的所有书上，都找不到我想要的答案。"

"答案？"

虫虫撇撇嘴："为何陆夫子不要自己的孩子。"

桃夭皱眉："为何你确定是陆澄让陆夫人没了孩子？当时你并没有到他家当差，对他们并不熟悉吧。"

"我跟他讲孩子保不住的时候，他分明是松了一口气的模样，但顷刻又露出十分悲痛的神情。"虫虫笑笑，"我太好奇一个出了名的好夫君为何会对失去的孩子露出那样的神情。所以我决定去陆家。十几年的时间,我到底是找到了答案。"她回头，看着身后那瞎了眼睛的男人，"老爷他是个在所有人面前都温和的男人，他只把所有的怨恨与愤怒都写在纸上，然后烧掉。而我只是在他挥笔发泄的时候，躲在窗外听他笔尖行走时的声音。"

桃夭瞪大眼睛："光是听一下就知道他写了什么？"

"我看书不光用眼睛，用耳朵也可以。而且用耳朵读书更快呢。"虫虫耸耸肩，"他在纸上怒骂夫人水性杨花，跟苗先生藕断丝连，甚至认定苗先生探望故人是假，借机与夫人行苟且之事是真。他身子弱，老早被大夫告知难有子嗣，虽然遗憾，但总比养下别人的野种强。其用词之激烈之恶毒，连我都怀疑奋笔疾书的那个人是不是我平日里见到的哪怕对下人都和和气气的老爷，但确实是他。他大约把所有不能对人讲的怀疑与愤怒都写给了自己，然后付之一炬，装作无事般继续生活。"她笑笑，"所以你看吧，会'穿人之术'的，可不止是妖怪呢。"

"暗刀是你给他的吧，如何使用也是你教的？"桃夭的视线移到那骷髅公子怀中的植物上，仔细看去，这玩意儿哪里是被抱着的，分明是从那堆白骨中长出来的，"你在他身边十几年，也知道他心思如何，为何现在才唆使他下杀手？"

"我对杀人并无任何兴趣。"虫虫慢慢走到骷髅公子面前，手指轻轻抚过那片白骨，"又是一个十三年罢了。暗刀十三年结果一次，以血肉灌溉之，方可生生不息。既然老爷内心那么恨夫人与苗先生，哦，还有那个刘夫子，恨到想他们死，我索性以沈大夫的身份，找个借口将暗刀与使用的方法交给他。但我也说过，世间仇怨本寻常事，是放人一马还是杀之后快，在他。而结果跟无数个十三年前一样，所有得到暗刀的人，都没有选择放弃。"她俯瞰着躺在地上的所有人，"原本只要是个活人都可以，但我习惯拿用过暗刀的人做灌溉之用。既然我帮他们偿了心愿，再拿他们的血肉供养暗刀，也不算过分了。"

磨牙急了："那你将我们骗来做什么？我们又没有用过你的暗刀！"

虫虫一笑："明明是你们自己找来的，你们本可以置身事外。"

突然，苗管家的笑声充斥了整个洞穴，他一边笑一边说："置身事外？我一直以为我置身度外便可一切安好，可原来我从来就身在其中。"他看向身旁的陆澄，隔了许久才说："你救过我的命，真想讨回去，说一声便是，何苦牵连晓镜。"

陆澄闻言，原本半死不活的他，突然激动起来，嘶哑着声音道："你敢说你不是因为嫌弃她卖身青楼才拱手相让！你敢说你跟她没有私情！她从来就没有放下过你，你送给她的所有东西她都当宝贝似的留着，人在我这儿，心不在。你当我是什么？替你收留'食之无味，弃之可惜'的鸡肋的傻子么？"

字字如刀，血肉模糊。

"原来……你一直这样想。"苗管家长长叹了口气，浑身散架似的躺了下去，情不自禁地又笑起来，笑着笑着，一滴眼泪顺着眼角落下来。

虫虫见状，叹息："你们被这样的人连累，也实在是可惜。当突然瞎了眼睛的陆澄让虫虫去找沈大夫来时，我可是相当吃惊的。因为这么多年来，能杀死暗刀的人，只有你们。我断定以你们的本事，定会寻到陆澄这里，所以我一直在陆家书院等候，实在好奇你们究竟会是怎样的人物。"她不无遗憾道，"不过我有些失望，你们没有我想得那么厉害，唯一的麻烦是本以为能将你们一网成擒，谁知你们分头行动，害我得找借口溜到药庐去，先将两位爷收拾了，再回去给你们熬姜汤，然后又得抄近路赶在你们前头到药庐等着，把我给忙得呀……不过还好，一个都没落下。"她顿了顿，直言，"为免后患，抱歉，不能留你们性命。"

话音刚落，她突然俯身掐住陆澄的下巴，将一颗深紫色的药丸塞进他口中。

"你干什么？！放开他！"苗管家见状大吼。

"虽然真正的沈大夫几十年前就做了我的衣裳，但我的医术是真的，我不光是穿他们，而是成为他们。我从书中得到的一切，足以令我应付任何一个角色。"虫虫放开陆澄，"片刻之后，世上再无陆澄。"

"你……"苗管家拼命挣扎，似乎要用尽内力挣断身上的白丝。

"雪儿吐的丝，火都烧不断，你再这样用蛮力，只会伤了自己。"虫虫认真道，"你为这里任何一个人拼命我都理解，但这些人里不应该包括陆澄吧。就算我不杀他，你也不该放过他。有仇报仇，有怨报怨，我看过的许多书上都是这样讲的。"

苗管家咬牙："就算是仇人，他也是我的仇人，你无权替我处置。"

那头，吞了药丸的陆澄拼命咳嗽，并且想把药丸呕出来，但为时已晚，须臾之间，只见他面色骤红，整个人自五官开始迅速融化，很快便成了一摊血水。缠绕其上的蛛丝垮塌下来，触目惊心的鲜红渐渐将它染成了同样的颜色。

一条人命可以以这么迅速惨烈的方式消失，即便这个人是罪有应得的凶手，也足以令在场所有人倒吸一口冷气。

虫虫若无其事地将地上的蛛丝捞起来，走到带来的木桶前，像对湿衣服一样耐心地拧起来，整个洞穴中一片死寂，只听到木桶中传来的"滴滴答答"的声音。

拧干之后，她拎起木桶走到骷髅公子身旁，又自花架旁取了个浇花用的木勺，慢慢在木桶里搅动，然后小心舀起来喂到骷髅嘴里，边喂边说："你们也不必恐惧，他一个人已足够之后十三年的养分。"

"难不成你想活活饿死我们？"桃夭瞪着她。

"我不想杀你们，但你们又不能活着。"虫虫很真诚地为难着，"要不你们先留在这里，等我回去再看看书上有没有提起这种情况的处理方法。"

桃夭冷笑："你懂得栽种养护暗刀，懂得使用方法，你修成别的妖怪可能连听都没听过的穿人之术，你不论当医生还是当丫鬟还是当任何一个角色都得心应手，这一切，都拜你的爱好所赐。你自世间无数书本中得到深厚的知识与见闻，你以为身在小小的连水乡就足以了解整个世界。"她顿了顿，嘴角一扬，"不愧是妖怪'百知'啊。"

虫虫一愣："你居然知道我？"

"我也爱看书嘛。"桃夭吐了吐舌头，"我看过的一本书上说，世有奇妖，自书本出，体微如蝇，扁似叶，四足各生一目，天性聪慧，以读书为乐，过目不忘，耳听则明，寿长，得之可晓百万事，故称百知，罕有。"

虫虫诧异道："你看的是什么书？"

"不告诉你。"桃夭笑道，"总之是一般人连听都没听过的书。"

虫虫没有作声，将最后一勺"养料"喂到骷髅嘴里之后，才走到桃夭面前："告诉我书名！"

"果然是个书痴啊。"桃夭朝她挤挤眼睛，"总得有个交换的条件吧？总不能我告诉你书名，然后你还是把我饿死吧。"

"我不能放你走。"虫虫断然道。

"那不如放了那小和尚吧？"桃夭认真道，"反正你也懂医术，把他毒哑了就是，何必伤他性命。"

"桃夭你疯啦！"磨牙惊慌道，"我哑了还如何诵经！"

"你死了更不能诵经啊。"

"都什么时候了你能不能正经一点！"

"我什么时候不正经了！"

"那你倒是想个不用死的法子啊！"

"我想了呀，可你不愿意嘛！"

两个人居然在生死关头吵了起来，虫虫不由得捂住耳朵喊道："你们不要再吵了！一个都不能走！"

"不行，我今天非要骂醒这个小秃驴！"

"你叫我秃驴？嘴这么坏一定嫁不出去！"

"死秃驴你敢咒我！"

就在他们吵得不可开交的瞬间，一道明晃晃的细线出其不意地从虫虫背后袭来，紧紧勒住了她的脖子——那是只着了中衣的苗管家，不知何材质制成的细线自他指上戒指里抽出，成为此刻唯一能钳制住虫虫的武器，以他轻易就能断掉铁锁的本事，只要稍微一用力，虫虫立刻身首分家。

"雪儿！"虫虫大喊。

但她的雪儿显然没有机会来替她解围了，因为它正跟滚滚打得难分难解。不断吐出的蛛丝被滚滚灵巧地避过，每一次闪躲，蜘蛛身上都会多一道深深的爪痕，不消片刻，滚滚连撕带咬，竟活活要了这家伙的性命，肠穿肚烂八脚朝天地躺在一大堆无用的蛛丝里。滚滚旋即又跳到司静渊身上，火都烧不断的蛛丝，却在它的牙齿下不堪一击，滚滚毫不客气地拿出啃芝麻糕的速度，眨眼间便将缠在司静渊身上的蛛丝咬个稀巴烂，而滚落出来的司静渊仍然跟死了一样，趴在地上一动不动。

这只完全被她忽略掉的狐狸，什么时候离开了她的视线，又是什么时候挣脱了蛛丝？

虫虫脸色大变，旋即身子一软，竟整个躺在苗管家身上，同时一个小小的白影自她耳朵里一闪而出，瞬间逃进了书堆之中，而虫虫则像泄气的皮球一样蔫成了一张人皮，软软滑到地上。

苗管家下意识松开手，退后一步，顾不得其他，立刻收了铁线跑到司静渊身旁，将他扶在怀中连声喊道："大少爷！大少爷！"但随他怎么喊怎么晃，司静渊都没有任何反应。

桃夭边拍打着身上的蛛丝边跑过来，蹲下摸了摸司静渊的额头，又摸了摸他的脉搏，啧啧道："这家伙身体也太弱了，居然被蛛丝勒晕了，连我们家滚滚都比不上。"

苗管家双眉紧锁，四下环顾："那妖怪跑了？"

"肯定得跑啊，百知擅文不擅武，没了她的雪儿帮忙，哪能是你的对手。"她又指了指自己的脑袋，"它最厉害的地方只在这里，实在是储备了太多东西。不但能读，还能学。"她又回头看了那蜘蛛一眼，"养出暗刀，还弄来雪蜘蛛当手下，并且连穿人之术都被它学会，也是相当厉害了。"

"只是看书，就能这么厉害？"苗管家半信半疑。

"百知本就是从书里生出来的妖怪，对书中所载文字的悟性，无人能及。"桃夭直言，"换作寻常人，你就是把栽种暗刀的方法摆到他面前，他也未必能领悟其中关键。"

苗管家神色凝重："人不可貌相，不曾想妖物也是如此。"

那一头，磨牙喘着大气，把滚滚搂在怀里连亲了好几口："以后看谁再敢骂你只晓得吃！"

"如何做到的？"苗管家问。

"那你得问滚滚。"桃夭撇嘴。

磨牙抱着滚滚跑过来，见躺在苗管家怀里的司静渊，急道："大少爷怎么了？"

"晕了,没事。"桃夭拧了拧滚滚的耳朵,"不错啊,长出息了,回去给你加鸡腿。"滚滚得意地晃了晃脑袋,"唧唧"叫了两声。

"可吓死我了!"磨牙摸着滚滚的脑袋,心有余悸道,"我一早就发现滚滚在偷偷啃蛛丝,并且能啃断,然而百知只顾着跟你们说话,压根没把滚滚看在眼里,所以即便滚滚趁她去喂骷髅时滚到了书堆间的缝隙里,她也没留意在场的几个'茧子'里少了一个小的。之后我故意惹你吵架,本想着是替滚滚制造安全离开的机会,谁知这小家伙不但不跑,还趁机去解开了绑着苗管家的蛛丝,居然还把蜘蛛咬死了。这是我完全没料到的。毕竟,滚滚平日里确实只知道吃……"

"莫说百知,连我都没发觉它不见了。"桃夭站起身,四下环顾,心思全放到了另一件事上。

"赶紧离开此地是正经。"苗管家将司静渊架起来。

"出去……"桃夭的目光落在那骷髅公子身上,自言自语道,"恐怕还是得让主人带我们出去才最方便安全啊。"

说罢,她的手指落到骷髅怀中的暗刀上,从叶子轻抚到果实,又道:"多好看的植物,若只是拿来观赏该多好。"话音未落,一片叶子连带着一颗果实被她掐下来扔到地上,一脚踩得稀巴烂。

磨牙见状,连连点头道:"对,不管怎样,先毁了这害人的东西再说!"说完便凑上去,学着桃夭的样子折断了一叶一果,狠狠踩碎。

"你们这又何必。"苗管家暂时放下司静渊,"与其一片一片掐,不如连根拔起,放着我来吧。"

此时,空中突然传来一个惊惶的声音:"不要!"

一团比黄豆大不了多少的白光从高高的书堆后飘出来,缓缓落到他们眼前。

4

百知确实太小了,得非常仔细才能看清楚它的真容。如桃夭所言,它就是一只白色的小虫子,身子扁得像片树叶,只有四条腿,但每条腿上都生了一只像人眼的大眼睛。说话的声音也小,细细的像个害羞的姑娘,刚刚那声"不要",不知用了多少力气才能让大家都听到。

"不要毁掉它。"它哀求,"只要你们答应,我立刻送你们出去。这里有我布下的各种致命机关,只有我知道安全出去的方法。"

"留下它，你还会祸害更多人！"苗管家强压下心头的愤怒。

它沉默片刻，说："你们本事这么大，应该早知道暗刀只能用在最信任自己的人身上。换言之，就是把最信任自己的人往悬崖下推。能毫不犹豫使用暗刀的人，本身就是祸害。"

"那那些被暗刀牵连的人又算什么？"磨牙反问，"比如陆夫人，比如虽然讨厌但是罪不至死的刘夫子，还有那些我们不知道的被利用的受害者，他们也是祸害吗？"

它想了很久，说："书上说过，'一个巴掌拍不响'，如果自己真的一点问题都没有，别人又怎会无风起浪？"

"又是书上说的……"磨牙又气又无奈，"难道这么多年你都没有学会用自己的眼与心去了解这个世界吗？"

"世上所有的智慧与知识，都在书本里。"它笃定道，"我不需要像那些目不识丁的人一样，用什么'走万里路便是读万卷书'这样的笑话来掩盖自己的无知。今天我是输了，但是是败在自己的疏忽与你们的蛮力之上。单论才智，你们不是我的对手。"

"凭什么如此自信？"苗管家拿出极大的克制力，才没有一巴掌拍死它。

"纵然给你一件大夫的人衣，你也做不了大夫；给你一个洞穴，你也无法将它打造成精密的堡垒；给你暗刀的种子，你也无法将它栽种成功。"它一字一句道，"我想完成一件事，就一定有完成它的能力。"

桃夭一笑："刚刚不是还在哀求我们么，怎的一下子又看不起我们了？"

"因为我仍有同你们交易的资本。"它认真道，"我再说一次，只要你们肯放过暗刀，将我们之间的事一笔勾销，我保你们安全离开，绝不食言。"

"你既说过对杀人没有兴趣，那为何非要留下暗刀。"桃夭看着它，"若喜欢花草，大可以种点别的嘛。"

它沉默良久，道："我已经养了它一百三十年，等到第十三个十三年到来时，我或许会考虑你的建议。但现在不行，我不能功亏一篑。"

桃夭挑眉："十三个十三年？"

"书上说过，凡能生出暗刀的尸骨，待暗刀结果十三次后，白骨生血肉，逝者可重生。"它缓缓道，"我只是要他活过来。"

他？！

众人俱是一愣。

捌·百知

所有人都下意识扭头看向骷髅公子时，却被吓了一大跳，磨牙反应最大，跳着脚指着骷髅公子大喊："滚滚你干什么？！"

不知几时从磨牙怀里跳出来的滚滚，正相当开心地坐在骷髅公子身上，拔萝卜一样把暗刀自骷髅公子的心口上"啵儿"一声拔了出来，还放到鼻子下嗅了嗅，随即十分嫌弃地扔到了地上。

断了根的暗刀迅速枯萎下去，颜色由绿到灰，很快便成了一堆轻飘飘的枯枝残果，无力地蜷缩在地上。

空气仿佛凝固了。

不知过了多久，桃夭擦了擦额头上的汗，指着跳到磨牙头上的滚滚："你的鸡腿……取消了。"

然后才是一声绝望的尖叫。

百知疯了一样扑到地上的残枝之中，然后又扑到骷髅公子身上，如是反复，却什么也挽回不了。而一直笼在它身上的白光，却渐渐变得血一样红。

见状，桃夭面色一变，忙招呼所有人后退。

"我都说了放过你们……为什么还要毁掉它……"它落在骷髅公子的心口上，语无伦次地喃喃，"只差三个十三年了……三个而已了……什么都没了，就算再找来一颗暗刀的种子，也种不上了……一个人只有一次机会……"

桃夭警惕地盯着它，然而它除了在骷髅身上自言自语，并没有别的动作。但是，四周的温度却在不知不觉间迅速升高，四周的书山之上竟隐隐透出异样的红光，有如被烧红的铁。

满头大汗的磨牙紧张地扯住桃夭的衣袖："滚滚是不是闯了大祸？"

"它没做错，只是没选对时间。"桃夭皱眉，"百知由书而生，它怕是不想活了，要拼尽妖力把这片书山变成火海，跟我们同归于尽。"

苗管家咬牙："待我杀了这妖孽！"

"它活着，尚有可能熄了这场火，若杀了它，它临死前一刹所爆发的力量足以立刻让这里变成烈火炼狱。"桃夭边擦汗边说，"它算是力量与身材最不匹配的妖怪之一了。"

"那怎么办？"磨牙急道，"当着它的面把滚滚狠揍一顿能不能让它平静下来？"

桃夭答："你把滚滚大卸八块也换不回那株暗刀。"

苗管家将司静渊推到桃夭怀里："一定有出口，我去找，大少爷你看好了。"

桃夭一把拽住他："不要白白送死，这个洞穴里不光有快烧起来的火，还有百知设下的各种机关。"

"总不能白白等死。我答应过老爷夫人,有生之年必要护两位少爷周全。"苗管家攥紧拳头,"就算用撞的,我也要撞出一条路来!"

十万火急之时,突然有人叹了一口气——年轻男子的声音。

"丫头……"轻微的"咔咔"声中,骷髅公子抬起手来,惨白的指尖轻轻落在百知身上。

百知的喃喃自语戛然而止。

骷髅公子缓缓坐起来,顺势将它捧在手心里,轻声道:"傻丫头,不用再等三个十三年了。"

"承怀?"它愣住。

"是我啊,许承怀。"骷髅公子的声音温柔如春日细雨,"丫头,好久不见。"

百知身上的光华渐渐又回到了白色,差一点烧起来的书山也随之恢复了正常,温度也迅速降下来。

桃夭松了口大气。

尾

全世界仿佛只剩下了骷髅公子与妖怪百知。

花架前,骷髅公子仰头看着那些精心制作的假花,轻声道:"我最喜欢的花,你都还记得。"

"不可能忘记。"百知停在他肩头,"你喜欢的花、喜欢吃的东西、喜欢穿的衣裳,我一件都没有忘记。"

骷髅公子笑出声来:"对,我差点忘记你是一只百知,连千万卷书都能记住,何况我这些琐事。"

"那些不是琐事。"它纠正。

"好好,你说不是就不是。"骷髅公子宠溺地说,旋即打量四周,"你就住在这里?"

"不,除了来看你,我都住在上面。"它说,"这么些年,我一直不曾离开连水乡。连你以前的故居,我也好好地照料着。"

"我们以前住的地方还在?"骷髅公子惊喜道,"能带我去看看么?"

"当然。"它毫不犹豫道,"此处的出口,便是我们的老宅。"

"当真?!快带我去!"

桃夭与苗管家面面相觑，磨牙抱着滚滚不知所措，自打这骷髅公子活过来之后，在百知眼中，他们几人便跟隐形了似的，不再引起它半分的关注。

当骷髅公子从他们面前经过时，又道："这些人也放出去吧，虽然他们看起来惹人嫌弃，但若不是他们歪打正着拔了暗刀，我怕是不能提前醒来呢。"

"好。你说放，我就放。"它领着骷髅公子走到西面的书堆前，不知按动了什么机关，东面的墙上竟开出一道门来。

"走吧。"骷髅公子高兴地朝那头走去，经过桃夭身边时，他停下来，两个黑洞洞的眼眶死死瞪着她的脸，以警告的口吻道，"以后不要再来找我们的麻烦，否则，我自有办法让你只剩半条命！"

他把"半条命"三个字说得特别重。

桃夭心里"咯噔"一下，但立刻若无其事地清了清嗓子，道："既然暗刀已毁，我们要找的凶手也被你的丫头弄得死无全尸，这一页就算翻过，以后各行各路。说得就像谁愿意跟你这个骷髅男有瓜葛似的！"

"那就好。"骷髅公子正要离开，又回头道，"我有名字，我叫许承怀。"

桃夭白他一眼，直到他跟百知消失在门后，她才敲了一下磨牙的光头："还愣着干啥！走啊！"

"这就结束了？"磨牙揉着脑袋，"是不是哪里出了问题？我怎么觉得事情发展得不对头呢？"

"我们抱在一起被烧成灰才叫对头？让你走就走，哪儿来那么多废话！"

"桃丫头，我怎么觉得……"

"哎哟苗管家，好不容易捡回一条命，赶紧把大少爷背出去吧，天大的事出去了再说。"

在桃夭的催促下，一行人快速踏上门后的石阶，不消片刻，在迎面而来的光亮中，他们越过石阶顶端的暗门，再看四周，竟是一座陌生房舍中的厅堂。房间虽然老旧，却收拾得一尘不染、清新雅致，窗外阳光正亮，树影婆娑。那自称许承怀的家伙，正站在窗前，怔怔地看着外头的景色。

百知依然停在他的肩头，说了一声："你们走吧，后会无期。"

"哦，好吧。"

桃夭撩了撩额前的碎发，腕上的金铃随着她的动作发出清脆的声音。

百妖谱
玖·风果

楔子

桃花人面皆不见，相识何如不相识。

◦ 1 ◦

"叮铃铃，叮铃铃。"

阳光轻漾，秋风穿叶，配上清脆的铃声，窗口如画框，刚好框住一派秋日午后的好景色。

"行宫见月伤心色，夜雨闻铃断肠声。"一直立于窗前不曾回头的许承怀忽然念出了这两句，"姑娘腕子上的金铃，声音很是动听。"

你若知道这铃声是催命之音，怕就不会觉得好听了……磨牙又尴尬又紧张地望着这位不知轻重的骷髅公子。

"啧啧，不知该夸你腹有诗书还是骂你不会说话。"桃夭笑看着自己的铃铛，"把我如此乖巧可爱的金铃铛都说晦气了。"

骷髅公子分明笑出了声，旋即转过身，空洞的眼眶对着桃夭："姑娘不如别急着走。"

"承怀，"他肩头的虫虫不解道，"他们要走便走，何故挽留？"

"嘘……"他做了个噤声的动作,"我只是有件事总也想不起来,多一个人,或许能多一个帮我记起来的机会。"

桃夭打量着他,笑嘻嘻地指着自己:"我长得很提神么?"

"不够美貌,但看着很喜庆。"骷髅公子诚实道,"多看看你那张提神的脸,兴许我便想起来了。"

桃夭立刻垮下脸来,横抱着手臂道:"想记起啥?活着时有几个老婆还是临死前私房钱藏哪了?"

磨牙暗自叹气,起了杀心还能胡说八道的,大约也只有她了。

"都不是。"骷髅公子忽然朝她走过来,停在一步开外的地方,微微低下头,正视她的眼睛,"我想不起自己是怎么死的了。"

此话一出,满室俱寂。

桃夭愣了好一会儿才"哈哈"笑出来:"这事重要么?"

"重要。想不起来我会很难受。"骷髅公子又扭头看向自己的肩膀,"丫头,你可还记得?"

虫虫叹气道:"怎会不记得……"

"真的?"骷髅公子忙将它捧到手心里,急急道,"快告诉我,我是怎么丢了性命的?"

虫虫想了想,说:"你素来身子弱,常染风寒。那年秋天,你失足落入外头的荷塘之中,幸好我及时将你救起,可你还是寒气入体一病不起,最后……死在我怀里。"

骷髅公子沉默片刻,又问:"那荷塘……还在吧?"

虫虫道:"在呢,连水都不曾少一滴。"

"还在啊……"骷髅公子缓步往房门走去,"我去看看。"

桃夭正要跟出去,却被苗管家挡住:"此物诡异。"

"不怕。一副骷髅能闹出多大的事。"桃夭笑笑,朝他背上的司静渊努努嘴,"不如你们先行离开,剩下的事,交给我们便是。"

"可我担心那妖孽……"

"没事。"她狡黠地一握拳,"乱来的,会被我捏死。"

苗管家皱眉:"我先把大少爷带出去安置妥当,再回来找你。放你们几个在这里,我不安心。几个人出来,便要几个人回去。"

"快把这家伙带走吧,不必回来找我们。"桃夭冲他一吐舌头,"就冲着这个月

玖·风果

的工钱还没领，我怎么也得平平安安。"

苗管家哭笑不得，叮嘱了一句"万事小心"后，便背着司静渊迅速离开。

他行走江湖多年，刀光剑影习以为常，人头落地不皱眉头，再凶险的事都扛了过来，身上伤痕无数，深深浅浅，但再深的伤，也没有哪条能伤到心里去。唯独这次是例外，身体没有遭受半分损害，但偏偏伤得最重，到现在心口还隐隐地疼着。

如果可以，他此生都不想再回到这个地方，甚至连回头看一眼都不想。

见苗管家带着司静渊离开，磨牙望着桃夭，压低声音问："不能留了？"

金铃过处，片甲不留……从无哪次是例外。

"此妖危险。"桃夭收起笑容。

磨牙皱眉："因为它知道太多？"

"知道太多？"桃夭撇撇嘴，"就是什么都不知道才危险。"

磨牙一愣。

桃夭径直走出房门，来到后院的荷塘边。

枯败的荷叶与草枝颓丧地漂在发黑的池水上，午后的阳光也挽救不了这里的死气沉沉。

骷髅站在荷塘边，沉静得像一座雕像。

桃夭走到他身旁："这可不是赏风景的好地方，一潭死水。"

好一会儿，骷髅方才缓缓道："那年秋天很冷啊……池水更冷……"

虫虫停在他的掌心里，轻声道："还是进屋去吧，过去的都过去了，何必再想起来。"

"有的事，必须要想起来。"骷髅说罢，突然攥紧了虫虫，旋即整个人往荷塘里倒下去。

"承怀！你！"虫虫大叫。

"喂，你干什么！"桃夭也大叫，因为骷髅倒下去的瞬间，也拽住了她的胳膊。

"扑通！"水花四溅……

○ 2 ○

"哗啦。"

一块石头被扔进水里，水花过后，平静的荷塘荡起一圈圈涟漪。

许承怀站在窗前，手里擦拭着一只精致的银杯，桌上摆着另一只已经擦好的，两只杯子是一对儿，杯身上都刻着并蒂莲，这是他特意给自己与莲歆的交杯酒准备的，花了不少心思请师傅打造而成。

三天后就是他的婚礼，而他已经幻想了无数次莲歆乘着花轿来到家门口，在欢天喜地的乐声中被他牵进属于他们的新生活的场面，甚至想好了他们要生两个孩子，一儿一女，连孩子的名字他都想好了。

想他一个家无祖荫、身无长物，只晓得读书写文章的穷书生，也不知哪辈子修来的福气，竟能与莲歆这样好的姑娘共结连理。

三年前，他在集市上摆摊替人写书信，风大，信纸吹得满天飞，他忙着去捡，又不小心打碎了砚台，墨汁把他新买的衣裳染得一片狼藉，路过的好事者纷纷窃笑，说果真百无一用是书生，连几张纸都抓不住。正狼狈时，有人来帮忙，穿着朴素的清秀姑娘把拾起来的纸叠在一起，还细心地拂去上头沾染的尘土后递给他，笑吟吟道："春风顽皮，公子今后万不能大意。"

蹲在地上的他，抬头见了她的脸，说什么春风顽皮，她的声音她的笑，就是此生见识过的最怡人的春风。

此后，莲歆但凡路过集市，十之八九会"无意"地经过他的小摊，从最初的互相点头问好到之后的闲聊三两句，两个年轻人的相处在平淡而舒适的气氛里慢慢默契起来。

起初，莲歆总以找他写信给远方的亲戚为由，在他的小摊前尽可能地多留些时日。可不久后他发现，莲歆并非那些目不识丁的乡野女子，她不但识字，还念过不少书，他随口一句诗词，她都能接上下一句。莲歆的父亲是个账房先生，难得的是眼里并非只有银钱，虽非富贵之家，但对唯一的女儿也是视为掌上明珠，不但吃穿上不亏待，还教她读书识字，说女儿家光会针线还是不够的。

不过，当他拆穿了莲歆的"谎话"之后，姑娘只是含羞一笑，说了句自己的字不及他写得好看，便化解了尴尬。之后的日子，莲歆几乎成了他最贴心的帮手，生意好的时候，她帮他洗笔研墨，有时还要耐心地一遍遍安抚耳朵不好使、脾气又急的老头老太太们，也不知是她脾气太好还是天生讨人喜欢，自打她到他身边帮忙之后，来找许承怀的客人们渐渐多起来。

忙碌之余，他的视线总会情不自禁地追随她的每个举动，真是喜欢她在自己身边的感觉，无需多余的嘱托，只要一个眼神的交换，她立刻会意，事无巨细，统统打理妥当。说来她并无绝世之貌，小家碧玉、普普通通，但与她相识的时间越长，他越肯定只有身边这个女子能给他细水长流的幸福。

时光如白驹过隙，相识一年多之后，终到了谈婚论嫁的这一天。莲歆父亲素来开明，并不嫌弃许承怀无父无母无家业，倒是很欣赏他的才情与淡然良善的性子，觉得有这样一个女婿也很好，难得的是女儿与他两情相悦，还有什么比这个更要紧。于是，婚期很快便定下来。

好在还有这间祖宅，虽有些老旧了，但细细打扫一番，再挂上红绸红灯笼贴上红彤彤的喜字之后，倒也有了让人期待的新气象。

三天之后，这里就有女主人了。

许承怀擦着杯子，嘴角情不自禁地扬起来。

"扑通！"

又一块石头砸进了荷塘里，动静把刚刚停在树枝上的鸟儿都吓跑了。

他从习惯性的甜蜜畅想中回过神来，对着窗外喊了一声："虫虫，你若是闲得慌，帮我去胡婶那儿看看，若被套绣好了便取回来。胡婶拍胸口说过今天能完成。"

坐在荷塘边扔石子的小姑娘回过头来，懒懒地说："晚上再去吧。胡婶的手脚出了名的慢，现在去怕要白跑一趟。"

"那你过来，帮我一道整理整理柜子。"

"哦。"

小姑娘起身，拍了拍屁股上的泥土，慢悠悠地朝屋子这边走过来。

所有认识许承怀的人都知道，他还有一个小名叫虫虫的妹子，与他相依为命。

许承怀虽是一介穷书生，但并非那类只喜关在家中读书的呆子，身家虽不丰厚，但也以游走名山大川为人生乐事，多少怀着一颗闲云野鹤的心。经常在赚到些钱后便踏上旅程，盘缠用尽了，又随遇而安地在当地寻个差事，替人卖字画，教孩童读书认字，甚至在酒馆里跑堂，他都做过，只要赚够下一程的旅费，立刻踏上行程。

漂泊不定的日子过了好些年，终于，三年前他到底是回到了老家连水乡，安安分分地待在了爹娘留下的祖宅里。不过，随他回来的，还有虫虫。他跟大家说虫虫是他亲妹子，当年生活困难，母亲在生下虫虫后便将她送给了远房的亲戚，此番他路过外乡，机缘巧合下与妹子相认，且亲戚一家的日子也十分艰难，他索性将虫虫带回老家，兄妹二人再不分离。

其实是个漏洞百出的谎话，但谁也没心思去在意一个穷书生家里少一个多一个妹子，毕竟世道越发乱起来，自顾尚且不暇，哪还管得了别人家的事。

许承怀确实是独生子，没有妹妹。

他与虫虫，是在离家乡千里之外的辰州相遇的。

四年前的初春，大约是他最倒霉的一段时间。刚到辰州不久，他仅有的盘缠便被贼人扒走，偏又在这时染上了风寒。半死不活地晕倒在街头时，他被一个出来化缘的老和尚救了，对方还将他带回庙里休养。

他感念和尚的救命之恩，病好之后也没有立即离开，而是主动留在庙里做些挑水洗衣的粗活儿，有时也帮忙抄写经书。且这座庙算是当地大庙，有上百僧众不说，还有一座据说由皇帝亲笔题字的藏经阁，九层高塔里收满了佛经与各朝各代的名著典籍。

他喜欢游历，同样喜欢读书。这藏经阁于他而言，简直是一座难得的宝藏。在征得住持的同意之后，他在做完自己的工作之余，可以留在藏经阁中饱览群书。

怕是再没有比这里更好的读书环境了，青灯古佛，无欲无求。

小半年时间里，他大约读完了第一层的一半藏书，且他是真心爱书之人，连翻书时都小心翼翼，生怕弄坏弄皱哪怕一页，读完之后必要用袖口在封面上掸一掸，方才端正仔细地放回原位。

但百密也有一疏，尤其是遇到运气又恰恰不太好的一段时日。

那晚，他点着油灯在藏经阁一层的角落里读书，确实是本好书，读得他如痴如醉，直到凌晨才翻过最后一页，读完之后他还忍不住掩卷沉思。突然松懈下来的脑子偏在这时走了神，他竟稀里糊涂地睡了过去。也怪他倒霉，一只小老鼠窜出来，碰翻了油灯。

很快，火苗在书架底下蔓延开来，一本书接着一本书燃起来。

他睡得极沉，竟无丝毫察觉。

"快起来快起来！着火了！"一个尖尖细细的女子声音在他耳朵里炸开来。

他脑子里"嗡"的一声，猛睁开了眼，旋即吓出一身冷汗，赶紧脱下外衣扑打火苗。幸好醒得及时，只是四五本书烧起来，三两下扑灭，未酿成大祸。

他擦着冷汗喘着气，心有余悸地坐在地上。

突然，他心下一惊，这个时候的藏经阁里，除了他绝不会有别人……那刚刚，是谁喊醒了他？那声音如此逼真，断不是做梦。

"是谁？谁叫醒了我？"他有些慌张，四下看去并无人影。

"以后还是不要看书看到深夜吧。不然藏经阁被烧掉的话，你就是千古罪人了。"一团微小的白光，从书架高处缓缓落下来，停在离他一尺之遥的地方。

他捂住嘴，身子往后一仰，却不料脑袋重重地撞在书架上，疼得他"哎呀"一声喊出来。

半空中传来"嗤嗤"的笑声："果然是个不聪明的人，难怪差点把这里给烧了。"

他捂住后脑勺，又惊又疑地问："你你……你是何物？怎的会说人话？"

白光不以为然道："我也是在这儿看书的。"

他咽了咽口水，结巴着问："你……你是鬼还是妖？"

"反正不是会把这里烧掉的笨蛋。"白光停在他旁边的一本书上，渐渐收了光芒，细看之下，却是一只如蝇大小的虫子，身体扁得像一片树叶，四只脚。

居然只是一只小虫子……他竟松了口气，但马上又提起心来，世上哪种虫子能说人话？！这分明还是妖怪啊！

"你……"他指着它，"果真是妖？"

"是啊。"虫子坦白道，"你姓许是吧？我听到和尚们喊你许施主。"

"是……我叫许承怀。"他脱口而出，旋即又有些后悔，听说有些妖怪若知道了人类的姓名，便能用妖术做出各种伤害对方的事情。

"许承怀……"虫子反复念了几遍，"挺好的名字，跟你这个人一样平平无奇。"

"你究竟是什么？"他依然忐忑不安。

"妖怪，百知。"虫子回答。

得到了肯定的回答，他倒吸了一口凉气："百知？你的名字是百知？"

"以你的才智与见识，应该是没有听说过的。"虫子不客气道。

"我确实没有听过你的大名。"他竭力平静下来，"我第一次看见活的妖怪。"

"说的好像你见过死的妖怪？"

"只是一种比喻。"

"这也不是比喻呀，我第一次看见像苍蝇一样的妖怪，这个算比喻。"

"我只是表达我的惊讶。"

"这并不是表达惊讶最好的方式。"

"等等，我们到底在谈论什么东西？"

人类对妖怪的恐惧，居然化解在一场奇怪的争论里。

他对所有人保守了秘密，关于藏经阁里住着一只妖怪的事。

虫子比他还爱看书，它说自己在藏经阁里住了两年，已经看到了第八层。

之后的无数个夜里，藏经阁里不再一片死寂。许承怀发现，自己知道的典故虫子都知道；自己不知道的，虫子也知道。渐渐地，跟虫子一起谈古论今成为了一件有意思的事。它知道的东西实在太多了，许承怀自卑之余，对其相当佩服，后来竟有些相见恨晚之意。

有一天，他颇遗憾地说："可惜你是一只虫子，若你是个人类，我定要请你喝酒吃饭，才不枉相识一场。"

虫子问："酒好喝？"

"你没喝过？"

"我一般喝露水。"

"……应该比露水好喝。"

"那我又当回人类吧。"

"什么？"

"看书，别说话。"

第二天，虫子不见了。

一连七天，都没有在藏经阁再遇见它。

他以为是自己说错了话惹恼了它，所以它不告而别，毕竟是妖怪，脾气应该是古怪的。

但心里还是隐隐失落，没有它在一旁提点讨论，独自看书好像失了许多趣味。

可是第八天夜里，虫子回来了，以一个清秀小姑娘的模样。

他比第一次遇见它时还惊讶，那么小一只虫子，怎的说变成人就变成人了？

问虫子怎么办到的，它说告诉你你也不能理解，不如把时间用来喝酒。

他这才想起之前说过的话……不过是随意的一句，虫子却放在了心上，还如此大手笔地把自己弄成了人类的模样才回来"赴约"。

寺庙里自然是没有酒的，他领着它，不对，现在该称呼为"她"了，趁夜出了庙门，往街头一处尚未闭门的小酒铺而去。

他没有多少银子，酒铺里也没什么好酒，但她显然对酒这个东西很感兴趣，竟然当水一样喝了一杯又一杯，最后自然是醉了。

夜深人静时，他背着她走在一地的月光里，听她趴在自己肩头背诵各种诗词歌赋，也是奇才了，醉成这样还能一字不差。

玖·风果

她背了一路的诗，最后在他耳畔梦呓般道："高兴……好多年啦，没有人跟我喝酒，也没有人在我身边……"

他笑笑，说："只知看书，身边真要有人，你怕是还嫌吵哪。"

她枕着他的肩膀"呼呼"睡了过去。

他想，自己这一生也算精彩了。虽没多少钱，但也走了不少地方。虽然有些不走运，但居然有机会背着一只妖怪走在小城的夜色里。他甚至觉得，在读书这件事上，他跟她是可以成为知己的。

这一晚，他没有急着回庙里，怕她万一醒过来耍酒疯惊动了和尚，于是背着她到了河边的凉亭里，脱了自己的外衣给她披上，虽然也不知妖怪怕不怕冷。然后让她舒服地靠在自己怀里，一觉睡到天明。

他不知几时也睡着了，醒来时，发现她正枕在自己的腿上，明明醒了却也不起来，只是睁大了眼睛看着自己。

他愣了愣，揉了揉眼睛，问："醒了？"

她答："都睁开眼了，自然是醒了。"

唉，她还是不能理解那些隐藏在话语之下的东西，总是那么认真。

"那你还不起来？"他又问，"一会儿有人来了，看见咱们这样子，怕是要说闲话的。"

"我在看你的脸。"她直白道，"书中描写男子好样貌的词句，好像确实都能用在你的脸上。"

他一怔，慌忙把脸扭开，顺手把她扶起来："你也不是头一天认识我，无端端说这样的话让我如何回应？"

"我并没有问你什么，你为何要回应？"她眨了眨眼睛，"藏经阁里光线太暗，之前没有看得太仔细。"

"好了好了，该回去了。"他起身，却不由自主地歪倒下去，幸好被她一把扶住。

"怎么了？"

"脚麻……"

"啊，那必然是我压的。"

"嗯，必然。"

"可你之前为何不将我推开？我并未要求你做我的枕头，我在地上也能睡。"

"地上又冷又硬，磕了头是会痛的。"

"你喜欢我？"

他一阵猛咳："你你……怎的说这种话？！"

"我瞧见许多书上描写的男女之情大抵如此，喜欢谁就不想对方挨饿受冻，更不愿其受伤生病。"她一本正经道。

他哭笑不得："这些事……不能全部照搬书上说的来验证啊。"

"书上说的总不会错。"

"好好好，不如我们先回去再说？"

每次的争论都是以他的投降告终。

之后的日子，一切如常，无数个浮着幽幽沉香气味的夜里，他与她挑灯夜读，有说笑，但更多的是争论。

跟她相处越久，越发觉她是一只极其认真的妖怪。

然而就在这一年的夏末，藏经阁被毁，一夜惊雷，偏就劈中了藏经阁，惹起大火，哪怕众人极力扑救也未能挽回。

他吓出一身冷汗，那晚他与她恰好去了酒铺，遇到雷雨难以归去，索性给了老板几个钱，让他同意他们在酒铺里待到雨停。

她却不以为意，说："有什么好庆幸的，纵然你我身在藏经阁，我也不会让你被雷劈死。"

可他还是心有余悸，并感叹生死无常，于是决定就此结束旅程，回老家去寻个长久的差事，过过安稳日子。

她要跟他回去，不容他说不的样子。

起初他也为难，虽是妖怪，但毕竟是姑娘的模样，随他一个大男人住到家里，怕是很不方便。但这些日子的相处，好像又平白生出了些牵挂，看惯了她如今的模样，容易忘记她是只妖怪，觉得抛下她独自离去又不太妥当。

只好编个谎话了，从此许家就当多了一个女儿吧。

那天清晨，他拜别了住持与救他回来的老和尚，毅然踏上返回连水乡的路。

离开辰州那天是很热闹的，不光是因为前夜的大雷劈了藏经阁引来无数热议，官府也忙得不可开交，衙差们大街小巷地穿梭，据说是在城中某处挖到一具白骨，推测其生前是个年轻女子。

而这些对他们而言已经毫无意义。快到正午的阳光非常毒辣，他跟她戴着斗笠，一边抱怨着炎热的天气，一边走出了辰州的城门。

不知回到连水乡后，自己的生活会有怎样的改变。

玖·风果

他一面想着，一面看了身旁的她一眼，出门游荡多年，总是两袖清风，可这回却多了个妖怪妹子，不知是上天的厚赐还是玩笑。

他摇头一笑，向着家乡的方向加快了脚步。

3

"这些都搬走？"虫虫盯着被他从柜子里挪出来的书。

"嗯。"许承怀拿绳子把书捆起来，"跟私塾的乔夫子说好了，这些书都送给他，正好给那些家贫买不起书的孩子读一读，也省得他再多花钱了。"

她皱眉："这些书不是你的心头爱么？何苦搬走送人？"

"能让更多人读到，这才是书最大的意义呀。"他笑道，"且这本来就是个衣柜，待莲歆过门之后，少不得要多好些衣衫，总不好让她同我一样满屋子乱放吧。"

她没作声。

"帮我再找根绳子来，回头我们一道把这些书给乔夫子送过去。"

"为了给她放衣裳，你连书都不要了。"她站在他身后，并没有要帮忙的意思。

他回头，愣了愣，从未觉得她的视线像方才那样，冷冷的没有一丝感情。

"不是不要啊，是给它们找了更有意义的去处。"他笑出来。

她环顾房间，又道："这宅子也不大，你成亲之后，是不是把我也要搬走？"

他"扑哧"一声笑出来："你比书重多了，我怎么搬？"

"你的玩笑不好笑。"她看他一眼，转身出了房门。

他一头雾水地挠着头，不明白这丫头今天是怎么了。算起来，她随自己回来老家生活也这些年了，虽也有闹脾气的时候，但基本都是为了某本书中某个观点而起的争论，他早已习以为常，赠书这事也不是今天才有，从前他送书给别人，她并无意见，今天这场脾气，委实来得莫名其妙。

他走回窗前，见她提了水，走到搭着花架的院落一角给花草浇水。

他们刚回来时，花草枯败一片。角落那里原本种的是他最喜欢的花卉，从前这里一到春季便是一簇簇鲜活绚丽的颜色，可惜自父母离世之后，他也无心情照顾，后来离乡远行，更是由得这些花草自生自灭，如今眼见着此处已了无生机，他本想将这些半死不活的花草一并铲除，却被虫虫阻止了。她说，虽然弱了些，但还未彻底枯死，既是喜欢的花，还是试试看能不能救回来吧。

想到幼时，母亲常带着自己在这里玩耍，教他说出每种花的名字，父亲则在不远处摆下小桌，一壶清茶一本书，一下午的时光就这样恬恬淡淡地过去。记得这些花种还是母亲亲手撒下的，如今许家只剩他孤单一人，连花草都不愿留下来。

那天，他捧着一片枯叶说，都这样了，肯定救不回来的。

她说只要她想它们活，就一定有法子。

既然知道她的性子，也就明白她的认真是不容否定的，所以他只好随了她的意思，由得她去打理这片毫无生机的角落。

意料之外的是，不到半年，这些枯木便起死回生，记忆里那块充满花与阳光的好地方又回到了面前。抚摸着枝上含苞待放的花蕊，他又惊喜又惊讶，也问过她是怎么做到的，她说她读过许多关于园艺栽种之类的书。

真是一只神奇的妖怪，居然只靠书籍就能创造奇迹，能认识她算是一种幸运吧？！

父亲留下的小桌子还在，他打理一番之后仍将之摆到了原来的地方。跟父亲当年一样，一壶茶一本书一下午。跟父亲唯一的区别是，他身边不是目不识丁的母亲，而是学识渊博的虫虫。

只要不下雨，他们大部分的闲暇时间都在这里度过，跟在藏经阁一样，捧书对坐，为书中的内容悲悲喜喜、吵吵闹闹。

他曾问过虫虫，打算留在他身边多久，还问她妖怪是不是也要嫁人啊，如果她有意中人，一定要说出来，他会以十二万分的真诚送她离开并且祝福她。

虫虫说，她还在研究究竟什么叫"意中人"，弄明白了再回答他。

他想笑，觉得她有时候真是傻得可爱啊，有些问题，在书里是找不到答案的呀。

此刻的窗外，她仍同往常一样，细心地浇灌着每一株花草。

他走到她身后，说："要不要去买一套新衣裳，我瞧见方老板的成衣铺里又多了好几件衣裙，颜色可好看了。"

所有姑娘都会为新衣新鞋这件事开心吧，虽然不知她今天为何不悦，但总归还是希望她高兴起来。

"不用了，身上这件已是最好的。"她头也不回地说。

他蹲到她身旁，笑道："等莲歆过门之后，你就轻松了，不用每天都给我烧饭吃。莲歆的手艺很好，做的饭菜你一定会喜欢。"

"不会有谁的手艺比我还好。"她淡淡道，"我看过的有关烹饪的书籍，大约比普通人此生吃过的饭菜还多。"

玖·风果

　　碰了几个软钉子的他，也觉得无趣，起身叹了口气："我去把饭菜热一热，你浇完花就回来吃饭。"

　　他走出几步，又回头看去，夕阳下，她的身影在花架前显得特别单薄而孤独，而她由始至终都没有看他一眼。与她相识数年，只在今天觉得彼此之间有一道墙，但也可能之前就存在，只是他从未发现？！

○ 4 ○

　　三天时间转瞬而过，婚礼当天，许承怀一身新郎装束，在为数不多的宾朋的陪伴下，兴奋又焦急地等着新娘的花轿。

　　可是，直到日落也没有花轿的踪影。

　　莲歆家在连水乡东头，离许家顶多两个时辰的脚程，天都快黑了，再慢的轿夫也该到了。

　　许承怀越发不安，早在两个时辰前他便想出门去看看。宾客们劝阻了他，说新郎新娘在婚礼之外的地方碰头不吉利，再等等吧，许是路上被什么耽搁了，连水乡素来风调雨顺人心安稳，不会有事的。可都这个时候了，哪还能管吉利不吉利。

　　他执意出了门，刚跨出门槛，便与一个人撞个满怀。

　　来者称是莲歆的叔父，一面擦着红肿的眼睛，一面给他带来了此生最坏的一个消息——莲歆没了。

　　清晨好端端地上了花轿，却在半途中出了事。送嫁的人只听到她在花轿里喊了一声心口好疼，待掀开轿帘查看时，她已然昏迷不醒，面色惨白，嘴唇乌紫，连好好的指甲也透着青黑色。

　　大家慌了神，赶忙折回，将她送往最近的医馆。可惜还是回天乏术，大夫说她身中剧毒，且此种毒药连他也没见过，不是寻常品种，药性十分刚猛。

　　后面的话，许承怀再也听不到了。他呆坐在门槛上，脑子里"嗡嗡"乱响，身边一切都变成缭乱的颜色与噪音。有人试图扶他起来，他一把推开那些好心的手，疯了般朝莲歆家跑去。

　　老泪纵横的莲歆爹，一看到他，更是泣不成声，连说对不住他了，没有照顾好女儿，好好一桩婚事，莫名成了丧事。

　　莲歆躺在床上，微微皱着眉头，跟她平日遇到麻烦时一个神态。

　　他跪在床前，握住她冰冷的手，想号啕大哭，但又总不能相信她已不能再醒来，

218

不能相信夫妻未成，便已人鬼殊途。

大喜到大悲，一定要这么容易吗？

报了案，官府查了几个月，除了确定莲歆死于剧毒之外，一无所获。所有人都诧异，莲歆父女乃正经人家，为人又和善豁达，从不与人结仇结怨，实在想不到有哪个狠毒的东西，竟然选在人家大婚之日下此毒手，棒打鸳鸯。

许承怀病倒了，在床上稀里糊涂躺了一个月，虫虫里里外外地照应着，煎药喂饭，没有一刻松懈。

待到他勉强能出屋走一走时，整个人已瘦了一大圈。

他终日坐在花架前，在纸上一遍又一遍地画着莲歆的样子。有时他神思恍惚，见了给他端茶送水的虫虫，还以为是莲歆回来了，抓住虫虫的手说你穿成这样子真好看，回来就别走了。

虫虫并不挣脱，由得他握着自己的手，并且还会认真回应他："我不走。"

在她的照顾下，他的身子渐渐有了起色，精神也稍有好转，只是一想起莲歆，心口仍是一阵撕裂般的疼痛。

虫虫只是尽心地照顾他的起居，但两人之间几乎没有交流，一个郁郁寡欢，一个心事重重。

那日，许承怀发现给莲歆准备的衣柜里又放满了书，也不知哪里来的一股邪火，他突然发狂似的把里头的书全部扯出来，一边撕一边踩，从前那个温文尔雅的许承怀在一地的碎纸里消失得无影无踪。

虫虫端着一碗补药站在房门口，直到他癫够了，没力气了，整个人瘫坐在地上之后，才进去把药放到桌子上，说："既然不放衣裳了，何必空着。"

他微微喘息着，抬头看着她，未散尽的怒气仍在眼中冲撞着："那是给莲歆留的，她不在了我也要留着！谁允许你把书放进去的！"

"承怀，你的病还没完全好，起来喝药吧。"她并不在意他的怒吼，过去扶他起来。

"走开！我不需要喝药！"他一把推开她，又开始撕书，"有什么用！读了这么多书有什么用！连自己爱的人都留不住，好端端的人，就那样冰凉地躺在那里！她那么好……那么好……"

被他推了个趔趄的虫虫稳住身子，冷冷地看着他："那么好？有多好？你认识她只得一年罢了。她在你葬身火海前叫醒你了？她跟你一起挑灯夜读过？她跟你一起在街头的小酒铺里酩酊大醉过？她在晨风里自你怀中醒来过？"

219

玖·风果

这一连串的质问来得突然，他停止了手里的动作，怔怔地看向她。

"都没有。"她的表情没有任何起伏，"所以她为何会是你最爱的人？"

"你……"他居然被问得哑口无言，"你到底在说什么？"

"书上说，相爱的人必要志同道合，要长相厮守、互相照应。"她继续道，"我之前不明白什么才叫意中人，找了好多书看，才大概明白，意中人一定是我愿意跟他长时间生活在一起，看着他的模样我会觉得好看，跟他说话，哪怕是争吵我也不会生气。"她顿了顿，走到他面前，蹲下来直视他的脸，认真道，"所以，我的意中人是你。"

他显然被吓到了，连忙摆手："不不……你说得不对，你都不知你在说什么！"

"我从不会出错。"她笃定道，"我喜欢你，想一直跟你在一起，如果在你我之间出现另一个女子，我会很不开心，非常不开心。这个宅子里，不应该有别人。"

他愕然，脑子里仿佛突然被刀子划了一下，之前塞满其中的浑噩与茫然霎时被释放得一干二净，连带着心眼也一下子透亮起来——他想到了一件可怕之极的事。

她毕竟是一只妖怪啊……

"你……"他挣扎了许久，终于问出口，"你对莲歆做了什么？"

"不让一个人进到我们的世界，这是我能想到的，唯一有效且迅速的方法。"她十分坦然，"书上说，当断不断，必受其乱。"

五雷轰顶已经远不能形容他此刻的感觉，可能一个人在快断气的时候才会有这种感受不到疼痛的绝望，身体仿佛出现了不可愈合的断层，七零八落地散开了去。

长久的沉寂之后，他终于抬起头，竟笑出来："你果然是一只妖怪。"

"我本就是一只妖怪。"她镇定地看着面色发青的他，"希望你明白我做这件事是为了我们更好的未来。除了我，没有谁应该留在你身边。你也是喜欢我的。"

"喜欢你？"他发出古怪的笑声，"我喜欢一只虫子么？"

"你对我好，我知道。"她叹了口气，"我见书上描写过的好多白头到老的夫妻，都像我们这样，不离不弃、天生默契。"

他的笑容僵在脸上，咬牙道："你才是生病的那个。"

"我从不生病。"她认真道，"承怀，我们像夫妻那样生活下去吧，我也可以穿上嫁衣，跟你拜堂成亲。"

他的眼神从惊恐到愕然再到蔑视，然后抱着头哈哈大笑，笑得眼泪都流出来："我到底干了些什么啊……当年还不如让藏经阁里的火烧死我，被雷劈死也行呀！哈哈哈，枉我读书千百卷，竟忘记了妖邪就是妖邪，不能做朋友的啊。"

她皱眉:"我是妖怪,但不是妖邪。我所做的一切都查阅过无数书籍,并且经过深思熟虑。"

"书?"他止住笑声,从地上随便抄起一本书,"你以为它能带给你一切?"

"是。"她点头,"它就是我的一切。"

"那它怎么没教会你撒谎骗人?"他摇头苦笑,"起码不要如此轻松地告诉我你就是害死莲歆的凶手,说不定我们还能住在同一个屋檐下。"

"如何撒谎,书里自然也是写过的。"她一丝不苟地说,"可我看到的更多的,是要我不要对意中人说谎。所以,我承认自己做过的一切。"

这些年来,她真的一点变化都没有,每一个字都说得理直气壮、不容反驳。

他很想用此生都没有说过的最激烈恶毒的话来反驳她说的每一个字,但话到嘴边却又"呼啦"一下烟消云散。

对她这样固执的妖怪,没有用的,说什么都没有用。

她的书教给了她各种令人刮目相看的本事,却唯独没有教会她如何与这个有血有肉有感情的世界相处。

他慢慢地从地上爬起来,旁若无人地走出门去,顺手抄起一把铁锹,走到花架前,看了看这片被她一手拯救过来的花花草草,笑笑,猛地挥起铁锹,以碎尸万段的狠劲,把眼前的一切夷为平地。

她站在他身后,没有阻止。不论什么时候,她都是镇定自若的,一种天生的自信在不分是非地支撑着她的"坚强"。

"我们可以在一起的。"她平静地看着一地残花,"我想跟你在一起。"

他的身体凝固得像一尊雕像,许久之后才转过身,握在铁锹上的双手发出"咯咯"的声音:"我要是你,现在一定离这里远远的。"

她看着他手里的铁锹,皱眉:"你想用那个打我?"

"我想杀了你。"他咬牙,此生脸上从未露出如此凶恶的神情,但只维持了片刻,这份想杀人的心便被他天性中的柔软以及过往与她相处的点滴毁掉了,虽然恨之入骨,却难下杀手。

铁锹从他手中滑落,连着所有的精气神都落了地,埋了土。

"我一分一秒都不想再看到你。"他缓缓说着,行尸走肉般往与她相反的方向走去。

她站在原地,沉默地看着他忽然佝偻起来的背影。

突然,她小跑上去,抓住了他的手。

玖·风果

他停下，眉头仿佛皱成了两条永远解不开的锁链。

身旁的荷塘里，死水微澜，倒映着比任何时候都残破的风景。

"不……要……碰……我。"他咬着牙，每个字都塞满了无限大的厌恶。

她不说话，不松手。

"滚开！"他突然暴怒，一把甩开她的手。

她连退了几步，却无视他发红的眼睛与扭曲的神情，好像什么都没发生过一样，又上去轻轻握住他冰冷的手。

这次，他不止甩开她的手，还用尽力气狠狠推了她一掌。

她十分狼狈地倒在地上，手掌被砂土划破，渗出血来。

他冷冷地看着她："这辈子，下辈子，生生世世，我都不想再看到你，一眼都不想。"末了，他又补了一句，"你让我害怕，更让我恶心。"

毫无铺垫的崩塌，原来就是这种感觉。

整个世界被一笔勾销，能看见的能听见的都是一片空白，轻飘得像一张纸，但随手撕开就能滴出血来。

这个时候要怎么办，哪本书上说过呢？

她方寸大乱，猛地爬起来，跑过去一把搂住了他，反反复复地说："别这样别这样……我们可以在一起的，可以在一起的！"

他倒抽了一口凉气，浑身的血脉都在震颤，一直压在心底的悲伤、愤怒与震惊终于找到了一个极端的出口。

"滚开！"他暴呵一声，一把抓住她的肩膀，用试图撕碎她的力气将她推了出去。

蛮力实在太大，她几乎是被推得离地飞了出去，重重落到地上，而他自己也不由自主倒退了好几步，脚下一滑，失了重心的他仰倒下去，"扑通"一声，水花四溅。

荷塘不大，但水深，他们曾经在无聊之时用竹竿试过水深，发觉最长的竹竿也触不到塘底。他还笑言当初挖这个塘子的人肯定心情不好，拿挖土来撒气才会挖这么深，也难怪母亲自小便提醒他一定要小心别掉进去，还吓唬他说池塘里住着水怪，会把不听话的孩子抓到水底去打屁股。

他一直没有学会游泳。

此刻，他本能地在池水中挣扎，身体在水里变得特别沉重，随时都要陷下去似的，他拼命往塘边靠，想抓住任何可能救他的东西，但那里除了一抓就断的野草之外，就是一片厚而滑腻的青苔。

混乱之中，他看见她的脸。

她站在塘边，不笑不怒地看着生死之间的他。

"我不知道要怎么做了，我去翻一翻书，看看有无答案。"

这是他隐约听到的，她对他说的最后一句话。

去吧，去吧。

冰凉的池水灌进了他的口鼻，带着腥咸的奇怪的味道，仿佛那一池子不是水，而是血，他的、莲歆的……

在许多书里，夜读的穷书生与清丽的女妖怪，不论过程如何坎坷，结局如何悲凉，终究有一部分是与相爱有关的。

可是，他跟她的这本书，什么都写了，唯独没有相爱。

相识何如不相识……

相识何如不相识……

他的意识消失前，心中反反复复回荡的，只有这一句。

○ 5 ○

"噗。"

桃夭吐出一口水来，缓缓张开眼睛。

一个光秃秃的骷髅头，淡定地出现在她视线的正上方，而滚滚正积极地在她心口上做着弹跳运动，见她睁眼，这才欢喜地停下来，冲她使劲摇着尾巴。

"原来你不会游泳啊。"骷髅头啧啧道，"要不要再吐一下水？你的狐狸还能再跳几下！"

不是那斯斯文文的许承怀的声音，她脑子还有点蒙，骷髅头换人了么，不然为何是司静渊的声音……

骷髅伸出手掌拍她的脸："喂喂，还在做梦哪？"

她眨眨眼，吸了口气，三魂七魄这才归了位，"呼啦"一下坐起来。

"没事了吧？"磨牙的脸挪过来，伸手在她眼前晃了晃，"才呛了两口水就晕过去了，很没有面子的啊！"

桃夭眉头一皱，四下环顾片刻，突然抓住骷髅的衣领，一把将其扯到面前，咬牙切齿道："司静渊？！"

"幸会幸会！"骷髅拍着她的手，"别那么大力气，这把老骨头随时会散架的。"

"百知呢？"她记得那妖怪是被他攥在手里一块儿落了水。

玖·风果

"在那儿呀。"骷髅向旁边一指,荷塘边的一块青石上,落着一团完全不起眼的白光,眼力稍微差一点的人根本发现不了。

"它怎么了?淹死了?"桃夭擦了一把脸上的水。

"我们几个中差点被淹死的只有你……"骷髅很为难地说,"它在发呆。"

"发呆?"

"方才你看到了什么,它就看到了什么。"

桃夭瞥了他一眼,迅速起身,同时把手伸向腰间的布囊。

磨牙扯住她的袖子:"你要动手?"

桃夭甩开他,冷冷道:"此妖无药可救。"

她走到青石前,大约是觉察到她身上咄咄逼人的气势,百知慢慢转过身来,仰视着对它而言俨然庞然大物的桃夭。

"我觉得我还是能把他救活的。"它平静地说,"暗刀真的能令白骨重生,亡者复活,我不骗你。"

"你骗不骗我有什么打紧的。"桃夭撇撇嘴,"只是你把自己骗了一百多年倒是挺难得呢。"

说话间,她的视线落在青石下头,一个拇指头大小的玩意儿躺在那儿,看形状似是一个黑黢黢的果子,但没有水分,干瘪瘪的。她附身拾起来,嗅了嗅,又捏了捏,皱眉。

它沉默片刻,说:"也不算骗。落水前,我一直认为承怀的死就是我同你们讲的那样。"

"仅仅是你希望是那样。"桃夭道,"眼看着他淹死,却口口声声说喜欢,说要在一起。这份矛盾你根本无法承担吧。"

"我不知该如何对待一个让我滚、说我恶心的他。"它叹了口气,"我习惯了从书里寻找一切答案,可当年这个难题,实在太难了,我翻遍书籍也一无所获。我看着他漂浮在水里的尸体,心中一片空茫,然后第一次感觉到了害怕,害怕到不敢再看下去,害怕到不敢相信我曾经认定他是我的意中人。"它顿了顿,"这种害怕渐渐成了刀与剑,在我身体里混砍乱刺……"

桃夭举起指间的果子:"你刚刚吐出来的,是吧。"

它没有回答,只缓缓道:"那天,我将他的尸体搬回房间,放到床上,再给他盖上被子,跟自己说没事,他只是身子弱,染了风寒病倒了。有人来探看时,我跟他们说哥哥病了在休息,待他病好之后再去拜访。之后,我每天给他熬药、做饭,端到他面前，然后再原封不动地端回去。直到他的身体开始腐坏，我看着被子下那张不复以往的脸孔时，脑中只有一个声音，便是我的承怀已经死了，病死的。"它顿了顿，"可还是不行，我每天都看到他在水里挣扎的样子，看到他投向我的怨毒的眼神。我觉得不能这样。所以，照书中记载，我去找到了风果。"

"这玩意儿虽不是特别稀罕，但生于毒瘴之地，寻常人恐怕连它的影子还没看到就死在半路上了，你倒是很顽强。"桃夭冷笑。

"啥是风果？"骷髅从她背后冒出来，"方才将它自水里捞上来之后，它便吐出一丝黑气，落在地上便成了这玩意儿，这是一种果子？"

磨牙从骷髅背后冒出来，盯着桃夭："这是你曾拿来入药的风果？怎么长得跟我记忆里差好多？"

"因为这个已经死了，我入药是要用活的。"桃夭道。

"那到底啥是风果啊？！"骷髅急得直挠头。

"毒瘴之地有矮树，叶如犬齿，果如碧玉，遇风变赤，称风果。然非花木，妖也。食之则寄生于脑，现形于梦，可篡记忆，宿主清醒，风果即死。"桃夭看着指间干瘪的果子，稍微用力一捏，黑粉簌簌落下，未落地便没了踪迹，"风果与暗刀一样，都属植妖。"

"直妖？"骷髅更不明白，"还有弯妖？"

"植物的植！飞禽走兽等一切活物成的妖，为活妖；笔墨纸砚等无生命的玩意儿机缘巧合下成的妖，为物妖；花草树木天地植物成的妖，自然就是植妖。这些都是有实体的妖怪，还有靠一丝灵气或是某些无形执念而成的虚妖。"桃夭瞪了骷髅一眼，"算了，跟你说多了你也不懂。总之风果这种妖怪，没有被吃下时，它就是个无害的果子；可一旦被吃下肚子，它就是个妖怪，会寄生在你的脑子里。而你会在梦里看见它的妖身。它最大妖力，是可以帮你篡改一段记忆，若你有一段不能接受又无法释怀的过往，它可以帮你。不过它妖力有限，顶多改一小段。并且一旦宿主真正的记忆恢复过来，便是它的死期。"她拍了拍手指上沾染的黑粉，"不是什么凶狠的妖怪，倒是不错的药材，摘之捣碎晒干，泡到酒里，对舒心散闷解忧愁有助益。但直接生吃下去，虽说对宿主没什么伤害，但若带着一段假回忆活一辈子，便也说不清好坏了。"

夕阳在池水里投下今天最后的痕迹，细碎的光在随风摇荡的水面上艰难地跳跃。

"这是我能找到的，最好的解决方法。"百知开口道，"吃下它的当夜，我便在梦中见到了一个看不清面容的小人儿，把一本厚厚的书铺到我面前，翻开来，里头

玖·风果

记录的是我过往经历过的每一件事，它奶声奶气地问我：'要改哪段儿么？'，我当然要改。"它沉默片刻，"那晚之后，我便再没有梦见过这个小人儿，而我也终于'确定'了承怀是病死的'事实'，从此，我的恐惧消失得无影无踪，只剩下要让他活过来的愿望。"

桃夭摇摇头："即便他活过来，你们依然不可能在一起。"

百知不说话，身上的光越来越弱。

"你究竟是谁？"它忽然问。

"你是否很少与别的妖怪来往？"桃夭反问。

"我不需要与它们来往。"它淡淡道，"有那时间浪费在这些远不如我的家伙们身上，不如多读几本书。"

"这就对了。"桃夭一拍手，"难怪你不知道我是谁，毕竟我是一个只存在于传说中的人物呢，世间书籍里恐怕找不到关于我的记载哟。"她一笑，弯腰把脸凑上去，指着自己的鼻子道，"我是个大夫，治妖不治人的那种。"

"哦，原来是大夫。"它的语气依然淡淡的，大概是桃夭见过的在她面前最淡定的妖怪了，"可我没有生病，不需要大夫。"

桃夭笑笑："我也不打算医治你。"

杀它，她是心痛的，不为别的，只为它广阔渊博的学识，多少人做梦都想得到一只百知，有了它，便有了得到许多东西的捷径。

但是，身为百知，在茫茫书海中游刃有余，并且学会穿人之术扮演着不同的角色，可无论它扮演得多么熟练，却从不曾真正知道要如何与活生生的世界相处，永远在闭塞与骄傲中固执地按照自己习惯的方式生活，这其中潜藏的巨大危险，若不及时切断，后果太难以预料。你根本不知道多少年后世上又会出现别的许承怀、别的莲歆，甚至别的陆夫人……

当最后一点夕阳自池塘上消失时，百知慢悠悠地对桃夭说："我觉得，你可能想杀掉我。"

磨牙顿时有些紧张地看了桃夭一眼。

桃夭也镇定得很："是又如何？"

"不劳你动手。"它缓缓从石头上飞起，落到骷髅的肩膀上，"你不是他，但你让我看见了他，谢了。"

奇异的光斑自它身体里蔓延而出，细看之下，每个光斑都是类似文字与符号的形状，源源不断地从这个微小到可以忽略不计的身体里涌出，很快，整个后院都被笼罩在一片海一般的光芒里，字符们层层叠叠，有生命似的在空中跳跃飞舞。

所有人都呆住了，骷髅指着漫天的字光："这……这是啥……"

磨牙张大了嘴，惊讶得说不出话来。滚滚倒是很开心地跳起来去抓这些闪闪发光的字符，所有被碰到的字符瞬间碎成一片细碎的光尘，飘散于空气里。

"自毁妖魂……"桃夭皱眉。

愤怒与报复时的同归于尽，它没能完成，万念俱灰下的生无可恋终是成全了它。

它从骷髅的肩膀上滑落下来，被骷髅本能地伸手接住。

"我阅尽天下书籍，知人所不知，能人所不能，却偏不能完成留在你身边这件小事。"它躺在骷髅的掌中，语气一如既往的平静，"这份挫败，我无法承担，就此离去，一切归无。"

"桃夭……"磨牙有些着急地扯了扯她的袖子。

"由它。"桃夭原地不动，跳跃在她眸子里的字光爆发出最后的绚丽。

骷髅也不敢动，僵硬地伸着手，眼见着掌心那一小团光芒由强渐弱，直到完全褪去光华，只剩一只扁如树叶的小虫子。最后，连这只虫子也由实而虚，直到彻底消失，不留半分痕迹。

桃夭抬手，碰了碰飘到自己面前的字光，惋惜道："得多少年才能存下这么多的知识呀……可惜了。"

后院里所有的光芒都随着虫子的消失而消失，夜色一如既往地霸占了所有。

"就……没了？"骷髅依然举着手，不敢相信地看着桃夭。

"没了呀。"桃夭看着他空空的掌心，"也好，省得我动手。"

"死了？"骷髅又问。

"比死还彻底。"桃夭撇撇嘴，"身亡而魂在，起码还有再修炼成形的机会，妖魂都被它自己弄散了，那就真的归于虚无了，彻底不存在了。"

最好的结局了。

桃夭摸了摸不再发出声音的铃铛。

骷髅沉默片刻，指着自己道："埋了吧。"

尾

后院的花架前，起了一座新坟。

里头埋了一具男人的骷髅，还埋了一张纸，纸上是桃夭画的一只虫子，身体如

玖·风果

树叶,四脚生人眼,虫子旁边写着它的名字——百知。

磨牙盘腿坐在坟前,转着念珠默默诵经。

"死了那么多人,牵连那么多无辜,却只得这么个结果。"桃夭身旁传来司静渊的声音,"读了那么多书,那么聪明,却没能选出一条好路。"

"百知由书而生,偏它最鄙视的,其实也是书。"桃夭吐了吐舌头。

"它鄙视书?"

"记得它坚定地鄙视'走万里路便是读万卷书'的人,觉得这句话是无知的表现,认为只要躲在角落里读过万卷书,便得到了整个世界。"她望着眼前的新坟,"可是,书是哪里来的呀?总得走过无数地方,看过无数风景,吃过无数苦头,才攒得下能写到书里的东西,不是么。知识与见识,从来不可以分开,否则,聪明如它,也只能这样了。"她笑了笑,"再说,人与人之间的爱恨情仇,又哪里是一本书能解决的。"

"所以,百知这妖怪,说穿了也就是个书痴吧。"她旁边飘浮着司静渊的虚影,"不过,你不像是能说出这种话的人呢,毕竟你看起来既不像是读过多少书,又不像是行了万里路很有见识的样子,找吃的以及要求涨工钱倒是很有经验。"

"毕竟你是一个没朋友没爱人,还得花钱找人陪你聊天并且只有半条命的老光棍,你不了解我也很正常。"她立刻反唇相讥,"不过你能通过一具白骨把其生前所经历过的一切传递给他人这种本事,倒是让我意外呢。"

司静渊耸耸肩:"我也没法子呀,每次飘到别人身上,不论是活人还是枯骨,只要我愿意,就能感知他们曾经历过的所有,并且通过某种媒介还能把这些经历传递给别人,让你们感同身受。"

"某种媒介?"桃夭挑眉,"莫非是水?"

"对呀。"司静渊点头,"在与苗管家被蛛丝缠住不得脱身时,我已经离开了身体。本想着凑合用那具骷髅,待时机成熟时反击,可一进了骷髅的身体,我终是忍不住想知道这家伙究竟发生过什么。待往事历历在目,我便想着若能解得了妖怪心结,总好过与之硬拼。我正等待时机时,你们来了,好在总算有惊无险,到底寻了个好时机,把这只最聪明也最糊涂的虫子拉进了水里。"

桃夭怒道:"它有心结我又没有!你拽我干啥?!"

"你离我最近嘛。"司静渊无辜道,"光我一个人知道这段真相还是不够,多个人来开解它更好嘛。"

桃夭深吸一口气,说:"不用解释了,我好好的衣裳全湿了,我很大可能会染上风寒,你得赔钱。"

"回去让澜澜给你涨工钱！"

"我要你司静渊立刻马上赔钱！"

"我现在连身体都没有……"

"那你还不滚回去！"

磨牙老早习惯了桃夭与他人的吵闹，以前是柳公子，现在是司静渊，好在他心如止水，绝不受半分影响，没有比念经超度亡者更重要的事了。

"小和尚，你超度的家伙，之前可差点要了你的命呢。"司静渊飘到磨牙背后。

磨牙闭着眼道："众生皆苦，无谓计较。"说着他扭头瞟了司静渊一眼，"阿弥陀佛，大少爷你此刻虽非实体，然赤身露体也有伤风化吧。"

司静渊低头看看自己，确实一丝不挂……

"哎呀，出来太急竟然忘了穿衣裳。"他赶忙凝神闭目念念有词，须臾之间身上便多出一件袍子，旋即松了口气，"幸好寻常人看不见我。"说罢又觉得哪里不妥，扭头对桃夭道："你这丫头怎的不提醒我！一个小姑娘，对着这样的我就不脸红吗？！"

桃夭耷拉着眼皮道："身为大夫，不穿衣裳的家伙我见得多了。何况你身材还很一般，我脸红个啥？"

"等等，我身材很一般？"

"比起我的意中人，确实差了很多。"

"哪个祖坟被水淹了的倒霉鬼会当你的意中人？"

"呵呵呵。"

"别呵呵嘛，说来听听嘛。"

"不说。"

"说嘛！"

"你再不回去，信不信我有一百种法子让普通人也能看到你不穿衣服的样子！"

"告辞。"

此刻，半弯残月自云后挪出，深秋的夜里寒气渐浓。

磨牙的念珠仍在耐心地转动，长埋坟下的人，终可了结此生的羁绊与执念，恩怨爱恨一笔勾销，尽管那远去的妖怪，可能此生都未能明白何谓相爱。

冷风拂面，免不得撩动心绪。百年时光如水而逝，不知当年挑灯夜读的藏经阁是否安好，酩酊大醉的街市酒铺是否依然人来人往，水边的凉亭里还有没有互相依靠的男女。

玖·风果

桃花人面皆不见，相识何如不相识……

她长长地叹了口气。

自古心病最难医，她说它"无药可救"，并非气话。

莫再让我遇到相同的病人……她在心头暗暗地讲。

这一场"感同身受"，委实也不好受。

冷风在低低的诵经声中盘旋，卷起落叶残花，轻轻地落到冰凉的池水上，一切尘埃落定，爱恨两消。

冬天真的快到了。

百妖谱
拾·孰湖

楔子

只要你还活着，孤独就无法打败我。

○ 1 ○

"老夫已然尽力了。"年过七旬的老头子无奈地站在司家兄弟俩面前，"夫人的底子本就很差了，这眼疾又来得凶猛，我行医大半生，从未见过类似病症。夫人的眼疾已不仅是眼疾，病气已然侵入全身血脉，药石无用，如今她脉息微弱，只怕……"他犹豫片刻，为难道，"只怕就是这两日了。"

"华大夫，京师之内，医术高过你的怕也找不出几人，你再试试。"司静渊往里屋望了一眼，"钱不是问题，你要用多好多贵的药材都可以，或者有什么药材现下没有的，你跟我们讲，必尽快替你寻来。"

"大少爷，委实不是钱与药的事儿，夫人确已油尽灯枯，两位少爷若还信老夫这点医术，趁她还有最后一些时候，问问她有何交待吧，唉。"老头子叹气拱手。

"也罢。"司狂澜抿了一口茶水，"来人，送华大夫回去。"

"等等。"司静渊瞪着弟弟，压低声音道，"不治了？好歹再试试，不然苗管家得多难过。"

"陆夫人有此结局，也是她的命数，你我已尽人事，就不要再勉强了。"司狂澜放下茶杯，"油尽灯枯，不如早些解脱。"说罢又朝华大夫微一颔首，道："这些时日有劳华大夫往来奔波，请回府歇息，诊金稍后遣人送去。"

华大夫连忙摆手："不不，诊金就不必了，能为司府尽绵薄之力，是老夫的荣幸，何况还没有帮上什么忙，实在汗颜。"

"若是必须治好了病才付诊金，只怕世上一半的大夫都饿死了。"司狂澜笑笑，做了个请的姿势。

皆知司家二少爷言出必行不容拂逆，华大夫也不敢再多言，只得道了谢，收拾好药箱随小厮出了门去，临走前又回头道："还是尽快看看夫人有何未了心愿吧，也只能这样了。"

司狂澜点点头："慢走。"

华大夫前脚刚一离开，桃夭与柳公子便各端着一份热气腾腾的瓷盅走进来。

"大夫咋说？"桃夭把瓷盅放到桌上，揭开盖子，"还是熬的清粥，也不知她吃不吃得下。"

柳公子也放下瓷盅，说："本就没胃口，还要喝没味道的粥，谁能吃得下？！还是我熬的鱼片粥最好，跟你说了你那盅必然白熬了。"

"你做的饭菜，正常人都吃不下，还指望病人吃？"

"一个刚刚才学会熬白粥的人有什么脸面批评我！"

司狂澜低头抿茶，看都不看他们一眼："只怕什么粥都不必了。"

司静渊跟着叹了口气，冲桃夭他们摇了摇头。

桃夭一愣："不是请了京城最厉害的大夫么？这十来天又给药又针灸的，没用？"

"京城最厉害的大夫说她油尽灯枯。"司静渊遗憾道，"怕是撑不过这两日了。"

自连水乡归来后，关于百知关于许承怀的一切，都被远远留在了那座老宅的后院里。至于陆澄，也被打上了封条。他们跟陆夫人讲，陆澄现在很好，得知她脱险之后迫不及待要来看她，但他们阻止了陆澄，说要待风声过去再安排他们夫妻相见。

他们一致推举脸皮最厚的司静渊去跟陆夫人撒的谎，他也不负众望，说得合情合理、绘声绘色。

陆澄举起的刀子，就这样悄悄地折断吧，至少留给她一个完美的念想。

桃夭往里屋努努嘴："苗管家还在里头？"

"寸步不离。"司静渊无奈，"还以为老家伙红鸾星动，谁知是要送她最后一程……"

"该庆幸送她最后一程的是苗管家。"桃夭端起粥,"她吃不下,苗管家总要吃一点。"

"无需多此一举。"司狂澜淡淡道,"都不要进去了,既只剩这么些时间,全留给他二人吧。"

"也是。"柳公子点点头,"但粥都熬了,别浪费,你们俩吃吧,趁热。"

"不要。"兄弟二人异口同声拒绝。

"很好吃的!"

"不信。"

"不吃拉倒,注定是没口福的东西。"

被嫌弃的柳公子干脆坐下来,气哼哼地掀开盅盖,自己吃起来,但没吃上两口就放下勺子,若无其事地盖上盖子,说:"实在太鲜美,不舍得一口气吃完,留着晚上吃。"

"那晚上你一定要吃光哦。"桃夭故意道,"我会看着你一口一口吃下去。"

柳公子双目望天,冷哼一声。

能活着的确是一件好事,起码可以像他们这样讨论一碗粥好不好吃,然后在彼此的白眼与调侃中期待明天带来的悲喜苦乐。

但里屋的人,显然没有这样的机会了。

"桃丫头,"司静渊突然严肃地看着她,以及她熬的粥,"你现在能做的,就只是熬粥么?"

桃夭皱眉:"不然咧?"

"我亲耳听到你跟百知讲,你是个大夫。"司静渊盯着她的眼睛,"而且我肯定你绝不仅仅是华老头那种级别的大夫。"

一旁的司狂澜没有作声,只是吹开茶水上的茶叶。

柳公子斜睨了桃夭一眼,看她要怎么应付。

桃夭一笑:"那你当时也该听到我说过,我治妖不治人。"

"自然是听到了。"司静渊上下打量她,"我只是不明白。"

"妖的病,我可以管。人的病,我管不了。"桃夭撇撇嘴,"这么简单的话你不明白?"

"大约就是兽医不能医人的意思吧。"司狂澜嘴角微扬,"不承想我司府之中,连个喂马的小杂役也非普通角色,呵呵。"

兽医？！呃，这个比喻好像也没多大错，但为啥听起来就是那么讨人厌呢，尤其配上他那副永远淡然无味置身事外的表情。

"哼，虽然我不治人，但看在苗管家的分儿上，我早已在你们不知道的时候替她诊过病了，如华大夫所言，陆夫人身子本就很差了，加上暗刀入体，妖毒遍及血脉骨髓，莫说我无能为力，天上的大神都未必能起死回生。虽然对你们请的所谓的京城最厉害的大夫没什么指望，但多少也盼着一点奇迹。可如今看来，不会有奇迹了。"桃夭十分严肃地说完，旋即眼珠一转，扭头真诚地对司狂澜道，"我现在算是明白了。你呢，嘴巴刻薄如街头悍妇，还是读过书的那种表面乖巧内心阴暗的悍妇。你哥哥呢，健硕正常的外表下藏了一颗随时吃错药的心。至于苗管家，年龄阅历虽然都在那儿，却始终驽钝不解女儿心。啧啧，难怪你们司府要当万年和尚庙了。"

柳公子同情地看着他们兄弟俩，善意地安慰道："没事没事，就算你们当定了和尚，那也是有钱的和尚。"

"说得你们两位好像不是孤家寡人一样。"司狂澜微笑，"不但孤家寡人，还一贫如洗。"

"谁说我孤家寡人！"桃夭立即反驳，"我可是有意中人的，总有一天，我要风风光光嫁给他！"

柳公子一听，忙扯住她的袖子将她拖过来，小声道："你哪个意中人？雷神？"

"对呀，到现在为止，最想嫁的还是他。"桃夭眯起眼睛，仿佛笑成了一只得到小鱼干的猫。

"还是换一个吧……"柳公子很是担忧，"至少挑个不会劈死你的去做白日梦，也省得连累到我们。"

"……"

见两人在旁边嘀嘀咕咕，司狂澜笑而不语。

而司静渊挠着头想了半天才反应过来，指着自己对桃夭道："你对我的评价就是随时吃错药？"

"嗯，暂时没有别的评语。"桃夭吐舌头。

"咱们不是说好了要当好兄弟的？"

"你是我吃错了药的好兄弟。"

"……"

外屋的气氛在他们的胡说八道里少了几分沉重，好像只有这样刻意的轻松，才会让近在咫尺的一场离别不那么撕心裂肺。

2

南郊野地上，立起一座新坟。

墓碑上只刻了"挚友"二字。

苗管家跪在坟前，默默地烧着纸钱。

磨牙坐在他旁边，认真地念经。滚滚今天也难得的安静，趴在磨牙跟苗管家之间，只时不时拿鼻子去拱一拱苗管家，惹得苗管家不得不转过头来，摸摸它的狐狸头，笑言不枉平日里给你留好吃的，倒是有点良心晓得宽慰我。

今日天晴，初冬时的寒气被阳光稀释了不少，放眼看去，山坡四周一片青黄之色，还有几丛零星的野花，坚强地开在风里，不远处的小河，清澈见底，波光粼粼。

司静渊说，这是一块风水宝地，陆夫人可安息于此。

桃夭摘了一捧野花过来，摆到墓前，再看看苗管家的神色，一切如常，并无悲色，时不时还露出些浅笑，也不知是回忆到了什么。

没有谁去向他打听那天里屋究竟是个什么情况，也不去问他陆夫人临走前，他们说过什么肺腑之言，大家只知道陆夫人走得很安详，没有遗憾的样子。

几片薄云飘过来，淡了光线，最后一叠纸钱化在了火里，星星点点的纸灰随着风打着旋儿往天上走。

苗管家仰头看着，自言自语道："听说烧纸钱时，若纸灰随风而起，便是亡者受了你的心意，走得安乐无牵挂。"

"嗯，是有这说法。"桃夭顺口道。

苗管家起身，看着墓碑上刻的字，说："她临去时，我答应了带陆澄来看她……想我此生言出必行，不违承诺，却在她身上破了例。"

"带了他来，我看陆夫人才不能安心上路了。"桃夭撇嘴，"你送她走，便是老天给她最后的福气了。"

苗管家看她一眼："你这丫头倒是很会说话。"

桃夭吐吐舌头："还指着您以后有好吃好玩的多想着我一点呢。"

苗管家笑着摇摇头，回头对司静渊道："咱们回吧。"

从云层里重新钻出来的太阳，把大家的影子长长地拉在地上。桃夭看着苗管家的背影，想着那日他红着脸跟自己说，晓镜是他心中的珍珠。她不清楚这个女人的离去在他心头留下多大的伤痛，只知他心中的珍珠其实并不仅仅是陆夫人，更是当年在乡野河畔里长大的毫无杂质的友情与牵挂。但时间与人心，到底是把这一切都夺走了，且永不归还。

苗管家的背脊还是挺得很直，没有受到任何伤害的样子。

"除了我爹娘，苗管家从未给任何人烧纸上香过。"司静渊忽然道，"平日里总是和气周到的样子，其实骨子里有傲气，必要的时候，还有杀气。"

桃夭笑笑："有什么气都不打紧，打紧的是，还是想办法替他物色一位苗夫人吧，不然总跟你们两个小光棍在一起，人生很孤单啊。"

"你就是嘴巴里长刀子。"司静渊白她一眼，"就凭我们几个的身家姿容，哪里会讨不到老婆？！苗管家虽然人到中年，但也风度翩翩不输少年郎。"

桃夭想了想，问："你们都在害怕拖累谁么？"

司静渊没回答，只举手戳了戳她的脑袋："别忙着审我们，回来这么久了，我还没让你交个底儿呢。以前你说自己只是个学医出身的半吊子，之后又口口声声治妖不治人，你究竟什么来头？"

桃夭摆出夸张的笑脸："不就是个大夫啰。你们家可走大运了，花一点点工钱便找了个大夫当杂役，嘻嘻嘻。"

话音未落，她已然撇下他快步跑去苗管家身旁了。

"她不想回答的话，你拿铁钎子撬她的嘴也得不到一个字。"磨牙看着她蹦蹦跳跳的背影，"大少爷你就不要再问了。你要实在想知道，或许可以试试给她十倍工钱。"

"想得美。"司静渊哼了一声，然后盯紧磨牙的脸，"不对啊，你不是跟她一块儿的么，她不说，你告诉我呗！"

"阿弥陀佛，她不说，我自然也不能说。否则我怕是没有清净日子过了。"磨牙为难道，"大少爷你只需明白我们对你们没有恶意，同时对你们的收留心存感激，至少我是感激的，这便够了。"

"好好好。"司静渊一摆手，"不说拉倒。我看桃夭那个话痨，保不齐哪天自己就憋不住来找我坦白身世了。"

磨牙双手合十："大少爷明白就最好了。"

司静渊笑着拍了拍磨牙的光头，又看着前头跳来跳去表情丰富的桃夭，自言自语道："真是上天送来的一群活宝。"

不过，竟有些庆幸遇到他们。

○ 3 ○

　　傍晚时分，他们的车马行至戴楼门，桃夭非要去城南的甘饴斋买百花糖，明明是自己嘴馋，却偏说是给苗管家买的，还说情绪低落的人多吃甜食有益身心。柳公子则不客气地说多吃甜食的后果不过就是从忧郁的瘦子变成忧郁的胖子罢了。两个人又开始唇枪舌剑，马车里很是热闹。

　　正要进城门时，前头却传来一阵丧乐之音，夹杂着隐隐的号哭声。

　　苗管家将马车让到一旁，待送殡队伍过去之后才入了城门。

　　桃夭从车里探出头来，问苗管家："又是送殡的？"

　　苗管家点头："是的。"说罢又回头看了那远去的队伍一眼，脸上不禁划过一丝疑惑。

　　"好奇怪啊……"桃夭嘀咕了一声，缩回车里对司静渊跟磨牙道，"又一队送殡的，咱们回来这路上，遇到好几队了吧？"

　　司静渊撩开帘子往外瞅了瞅，回头道："没记错的话，第五队了？"

　　"是五队。"磨牙肯定地说，"这数量略有些多呀。"

　　"不是略多，是太多了。"桃夭皱眉，"就算京城人多，也不至于短短半天遇到五家送殡的。"

　　司静渊挠挠头："难不成天冷，老人们扛不住冻，接二连三地去了？"

　　"虽说入冬时节确是老弱们的坎儿，但往常入冬时，也这么频繁？"磨牙撩开帘子，一股寒风钻进来，街头行人无不缩手缩脚，一路小跑着前进。

　　"定居清梦河以来，从未在一天之内遇到过这么多送殡队伍。"苗管家听到他们的谈话，说，"很不寻常哪。"

　　桃夭问司静渊："你们司府不出面问问？"

　　"人家也没有找我们啊。"司静渊看了看外头渐浓的夜色，"回去再说，兴许真的只是巧合。"

　　行至城中一繁华街道时，一顶小轿飞快从一侧小路里冲出来，幸亏苗管家及时勒停了马车才没有与之撞上，但轿夫们也吓得不轻，往旁边乱退了好几步，轿子猛晃了几下方才重重落了地，里头的人差点滚落出来，惊慌失措地大喊"怎么了怎么了"，跟着轿子的一名中年男子赶忙上去，从里头扶出来一位白发老头，紧张地问："贾大夫，没伤着吧？"

　　"老骨头差点抖散喽！"老头没好气地说，"你们是怎么搞的，抬个轿子都不会抬！"

"不关咱的事儿。"一名轿夫指着他们的车马道，"是他们突然冲过来。"

苗管家跳下马车，上前对那轿夫道："小兄弟，明明是你们的轿子无端横冲出来，你这样指责我们怕是不妥吧。"

轿夫急了："我不管！要是里头的人受了伤，你们赔！我们没钱！"

"没事没事，贾大夫就是受了些惊吓。"中年男子忙上前道，说着又打量苗管家一眼，见他衣着不俗、气度出众，连带身后的车马也非普通人家能有，猜他必是哪个官宦显贵之家出身，自是不敢责备，只朝苗管家拱手致歉，"这位爷莫怪，轿夫鲁莽冲撞了大驾，这也是赶着领大夫回去救命才着急了些。"

桃夭自苗管家身后冒出来，好奇道："今儿也是奇了，不是遇到死了的就是病了的，这京城里也不知是抽哪门子的风。"

"可不是么，就这七八日吧，无端端地死了好些人，起初都不过是小伤小病，不过几天光景便骤然加重丢了性命。我家公子只是切菜割伤手指罢了，不过两三天，整个胳膊都血肿起来，人也高烧不退。"中年男子擦着额头的汗，"不说了不说了，还赶着带大夫回去，告辞。"说罢赶紧招呼轿夫起轿，抬着老大夫匆匆而去。

"真是倒霉呢，还没听说哪个切伤了手指就闹得性命不保的。"司静渊搓着手，"夜寒风大，赶紧回吧。"

桃夭总觉蹊跷，又不得头绪，思忖着自连水乡归来到陆夫人去世，中间各种琐碎杂事缠身，差不多个把月没出过清梦河，今天陆夫人头七，她好不容易得了空闲随苗管家出来祭拜，本想着再顺便玩耍吃喝一番，却被这些不正常的送殡队伍打扰了心情。

马车在通往清梦河的路上飞奔，桃夭不时往窗外看，纵是这样的寒天，京城夜色也比他处繁华许多，店铺酒肆，灯火通明，不怕冷不回家的人进进出出欢欢笑笑，生生要将漫天寒气压下去似的。

来到京城也有不少日子，走过那么多山山水水、大城小镇，少有能比这天子脚下更有趣味的，不光衣食住行惹人喜爱，连遇到的人也各有特色，纵让她长居于此，她大概也是愿意的。

她素来不爱管闲事，除了桃都，哪里的安危都与她扯不上关系，但这样好的地方，若真有什么闪失，她不确定自己是否依然可以袖手旁观。

淙淙的水声远远传来，清梦河就在前方，隐于竹林深处的司府灯火微明，静候晚归的家人。

○ 4 ○

"都办妥当了？"司狂澜喝了一小口汤，勉强点点头，"总算有些进步。"

苗管家忙放下碗筷道："回二少爷，都办妥了。晓镜的事，多少给司府添麻烦了。"

"此话不必再讲，我既让她进得司府，就不计较别的。"司狂澜又喝一口汤，"官府那边无非多一桩无头案，也算不得麻烦。"

"死囚被劫，官府能轻易过去？"柳公子慢条斯理地挑着鱼肉吃，突然眼睛一亮，对着司狂澜道，"你刚刚说啥？汤有进步？"

"除非苗管家当时做事不利索，否则官府再过一百年也查不到司府头上。"司狂澜看也不看他，破天荒地给自己又盛了一碗汤，"离鲜美还差得远，好歹能吃得下口了。"

能得到司狂澜的夸奖，哪怕是这种刻薄的夸奖，都比出门捡银子还难。柳公子顿时得意起来，碰了碰桃夭："瞧瞧，我说我早晚能在烹饪界封神的！"

"阿弥陀佛，等你封神的时候，我们大概已经仙游了，也不需要吃饭了。"磨牙边吃素菜边跟滚滚说，"对吧？"滚滚一边啃豆腐一边点头。

"吃着我煮的饭，说着气死我的话，你的慈悲心被狐狸吃了吧！"柳公子直接把盘子从滚滚面前拖走，"还想吃我豆腐，不给你吃！"

眼见吃了一半的晚饭被抢，滚滚一跃而起，跳到柳公子头上使劲拿爪子扯他的头发，嘴里还"唧唧"乱骂。

柳公子疼得龇牙咧嘴，仍不把豆腐还给它，只怒道："够了啊，再抓下去我不客气了！磨牙，你知道的，我生起气来连狐狸都吃！"

磨牙只说："你把豆腐还它就好，再闹下去，我怕你不用剃发也能当和尚了。"

"嘿你这小和尚，我……"话没说完，柳公子突然定定地看着斜对面的桃夭，连头上的狐狸都顾不得了，指着桃夭的头顶道："喂喂，桃夭，你的头你的头！"

所有人的视线都落到正忙着啃鸡腿的桃夭的头上。

苗管家见了，惊道："桃丫头你头上是怎么了？"

司静渊差点被还没嚼就滑下肚的肉丸子噎住，指着她的脑袋喊："你冒烟了！"

司狂澜最镇定，随手端起旁边的茶碗，果断地往桃夭头上泼过去。

桃夭躲避不及，被泼了一头一脸，好半天才回过神来，一拍桌子，起身指着司狂澜道："你吃坏肚子啦！泼我干啥？！"

司狂澜擦了擦手，淡淡道："从未见过有人吃饭吃到冒烟，不知是你太饿，还是你家柳公子拿火药做了饭？"

"关我啥事！"柳公子怒瞪着他，旋即跑到桃夭身旁，不顾滚滚还在自己头上，小心翼翼地摸了摸她仍在冒烟的脑袋，"这算哪门子怪事，听说有人走着走着就自个儿烧起来的，你是不是最近火气太大了啊？"

磨牙急道："桃夭你平静一下，别再发火骂人了，要不跟我念一段静心咒吧！"

桃夭顾不得搭理他们，翻起眼睛往上看了看，随后深吸了口气，闭上眼，将自己彻底静止下来。

见她这样，众人面面相觑，又不敢上前问话，只得干等着。苗管家甚至想好了对策，万一桃夭真烧起来了，旁边的大花瓶里还有半瓶水，全倒上去或许能行，可是这好好的姑娘怎么会冒烟呢？！

片刻之后，桃夭吐出一口气，睁开眼，头上的烟也渐渐散了。

众人悬起的心这才放下大半，司静渊小心地靠近她，试探着问："你没事吧？"

柳公子伸出手在她面前晃悠，她却眼神发直，没有任何反应。

"桃夭，你说话呀。"磨牙十分担心地扯了扯她的衣袖，"不会是烧着舌头了吧？"

"若真烧了舌头，倒是一件好事。"司狂澜瞟了她一眼，自顾自地夹了一根青菜吃下去。

"快别玩笑了，我这就去找大夫。"苗管家起身要走。

就在此时，桃夭突然一掌拍在饭桌上，杯碗盘碟全都跳起来。

"这个混账，买纸不要钱的吗？！"只听她咬牙切齿地说了这一句之后，转眼间便冲出门去。

一桌人又是丈二和尚摸不着头脑，待追出去看时，夜色之下哪里还有桃夭的身影。

○ 5 ○

"你发财啦？至于烧那么多纸找我吗？！"空无一人的仓库里，桃夭举着火折子，骂骂咧咧地在一地杂乱的货物里翻来找去，"还躲个啥？我人都来了，你还不滚出来！"

"桃……桃夭大人……"角落的木箱里传出声音。

桃夭循声找到那木箱，掀开上头半掩的盖子，将火折子移近一看，气急道："你缩在这里头做啥？！"

木箱里，趴着一只与狗差不多大小的动物，模样却不是世面上常见的任何一种，背脊上耷拉着一对翅膀，与蛇尾没两样的长尾巴蜷在身后，抬起头来更吓人，居然是一张人脸，七八岁孩子的面目，一双细小的眼睛怯怯地看着她，说话也有气无力的："桃夭大人，你可算来了。"再看它心口上，还挂着个小锦囊，一堆烧尽的纸灰躺在它身旁。

桃夭愤愤道："你纵是把叶逢君手里的纸都买了烧给我，我也还是那句话，你的病，我治不了。"

那小怪物叹气："幸好上回叶先生建议我多买些纸，否则我怕是没命与桃夭大人相见了。"

"叶逢君建议你多买些纸？"桃夭眨眨眼，"他是不是还建议了你别的？"

"嗯，叶先生说若一次烧个五六七八张的，你来见我的机会会大许多。"它老实地回答，"这锦囊还是他送我的，方便我把纸装起来。"

"财迷心窍的混账东西！"桃夭怒道，"他没告诉你一次烧太多纸给我我会冒烟的吗！"

"可我怕你不来啊。"它委屈道，"毕竟之前你见了我一次之后便再不肯出现。"

"我出现不出现有什么意义呢？！都说了我只是个治病的大夫，你个子长不大是因为天生的发育不良，不是病，我帮不了忙啊。"桃夭气得拍脑门，"你呀，不是让你多吃多睡么，说不定还能再长长个子。"

它虚弱地摇摇头："这次不是为这个。"

"哦？"桃夭一愣。

它艰难地把身子直起来，露出血迹斑斑的腹部，以及一道深深的伤口。

空气里除了淡淡的血腥味，还意外地混着一丝奇异的甜味。

桃夭皱眉，立刻将它自木箱里抱了出来，找块稍微干净的地方放下来，检查一番后，自布囊里翻出一黑一白两粒药丸，白的喂它吃下，黑的捏碎了敷在伤口上，这才说道："算你运气好，正好我在京城，赶得及过来，否则你这伤势必然撑不过两天。是箭伤？谁有这本事伤你？"

它沉默片刻，吞吞吐吐道："我是一路逃来的，早在钦州时便被盯上了。好不容易逃到京城，不承想前门拒虎后门遇狼……还好留下一条命躲到这里来，仓库里头气味杂乱，或能替我遮盖二三，不让对方那么快找到我。幸而纸还在，索性都烧给你碰碰运气。"

"这就怪了,你不是一贯老实巴交循规蹈矩么,犯什么大事了要被追杀?"桃夭不解。

算起来,她认识这只赑湖也好长时间了。几百年前它第一次烧纸给她,求她治一治自己"长不大"的病。说来它也是天生倒霉,身为赑湖,它的同族们哪个不是身强体壮,有驮山载河之力,偏它,生来就是个小狗样,莫说驮个人在身上,就连稍微胖点的猫狗它都载不动,也难怪心里自卑,把长身体当成此生最大的理想。

关于妖怪赑湖,记载不多,连《百妖谱》上都只有寥寥几笔,不过是"生于崦嵫山中,人面蛇尾,有翼能飞,最喜载物,常人不可见也"的家伙。桃夭见过的妖怪也算多如牛毛了,但像赑湖这种没有别的爱好,只喜欢驮着人或物到处跑的妖怪,倒也没多少。不过在她看来,这实在是一群毫无趣味的家伙,整天驮着东西跑来跑去有什么可高兴的,牛马还不爱让人骑着呢,偏它们一点脾气都没有,还拿这件事当成一种荣耀与使命似的。并且虽然它们数量不算少,大部分时间还在人界活动,但知名度却很低,普通人类,包括大部分妖怪,根本不知世间有赑湖的存在,原因是赑湖只在受伤与临死前才会显露身形。正常的它们,如同无形之风,默默地穿梭世间,莫说被看见,连被谈起的机会都没有。

对赑湖而言,终身隐形已经算个不大不小的悲剧了,而这只发育不良的家伙更倒霉一些,它天生比同族们弱小,驮不起重物,所以不难想象它曾遇到过的嘲笑与排挤。桃夭第一次见到它时,它正驮着一团莹莹亮亮的五彩光华,自空中落下来,又把光华送进那宅子里,放回躺在病床上的老头身体里后,才喘着气来拜见她。

它跟桃夭说,那团光,是老头的"魂"。许多人临死前,都有想见的人,或者想归去的地方,它做的,就是将这些弥留之际的人的"魂"带出来,再驮在身上去完成对方最后的念想。

方才,它带着老头去见了他一直忘不了的青梅竹马。已过花甲的老太太,身子还算硬朗,抱着小孙儿坐在门口摇拨浪鼓。老头在她身旁看了好久,然后高兴地跟它说,"你看,小红手上戴的戒指,是我当年送的。那会儿小红长得可好看,我也长得好看,暑天她给我熬荷叶粥,冬天我带她玩雪赏梅,虽缘分不够未成伉俪,但那些日子吧,不论何时想起,都是亮闪闪暖洋洋的。之后,我离家半生不曾归去,如今见村口的井还在,那些个梅树也还在,小红也还在,日子还很好,如此,我就算上了黄泉路,也不觉得心慌了。"

说罢,它有些不好意思:"桃夭大人,你莫要笑话我,离开崦嵫山来到人界的这些年,我驮的都是这些。我也想跟同族们那样,身负千斤亦可来去自如,只恨这身子不争气。"

说这话时，他们正在老头家门外的树林里，没等桃夭开口，一阵哭声便自宅子里传出来。

它怔怔地往那里头看了看，摇摇头："又走了一个。"

"不如你再进去看看？"桃夭忽然道，"反正普通人也看不见你，进出倒也方便。"

"人已经没了，还有啥可看的？"它不解。

"去看看他走时的模样，是愁还是笑，悲还是喜。"桃夭笑嘻嘻道，"你看清了来回我，我再定夺要不要给你治病。"

它立刻进了宅子。

不多时它出来，对桃夭道："嘴唇儿微微仰着，走得倒十分安详，跟睡着了没两样，就是儿孙们哭得伤心。"

"这样啊。"桃夭挠了挠鼻子，"那就不必给你治病了。"

"啊？"它急了，在桃夭身旁跳来跳去，"为啥啊？他走得安乐，可我还是不长个子，这跟你治不治我有啥关系？"

"你们孰湖存在的意义，就是驮东西呗。对吧？"她问。

"对啊，可是……"

"那你驮了啊。"桃夭打量着它。

"不对不对，"它直摇头，"我驮的都是这些轻飘飘的，我想跟同族们一样强壮，你可知道，我有些同族是可以驮起一座山的，且上天入地、冰川火海，没有哪里是去不得的。这才是真正的孰湖该有的样子呀！"

"轻飘飘？"桃夭笑笑，"能有那样的笑容，你驮的可一点都不轻啊。"

它依然着急："桃夭大人，真的是很轻，我求你帮我，天下间唯有你能帮我了！"

桃夭撇撇嘴："求我也没用，你的身子不是病，发育不良罢了。要不你多吃多睡，看看这样能不能长大一些。好啦，我还有别的事忙，后会无期。"

说罢也不管它在身后怎么挽留怎么哀求，她都毅然离去，并且在之后又收到它好几次烧的纸时，也没有去见它。直到最近几十年来，它的纸才消停了。她还以为它终于想通了呢，不承想今天居然又转回它面前。

仓库里，面对桃夭的质问，它一直嚅嗫着。

见它这样，桃夭扔掉燃尽的火折子，不耐烦道："不说拉倒。你烧纸给我，我来了，也给你治伤了。以后你再敢烧一堆纸给我，我保证把你跟叶逢君绑在一起捆到炮仗上，点火送你们上天！"说着，她转身要走。

"桃夭大人!"它费力地跳到前头,拦住桃夭的去路,急急道,"我烧纸,不是求你救我,而是……是为我那孪生弟弟!"

"啥?孪生弟弟?"

"是。"

6

它在成州的府衙内待了快三个月了,就想知道那桩人命案有什么进展。

成州的舀泥河边,有人亲眼见着天上掉下来个人,摔在河滩上,生生摔死了。

这件奇案立刻传遍了整个成州,大家都吓坏了,人又不是鸟,怎么能从天上摔下来。

府衙里也乱了章法,查了好些日子也没个头绪,直到前几天才确定了死者的身份,不确定倒还好,确定了之后就更头疼了,因为死者并非成州人士,家在离成州千里之外的项城,并且死者家属非常肯定地告诉他们,死者摔死前一天还在家中好端端地跟大家喝酒,一夜时间,身在项城的人怎可能死在成州的河边?

这件案子,远远超过了他们能处理的范围。

它在府衙里又待了好几天,听到他们说,经过查访才发现,这些年类似的案子时有发生,全国各地都有,受害者都是被摔死在离家千里之外的地方,但哪地官府都没能破案擒凶,甚至连点有用的线索都没发现,最后大家的处理方法也一样,封存卷宗,不了了之。

成州的府衙也没有奇迹发生。

它确定再等下去也没有结果,却暗自松了口气,悄悄离开了府衙。

河滩上,命案现场留下的血迹还在,浸在石头里,已经发黑了。

它偷偷去看过受害人,跟之前的受害者们一样,在血肉模糊的尸体上,它清清楚楚地嗅到了那个家伙的味道。

它一面愤怒于那家伙竟然还在干这样的事,一面却又生怕他人查出端倪,对这家伙赶尽杀绝。

寒风吹过,它抬头望天,大吼:"你疯了吗?!你到底在干些什么?!"

世上除了它,再没有谁能闻到那个家伙的味道,因为它们是孪生兄弟。

所有的孰湖都诞生在崦嵫山的石海中,那真是一片石海,大大小小的石头密密麻麻地排列着，每个孰湖母亲都会把卵产在石头下，刚出世的卵只有一丁点大，从石头下的缝里滚落进去，然后一天天长大，直到把压住自己的石头顶开，小孰湖们才能破壳而出，如果这个卵不够强壮，长得不够好，无法推开压住自己的石头，那么就意味着它还未出世便被淘汰了。

它觉得，如果没有这孪生弟弟，自己肯定没有破壳的机会。

从破壳那刻起，它跟弟弟就差了好多，弟弟的体型起码是它的三倍以上，跟在弟弟身边的自己，横看竖看都像个可怜巴巴的小跟班。随着时间的流逝，弟弟越长越健硕，虽然跟最强壮的同族们相比还有些差距，但在它眼里，弟弟已经足够它羡慕了。

成年之后，孰湖们就会离开崦嵫山，往那五光十色的人界而去，那里有无数的人与物可以被它们驮在背上，穿山越岭、上天入地，在飞行与奔跑中寻找乐趣与存在的意义。

而它比较麻烦，飞又飞不高，跑又跑不远，每次都远远落在弟弟后面。

它一直觉得它们兄弟俩感情很好，崦嵫山的孰湖里从没出过双生子，幼时跟同族们打闹，它总因为身体弱小而被别人欺负，有一回甚至被它们一屁股坐在头上，又推不开挣不脱，差点就窒息而死，幸好弟弟赶来，一个人打跑了三个，把它救了出来。

从此，它都不敢离弟弟太远。

可是，孰湖并非群居妖怪，一旦离开崦嵫山，就代表了各奔东西。

但它们兄弟俩并没有分开，在来到人界的头一百年里，它渐渐习惯了驮着那些将死之人的魂魄去到他们想去的地方，而它能驮得动的，也只有这个。弟弟不一样，它曾经从洪水里驮起两个人，送到安全之地后，又返回去驮起更多的人，而它能做的，只能是从水里捞起一两件衣裳，或者给他们弄回几个野果子。

一百多年过去，它还是没有任何长进，只有魂魄，是它驮得最得心应手的。

弟弟说要离开的那天，天气特别热，阳光晃得人睁不开眼睛。

它有点傻地站在阳光里，问："是不是我拖累你了？"

弟弟想了想，说："你就这样过下去吧。"

它觉得自己肯定是被嫌弃了："我一直在努力，我……"

"我要走了。"弟弟打断它，又看了它一眼，"别跟来。"

"我……"

它只吐出一个字，便没办法再说下去了，因为弟弟已经毫不留恋地离开了，矫健的身影很快消失在炽热的天空里。

它其实很怕热的,但那天它觉得不热,心里好像灌了风,凉嗖嗖的。

回来的路上,它反复跟自己说不要难过不要牵挂,毕竟它们兄弟俩都长大了,弟弟那样的孰湖,确实不应该总跟自己这样的哥哥在一起,它应该像其他很厉害的同族那样,做一个可以身负千斤但仍可自由来去的妖怪孰湖。

几百年很慢,又很快地过去。它数不清自己驮过多少魂魄,其实也是很忙碌的,毕竟走向生命尽头的人那么多,而他们每个人的心目中,又藏着那么多的回忆与牵挂。偶尔闲下来时,它会蹲在某间宅子的屋顶上,看着月亮发呆,顺便想想那个家伙现在在哪里、在做什么。

几百年了,这些摔死的人,是它得到的,与那个家伙有关的唯一线索。

可是,不该是这样啊。

它开始寻找那个家伙,又是几十年,其间与那个家伙有关的命案,没有停止过。

终于,在它锲而不舍的寻找下,一年前,分散几百年的两兄弟终于见面了。

那是在房州西边的无名河边,也是夏天,火烧似的云倒映在河水上,天地都红红的一片。

"比以前强些了,至少能循着我的味道找来。"弟弟站在河边,身形比从前高大太多,每块肌肉都在夕阳里闪着光,眼神犀利得像一把从冰里拔出来的刀。

反观它自己,差不多还是老样子,瘦瘦小小的一只。

"你杀人啦?"它犹豫了好一会儿才问出口。

"嗯。"弟弟倒是承认得很痛快。

它愣住:"为……为啥呀?"

"增加我背负过的重量。"弟弟坦然道,"孰湖的力量,与背负过的重量成正比,这个你是知道的。"

"这个我知道啊。"它急忙道,"所以这些年我很尽可能多的去背那些魂魄,其实我还是变强了的,起码比从前壮实了一些。"

"一个活人的重量,远不及一条人命来得重。"弟弟淡淡道,"身上的人命越多,我的力量就会越大。"

它急了:"你要那么大的力量干什么?你已经很厉害了!"

河水急躁地流过,"哗啦啦"地响,在夕阳消失前的最后一刻,弟弟转过身去,看着自己倒映在河水里的身影,说:"就快到五百年了。"

它怔住。

"如果我不想你找来，你以为你能找到我吗？"弟弟回头看看它，"这些年，你做的每件事我都知道。所以，我更清楚自己要做什么。"

"你……"它结巴着，不知道要说什么，难道这些年，这家伙从没有真正离开自己？！

弟弟看向远方："它们差不多要来了。"

它沉默。

那天之后，它们又像从前那样形影不离了，弟弟比从前更沉默，也更警惕，一场雨一阵风，都会让其如临大敌。

其实它更想听到的，是这家伙好好跟它讲讲这些年过得好不好，那些被驮过的人与物有没有什么趣事，什么都好，只是不要跟杀人有关。

可这家伙什么都不说，兄弟俩要么从天上飞过，要么从街市里穿过，弟弟跟它说的最多的一句话是："跟紧我。"

"咱们到底去哪儿，要这样走到什么时候？"它忍不住问，"我还要做事呢，多少人在等着我。"

"走到你可以留下来时。"弟弟冷冷道。

行至钦州时，它们终于遇到了此生最凶猛的袭击。

来者是它们的同族，七只强悍的孰湖，要取它的性命。

属于它的结局，终究还是来了。

这么多年，它总是刻意去忽略一件事，关于孰湖一族最隐秘的"规矩"。

崦嵫山最高的地方，有一块自地里长出来的光滑如镜的赤色石碑，它不但是孰湖一族膜拜的神物，也是代表了每五百年出现一次的排名。每一批在崦嵫山出生的孰湖，自出生之日起，五百年之内所背负过的重量的总和会清楚地记录在里头，按照孰湖一族的"规矩"，排名最后的一位，必须被"清除"，汰弱留强是保证优良血统的最好方法。

其实，它在很小的时候就知道自己一定会出现在排名的最后。

可它没觉得害怕，甚至觉得能有五百年时间已经很多了，足够它去看看外头的世界是什么模样，人类又是怎样精彩有趣的存在。

不过它也没有颓丧等死的心，虽然驮不了重物，但即便是轻飘飘的魂魄，它也一个又一个地驮起来，积少总能成多，总比啥都不做好。它甚至还找过桃都的桃夭大人，这弱小的身子可能是一种病，要是她肯出手相助，说不定可以恢复正常，到时候，它或许能侥幸活下来？

但，若一切皆不能如愿，五百年就五百年吧，够了。

可是，当它看到弟弟豁出性命与那七个同族搏斗时，它恍然大悟的愧疚突然多过了感动。

你要那么大的力量干什么——对弟弟的斥责，言犹在耳。

答案已经摆在眼前，建立在人命之上的力量，竟只是为了替它这虚弱无用的哥哥抵挡一个五百年的判决。

一场厮杀，两败俱伤。

它被保护得很好，敌人未伤到它分毫。

浑身是血的弟弟嘱它快跑，往人最多的地方去，最好是京城，若自己能脱险，定到京城与它相见。

它不放心离开，但又不敢留下拖这家伙的后腿，只得闷头往北逃去。

心里很乱，其实真的没关系，努力了五百年也还是名单上最后一位，可见自己是真的很差劲，这样一个哥哥，根本不值得身后那场血肉横飞的搏斗。

"呼呼"的风声里，它不敢回头，拼命地跑。

它知道弟弟让它往京城去的目的，无非是那里人多，它藏身其中，妖气不易暴露，毕竟那些取它性命的同类只能靠气味来追踪它的下落。

可是，以一敌七……它们兄弟俩真的还有机会重逢于京城么？

它终是到了京城，照弟弟的嘱咐，只在人最多的地方晃荡，夜里睡觉都不敢选清静之地，商铺酒肆烟花地，哪里人多去哪里。

惶惶不安中，一月时间过去，就在十天前，它正睡在酒肆后院的柴房里，迷迷糊糊中，看见弟弟好端端地站在面前。

它猛一起身，才发现并不是梦。

"没事吧？"弟弟问它。

"没。"它摇头，目光落在对方身上随处可见的伤口上。

"七者已除其五。"弟弟若无其事道，"可惜我体力不支，不能一网打尽，只得先逃走保住性命。"

对方说得越轻松，它心里越扎得慌，想安慰又觉得什么话都苍白，想抱住对方嚎啕大哭一场又觉得无用且丢脸，左思右想，它哭丧着脸憋出一句："我们还是去看大夫吧……你身上得多疼啊！"

"不用。"弟弟看着它，口气一如既往的冷淡，"幸而伤口在我身上，若在你身上，只怕你光是喊疼都把自己累死了。"

说罢，弟弟看了看外头的夜色，径直往门外走去："跟我来。"

它慌张地跟上去，刚一到外头便被弟弟叼住脖子，甩到背上。

"这是干啥？"它趴在弟弟的背脊上，不敢乱动，生怕碰到那些大大小小的伤口。

弟弟腾空而起："你飞得太慢，我看着着急。"

它在"嗖嗖"的夜风里哆嗦着："咱们要去哪里？"

弟弟不作声，只朝着北边飞去。

7

寒风从破损的窗户里钻进来，伴着清晰的打更声。

"你弟弟带你去了哪里？你的伤也是在那里弄的？"桃夭看着孰湖腹上的伤口，"追杀你的同族显然不会用武器，你们孰湖打架无非是下蛮力，咬死踩死撞死，可你身上的伤明明是箭伤。之前你语焉不详，现在看来，伤你的似乎并非你的同族。还有你弟弟，听起来本事大得很嘛，这样的妖怪还需要我来救命？！"

它挣扎着站起来："桃夭大人，你既居于京城，可听说过冲霄塔？"

"冲霄塔？"桃夭想了想，"不止听过还看到过呢，五丈河边那座嘛，差不多是京城中最高的建筑，九层一百丈，听说站到上头俯瞰，能收尽帝都风光。不过从没进去过，平日太忙，没那闲工夫。"

"它此时就在冲霄塔内。"它踉踉跄跄地往仓库外走。

"站住。"桃夭喊住它，"你这模样，天亮也到不了冲霄塔。"

说罢，她扭头往门外喊了一声："听够了就滚出来帮忙，难道还要我把它扛走么？"

话音未落，仓库大门被人小心推开，柳公子司静渊磨牙滚滚逐一冒出头来，他们身后，还有个目不斜视、死也不肯摆出偷听之态的司狂澜，以及随时照应左右的苗管家。

孰湖吓一大跳，本能地躲到桃夭身后。

"不必害怕，不过是群经常偷听的惯犯罢了。"桃夭撇撇嘴，"你们本事也大，我走得那么快你们也能找过来。"

磨牙指着滚滚："滚滚带我们找过来的，它已经相当熟悉你的气味了。"

桃夭一把将滚滚拎起来，戳着它的脑袋道："你是披着狐狸皮的狗吧！没事乱嗅什么，不知道我最讨厌被人跟着吗！"

"说了是担心你啊。"磨牙赶紧把滚滚抢回来，"毕竟从没见过你冒烟啊！原来烧多了纸会有这个效果！"

"别再提纸了，我翻脸的。"

滚滚从磨牙怀里跳下来跑到孰湖身边，在它身上嗅来嗅去，它不敢骂又不敢躲，只拿眼神跟桃夭求救。

"没事，只要狐狸确定你不能吃，它自然会放过你。"桃夭说罢，又看着随后跟进来的柳公子，指了指孰湖，"你扛一下吧。"

"为啥是我？！"柳公子不情愿地碰了司静渊一下，"这儿还有个身强力壮的呢！"

"你吃错药啦，普通人类看不见孰湖的。"桃夭瞪他。

"不是……我看见了。"司静渊立刻道，言语中还颇为兴奋，"长得好独特的妖怪呀，人脸马身还长翅膀，那张脸还胖嘟嘟的。"

"你咋能看见它？"桃夭一愣，旋即回过神来，"哦，它受伤了。"

"啥意思？"司静渊挠头，"这家伙要受伤了才能被我们看见么？"

"嗯。"

"它真是妖怪？"苗管家问。

"嗯。"

司狂澜对他们的交谈没有兴趣，此时只蹲在离孰湖很近的地方，问它："确实是在京城中被人用箭所伤？"

它哆嗦着点点头。

"让我再看看伤口。"他说。

它迟疑着直起身子，露出腹部的伤口。

桃夭的药有奇效，短短时间内伤口不但不再渗血，还结了一层薄薄的痂。

空气里仍有凉凉的药味，司狂澜嗅了嗅，问："伤你的箭呢？自己拔了？"

"不，我逃到仓库之后，发现那支箭自己就没了。"

司狂澜皱眉，起身朝门外走去。

"二少爷去哪儿？"桃夭喊道。

司狂澜头也不回道："都这个时候了，难道还要听你们胡说八道，既然你没起火，我自然是回家歇息。"说罢便出门离去。

桃夭冲着他冷漠的背影做了个鬼脸，随后对苗管家道："没事了，你们都回吧。"

251

"这叫没事?"司静渊指着孰湖,"不是要去冲宵塔么,我也要去!柳公子不扛它,我来啊!"

"大少爷,"苗管家拦住他,低声道,"好歹是个妖物,你……"

"司府见过的怪事怪东西还少么?"司静渊反问,"不必担心。我也想知道冲宵塔里究竟有什么玄机。再说,桃丫头是我们司府的人,这事也就算跟我们司府有关,我们不好袖手旁观吧。"

"多谢大少爷,但这事你帮上不忙,还是回去睡觉吧。"桃夭不客气道。

司静渊凑过来,对她附耳道:"休想撇开我。我听到妖怪口口声声喊你'桃夭大人',既是大人,你身份不低啊,今天无论如何也要把你的底细跟我讲明白。"

桃夭把脸扭到一边,装作听不见。

"大少爷!"苗管家皱眉。

司静渊冲他摆摆手:"莫再多说,苗管家你要么跟我们一起去,要么回去看澜澜睡着了没。"

苗管家自然选了前者,司家两兄弟,从来都是这个当哥哥的更让人操心。

"既然要去,就别磨蹭了。"桃夭抱起孰湖放到司静渊怀里,"走!"

"喂喂,必须这样抱着么?它身上臭臭的……"

"你自己说要帮忙的。"

"找个麻袋装起来再扛也可以啊!我今天这身衣服新做的!"

"你好意思把重伤者放到麻袋里?"

"呃……柳公子,还是你来吧。"

"大少爷,你自己选的妖怪,哭着也要把它抱到目的地。"

"柳公子你!"

8

此时,外头已到了一天中最冷的时候,河边的温度更是低到令人发指。

一行人停在五丈河岸边的树林外,有斜长的石梯延伸而上,石梯尽头是一片高高的开阔地,冲宵塔就建在其上,即便还有一段距离,这夜色中的建筑,仍似一个伸手就能触到天空的高大怪物。

"怎的冲宵塔上不见半点灯火?"苗管家奇怪道,"据说当年修这座塔,是为了镇住五丈河里的水妖,保来往船只平安,故而即便到了夜间,此塔也要灯火不灭,以示威仪。总之,我在京城住了多久,冲宵塔上的灯火便亮了多久,从未见过今夜这般的漆黑光景。"

"我也记得这地方从未这么黑过。"司静渊也附和道,"莫不是善男信女们捐的香火钱不够了,没钱买灯油?"

"桃夭……"磨牙仰望着冲宵塔,脸色不太对头,怀里的滚滚也对着冲宵塔龇牙咧嘴,发出不友善的声音。

柳公子微微张着嘴,自言自语道:"好多啊……"

"是啊。"桃夭仰着头,"好久没看到这么多了。"

见他们几个怪里怪气的模样,又说着听不明白的话,司静渊扯了扯桃夭的袖子:"你们几个是否没见过这么高的塔,这般惊讶?"

桃夭揉了揉眼睛,视线自塔底移到塔顶:"我不是没见过这么高的塔,我是没见过这么多的妖怪。"

"啥?妖怪?"司静渊跟苗管家面面相觑,"除了我怀里这只,哪里还有妖怪?"

"桃丫头,这儿……什么都没有啊。"苗管家四下打量,夜深人静,四周除了他们几个外,再看不见任何活物。

"你们自然是看不见的。"桃夭的目光落在冲宵塔的顶端,"现在我确定你们是普通人了。"

如果不是普通人,大概也会露出跟他们一样的表情吧。

九层高塔之上,自底到顶,密密麻麻爬满了各种款式的精怪,种类之多连桃夭一时间都难以分辨。有成了形的妖怪,如猫妖蛇精虫怪之流,还有连形状都难以描述的山精魍魉,全都层层叠叠地"铺"在冲宵塔上,用各种怪异的姿势蠕动爬行着。有些力气不济被挤下来,落地之后又奋不顾身地爬上去,看样子是要争先恐后地往塔顶去。而最麻烦的是,奔着冲宵塔而去的精怪们还在增加。桃夭亲眼见着又有几只小妖怪自对岸而来,一头扑到了塔上,心甘情愿成为那潮水般的妖物中的一员。

这么多妖怪挡着,再亮的灯火也无法在如此重的妖气里存活。

磨牙看得起了鸡皮疙瘩:"桃夭,这算怎么回事啊?好似附近的精怪都往这这塔上来了!"

"百年难得一见的奇观呀。"柳公子看着看着居然流口水了,"好像里头还有老鼠精?!"

桃夭白了柳公子一眼,旋即将孰湖从司静渊怀里拎出来放到地上,盯着它慌张的脸孔,问:"跟你弟弟有关?"

"应该是。"它很焦急,却又不敢再往前迈步。

桃夭不解:"这些铺天盖地的家伙都是冲你弟弟来的?可你弟弟有什么魅力值得这般前赴后继?"

它犹豫片刻,道:"最近京城里有不少人丧命,皆是居住在冲宵塔附近的百姓……本是小伤小病,却无端加重,一命呜呼。"

众人心下一惊,立刻想起白天遇到的那些超出正常数量的送殡队伍。

桃夭沉下脸:"你弟弟做了什么?"

"它……它……"它结巴了半天,终是将所有勇气都用在了这一句话上,"它驮了一块阴傀石出来!"

桃夭顿时倒吸一口凉气,脱口而出:"那东西也是能碰的?!"

它垂头,十分沮丧道:"怪我……怪我无用,年年月月地拖累了它。"

"阴傀石?"柳公子凑过来道,"可是万竭山上的阴傀石?"

它点头。

柳公子顿时露出跟桃夭一样的表情,还顺手向它伸出大拇指:"令弟果然是嫌自己命长了。"

司静渊与苗管家不明就里,完全不知他们说的什么山什么石,听都没听过的怪名字。

"极北之处有座叫万竭的山,人兽皆不可达,半山半冰,其上无水无树无生命,只有大大小小的黑石头,这些石头就叫阴傀石。"磨牙小心地说,"而且此山为结界包围,游荡在四周的无形气流锋利如刀,意图闯进去的人类与妖怪会在瞬间被切成碎片。所以多年来,万竭山犹如禁地,挡住了无数心怀不轨,想取阴傀石去人界作乱的家伙。"

"可以啊,咱们的磨牙小师父连万竭山都知道了。"桃夭赞赏道。

"你跟人猜落地的树叶是单还是双的时候,我都在看书好么。"磨牙叹气,"那座山真不是个好地方。"

"那为何它弟弟可以来去自如?"苗管家不解。

"因为孰湖是介于有形无形之间的妖怪,就是这种体质,它们才可以自由来去世间任何地方,连万竭山的结界都对它们无效。"桃夭解释道,"算是孰湖独有的优点吧。"

"就这些?"司静渊听罢,奇怪地问道,"那你们一个两个为啥都变了脸色?你们说有人想取那石头去作乱,莫非这石头会咬人不成!"

"怕是比咬人还麻烦。"柳公子严肃道,"阴傀石在万竭山里,就是石头,可一旦离开万竭山,就是毒药。"

"我自认也算见多识广,但这万竭山阴傀石,确实不曾听闻过。"苗管家皱眉道,"你说毒药,莫非那石头本身有毒?"

"橘生淮南为橘,生淮北为枳。"桃夭道,"阴傀石也差不多是这个意思。留在没有活物的万竭山,它无害。但若流落到有人类鸟兽生存的地方,不论江河湖海还是山野城镇,它所在的方圆千百里范围内的活物都会为其所害。"她抬头看着冲宵塔,"若冲宵塔里有一块阴傀石,便有如病疫之源,照那石头的本性,先是离塔最近之人受害,之后逐渐扩散。其实阴傀石本身无毒,但它所散发的怪力,会在极短时间内加重小病小伤的危害,受了它的影响,哪怕只割伤一个小口子,也会迅速恶化,必死无疑。不加阻止的话,不消半年,整个京城至少减去一半人口。"

实在是没想到事情会严重成这样。

"虽然有些地方还是不明白,但听你们所讲,事情就是这个妖怪的弟弟弄来了一块会殃及他人性命的石头,此刻正盘踞在冲宵塔上?"苗管家察觉到这件事的严重性,看看巍然不动漆黑一片的冲宵塔,又看看一脸忐忑的孰湖,"可这妖怪口口声声要你救它弟弟,莫非阴傀石会伤到它弟弟?"

除了孰湖,所有人的目光都落到桃夭身上。

"救,不一定是救命。"桃夭望着几乎被妖物淹没的冲宵塔,"既然敢去万竭山弄它出来,就该知道这石头一旦沾了身,不论人还是妖,便再也分不开了,这鬼东西先是粘在身上,不用多久便长进肉里,除非活物死了,否则永远拿不下来。如此,你弟弟只能永远做一只带着阴傀石到处害人的妖怪。"她看向孰湖,笑,"你们孰湖的强壮与否,取决于你们承载过的重量,世间最重是人命,你弟弟有了阴傀石帮忙,弄出那么多人命在身上,以后只会越来越强悍,留在它身边,怕是再没有一只孰湖能取你性命,你永远不用再担心什么排名。这么看来,其实你不该来找我的。"

"我必须找你。"孰湖突然抬起头,"你是桃夭大人,给妖怪治病是你的义务。视人命为草芥,难道不是一种病么,不论它拿人性命的目的是什么。"它望向塔顶,又道,"那日,弟弟将我带到塔顶,跟我说这里是它找到的最好的住地,京城人多,这里又是京城最高的地方,才在这里歇了一天,身上的伤就开始好转。我起初还奇怪,问它怎会如此,莫非京城风水好?它肯定觉得我是个傻子。直到我看见它背上那块鸡蛋大小的黑石头,它才说,跟那七个家伙交手之后,它暂时躲到北方一个荒岛上养伤,在那里它想了很多,觉得再用以前的法子增加力量的话,太慢,敌人很可能会卷土重来，就算不是它们，也会有别的同族再来'清除'我，所以它去了万竭山，驮了一块阴傀石回来。有了这块石头，身上的伤不但很快会痊愈，之后哪怕全族的家伙都来清除我，它也能保我周全。"孰湖低下头，"可那是阴傀石啊，杀人无形的东西。它已经夺走很多'重量'了，还觉得不够……才几天时间，冲宵塔附近便有数人为阴傀石所害，死在不起眼的小伤病之上。而弟弟的情况确实一天好过一天，连之前受过的伤都不见踪影。可我天天都能听到塔外的哭声，连睡着的时候都能听到，放眼看去，送殡的队伍此起彼伏。我觉得害怕……很害怕……"

它的身体有些发抖，眼睛也红了，差点就要哭出来："而且……而且万竭山的位置，是当年我无意中发现的，我真不该告诉它啊。"

"就算没有阴傀石，它也会去找别的替代品。"桃夭冷冷道，"你弟弟来冲宵塔有十日了？"

它点头："这十日，不光伤了人命，三天前，我发现冲宵塔外开始有别的精怪聚集，它们像嗅到了肉的狼，一个个争先恐后地往塔顶而来。我不知为何会这样。我要弟弟立刻跟我一起回万竭山，它却充耳不闻，然后当着我的面，把扑过来的精怪们撕咬粉碎。我这才发觉，它的身体确实比从前更强壮，力气也更大，连口里的牙齿都变得尖锐。我越发不安，若再这样下去，无辜而死的人越多，它就会越像一个怪物吧。"它深深吸了口气，把眼泪憋回去，"那晚，我们爆发了有生以来最大的一场争执，我们打起来了。"

桃夭想笑："你？跟你弟弟打架？"

"自然是打不过的。它让着我。"孰湖的沮丧很快被极大的不安取代，"冲宵塔只有一到八层可供人游览参拜，顶层是锁住的，里头供奉着一座金佛，除了来打扫照料的人，无人可入内。可那晚却进来一个陌生人，穿着黑衣裳，连男女都没看清楚，便对我们动了手，亮闪闪的短箭自其手中飞出，跟活物似的追着我们。乱战之中，弟弟把我踢出冲宵塔，独自与那人缠斗，我自知帮不上忙，却又担心它的安危，不敢走远。没过多久塔顶便没了动静，我放心不下，悄悄飞去，还没进去便见到弟弟倒在地上悄无声息，攻击我们的人也没了踪影，我正要溜进去，谁知暗处又是一支冷箭，我躲闪不及，腹部中箭，摔了下来。"它眼巴巴地看着桃夭，"之后就是你看见的那样，我逃到附近的仓库里，支撑不住晕了过去，醒来之后本想再往冲宵塔去，可冷静一想，我这样的家伙去了也无济于事，走投无路之下，只能向你求助。"

"这样啊……"桃夭挠着下巴，转了转眼珠，"一直以来，找我治病的妖怪都能非常清晰地表达自己的病情，唯独你，东拉西扯半天才告诉我你找我的最终目的不是给自己治病，而是要我救你弟弟。"她蹲下来，直视它总是躲躲闪闪的眼睛，"做这个决定很不容易吧？"

它愣了愣，头低得几乎要挨到地。

救一个已经跟阴傀石合二为一的妖怪的唯一方法，就是阻止它继续变成一个怪物。

但这需要拿命去换。

一生中总会遇到很奇特的时刻，比如杀与救恰好变成了同义词。

"很麻烦。"柳公子走到她身旁，"就算你动手除掉它弟弟，让阴傀石脱离其身体，但这石头的力量顶多消失一阵子很快就会复原，任其留在冲宵塔上不管，它会继续祸害人命，此石天生顽固，砸不碎烧不烂，万一又有哪个人或妖怪碰了它，它得了身体到处走，不知又要死多少人。阻止它发挥邪力只有一个法子，就是送它回万竭山，谁把石头送回去？且你想过没有，送石头回去的人，除非有一颗永不离开万竭山的心，这事才算圆满了结。"

桃夭眨眨眼："我知道。"

"那你……"

"我……我可以！"孰湖动了动翅膀，摇摇晃晃地从地上飞到柳公子眼前，"你们看，桃夭大人的药很厉害，才几个时辰，我已经能飞了。"

司静渊忽然开口："那个万竭山，寸草不生吧……而且很远吧？你要去？"

"去！"它回头看着司静渊，"我能驮得动那块石头，再远也能飞过去。"

"我们大少爷的意思是……"苗管家看着它，"你去了，就永远不能再回来了。"

"这个我明白。"它点头，"但我想去，毕竟从没有机会驮一个这么'重'的东西。"它笑笑，"如此，倒觉得自己不比那些同族们差了。"

桃夭想了想，视线投向塔顶："好吧，你弟弟的病，我来治。"

说罢，她回头对柳公子道："你跟我进去便是。"

柳公子皱眉："太多了啊，光是去到塔顶就是个麻烦事。得先把挤在塔上的玩意儿清理了才成。"

"你们在说什么？"司静渊不解道，"去塔顶难道不是进门上楼梯就可以了？什么太多了？"

桃夭没作声，拼命打起了呵欠，不一会儿便满眼泪光。她拿小指沾了一滴眼泪，摁到司静渊左眼皮上，又沾一滴摁到苗管家眼上，说："再看看。"

很快，司静渊跟苗管家就变了脸色。

片刻之后,司静渊用力揉了揉眼睛,指着冲宵塔道:"那些都是妖怪?"

"不止,还有山精魍魉死灵之类乱七八糟的东西。"桃夭撇撇嘴,"阴傀石大概把附近所有的怪东西都引过来了。这石头发散出的气息,对人类与普通鸟兽而言是无味的毒气,但对那些低级别的妖物精怪却是莫大的吸引,好比饥饿的人闻到肉香,然后拼命要找到这块肉吞下去。害的人命越多,阴傀石就会越香。"

她的视线落回地面上,一座四五米高的四方围墙将冲宵塔圈住,墙上没有多余的装饰,只整整齐齐地刻着各种经文,一扇黑漆大门就开在正对面的墙上,并未上锁。

她朝大门走去,心想这回怕是要亏本。孰湖又不是什么了不得的妖怪,拿来做药也顶多起个强身健体的效用,可要治它弟弟,却不知要费多少心思多少药,光是料理塔外那一堆家伙就够她头痛了,而且还不知道身上带的药够不够。若不能一举驱散这些家伙,必遭反扑,那就更麻烦了。活捉降伏费时费力,大开杀戒它们又罪不至死,不过是来闻闻味道过过瘾罢了。

思索间,已然走到门前,实在不行的话,也只能靠柳公子杀出一条路来,也不知塔顶现在是个什么情况……唉,都怪叶逢君那个混蛋,要不是他教唆孰湖烧那么多纸,她根本就不会卷到这件破事里来!

越想越生气,正伸手推门,门却自己开了。

9

有些人,确实要用艳若桃李来形容的。

开门的女子,比桃夭高出半个头,二十出头的年纪,楚腰纤细,柳眉杏眼,眸如星河,即便不笑,嫣红的嘴唇也微微上翘,自然地保持着迷人的弧度。当一个人的脸孔足够美貌时,穿什么衣裳梳什么发式都是合宜的,哪怕一件毫无装饰甚至不分性别的窄袖黑衫,以及用一条细细的红缎带简单束在身后的长发。

女子身上找不到多余的颜色,可一身红衣的桃夭站在她面前,反而成了一幅没上颜色的画,生生被她比了下去。

桃夭愣了愣,旋即笑道:"我还以为照应这座塔的不是和尚就是尼姑呢。"

女子打量她一番,也笑:"小丫头,游塔的话,天明之后再来吧。"说罢,她微微一歪脑袋,看着桃夭身后的司静渊,冲他俏皮地眨眨眼:"好些时日不见了,司大少爷,怎的这么晚了还带着人在外游荡?咦,旁边可是苗管家?这可奇了,您也跟着他们瞎跑?"

认识的？！

桃夭站在他们中间，虽不知女子的身份来历，但从司静渊跟苗管家骤然微妙的神情看来，应该不是个好打理的主儿。

司静渊上前，朝她嬉皮笑脸地一拱手："真是好些时候不见了！"又看看她身后的大门，笑，"就是不知今晚该尊称你铃星大人，还是邱姑娘呢？"

"公务在身。"她拱手还礼，又做了个请的姿势，"大少爷请回吧，过几日再带友人来登塔赏景。"

"那今天就只能喊你铃星大人了。"司静渊笑笑，指了指冲宵塔，小声道，"怎么，今天的公务是捉妖怪？"

女子微笑道："大少爷，请回。"

"我若非要现在去登塔赏夜景呢？"桃夭把司静渊挤到一边，笑眯眯地打量女子，"这位姐姐还是行个方便吧。这大半夜的，你一个女儿家独自在此守着一堆妖怪，我们瞧见了也很是担心呢。不如我们留下来陪你，万一出事也好有个照应不是。"

女子只将脸转向司静渊，问："你的朋友？"

"不是，我家的杂役。"司静渊笑道，"野丫头一个，不好管。"

女子的视线落在孰湖身上，神色顿时冷峻起来："你这小妖怪竟然还敢出现？！念你体弱无用，不屑取你性命，放你一马，你倒不知死活了？"

孰湖吓得"刷"一下躲到柳公子身后。

"不过，中我一箭还能生龙活虎的妖怪不多。"女子看向司静渊，"司府几时也开始替这些龌龊的妖物解是非了？"

"暗箭伤妖不是更龌龊？"桃夭冲她吐舌头，"姐姐，不如你就当没看见我？我进去一会儿就出来，你跟我家大少爷在外头聊天叙旧不比你对着一堆妖怪更好？"

女子只笑不语，微一侧身，似是给她让了路。

"谢了。"桃夭立刻往大门而去。

身后的女子，慢条斯理地拿起挂在腰间的一个秀气精致的酒囊，拔起塞子，往手里倒出几滴，也不知是水还是酒，散发出甜甜的气味。但见她微一握拳，再打开时，掌中已不见水滴，只得三枚亮闪闪的短箭。不等其他人反应过来，短箭齐出，每一支都对准桃夭的要害之处。

"小心！"离桃夭最近的司静渊冲上去一把推开她。

几乎同时，只听得"咔咔"几声，三支短箭凌空碎裂，落地化水。

击碎它们的，是一块石子与几片树叶。

众人回头，不知从哪里冒出来的司狂澜，拍掉落在肩膀上的一片树叶，走上前对苗管家道："不错啊，宝刀不老，石子一点偏差都没有。"

"二少爷？！"苗管家诧异道，"你怎么来了？"

"睡不着，出来遛遛。"司狂澜径直走到那女子面前。

一见来者是司狂澜，女子顿时变了脸色，说不出是怎样的情绪，欢喜与期待，敬畏与仰慕都一股脑儿地涌出来，混乱地纠缠在一起。

她居然要下跪，却在膝盖触地前被司狂澜拉住。

"我已离任多时，你无需如此。"司狂澜说话时，并不怎么看她，只望着冲宵塔道，"这塔里有我们司府要解决的是非，就当给我一分面子，放他们进去吧。"

女子望着他的侧脸，为难道："上头下了命令，三天后于冲宵塔行除祟之阵，如今塔中已布下迷阵符，妖物可入不可出。我奉命驻守于此，任何闲杂人等绝不可入内。"

司狂澜冷冷道："为何还要等三日才行除祟之阵？"

"上面的意思是，既有妖物被吸引而来，索性多等几日，除掉一只不如除掉一群，少一只妖物，京城便多一分安宁。"女子回答。

"你们拿冲宵塔做饵杀妖？"桃夭听得清清楚楚，指着冲宵塔道，"既然这么大本事，那你们早知这些天京城里枉死的人是怎么来的了？有那工夫算计妖怪，都不肯出手阻止塔顶的玩意儿继续扩散害人，反利用它继续吸引更多妖怪？"

"少一只妖，不知能救多少性命。长远来看，我们的决定没有错。"女子不为所动，"必要的牺牲也是没有法子的。"

孰湖跑到桃夭脚下，着急道："不能进去么？"

司狂澜目不斜视地对桃夭说："带它进去。我在这里，你们大可来去自如。"

明明说了不关自己的事，明明一副爱理不理的死样子，为何偏对这只妖怪网开一面……桃夭看了司狂澜一眼，虽有满腹疑问，但也顾不得追问，立刻带着孰湖进了大门。身后，柳公子跟磨牙也急匆匆地跟了进去。

"站住！"女子想阻止，却被司静渊断了去路，他笑嘻嘻道："铃星大人，别管他们，好久不见了，你就没什么知心话想跟我家澜澜说说？"

"是啊，长夜漫漫，故人重逢，再没有比叙旧更合适的事了。"苗管家适时堵住了她的另一条去路。

"你们！"她攥起了拳头，却又深知若被司府这三个家伙包围的话，几乎没有脱身的机会。

寒风扫过，残叶飞舞，司狂澜看着她的脸，叹息："甜如蜜糖，毒如砒霜……你以糖水铸箭的本事依然独一无二。都不需要靠近，便知守在这里的是你。"

"这算夸奖，还是指责呢。"她笑笑，举起酒囊，喝了两口，"我用十种花瓣调制的，有润肺清火之效。要尝尝么？"

"我素来不喜甜食。"司狂澜的拒绝永远不会婉转。

她遗憾地耸耸肩，又喝了两口，满足地咂咂嘴。

"好喝么？"他问。

"好喝呀！"她十分真诚地表示。

"一边说好喝，一边拿它杀人。"他嘴角微扬。

"咱们的规矩，大人你……不是，二少爷你该知道的。"她无奈道，"凡阻碍我司公务者，可先斩后奏。"

他摇摇头，冷笑："狴犴司的作风，果真没有半分改变。"

10

桃夭捏着自己差不多空了一半的布囊，心痛得要死。

自己算算吧，百丈高的塔啊，都爬满了妖物，得用去多少药才能在短时间内让它们失去知觉，一个接一个地落在地上。

现在，从塔顶看下去又是另一种"壮观"了，塔下堆起了小山般高的妖魅精怪，个个都以奇葩的姿势晕了过去。兔精的脚蹬在狐妖的脸上，恶心巴拉的蜈蚣精被一团更恶心的鼻涕似的精怪抱在怀里，几只鸟妖横七竖八地瘫在猫妖的身上，一会儿醒过来后希望它们来得及从猫嘴下逃生吧……

塔顶确实有一座价值不菲的金佛，整个空间里只有它最淡定，面露慈悲地注视着眼前这群不淡定的家伙。

孰湖兄弟终于在分离三天之后重聚了，可惜当弟弟的没有哥哥运气好，身上的箭伤都集中在心口的要害处，全靠它平日里身体强壮，再加上有阴傀石在身，才勉强留住了性命。

桃夭站在这个体型比它哥哥大出太多的家伙身旁，视线凝聚在它背上那块已经凹陷到皮肉里的，只有鸡蛋大小的黑石头。

此刻它已经不太能动弹了，出的气比进的气多。

那女子说什么已经埋下了迷阵符，虽不知这些家伙口里的符是什么材质有什么玄机，但冲宵塔上确实附着了一股类似结界的力量，就算这些妖物们突然清醒过来意识到阴傀石的味道对它们而言只是毒饵，它们也无法离开冲宵塔。虽不是多厉害的结界，对柳公子这样的大妖怪而言形同虚设，但对付这些家伙绰绰有余。

如果这个家伙没有受重伤，以它的能力，这里应该是困不住它的。

这样岂不更好，不费吹灰之力就能解决一切，只要一颗药丸就能立刻终止这只孰湖的生命，然后让它那个没用的哥哥驮着阴傀石一去不回。

本来也应该是这样的。

可是，从见到这个大家伙到现在，桃夭的金铃都非常安静。

"你不但身子没用，脑子还傻。"它缓缓开口，讥讽红着眼睛站在它身边的哥哥，"既不能打又不能杀，回来干吗？站在一旁给我鼓掌加油？"

孰湖垂着头，理亏似的不敢看自己的弟弟："我……我带人来救你！"

它皱眉："不用谁救我。这结界困不住我，我只需要再休息几天。"

"休息？"桃夭笑笑，"不费吹灰之力就能把你伤成这样，你以为你还有机会休息？他们已经在计划三天后对冲宵塔来一次彻底的'清理'了，届时，你和被你吸引来的精怪们恐怕连渣都不会剩。打败你的家伙，连我都摸不清深浅，你还是收起你的乐观吧。"

"你以为你是谁，竟来教训我？"它瞟了桃夭一眼。

她吸了吸鼻子："桃都的桃夭。"

闻言，它愣了愣，脱口而出："鬼医桃夭？"

"是呀。"桃夭指了指孰湖，"你的哥哥找到我，求我治你杀人如麻的病。"

它沉默片刻，呵呵地笑出来："你也觉得我这个哥哥很蠢吧，它只知你专治妖怪，却不知你杀的妖怪大概比你救的还多吧？"

"不不不，它什么都知道。"桃夭认真道，"它知道要治你的病，就得要你的命。"

它微微一怔。

"我答应了。"桃夭蹲到它面前，伸手拍了拍它的脑袋。

"对不起……对不起！"孰湖跪在它面前，"我不想这样，可是只能这样才能不让你变成真正的怪物。"

"孰湖施主，你……"磨牙想劝慰，但实在不知从何说起，因为从它决定找桃夭求助的那一刻起，就该知道事情只能是这样的结果。怎么劝呢？

"把我这个没用的哥哥带走吧。"它忽然对桃夭道，"我只想跟你谈谈。"

"可以。"桃夭回头，对磨牙跟柳公子道："你们带这家伙去楼下等等。"

"我留下行不行？"孰湖突然哭喊出来，"这一走，我再也见不到它了呀！"

而它不为所动，甚至都不看自己的哥哥一眼，干脆闭上了眼睛。

桃夭跟柳公子使了个眼色，柳公子点点头，直接把孰湖夹在胳肢窝下，也不管它怎么踢打哭喊，径直下楼去了。磨牙怕出事，赶紧跟上去，临下楼前又担心地跑回去，小声道："真的只能这样做么？一点别的法子都没有？"

"有啊。"桃夭点头。

磨牙大喜："真的？"

"你多给它念几遍经，说不定能度它到佛祖身边沾沾光，没准再得个投胎做人的机会。"桃夭撇撇嘴，"快走快走，没听到人家要专门给我交代遗言么？"

"你……"磨牙叹气，无奈地走开。

四周终于安静下来，偶尔听到它沉重的呼吸声。

"我活了五百年，载过上千万斤的重量。"它慢慢道，"一条人命的重量，抵得过十个活人。被我从空中扔下来的，有四十二人，死在阴傀石上的，到今天有二十人。"

"嗯。一共六十二人，我记下了。"桃夭点点头，神色没有半分波动。

"金铃过处，片甲不留。"它看向她，"关于你的传闻，是这么说的吧？"

桃夭笑笑不说话。

"为何还不闻铃声？"它的目光移到她的手腕上。

"很少遇到你这么急着找死的妖怪，胆子挺大嘛。"桃夭摸了摸自己沉寂无声的金铃铛，"听你哥哥说，你自小就比它厉害，什么都不怕。"

"怕打雷。"它诚实道，"可能那家伙自己都忘记了，我们幼时，崦嵫山一到夏季就雷雨不断。每到雷声轰鸣时，那家伙就在我身边给我哼歌。很难听。但我听着听着就能睡着。"

桃夭笑笑。

"桃夭大人，"它看着她的眼睛，"你也觉得我做这一切，只是为了让我自己拥有足够保护我哥哥的能力？"

"不是么？"桃夭歪起脑袋，"那我得想想了……"片刻后，她说，"你不仅仅是害怕打雷吧？"

它呵呵笑了两声，道："我很怕死在它后头。"

沉默持续了很久。

"你既是桃夭大人，自然明白妖物之中我们孰湖是多么平平无奇的一族。没有魅惑天下的美貌，没有呼风唤雨的本事，一生中只懂得在看到走不动的或者受伤的人时，主动将其驮到想去的地方，偶尔能出几个本事大的，把一座山驮到洪水中，不让洪灾继续祸害苍生。说到底，我们只有蛮力，习惯于最简单的生活。"

它的语气很平静，"母亲生下我们之后，就会离开崦嵫山，所有的孰湖都要靠自己的力量破壳，长大。我们根本不知父母是谁，在哪里，我们只认识崦嵫山里最老的那只孰湖，它教给我们各种规矩，最要紧的一条永远是要我们注意那块石碑，告诉我们每五百年，孰湖一族就会有一次'清理'，最弱的那一个就要交出性命，因为孰湖是以力量为荣的妖怪，不能承载重量的孰湖，不配活着。"它叹了口气，"所以我的恐惧在很早很早前就开始了，因为我知道哥哥逃不过五百年。虽然它已经很努力，可是那些灵魂，根本不够。"

桃夭笑笑："你害怕它死在你前头的话，打雷时没人给你唱歌了？"

"我已经不怕打雷了。"它稍微转过头去，望着外头漆黑的夜空，"我们天生不能被人类以及别的妖怪们看见，除了受伤，或者临死前的一刻。"它顿了顿，又道，"孰湖是独居的妖怪，成年离开崦嵫山后，大家便各奔东西。绝大多数时间，我们都在极致的孤独里度过，若能顺利活过五百年，便能回到崦嵫山与雌孰湖繁衍后代。可那仅仅是繁衍罢了。在人界的时间越久，越能明白为何我们的父母可以毫不犹豫地离开。因为在孰湖的世界里，我们不是孩子，仅仅是一种产物。"它苦笑，"被我们帮助过的人，连应该对谁说谢谢都不知道。即便遇到喜欢的人类或者妖怪，我们也不敢靠近、不敢动心。亲人、朋友、爱人，对我们而言永远只能是一个词语。"

桃夭不再跟它开玩笑，默默地听它说，它应该很久没有说过这么多话了。

"孰湖里很少会有我们这样的双胞胎。"夜空里不知道有什么，它看得很认真，甚至露出了笑容，"虽然它个子那么小，力气也小，总被欺负，可我有哥哥啊。那个跟我一起诞生在这个世界，白天一起玩耍，夜里睡在我身边的家伙。"它眼睛有些湿，"他活着，孤独就无法打败我。"它回过头，看着她，"真正虚弱的那个，是我。这些年，并非我在保护着它，而是它在支撑我。我所做的一切，归根结底不过是在自私地维护自己的感受。"

"六十二条人命……"桃夭摇头。

"被我驮到天上摔死的，按人类的标准，都算不得好人。"它缓缓道，"我不是为自己辩解，我只是不明白，孰湖从一出生就要努力地活着，就算没有干坏事，也会因为不够优秀而被清理掉。可这些人既不努力也不善良，要么挥霍时光，混吃等死，要么凭着阴谋诡计达到目的，甚至还有牺牲他人成就自己还觉得理所当然的，即便如此，他们却没有五百年一次的评判，可以轻而易举地活下去。"

"人类世界也是有你们那块'石碑'的，每个人做了什么、做得好不好对不对，都记在上头，也不用五百年那么久，有时候五年甚至五个月五天，就会得到评判的结果。"桃夭很少有这么正经的语气，"人类通常管这个评判的过程，叫因果。"她顿了顿，叹气，"对你也是有效的。"

"我知道自己早晚都有这结果，只是没想到是在这冲宵塔上，也没想到最后送我的人是你。"它笑笑，忽然深深地吸气，随后张开嘴，一粒拇指头大小的圆珠自它口中滚落出来，散着莹润的红光。

吐出这珠子之后，它本来就不好的脸色更难看了。

"我若是死了，内丹也就跟着没了。"它吃力地说，"不如这会儿吐出来，你替我交给它。吞了这个，它也许会长点力气。"

桃夭皱眉："失了内丹，你形神俱灭。有内丹在身，即便死去，起码精魄不散，也许还能有再入轮回的可能。你确定要这样？"她看了看地上的珠子，"你现在吞回去还来得及。"

"就这样吧。"它无力地趴下来，面白如纸，闭上眼睛，"对我这种妖怪的下场，你应拍手叫好才是。"

"是的，我并不同情你。"桃夭不客气道，"但你并不让我感到恶心。只是觉得你不比你口中说的没用的哥哥聪明多少，确实是如假包换的亲兄弟。"

它费力地笑出来。

很快，它身上的皮肤开始一寸寸地干裂。

"还有话要我带给你哥哥么？"桃夭平静地问，"或者我叫它上来。"

"不用了。"它的声音越来越小，"你治了我的病，我却做不成你的药。你吃亏了。"

桃夭笑笑，眼见着它的身体一点点化去，成了银白的灰，带着细碎的光点，飘出了窗外，在寒冷漆黑的夜空里散成一阵无声无息的风。

死去的鈌湖，都会化作一阵风，拂过奔波一生的人间，听说如果撞到谁的脸上，会是一种被吻了的感觉。

活着时做不到的事，起码告别时可以。

地上，躺着红色的内丹，以及黑色的石头。

直到现在，桃夭的铃铛依然缄默。

○ 11 ○

它没有把内丹吞下去，而是把它包好，小心地放到脖子上的锦囊里。

然后，它毫不犹豫地把阴傀石叼起来，扔到了背上。

从头到尾，它都没有表现出任何激烈的情绪。

"谢了。"它走到桃夭面前，朝她低头致谢。

"准备出发了？"桃夭问。

"嗯。"它点头，"趁阴傀石的力量暂时消失，我尽快带它回万竭山。"

"为何不吞掉内丹？"桃夭看着它脖子上的锦囊，"这样你飞起来也不会那么吃力。"

它摇头，笑笑："那是我的弟弟，怎么能吞掉？！放心，你给我吃的药可能比内丹更有效，我现在浑身都是劲儿呢。"

桃夭点点头："好吧，一路顺风。"

"你努力啊，别飞着飞着掉下来了！"柳公子皱眉道。

"阿弥陀佛，孰湖施主路上一定要小心！"磨牙有点莫名的难过，抱着滚滚同它挥手。

什么都可以说，就是不能说再见，因为大家都知道可能不会再见面了。

封住冲宵塔的符，被柳公子找到毁了，四个木头雕的小人，身上刻满咒语，就摆在佛像之后。

它站在塔顶的围栏前，正要出发，却被桃夭叫住。

她伸出左手："虽然我治的不是你，但顺便也替你疗了伤，且烧纸给我的是你，所以你依然得照我的规矩来，戳章！"

"哦，好。"它抬起前爪，往她手掌里拍了一下。

桃夭收回手："那就这么说定了，既做了我的药，那么可别在我使用你之前死掉。我知道你们孰湖不用吃东西，就算在万竭山那么恶劣的环境里也不会饿死。没准我哪天有空时，会去那破地方检查你是不是还活着。"

它笑道："好的，桃夭大人。"

说罢，它深吸了一口气，都没有再回头看他们一眼，便果断展开双翼，迎风而起，一路往北。

这应该是它此生驮过的、最重的东西了。

遥远的万竭山，不知能否善待这只即将去定居的妖怪。

还能说什么呢，好像也没有什么想说的，只是，如果让她来列一份排名，这个家伙一定不会是最后一位。

它已经是一只很厉害的妖怪了，只是它从来不知道。

他们几个一直站在那儿，望着它飞走的方向，直到什么都看不到了，还在看。

"你刚刚说的话是什么意思，莫非你想找机会去万竭山把它带回来？你只是个大夫，这件事你可能做不到。"

"做不做得到我不知道，但起码它得活着，才有离开的机会。"

"桃夭，你的药少了好多你都不心疼，没想到你对这两只妖怪这么大方。阿弥陀佛！我对你的看法有改观了！"

"我不心疼？我疼得都想从这里跳下去了！那么多药，得花多少心血才能制成啊！哎呀，心都碎了，碎了……"

夜空里，回荡着桃夭的号哭声。

没多久，昏睡在塔下的大小妖物们逐一醒来，没了阴傀石的气味，个个如梦初醒，一哄而散。黎明前的天空里顿时塞满了各种各样的颜色与光华，如果普通人类能看到这一幕，并且不知道这是跑路的妖物的话，一定会庆幸自己见到了一场从未见过的比璀璨星河还要美的景色。

塔门之外，眼见着桃夭一行大摇大摆地走出来，女子重重地叹了口气，对司狂澜道："损毁符咒、私纵妖物……你们这样，我们很为难啊。"

司狂澜笑笑："司府仍在清梦河，若有什么账目要清算，恭候大驾。"说罢转身离开。

"告辞。"苗管家微一颔首，立刻随司狂澜而去。

另一边，司静渊只顾拽着桃夭问长问短，走出好几步了才想起回头跟女子挥手："先走了啊，有空来玩哦！"

女子看着他们远去的背影，嘴角扬起一丝善恶难辨的笑意。

远远地，传来几声鸡啼，重归平静的冲宵塔，轮廓在渐明的天色里渐渐清晰。

尾

"孰湖真走了？去那什么万竭山了？"

"不然呢？大少爷你去送石头么？"

"这事就这么完了？"

"杀人已偿命，怪石也物归原处，皆大欢喜。"

"可是……它去了就不能再回来了吧？"

"你可以去陪它呀。"

"你这丫头怎的一点同情心都没有！"

"哦。那就没有吧。"

清晨的街道上，一行人不紧不慢地往司府的方向而去。

桃夭扯住司静渊："你还没告诉我，那女子是什么来历！"

"这个嘛……"司静渊看了看前头司狂澜的背影，想说又有所顾忌，话锋一转，"你不也没告诉我你的来历嘛！"

"我说了我是大夫啊！"

"哪里来的大夫？老家何处？父母尚在？年方几何？为何被妖怪称桃夭大人？你哪个问题回答过我了！"

"你怎么跟个女人一样话多！"

两人当街吵起来。

"朝中有狴犴司，直属皇帝，不受他人辖制，专理奇难之案。"司狂澜竟主动开口，"那女子便是狴犴司中一员，本名邱晚来，官封铃星。"

桃夭以为自己没吃早饭有幻觉，司狂澜居然肯开金口？！

"狴犴司？"桃夭立刻跑到司狂澜身旁，"怎的名字如此奇怪？"

"传说狴犴为龙之第七子，专司刑讼之事，形似虎，有威仪，立狱门之外，守正除奸，不枉不纵。"苗管家道，"名字倒是不奇怪，只是所作所为就未必有这神物的气度了。"

听他话里有话，桃夭顿觉着狴犴司肯定有个极长的故事，又问："那官封铃星总算是奇怪了吧，这狴犴司好歹也算是朝堂里的一部分吧，可皇帝身边不是宰相就是尚书侍郎什么的，哪里有铃星这个官职？"

"狴犴司虽直接听命皇上，但又是独立于朝堂之外的。"苗管家耐心解释道，"狴犴司内从来只得九人任职，以贪狼、七杀、破军三职为主，下设火星、铃星、擎羊、陀罗、地空、地劫六职为辅。官府处理不了的怪案奇案，又或者皇上有什么特别的任务，通常都会交给狴犴司。"

"铃星擎羊……"桃夭嘀咕着，"等等，好像都是凶星之名啊？"

苗管家一笑："说明这九个人都不是好惹的嘛。"

桃夭盯着他："你们对犴狴司好像非常熟悉的样子？"

司狂澜头也不回道："因为我曾任职犴狴司，官封贪狼。"

"啊？！"桃夭一愣，旋即看向司静渊，司静渊点点头："没骗你。"

"那冲宵塔的事也是犴狴司插手的？"柳公子插嘴道，"难怪那女人说是'公务'了……"

"是。"苗管家道，"除了他们，朝中也没有谁有封塔除妖的本事。他们甚至比我们更早发现京城有祸。"

"可是他们并没有及时处置，反而用冲宵塔吸引妖物，且不管那妖物是善是恶，一律杀无赦呢。"磨牙有些担忧，"我们算不算是坏了他们的计划？"

"算啊。"司静渊笑笑，"不过我们司府专解是非，能解别人的，自然就能解自己的。"他敲了敲磨牙的光头，"你们就不要瞎操心了，折腾一夜，回去吃饭睡觉是正经。"说罢他立刻摆出凄苦的模样，跳到司狂澜面前："哎呀澜澜我饿啊，走不动啊，怎么还不去雇一辆马车啊，回家的路还有好长呢！"

司狂澜都懒得看他一眼，只淡淡道："我看你们一个两个精神都好得很，自己的事情不好好做，倒有大把时间管别人的闲事。这会子就不要叫苦了，高高兴兴地走回去吧。"

桃夭碰了碰垂头丧气的司静渊："你家澜澜好像生气了欸。"

司静渊撇撇嘴："这个家伙就是这样，你永远不知道他什么时候会生气，以及为什么生气。"

桃夭想了想，又跑到司狂澜面前，一边倒退着走路，一边说："可是，说回去睡觉又不回去的，是二少爷你呀；及时出现帮我们制住那位铃星大人的，也是二少爷你呀。"说着她又狡黠一笑，"在仓库时，你看到孰湖的伤口时，便已经知道是她干了的，对吧？你故意先走，其实只是怕我们去到冲宵塔时遇到麻烦不能应付，所以老早就在那儿守着了，对吧？"

"所以我也走路回去。"司狂澜目不斜视道。

桃夭"扑哧"一笑，突然瞪着他的眼睛，小声问："二少爷，为何要帮孰湖？你可不像是会同情妖怪的人呢。"

司狂澜一副不想理她的样子，但得不到答案的话这丫头又会一直在他眼前晃悠，又走出一小段距离后，他才说："因为我也有个不争气的哥哥。"

说罢，他绕开桃夭，加快步伐往前走去。

是真话吧，她看着他的背影，回想起司静渊同她说起的关于他们兄弟俩的一切。

只要你还活着，孤独就无法打败我。

人跟妖怪，有时候并没有太大的区别吧。

正发愣时，司静渊拍了拍她的肩膀："快走啊，早点回去早点吃饭，饿死了。"说着说着他又退回来一步，死盯着桃夭的脸道，"这次回去你是跑不掉的。"

"干吗？"桃夭下意识地护住自己，"我不会嫁给你的！"

"你太自信了……"司静渊哭笑不得，"我是说，回去你无论如何也要把你的身世家底给我交代清楚！我们可是连狴犴司都跟你说了！"

"说了狴犴司又怎样！我又不会变得更美更苗条！"

"你不说，我就跟对付那骷髅那样，附到你身上，然后咱们共享你的身体，同吃同睡，做一对永不分离的好兄弟。"

"呵呵，你就不怕我去到你身上，然后让你不穿衣服绕城跑三圈？反正丢的又不是我的脸。"

"那咱们一起绕城跑吧，反正丢的也不是我的脸。"

"大少爷，你何苦这么费事，一个字一锭银子，她肯定连小时候尿过几次床都告诉你。"

"是的是的，阿弥陀佛，大少爷我也赞成柳公子的建议。"

"等等，你们是不是在合伙骗我的钱？"

"我们在帮你而已。"

苗管家听着他们的吵闹，回过头看了看，笑着对司狂澜道："有他们在，热闹了许多。"

司狂澜面无表情："麻烦也多了许多。"

苗管家想了想："狴犴司那边，怕不会就此罢休。"

"随他们怎样，司府奉陪便是。"

"是。"

天已大亮，街头的行人也渐渐多起来，今天应该是个好天气，东边的云层里已然透出金光来。

桃夭蹦蹦跳跳地走着，时不时地抬头看看天，应该不会有人看见，此刻的某片天空里，有一只瘦小的鹔鹕正往北方而去，微弱如它，也很努力。

纵然不再相见，也代这满城生灵多谢你。

卷二·完

鬼医桃夭从桃都出发，集齐了"讨饭组"成员磨牙、滚滚、柳公子（详情见《百妖谱·壹》）；一行人来到了京城，遇到"阎王断生死，司府解是非"的司狂澜、司静渊兄弟，新的奇幻故事开始了。之后，他们又会遇到哪些小妖怪，发生怎样的故事呢？敬请期待《百妖谱·叁》。

后记

二十只妖怪了。

对于一个轻微强迫症患者来说，看着桌上整整齐齐摆出二十只妖怪，内心还是很舒爽的，虽然离一百只还有点远……

但，饭是一口一口吃完的，妖怪也要一只一只写。

对《百妖谱》最基本的希望是，妖气袭人，清清淡淡。

要在色调魔幻的妖怪领地与清风明月的人世百态之间找一个平衡点，既不要浓重压抑，也不要轻如薄纸，这需要心思与机缘。

如果以抽象的画卷来形容这个作品，那应该是让暖春枝头的光洒进去，把盛夏小院里的蒲扇摇起来，招呼秋风里最后一只蝴蝶歇一歇，最后把冬雪从红梅的花瓣上拂去，又心心念念等待下一个春天，心里想着的故事的色调就应该是这样。

可仅仅是这样，又觉得还不够热闹完整，冬雪红梅之间，还应有刀光剑影，动静相宜，方得趣味。

于是，有了司家两兄弟。

冰心陈茶指静渊，霜刀雪剑挽狂澜——这是故事中一笔带过的爹娘给他们的儿子的不像祝福的祝福。

对这对模样并不相似的孪生两兄弟，我是有偏爱的，无论是随时吃错药的哥哥，还是运筹帷幄滴水不漏的弟弟。想来，北宋皇都之中，唯有"阎王断生死，司府解是非"这样的人物，才好跟我们"善恶如谜"的桃夭妹子演一场有趣的戏码。

虽然我是作者，我创造了所有的角色，但偶尔会有一种玄妙的感觉，好像许多角色会自己选择自己的命运，看起来是我在写他们，实际上是他们自己演绎了自己的悲喜，影响了我的情绪。

写故事的趣味就在这里，不到最后，连我都不能断定他们的宿命。

《百妖谱》现在还只是一个刚刚走出两步的新系列，希望我可以保持这样不慌不忙的心情，把桃夭磨牙柳公子狐狸滚滚为代表的桃都讨饭组，以及以司家兄弟为代表的帝都世家公子，搅拌成一桌有滋有味且易于消化的好饭菜，有缘人坐下来，一边吃一边聊，吃完擦擦嘴打个饱嗝，继续奔前程。未来不论饥饱贫富，若得闲回忆起来，还能记得当年这桌饭菜的酸甜苦辣，就够了。

　　其他的话就不多说了，感谢喜欢这些妖怪的你们。

　　顺便给你们拜个早年，祝平安喜乐，百事顺遂。^_^

裟椤双树

2017年11月 成都